四川历史
名人丛书
小说系列

NOVEL SERIES

# 见素抱朴

### 西汉大儒扬雄

洪忠佩 著

四川文艺出版社

图书在版编目（CIP）数据

见素抱朴：西汉大儒扬雄/洪忠佩著. —成都：四川文艺出版社，2019.11

（四川历史名人丛书小说系列）

ISBN 978-7-5411-5471-3

Ⅰ．①见… Ⅱ．①洪… Ⅲ．①长篇历史小说－中国－当代 Ⅳ．①I247.5

中国版本图书馆CIP数据核字（2019）第158921号

XIANSUBAOPU: XIHAN DARU YANGXIONG

## 见素抱朴：西汉大儒扬雄

洪忠佩 著

| 出 品 人 | 张庆宁 |
| --- | --- |
| 编辑统筹 | 宋　玥 |
| 责任编辑 | 梁康伟 |
| 内文设计 | 史小燕 |
| 封面设计 | 今亮后声 HOPESOUND pankouyugu@163.com |
| 责任校对 | 蓝　海 |
| 责任印制 | 崔　娜 |

| 出版发行 | 四川文艺出版社（成都市槐树街2号） |
| --- | --- |
| 网　　址 | www.scwys.com |
| 电　　话 | 028-86259287（发行部）　028-86259303（编辑部） |
| 传　　真 | 028-86259306 |
| 邮购地址 | 成都市槐树街2号四川文艺出版社邮购部　610031 |
| 排　　版 | 四川胜翔数码印务设计有限公司 |
| 印　　刷 | 成都东江印务有限公司 |
| 成品尺寸 | 168mm×238mm　开　本　16开 |
| 印　　张 | 20　字　数　340千 |
| 版　　次 | 2019年11月第一版　印　次　2019年11月第一次印刷 |
| 书　　号 | ISBN 978-7-5411-5471-3 |
| 定　　价 | 98.00元 |

版权所有·侵权必究。如有质量问题，请与出版社联系更换。028-86259301

## "四川历史名大丛书"编委会名单

主　任：何志勇

副主任：李　强　王华光

委　员：谭继和　何一民　段　渝　高大伦　霍　巍
　　　　张志烈　祁和晖　林　建　黄立新　常　青
　　　　杨　政　马晓峰　侯安国　刘周远　张庆宁
　　　　李　云　蒋咏宁　张纪亮

# "四川历史名人丛书"总序
## ——传承巴蜀文脉,让历史名人"活"起来

  文化是民族的血脉,是哺育民族成长壮大的乳汁,是一个国家、一个民族的灵魂,文化兴国运兴,文化强民族强。从十八大到十九大,习近平总书记以政治家的战略眼光,以唯物主义的科学态度,从中华文化的思想内涵、道德精髓、现代价值和传承理念等方面多维度、系统化地阐述了对待中华文化的根本态度和思想观点。他将中华优秀传统文化提升到"中华民族的基因""民族文化血脉""中华民族的根和魂"和"中华民族的精神命脉"的崭新高度,指出"一个国家、一个民族不能没有灵魂","优秀传统文化是一个国家、一个民族传承和发展的根本,如果丢掉了,就割断了精神命脉",要"加强对中华优秀传统文化的挖掘和阐发",从传统文化中提取民族复兴的"精神之钙","对历史文化特别是先人传承下来的道德规范,要坚持古为今用、以古鉴今,坚持有鉴别的对待、有扬弃的继承",努力实现传统文化的"创造性转

化、创新性发展"。总书记的一系列著名论断，从中华民族最深沉精神追求的深度、国家战略资源的高度、推动中华民族现代化进程的角度，把中华文化的发展提升到一个新高度，升华到一个新境界，推向了一个新阶段。

中华文化源远流长，积淀着中华民族最深沉的精神追求，是中华民族独特的精神标识，为中华民族生生不息、发展壮大提供了丰厚滋养。沧海桑田，古印度、古埃及、古巴比伦文明早已成为阳光下无言的石柱，而中华文明至今仍然喷涌着蓬勃的生机。四川作为中华文明的重要发源地之一，历史文化源通流畅、悠久深厚。旧石器时代，巴蜀大地便有了巫山人和资阳人的活动。新石器时代，巴蜀创造了独特的灰陶文化、玉器文化和青铜文明。以宝墩文化为代表的古城遗址，昭示着城市文明的诞生；三星堆和金沙遗址，展示了古蜀文明的不同凡响；秦并巴蜀，开启了与中原文化的融通。汉文翁守蜀，兴学成都，蜀地人才济济，文章之风大盛。此后，四川具有影响力的文人学者，代不乏人。文学方面，汉司马相如、王褒、扬雄，唐陈子昂、李白，宋苏洵、苏轼、苏辙，元虞集，明杨慎，清李调元、张问陶，近现代巴金、郭沫若等，堪称巨擘；史学方面，晋陈寿、常璩，宋范祖禹、张唐英、李焘、李心传、王称、李攸等，名史俱传。此外，经过一代代巴蜀人的筚路蓝缕、薪火相传，还创造了道教文化、三国文化、武术文化、川酒文化、川菜文化、川剧文化、蜀锦文化、藏羌彝民族风情文化等，都玄妙神奇、浩博精深。瑰丽多姿的巴蜀文化，是中华文化的重要组成部分，有着鲜明的地域特征和独特的文化品格，是四川人的根脉，是推动四川文化走向辉煌未来的重要基础。记得来路，不忘初心，我们要以"为往圣继绝学"的使命担当，担负起传承历史的使命和继往开来的重任，大力推动巴蜀文化的传承、接续与转生，让巴蜀文化的优秀基因代相传,"子子孙孙无穷匮也"。

四川历史文化异彩独放,民族文化绚丽多姿,红色文化影响深广,历史名人灿若星辰,这是四川建设文化强省重要的文化资源。中共四川省委、四川省人民政府秉持高度的文化自觉和文化自信,借助四川文化资源富集的优势,持续深入推进文化强省建设,先后出台《四川省"十三五"文化发展规划》《关于传承发展中华优秀传统文化的实施意见》《建设文化强省中长期规划纲要》等一系列战略规划及措施,大力推进古蜀文明保护传承、三国蜀汉文化研究传承、四川历史名人传承创新、藏羌彝文化保护发展等十七项优秀传统文化传承发展工程,着力构建研究阐发、保护传承、国民教育、宣传普及、创新发展、交流合作等协同推进的文化发展传承体系,不断探索传承守护中华文脉的四川路径。

"四川历史名人文化传承创新工程"是四川启动最早、影响最广的一项文化工程。自2016年10月提出方案,经过八个多月的论证调研、市(州)申报、专家评审,最终确定大禹、李冰、落下闳、扬雄、诸葛亮、武则天、李白、杜甫、苏轼、杨慎为首批十位四川历史名人。这十位历史名人,来自政治、文化、科技、艺术等多个领域,他们是四川历史上名人巨匠的首批杰出代表,各自在自己专业领域造诣很高,贡献杰出:李冰兴建都江堰,功在千秋;落下闳创制《太初历》,名垂宇宙。李白诗无敌,东坡才难双;诸葛相蜀安西南,杜甫留诗注千家。大禹开启中华文明,则天续唱贞观长歌。扬雄著述称百科全书,千古景仰;升庵文采光辉耀南国,万世流芳。

十大名人之所以值得传颂,不仅在于他们具有雄才大略、功勋卓著、地位崇高、声名显赫,更在于他们身上所承载的思想理念、人文精神、气质风范、文化品格等,是中华民族和巴蜀文化的集中表达。大禹公而忘私、为民造福的奉献精神，李冰尊崇自然、求真务实的科学态度，落下闳潜心研究、孜孜不倦的探求意志，扬雄悉心著述、明辨笃行的学术追求，诸葛亮宁静淡泊、廉洁奉公的自律品格，武则天巾帼不让须眉的豪迈气概，李白"直挂云帆济沧海"的博大胸怀，杜甫心系苍生、直陈时弊的忧患意识，苏轼宠辱不惊、澄明旷达的坦荡胸襟，杨慎公忠体国、坚守正义的爱国情怀，都是中华民族优秀文化的浓缩和凝聚，是四川人民独特气质风范的体现，是社会主义核心价值观的本源和本质，是四川发展的宝贵资源和突出优势。

历史名人要有现实意义才能活在当下。今天我们宣传历史名人，不能停留在斯土有斯人的空洞炫耀，而要用历史的、发展的、辩证的思维去深入挖掘、扬弃传承、转化创新，不断赋予时代内涵，不断呈现当代表达，让历史名人及其文化"站起来""活起来""动起来""响起来""火起来"，真正走出历史、走出书斋、走进社会、走向世界、走向未来。"四川历史名人文化传承创新工程"实施三年多来，全社会认知、传承、传播历史名人文化的热潮蓬勃兴起，成效显著：十大名人研究中心全面建立，一批中长期规划先后出台，一批优秀成果陆续推出；十大名人故居、博物馆、纪念馆加快保护修复，展陈质量迅速提升；十大名人宣传片全部上线，主题突出，画面精美；名人大讲堂、东坡艺术节、人日游草堂、都江堰放水节、广元女儿节等品牌文化活动多地开花，万紫千红；以名人为元素打造的储蓄罐、笔记本、手机壳、冰箱贴等文创产品源源上市，深受民众喜爱；话剧《苏东坡》《扬雄》，川剧《诗酒太白》《落下闳》，歌剧《李冰父子》，曲艺《升庵吟》，音乐剧《武侯》，交响乐《少陵草堂》等一大批舞台艺术作品好戏连台，深入人心……

"四川历史名人丛书"的编纂出版，是实施振兴四川出版战略、实现文化强省目标的重要举措，其目的是深入挖掘提炼历史名人的思想精髓和道德精华，凝练时代所需的精神价值，增强川人的历史记忆、文化记忆，延续中华文化的巴蜀脉络，推动中华文化传承创新，彰显巴蜀文化的生命力和影响力。

"四川历史名人丛书"的编纂出版，始终坚持正确的政治方向、出版导向、价值取向，深入挖掘名人的精神品质、道德风范，正面阐释名人著述的核心思想，借以增强川人的文化自信，激发川人了解家乡、热爱家乡、建设家乡的澎湃力量；始终坚守中华文化立场，着力传承中华文化的经典元素和优秀因子，促进人民在理想信念、价值理念、道德观念上团结一致；始终秉承辩证唯物主义和历史唯物主义观点，用客观、公正、多维的眼光去观察历史名人，还原全面、真实、立体的历史人物，塑造历史名人的优秀形象，展示四川文化的独特魅力，让历史名人文化为今天的社会发展提供精神动能。

"四川历史名人丛书"的编纂出版，注重在创新上下功夫，遵循出版规律，把握时代脉搏，用国际视野、百姓视角、现代意识、文化思维，将思想性、知识性、艺术性、可读性有机结合，找到与读者的共振点，打造有文化高度、历史厚度、现代热度的文化精品，经得起读者检验，经得起学者检验，经得起社会检验，经得起历史检验；注重在质量和水平上下功夫，立足原创、新创、精创，努力打造史实精准、思想精深、内容精彩、语言精妙、制作精美的文化精品，全面提升四川出版的知名度和美誉度，为建设文化强省、助推治蜀兴川再上新台阶提供思想引领、舆论推动、精神鼓励和文化支撑，为增强中华文化影响力贡献四川力量。

"四川历史名人丛书"编委会

2019年10月30日

雄少而好学，不为章句，训诂通而已，博览无所不见……清静无为，少嗜欲。不汲汲于富贵，不戚戚于贫贱，不修廉隅以徼名当世……非其意，虽富贵不事也。

——《汉书·扬雄传》

# 目录

| | | |
|---|---|---|
| 第一章 | 追寻太阳神鸟 | 001 |
| 第二章 | 拜在君平先生门下 | 017 |
| 第三章 | 游学蜀中 | 045 |
| 第四章 | 漂泊长安 | 089 |
| 第五章 | 在皇帝身边写赋 | 123 |
| 第六章 | 错位的爱 | 162 |
| 第七章 | 深陷旋涡 | 197 |
| 第八章 | 给皇上发帖 | 218 |
| 第九章 | 波诡云谲 | 239 |
| 第十章 | 走在刀刃上 | 260 |
| 第十一章 | 在孤独中永生 | 285 |

# 第一章 追寻太阳神鸟

## 1

　　人，可以听到风的声音，看到风的形态，却追不上风。风走了，人还在原处。黄龙元年（公元前49年），汉宣帝刘询驾崩，太子刘奭即位，是为元帝。他推行儒学治国的思想，像一股从长安未央宫吹出的劲风，迅速在西汉大地扩散开来。这股劲风，沿着金牛道、米仓道一路向南，不仅在成都平原像扇形一样散开，还在郫县打着旋儿，成了儒生茶余饭后的话题。

　　扬凯平日耕田种桑，骨子里却崇儒，他在郫县的朋友圈大多都是读书之人。扬凯带着儿子扬雄从白鹤里家中出发，赶到郫县县城为候侃的父亲祝寿，已是夏日的午后了。朋友一见面，寒暄几句，热议的都是与儒学关联的事。有谈论朝廷实行儒生减免税负的，有热议成都石室重视儒学教育的，也有传说某某儒生在某地任职升职的。读书能够改变命运的事，谁不津津乐道呢？朋友们谈兴正酣，扬凯心里却有种莫名的情愫在刹那间苏醒。具体是什么，他也说不上来。似乎，脑海中少了陪他们聊下去的愿望。扬凯只是静静地听着，有时点点头表示礼貌。

　　郫县筵席，尤其是寿宴菜肴特别讲究，"九斗碗"中有五个蒸菜、四个炒菜，还有四小碟、四凉菜，以及两碗汤，坐席的时间也长。在当时，筵和席都是坐具，铺地的为筵，筵上再设座席。扬凯跪地盘腿坐于席上，在食案前吃过寿面，寿糕也没舍得吃，直接递给了坐在边上的儿子。没等正式酒席开始，扬凯便起身与主人告辞。候侃握着扬凯的手，遗憾地说："说来惭愧，扬兄大老远赶来为家父祝寿，却连薄酒都没有喝一杯，就这样匆匆回去，让我心中不安呀。"扬凯拱手笑道："相见甚欢，候兄不必拘礼，这样不是很好嘛。雄儿长这么大，还没有离开过母亲，必须回去。我与候兄的交情又不是一朝一夕的，来日方长，来日方长！"候侃还是觉得过意不去，转身拿了几块米糕米糖塞给扬雄，扬雄嘴一嘟，头一扭，说什么也不肯要。扬凯笑了："候叔给的，拿着便是。"扬雄这才把米糕米糖接住。

郫县，既是望帝杜宇、丛帝鳖灵建都立国之地，也是古蜀文明发祥的地方。在古史传说中，最初以古蜀国的都邑闻名于世。郫县城周有七里，城墙高约七丈，城门上还有观楼、射栏，城楼如此设置，突出的主要是军事功能。而扬凯的家是在五陡口亭白鹤里，距离郫县县城有二十五里左右的路程。按照"五家为邻，五邻为里"，里就是村了，白鹤里即白鹤村。扬雄的身高，约莫五尺的样子，与父亲相比，顶多在他胸口的位置。天上散布着鱼鳞云，一叠一叠的，太阳正在下山，斜斜地拉出父子一长一短的身影。扬凯指着远处隆起的地方说："雄儿，你看见没有，那里就是郫县人所说的龙脊。"扬雄顺着父亲手指的方向望了一眼，并没有吭声，他跟着父亲半天走县城来回，脚都迈不动步了。他走路一瘸一拐的，跟着父亲的屁股后拖。扬凯与扬雄还没有走到村口，暮色四起，沉沉的，像黑色的帷幕在合拢。远处，偶尔会冒出夜鸟惊悚的叫声。他们走到家门口时，村里一片寂静，天上已是星月满天。

"吱呀"一声，李氏听到门响，掌着雁鱼铜灯就迎了上来。"啧啧，雄儿累着了吧？"李氏轻轻地问了一句。

扬雄望了望母亲，又看了看父亲，见父母只是相视一笑，并没有搭话，他用手擦了擦额头的汗，朝着母亲点了点头，又摇了摇头，眼泪还是不争气地流了出来。

李氏放下灯盏，双手把扬雄搂在怀里。看到母子依偎在一起，扬凯想，想带儿子去郫县见世面是自己的主意，要急着带儿子赶回家同样是自己的主意，真的是瞎折腾。好在，儿子坚持了下来，妻子也能够理解。毕竟，一来一往有五十里左右的路程。看来，这小子的毅力还不错。

但对扬雄来说，梦境里的夜，漫长，暗无边际。成都平原腹地的郫县，彻底被黑暗淹没了，看不到一点光亮。刹那间，一轮红彤彤的太阳跳了出来，阳光洒向了郫县手掌般的地平面，宛如色彩在大地上流泻。倏然，有四只大鸟扑棱棱地从隆起的"龙脊"上飞起，绕着太阳不停地飞，最后融入了闪烁而炽热的阳光之中。

鸟重生了，扬雄的梦就醒了。醒来时，扬雄的眼角上分明还有泪痕。他不敢想象，自己竟然梦见了传说中的太阳神鸟。

"噗"的一声，杜鹃鸟从床前窗口的香樟树上飞起。望着消失的鸟影，扬雄揉了揉眼睛，仿佛昨夜那个太阳神鸟的梦境还在。而那朝着天空飞去的杜鹃鸟，是不是自己梦中出现的绕着太阳飞翔的神鸟呢？太阳与鸟，都是古蜀先民的图腾。杜宇在郫城建都立业，民间传说他就化成了杜鹃鸟。那梦境中的绕着太阳飞翔的神鸟，又是否是传说中杜宇的化身呢？

天大亮了，扬雄还躺在床榻上出神，感到双脚还是一阵阵酸痛。

好几天，扬雄都被自己梦样的呓语纠缠着。是的，他一听杜鹃鸟的叫声，就不由去想梦中的情景。然而，记忆是重叠的，模糊的，像幻觉，他已经想不出太阳神鸟的样子了。扬雄从小有结巴的毛病，一紧张，说话就不是很顺溜，他骨子里却有股拗劲，暗暗地下苦功在自我矫正，就像越是弄不懂的事，越好奇，越想弄明白。从早到晚，他也不吱声，一个人躲在树林里去寻找杜鹃鸟。甚至，他还不顾路途遥远，走到隆起的"龙脊"上去追寻太阳神鸟的踪迹。他不仅看到了杜鹃鸟，还看到了松鸦、云雀、乌鸫、黄莺。在扬雄心里，这是他一个人的秘密。虽然，杜鹃鸟的叫声，像一个人在哭泣，哀怨、悲婉，而梦境中太阳神鸟的飞翔，却极为壮观。

最早察觉到扬雄迷惑神情的，是她的母亲。李氏有一种预感，儿子一天神神秘秘的，能够搁着喜爱的书不读，肯定有令他着迷的事。李氏好不容易找到机会问了，扬雄只是笑笑，一句"没，没啥"，算是回答。

"什么叫没啥？"李氏好奇地问儿子。

扬雄被母亲一问，心里也纳闷，可又说不清楚，他搓着手，稚气的脸上挂着迷茫的神情。儿子是自己一把屎一把尿带大的,看着他聪慧好学,《诗经》《尚书》《春秋》《周易》《论语》都能够背诵了,称得上是少年天才,村里邻居羡慕还来不及,自己还有什么苛求的呢?唯一的小缺憾就是说话有点口吃,这是慢慢可以矫正的。李氏想。

一天傍晚,天都快暗断了,李氏把雁鱼铜灯点亮,还没有看见儿子回家,急得团团转。犬吠突起,一声比一声近,当扬雄走进家门的那一瞬间,李氏看见儿子满脸污垢,衣裳湿漉漉的,还沾着泥痕,眼泪禁不住落了下来,她急切地问:"这么晚了,也不知道回家,你到底去哪了?"

"去龙脊,去龙脊找,找太阳神鸟了。"扬雄怯怯地答道。

"什么龙脊,什么神鸟,给我说清楚!"李氏再问,扬雄只闷闷地站着,屁也不放一个。李氏气急,手都扬了起来,巴掌还是没有打下去。

夜里,扬雄的额头烫得厉害,身体发烧,嘴巴里还念叨着太阳神鸟。李氏没有办法,只有挽起袖子不停地在儿子的额头上敷湿毛巾。扬雄的烧慢慢退了,李氏一夜无眠。李氏本想与丈夫抱怨几句,但看到丈夫与儿子熟睡的样子,她还是把所有的抱怨扼杀在腹中了。

扬雄的烧退后,李氏仍然放心不下,她把心中的疑惑和丈夫说了。扬凯早年学过岐黄,他在儿子手腕的寸、关、尺上搭了下脉,道:"放心好了,不碍事的。"对于儿子的成长,还有妻子的精心抚养,扬凯是看在眼里的。想想,真的不容易,始迁祖扬季几经波折,才从衡山郡的庐江迁到郫县的白鹤里安家落户,到自己已是四代单传了。父母去世时,自己只有二十岁,还没来得及成家,家底是一栋民房,百亩水田。守孝三年之后,才娶了王氏。偏偏,妻子有了身孕,十月怀胎,却难产死了。等自己从悲痛中走出来,娶上李氏,在宣帝五凤四年生下扬雄,已经步入中年了。谁知,扬雄落地时不会哭,急得接生婆在他红嫩的屁股上死命拍了一掌,才哭出声来。幼时,扬雄身体虚弱,为了他能够健康成长,扬凯和妻子还按照郫县撞拜继(过继)习俗,在农历雨水那天,上路为儿子拉了个干爹。悲催的是,干爹第二年春天出了意外——被发怒的耕牛撞死了。对于自己的身世与过往,扬凯对妻子没有半点隐瞒。虽然,现在是三口之家,耕田种桑,日子过得清淡,倒也安稳。扬凯笑着安慰妻子说:"夫人多虑了,雄儿只是偏内向,多好奇,有时候也贪玩。毕竟,他还是一个十二岁的孩子嘛。"李氏点了点头，补了一句："雄儿正处于成长期，有些事马虎不得。"李氏抬眼，碰到了丈夫深情注视的目光，她感到心里暖暖的。

俗话说，父母之命，媒妁之言。李氏是临邛人，说实话，她当初嫁给比自己大一生肖的扬凯，完全是遵依父母的意愿。在走马河畔的白鹤里，三四十户人家，她听说过有何姓、罗姓、曾姓、郭姓，却不知晓还有扬姓。意想不到的是，世代以农桑为业的扬凯，竟然是一个知书达理、温文尔雅的人。就这一点，她不得不佩服父母看人的眼光。后来，李氏问过扬凯，扬姓与源于春秋战国时期杨国的杨姓有什么区别呢？扬凯也讲不出所以然。李氏相夫教子，一直沉浸在家庭的幸福之中。然而，她一天猜不透儿子在想什么，心里总是觉得不安。李氏回到娘家，把扬雄近来的境况和心中的疑惑一五一十地告诉了他舅姥爷——林间翁孺。林间是她舅舅的复姓，字翁孺。她之所以求助林间舅舅，是因为他学识渊博，不仅精通经典，还对古文奇字与方言颇有研究。当年，儿子呱呱落地时，扬雄，字子云，就是他舅姥爷起的。

# 2

扬雄家门口，一条羊肠小道直通菜园与田野。这天中午，扬雄的肚子饿得咕咕叫，还是没有看见父母耕作归来。他只有眼巴巴地坐在门槛上等着。而扬凯与李氏看到扬雄瘪着肚沮丧的神情，只是会心一笑，并没有当一回事。

填饱了肚子，扬雄正席地坐于案前，准备把梦境以及在树林、"龙脊"的所思所感记录下来，看见舅姥爷从门口走了过来。舅姥爷中等身材，留须，身穿一袭长衫，气质儒雅。扬雄立即起身揖手问候："舅，舅姥爷好！"

林间先生抚了抚扬雄的肩膀，示意他坐下，和蔼地问："雄儿，在写什么呢，能不能给舅姥爷看看？"

"没，没什么。"扬雄把毛笔放在案面的笔架上，挠着头答道。

林间先生对木牍上墨迹未干的"蜀郡太阳神鸟"几个字端详了好一会儿，满意地点了点头说："嗯，字写得不错，有进步。有一个问题我也感到好奇，你在龙脊上找到太阳神鸟了？"

"没，没有。我，我站在龙脊上只看到了天空、河流、田野，还有房舍。"扬雄想告诉舅姥爷，他是确实在梦中看见了太阳神鸟的，却没有说出口。

"哦，看你平时沉默少语的，脑袋里想的问题倒不少。你想不通的事，你娘都告诉我了。太阳神鸟的故事，在《山海经·海外东经》里就有记载。远古神话传说中，有十个太阳每天早晨轮流从东方扶桑神树上升起，化为金乌和太阳神鸟由东向西飞翔，到了晚上就落入西方山中。你想想看，这不就是每天看到的日出日落嘛？"林间先生捋了捋胡须，"其实，在古蜀五代蜀王中，除了杜宇，柏灌、鱼凫、开明都非常崇拜飞鸟。早年，在郫县和周边一带，还铸有杜鹃鸟纹饰的铜矛呢。"

听舅姥爷这么一说，俨如醍醐灌顶，扬雄禁不住拍着手连声道："太，太好了，太好了！"扬雄对舅姥爷的学识，真的是佩服得五体投地。他觉得，自己不懂的事，舅姥爷都知道。只要跟着舅姥爷学习，就没有自己不懂的事。于是，他缠着舅姥爷不放，一定要他收自己为徒。

林间先生微笑着摇了摇头。

"哦，怎么，怎么会是这样啊？"扬雄感到诧异。

林间先生打心眼儿里是喜欢雄儿的天赋和好学，却又感到很为难，他不能因为自己对经学和政治不感兴趣，而耽误了雄儿以后"明经"入仕。他心里清楚，从武帝开始，每一位被推举入仕的都必须明习经学，仕考用书是儒家的"五经"，即《诗经》《尚书》《礼记》《易经》《春秋》，雄儿只有去成都石室文学精舍系统学习才是正道。他严肃地说："雄儿，你还年幼，有些事不一定清楚。你今后的学习方向，兴趣是一方面，却事关你的成长和前途，必须让你父母做主才是。一个读书人要做官，不仅要熟读儒学著作，还要经过考试，只有成绩优秀的才能入仕。"

"舅姥爷，是不是，是不是您不喜欢雄儿呀？"扬雄一脸天真，小心翼翼地问。

林间先生怕自己的话题过大与过于沉重，雄儿小小年纪接受不了。他轻松地说："你想哪儿去了，怎么会呢。"

"那，那就好！"舅姥爷的话没有堵死，扬雄觉得自己就有机会。

扬雄正在兴头上，执意请上了父母，要他们帮忙把拜师的事定下来。"阿娘，阿娘，舅姥爷来了。"扬雄边走边喊。李氏在屋里应道："快请舅姥爷坐，我来上茶。"谁知，说到拜师的事，父母特别谨慎，说来说去还是要林间先生帮忙做主。

"按理说，雄儿进入束发年纪，正是需要人关心照顾的时候，不好麻烦舅舅的，但他好学，我们也教不了他了，还得让您多费心。"李氏搓着手，笑道。

听得出，父母与舅姥爷的谈话认真而谨慎。一来二往，他们都在讨论年龄和前途的问题。扬雄噤着声，一句也不敢插嘴。

林间先生捋着须道："天下之本在国，国之本在家，家之本在身，可见家庭教育是多么地重要啊。雄儿的事，既是外甥女婿、外甥女的事，也是我的事。"他顿了顿，继续道，"这样吧，你们做父母的心情我也能够理解，雄儿的心情我更加能够理解。说一千道一万，修行还是靠个人。我表个态，让雄儿先跟着我学习三年，等他满了十五岁，我再推荐他到成都石室文学精舍君平先生那里去求学，如何？"

林间先生的话刚落音，扬雄连忙磕头致谢。他笑起来脸颊上有一对酒窝，十分可爱。

"谢谢舅舅对雄儿的栽培，让您费心了！有您教导，我们绝对放心。至于以后的事，谁也说不清楚，还是走一步算一步吧。"扬凯说这话时，心里是矛盾而复杂的。

扬雄则满心欢喜，他并没有察觉父亲情绪的变化，只是热切地盼着早日启程，对在临邛的学习生活充满了新的期待。

## 3

说起来也奇怪，扬雄在家中嗜睡，到了临邛的舅姥爷家，夜里就睡不着了。他以前曾经随父母到过舅姥爷家，都没有出现这种状况。是恋家吗？也说不清楚。问题是，舅姥爷对他的作息时间规定得很严，若要犯规了，一定戒尺伺候。

开始几天，因为失眠，脑袋涨得很，扬雄咬着牙熬着，一旦松懈下来，瞌睡虫就爬了出来。临近中午，他实在是忍不住了，昏昏欲睡，一头靠在了课桌上。

"啪!"虽说戒尺是抽在课桌上,但完全等同于抽在扬雄身上。他不好意思地望着舅姥爷,乖乖地站起来受罚。

既然拜了师,就是林间先生正儿八经的学生,扬雄感觉到跟舅姥爷就没有多大关系了,他改口叫舅姥爷为林间先生。有时,在一些场合也混着叫。但对舅姥姥,扬雄依然没有改口称师母,他觉得叫舅姥姥亲切。林间先生对学生的严厉,熟悉的人都是知道的。有的时候,他觉得林间先生太过古板,讲授的内容单一。尤其,像《汲冢周书·文传》所载的内容和上古文字的解说,一遍又一遍,不厌其烦。

"如果每天都是这样的学习,会不会让自己变得无趣?"扬雄心里是这样想的,即便借他一个胆,也不敢说出来。林间先生问他歪着头在想什么,他"嘿嘿"一笑,算是回答。

扬雄脸上微妙的神情变化,林间先生是看在眼里的,他只是没有点破。

日子久了,扬雄滋生了厌烦的心理,连对上古文字也失去了兴趣。李氏前来探望的时候,他对母亲打起了退堂鼓。

"阿娘,照,照这样学下去,人不学木了才怪呢。"扬雄对母亲嘟囔道。

"你以为是小孩子过家家呀,想来就来,想走就走。雄儿你记住了,心急吃不了热豆腐,只有吃得苦中苦,方为人上人。"李氏严肃地道。她真的不理解,儿子居然会冒出这样的想法。

"可……"

"可什么可?你怎么能半途而废呢?绝对不能!"母亲的话十分干脆,没有半点商量余地。儿子低落的学习情绪,是李氏预先没有想到的。她有些愠怒,但还是没有发作。

扬雄看到母亲气咻咻的样子,没敢把话题说下去。

临邛城与成都、郫县一样,是秦朝张仪入川和蜀守张若共同主持修筑的。相对来说,临邛城的规模、气势,都比郫县、成都要小些。然而,街上的繁华程度却是相似的,有行商,有坐贾,有飘逸的花椒气息,以及高汤的鲜香,不时还有吆喝声传来。李氏带着扬雄转了一圈,买了一块布料,吃了一碗奶汤面。临走,她还不断地叮嘱扬雄要好好跟着舅姥爷学习。扬雄一直在街口站着,目送着母亲的背影消失在拐弯处。

扬雄做梦也没有想到,这是林间先生在试探他的心性,考验他的耐性。有一天,舅姥姥看到甥外孙心不在焉的样子,就把用意告诉了扬雄。

扬雄听了舅姥姥的话后,心里不免多了一分自责。想想,觉得是自己辜负了舅姥爷的一番苦心。

出乎意料的是,林间先生恨铁不成钢,每天都在加大课程量,不仅要熟读理解经义,还要求对篆籀之类的上古文字、生字、生词,一遍遍读,一遍遍抄,一遍遍默写,错一个,罚十遍;错二个呢,翻倍。

而真正使扬雄解脱的,是新同学候强的到来。

候强个子不高,胖墩墩的,是林间先生一位好友的儿子。调皮、刁钻,是扬雄对他的第一印象。候强父母管不住他了,又指望他成才,就想方设法托付给了林间先生。扬雄始终在想,候强是不是上次跟父亲去郫县祝寿的候家儿子呢?像,又不像。生活中许多事,就是一句话的事,可扬雄觉得不便问,就不开口了。相比之下,扬雄长候强一岁,却对他许多成天不得消停的怪异举动不能理解。而能够与候强成为朋友的原因,是觉得他讲话的声音是欢快的,没有半点做作,见着生疏的人也不紧张。尤其,他脑子灵活,即便背诵《诗经》《论语》《尚书》卡壳了,顿一顿,拍下脑袋,又能接上。可是,候强一来,却成了林间先生一件头疼的事。候强似是有好动症,手脚闲不住,额头、鼻梁上时时刻刻都是汗津津的,身上也是汗涔涔的,全身上下散发着汗酸味。只要林间先生一转眼,他就像猴子一样又跳又挪,唯一避的是先生一双眼睛。

候强的调皮捣蛋,让林间先生分散了许多注意力。好几次,候强的小动作没被林间先生发现,他更来劲了。他什么时候能够安静地过一天呢?扬雄想。"我每天不喜欢关起来读书,就是想去野外玩。"扬雄觉得,候强能够当面说出心里话,是直率的,也是信赖自己的。候强不会在乎扬雄怎么想,他习惯怎么做还是怎么做。意想不到的是,最让林间先生光火和痛心的事发生了,他好友君平先生馈赠的一把羽扇,不知什么时候被生生地拆散了骨。

"羽扇是谁弄坏的?啊?"林间先生早课一见面,铁青着脸厉声问。

候强似乎没有听见林间先生的责问,扬雄觉得自己没有动过羽扇,也没答话。林间先生盯着候强,又转眼盯着扬雄,道:"没人承认是吧,那好,各抽二十戒尺。看看是你们的嘴硬，还是戒尺硬。"

候强瞥了林间先生一眼，又看了看扬雄，噘着嘴说："不关他的事，是我弄坏的。"

"是哪只手弄的嘛？"林间先生盯着候强问。

候强低着头，伸出右手，迟疑了一会儿，又缩了回去，再伸出左手，也缩了回去，最后，还是想不通，把一双手都伸了出来。他跪着，任凭林间先生的戒尺"啪啪"地抽在自己的手板心上。他抿着嘴，眼睛随着戒尺在打转，一声不吭。

林间先生气得发抖，警告说："你好好想想，若不是你父亲，我怎么会收你为徒？晓得不，从今天开始要长记性了，再有类似的事情发生，就别怪我无情了，必将扫地出门。"

林间先生这么一说，候强蔫头耷脑的，那股犟劲没了。侥幸的是，候强没有把林间先生收藏的竹丝便面拆了，那可是扇的祖宗呀。若是候强把竹丝便面拆了，那还不等于要了林间先生的命。

课后，林间先生刚走，舅姥姥就在院子里拔了几棵金钱草，洗净，放在木盆里，倒入滚水，要候强趁热把被抽得发肿的双手放进去浸泡。候强看着热气腾腾的木盆，又看了看舅姥姥，眼里充满了疑惑。他龇着牙，用食指的指头探了一下水温，慢慢地把一双手都浸了下去。

4

霜降，天逐渐冷了。林间先生的庭院里，一盆菊花绽放，黄灿灿的，花朵饱满，硕大，一家人看着甚是欢喜。扬雄与候强都是第一次看到如此大朵的菊花，兴奋不已。转眼，候强一时手痒，居然把菊花摘了。

扬雄瞪大眼睛，面对候强摘下一朵一朵的花瓣发愣。候强见了林间先生，没有半点懊恼，反而是一副死猪不怕开水烫的样子。林间先生愕然，他剜了候强一眼，眉头紧皱，摇摇头，走了。

候强的父亲到林间先生家赔礼道歉，已是几天后了。他刚进门，扬雄一眼就认了出来。果真,候强是候侃的儿子。按年龄辈分,扬雄应该称候侃为叔。扬雄心里想,上次与父亲到候家祝寿,怎么没有看到候强呢?即便,候强现在有所收敛,依然是吊儿郎当的样子,罚抽一次戒尺,安静两天,说不定第三天就好了伤疤忘了疼。林间先生与候侃隔着书案,坐在席上。林间先生实在是忍无可忍了,气愤地对候侃说:"孩子如此顽劣,确实少见。任其发展,不知道会出现怎样的后果呢。"

"唉!种种表明,都是溺爱的结果。不瞒先生说,爷爷奶奶爱长孙,含在嘴里都怕化了。有时,轮到我必须管教的事,都被他们压了回去。有时,我也憋得慌,双亲又得罪不起。我把强儿送到先生这里来学习,还是交涉了多次,做了不少转弯的。说来说去,都是我没有尽到责任。"候侃焦灼地对林间先生道。

"那就惯着呗!"林间先生想缓和下情绪。

"让先生见笑了,强儿好动,顽劣,还是一个不懂事的孩子,先生莫怪。"候侃拱手作揖,尴尬地道。

"这些都是我知道的,还有我不知道的吗?"林间先生问。

"恐怕……没有了。"候侃忐忑地答道。他沉默了片刻,不好意思地道,"没想到,给先生添了这么多麻烦。"

"我不麻烦。我麻烦什么?"林间先生诧异地扫了候侃一眼,越说越气,"烂泥巴,扶不上墙。这样的学生,我无能为力,还是你自己领回去教,或者另请高明吧。"

候侃的脸上像有火在烧,他愧疚地道:"先生息怒!子不教父之过,是我的不是。不妨这样,我先把强儿领回去严加管教,彻底改正以后你再给强儿一次机会。"

林间先生面无表情,他既没有点头,也没有摇头。长时间的沉默,意味着两人的谈话陷入了僵局。候侃从席上起身,深深地向林间先生鞠了一躬,道:"我向先生道歉,也代表不争气的儿子向先生道歉。"林间先生也从席上连忙站起,摆摆手道:"你这是何苦呢。"说完,林间先生用眼神止住了候侃问询的目光。候侃迟疑了片刻,把想说的话吞了回去。林间先生和候侃的谈话,是在客厅进行的,候强与扬雄在院子里能够听得一清二楚。很明显,候强听着,是坐立不安的,他所担心的事情终于出现了。扬雄发现,舅姥姥趁续水的机会想出面调和劝上一句,但看到舅姥爷的脸色,也没敢吱声。候侃气鼓鼓地扯着儿子的耳朵走的时候,扬雄的心里也不是滋味。

院门口,突然传来候强尖锐的夹着哭腔的叫声。

这时,林间先生才长长地舒了一口气。他叹了一句:"眼不见,将为净。"

至于候强能不能够再回来一起读书,扬雄心里也没底。扬雄觉得,自己该学什么还是学什么,以前面对受过罚又没有认真做功课的候强,难免多了几分优越感,而现在,那点虚妄的优越感也不复存在了。

这天夜里,风呜呜地刮着。扬雄住的是临近庭院的一间客房,低矮、狭长。扬雄意识到隔壁的客房空了,竟然有些伤感。扬雄想,候强此刻是否会有同样的感受呢。透过窗口的缝隙,扬雄看不到星光,只感到有一股寒风在不住地往里灌。风声,像哨音。一只蝙蝠,从墙壁飞向了窗台。扬雄闭上眼睛,不由又想起了梦境中太阳神鸟振翅的声音。

一想到太阳神鸟,扬雄心中总是莫名地激动。到了深夜,他才进入睡眠。

天蒙蒙亮,扬雄就醒了。早晨的雾,薄薄的,白乎乎的,带有些许的湿气。他起床的第一件事,是负责庭院的打扫。有时,舅姥姥打扫客厅,扬雄也帮忙打个下手。然后,才开始早读。扬雄欢喜把读到深刻意义的句子抄录下来,然后用自己的语言表述一遍。

按照课程安排,扬雄诵读《诗经》《论语》《尚书》之后,是林间先生例行的提问。

林间先生叹了一口气,清了清嗓子道:"不要小看一些基础的常规与常识学习,这些最能体现一个人的学习态度。潜心做学问的人,知识积累比什么都重要。如今许多学儒的学生,大多为了应付考试的需要去投朝廷经师所好,而你学习的出发点在哪,又是为什么学?"

"为什么学呢?"林间先生这句话倒是把扬雄问住了。是的,如果读书只是为了做官,这样的书不读也罢了。先生有先生的一套标准,而自己的标准又在哪呢?扬雄陷入了深深的思索。

在临邛跟随林间先生近三年的学习时光,对扬雄来说,只是人生的一个起点,却改变和拓宽了他的知识结构。至于扬雄能够为历代蜀王传记——撰《蜀王本纪》,以及著《輶轩使者绝代语释别国方言》,虽然都是后话,却与他少年时在家乡的过往，还有舅姥爷——林间先生的启蒙不无关系。

## 5

冬天的日子，开始是不紧不慢的，院子里的蜡梅一开，就一天比一天紧，离年就越来越近了。快也好，慢也罢，对林间先生而言，生活节奏都是一样的。林间先生已经过了知天命的年龄，饮食起居讲究规律，他只要在家里，午睡是雷打不动的，一年四季都是如此。扬雄清楚，林间先生与其他人的午睡习惯不同，他欢喜午睡后再吃午餐。往往，晚餐是可以省略的。

扬雄与舅姥爷、舅姥姥在生活中的默契程度，骗过了许多人的眼睛。很多认识林间先生的人，都以为扬雄是林间先生的儿子。事实上，林间先生儿女双全，儿子林间逸群在阆中与人合伙做生意，女儿林间雪梅嫁在成都。很多时候，亲朋好友一起谈起子女，林间先生都为自己一对懂事的子女感到自豪。

雪，像羽毛一样飞，一片一片落下时，轻盈，飘逸。蜡梅的枝丫与花朵上，雪停了薄薄的一层。尤其，雪停在一树树蜡梅的花苞上，像红与黄的蜡梅花苞上镶了一层洁白的花边，甚是好看。静心细闻，还有一种清冷淡雅的幽香。哦，又将迎来一年的春节了。扬雄意识到春节临近，就着手收拾行李，准备回家与父母团聚。其实，扬雄回家过年团聚，只是面上的事，主要的还是祭祖、守岁。不料，来自阆中的一个口信，不仅把林间先生的午睡打乱了，也改变了扬雄的行程。口信是与林间逸群的合作伙伴张宏托人捎来的，说是林间逸群被劫匪劫持了，至今生死不明。官府介入缉查也半个多月了，仍然没有任何消息。

"什么？简直是胡扯！"林间先生不相信报信者的话，"怎么会呢？那是不可能的事！"林间先生摆着手，继续问，"你少糊弄人，凭什么说我儿子被劫持了，这个玩笑可不好开，你有什么证据？"

然而，报信者的话，犹如冬日在客厅滚下的响雷，在场的人都惊呆了。

"我是受人所托，不然，借我一个胆也不敢报这样的信。毕竟，人命关天。"报信人说着，苦笑了一下，从怀中掏出一个香包，递给了林间先生。舅姥姥一看到自己亲手为儿子缝制的金累丝石榴形香包，眼泪就滴落了下来，她哽咽着，一句话也说不出来。

安慰长辈的话，扬雄压根儿不知道怎么说。他主要生怕说不好会适得其反，挑起他们的伤心事。人呀，悲痛欲绝的时候，特别敏感、脆弱，弄不好，一句安慰的话，听起来也会走样。有了这样的想法，扬雄讲话处处小心谨慎，甚至与舅姥爷、舅姥姥见面，都用点头代替问候了。

阆中带来的消息，无疑是留给林间先生夫妇的一个噩梦。官府兴师动众，缉查来缉查去，劫持案件还是一直悬着，没有一个明确的结果。此时，林间先生夫妇的心里是极度矛盾的，既想尽快得到一个明确的结果，又想案件一直悬着。只要案件悬着，儿子就还有生还的希望。扬雄也不知道，舅姥爷、舅姥姥进入这样的噩梦里，会在什么时候醒来。想想，若是案子成立，就不可避免有一个最坏的结果——老年丧子的打击，对他们无疑是致命的。

张宏还捎信说，他在阆中盯着，一有消息，立即告知。不管怎么说，林间先生心里是存疑的，难道劫匪认人吗？一对称兄道弟的生意伙伴，在嘉陵江一带一起经营蜀刀蜀布等蜀地特色物品，为什么偏偏就劫持了林间逸群呢？再说了，要赎票，就要花钱呀，可报信的人为什么压根儿没有提钱的事呢？话又说回头，林间先生在阆中是见过张宏的，人朴实，懂礼貌，似乎与胡作非为沾不上边，不至于昧着良心干出心怀鬼胎的事。但，人心隔肚皮，也很难说。猜疑归猜疑，只是一个念头在脑中闪过而已。林间先生为自己有这样的想法感到后怕。一旦，张宏有嫌疑，儿子必定凶多吉少。没准，被劫匪劫持了，都比张宏有嫌疑好。"呸，什么乱七八糟的事。"林间先生摇摇头，自言自语道。

林间雪梅听到消息，冒雪从成都匆忙赶到临邛。林间雪梅走进家门，看见父母一脸的痛楚，神情恍惚，忍不住与父母抱头痛哭了一场。扬雄只是小时候见过林间雪梅一面，那时还是一位苗条、高挑的姑娘，这天第一眼看到，身材似乎长了一圈，变丰腴了，都不敢肯定是不是她。按辈分，扬雄应叫她姨。林间雪梅哽咽着叫了一句"阿爹、阿娘"，扬雄才确定无疑。扬雄见不得人哭，看到舅姥爷、舅姥姥双泪纵横，眼泪就涌了出来。扬雄用手捂住嘴巴，尽量不让自己哭出声来。哭过一阵，林间雪梅像突然醒悟过来似的，她问父母："香包呢？"

蹊跷的是，林间先生怎么找，也找不到香包。他问妻子和扬雄，也像在问自己:"哟,昨天明明在的,今天怎么会不见了呢?"舅姥姥边找边嘟囔,"人都找不着了,找个香包有什么屁用。"扬雄也帮着舅姥爷、舅姥姥翻箱倒柜地找,找遍了客厅、卧室,连香包的影子都没有见着。

扬雄咳了一声,对舅姥爷道:"四处,四处都找了,还是没找着。"不知舅姥爷哪来的火气,朝他吼道:"明摆的事,要你说。再找不着,晚饭也别想吃。枉我养你教你,一点用处都没有。"扬雄心里清楚,自己没惹舅姥爷生气,却情愿他把气撒在自己身上。如果舅姥爷把憋在肚子里的气撒了,他的心里肯定会痛快得多。舅姥姥还在边上埋怨,扬雄不敢搭腔,他想不通的是,香包怎么会无缘无故地失踪了呢?

等父母情绪缓和稳定了些,林间雪梅劝父母道:"阿爹、阿娘,我嫁在外地,也没有好好孝敬你们。我看不如这样吧,你们一起去我家中住上一段时间,刚好在成都过春节,可以散散心。"任凭她怎么劝,两位老人一直没有松口。"去你那里过年,以后有的是日子。问题是,我现在待在家里,相当于聋子瞎子。凭着一个香包和几句口信,我能相信儿子被劫持了?事情的难点还在于,张宏掌握了多少情况,官府到底介入了多少,我一概不知。毕竟,人命关天,是一条人命啊!"林间先生一脸的悲伤和疲惫并没有褪去,他继续慢条斯理地道,"等年一过,我就立马去阆中探个究竟。不然,我怎么能够心安呢?"

"嗯,还是阿爹想得通透,说得在理。我看这样,过了大年初二,我就来陪你去阆中。"林间雪梅拉着父亲的手道。林间先生用右手轻轻地拍了下女儿的肩膀,算是默许。

扫尘、置办年货,林间雪梅包揽了。空余时间,她寸步不离地陪伴着父母。雪,还在下,一场接着一场地落。

瑞雪兆丰年。不仅扬雄看不到一点瑞气,林间先生一家都看不到。雪子,俨如透明的冰粒,落在屋瓦上,有弹跳的声响,噼里啪啦的,像铁锅里炒豆子。雪子停了,雪花又无声地飘了下来。雪,越下得洋洋洒洒,林间先生心里越着急。邻居李贺与林间先生年龄相仿,想托林间先生写桃符,看到他心事重重的样子,也就没有启口。

久雪未化。这一年的春节,比往年都冷,而且冷得刺骨。到了初五,太阳才露脸。屋顶上的积雪,屋檐下的冰凌,慢慢开始融化。向阳的一面,冰水在滴落，而背阴的呢，积雪厚，冰凌长，还没有开始融化的迹象。翌日，天气晴好，林间先生拿了一张平时都舍不得用的粗纤维麻纸，研墨提笔，用小篆给好友君平先生写了推荐信：

君平庄兄台鉴：

　　睽违丰标，瞻圆几度。拙闻足下锦城垂帘授馆，声播域外，幸甚慕之。某甥男子云名雄者，少而好学，清静亡为，弗汲汲于富贵，戚戚于贫贱，是为浑璞，乃煅乃琢。而足下雅性淡泊，精《大易》而耽《老》《庄》，博览亡不通也。雄若得为先生研墨案下，日濡嘉言懿行，必有大进。故为之荐。

　　专此布达，即颂春绥。

永光五年初六日翁孺顿首

林间先生把信交给扬雄，临时起意，准备动身去成都与女儿会合。扬雄想陪伴舅姥爷去，路上有个照应，不承想，被舅姥爷骂了回头。林间先生也不听妻子的劝阻，扭头疾步就走。

扬雄和舅姥姥伫立在凛冽的风中，看着一个苍老的背影渐行渐远。前路茫茫，谁也猜不透阆中会给林间先生一个怎样的结果。

## 第二章　拜在君平先生门下

### 1

一场大雪，阻断了扬雄与父母之间的联系。扬雄从临邛回到郫县白鹤里的家，已是元宵节了。"昔我往矣，杨柳依依。今我来思，雨雪霏霏。"扬雄站在村口，默念着《诗经·小雅·采薇》中的句子，又似是喃喃自语。

扬雄没有回家过年，扬凯与妻子都急得慌。好不容易盼到儿子到家了，却听到的是林间逸群被劫匪劫持的消息，十分震惊。扬雄搓着手，哈着气，断断续续地说出了事情的原委。那一刻，李氏心里沉重，眼泪就涌了出来。她不敢相信，如此揪心切骨的事，竟然会落在林间舅舅身上。李氏担心，舅舅成天与诗书做伴，文文弱弱的，他是否承受得住这样的打击呢。而扬凯像往常一样，只是静静地听着，把感伤藏着，也不言语。如果抛开林间逸群被劫持的不幸，扬凯非常欣赏儿子现在的讲话状态——语速慢了，却平缓，少了卡壳。然而，当扬雄提到要拜在君平先生门下，去成都石室文学精舍学习时，扬凯倒吸了一口冷气，他意识到，自己所担忧的事已经无法回避了。其实，三年前舅舅收扬雄为徒时，曾提到要推荐扬雄去成都石室文学精舍君平先生门下学习，他模棱两可，只是没有把话题和态度挑明——扪心自问，扬凯是不想让扬雄去成都石室文学精舍学习的。扬凯不认识君平先生,也没有与他打过交道,他不想扬雄去君平先生那里学习,与君平先生的人、才、德都没有关系,只是有一个心结没有解开。

扬凯蹙起眉头,冷冷地道:"我不同意!"

"为,为什么?"扬雄疑惑地望着父亲,觉得委屈、沮丧,鼻子酸酸的,他弄不清楚父亲为何反对自己拜师学习。扬雄想,是自己做错了什么事,让父亲失望了吗?好像没有。

李氏对丈夫的话也感到莫名其妙,剜了丈夫一眼,埋怨道:"对儿子,不可以随便开玩笑的。能够拜君平先生为师,这是好事。许多人想拜,还不一定有机会呢。"李氏摸不清丈夫说话的意思,在儿子面前又不便再问。她拍了拍扬雄的肩膀,转身去厨房忙开了。

李氏选了老姜、葱头,用陶罐在炭火上煎水。水一开,陶罐内外氤氲着浓浓的姜味。李氏心急,徒手去端,手指碰到陶罐就被弹了回来,她对着手指嘘嘘地吹了两口气,又把手指在鬓边的头发上划了划,似乎手指被烫的灼痛减轻了许多。然后,她再用湿巾包着陶罐端起,把姜汤倒入陶碗中,要扬雄趁热把姜汤喝了。扬雄不情愿地问:"阿娘,我,我又没感冒,怎么要喝姜汤?"李氏白了儿子一眼,道:"等你感冒了,就迟了。要你喝姜汤,又不是要你吃汤药。"扬雄只好端起陶碗,犹豫了一下,朝陶碗里的姜汤轻轻吹了两口气,然后,鼓足劲把姜汤一饮而下。

一碗姜汤下肚,扬雄感到有一股热能由内而外地在全身发散,仿佛正在消解一路上带来的寒气。最后,喉咙口冲出一个嗝,浑身舒泰。这时,扬雄才发觉双手十指是红肿的,带着冻醒过来的疼痛,而脸上也有了温热。

热灶热锅,荤菜都是熟的,复火即可,炒一碟白菜,就开饭了。扬雄三下五除二,扒了一碗饭,把碗筷搁在案上,嘟噜了两个字——饱了——就默不作声了。李氏看看扬雄,又看看丈夫,心里百思不得其解,问:"雄儿,刚到家,跟谁赌气呢?"

扬雄气鼓鼓地答道:"没,没什么,姜汤喝饱了。"

雁鱼铜灯的火苗如豆,光线暗淡,随着风左右摇摆,一家人的脸庞上忽明忽暗。吃饭结束,直到收拾碗筷,李氏都没有看清儿子与丈夫脸上的表情。扬凯招了招手，示意妻子在席上坐下。他沉思了片刻，把摆在案上的雁鱼铜灯灯芯挑亮了道："有一件事，一直藏在我心里。也许，我今天把它说出来了，心里会轻松些。"

扬凯的一句话，把妻子、儿子带到了云里雾里。

"雄儿，你的高祖爷爷是单名，一个'季'字。他曾以明经入仕，官至庐江太守。当时，一些地方豪强偷逃朝廷税负，并且转嫁在当地百姓身上，他为减轻百姓额外承担的税负，着手开始整顿。为此，与地方豪强结下了梁子。谁也不会想到，地方豪强胆大妄为，无视法度，竟然指使杀手追杀。你高祖爷爷被逼无奈，只好弃官逃命，带着家眷顺江而下，几经辗转，才在郫县隐居下来。"看着儿子一脸的惊讶，扬凯接着道，"不仅你高祖爷爷险遭杀身之祸，一家人也不得安宁。想想，逃亡的生活，那是读书人过的日子吗？当然不是。因此，他痛定思痛，为子孙立下了一条规矩：扬家子孙耕读传家，不得为官。"

李氏听丈夫说过先祖从外地迁到郫县，却对迁徙的原因一无所知。如果不是儿子要去拜在君平先生门下，他是不是要一辈子把先祖的秘密烂在肚子里呢？

扬雄"哦"了一声，从席上站起来道："不可，不可否认现在朝廷委儒生以重任，大多数人学儒习经都是奔着官场去的。但，儒家学说仅此而已吗？其他人不好说，舅姥爷学儒习经没有去做官，君平先生也没有吧。"扬雄说完，一屁股坐在席上，努力克制着心中的不安。

"雄儿，你的想法是否简单了呢？我跟你说的，可是先祖立下的规矩啊。"扬凯承认，自己有些固执，近两年与儿子沟通也少，这样的话题突然冒出来，儿子很难接受。扬凯知道，自己的话也是含糊的、导向不明的，他怕把儿子的想头点破了，会影响和挫伤他学习的积极性。

而李氏与丈夫的看法不同，甚至感到丈夫有些偏见。她眯着眼看扬雄，觉得儿子能够有这样的想法，说明他长大了。"是啊，学与不学，与做官不做官，有何关系？父子好不容易见面，讨论这样的问题有意思吗？也不想想，儿子好学还不好，你烧高香还来不及呢。"显然，李氏是针对丈夫的话说的。本来，她是想劝丈夫几句，但话一出口，就转了向，音调也高。

去拜师学习，还是不去拜师学习？扬雄的脑海中总是晃动着一左一右的问题。问题出来了，有可能就成了难题。扬雄心里清楚，母亲是站在自己一边的。

至少，有了母亲的支持，难题可以解决一半。抬眼，看到父亲板着脸，眉头紧皱，他还能再提什么呢？

卧室还是保持着原先的样子，一床一案，地上铺席。床榻矮，贴着卧室的一面墙壁，而案比床略高一点点，四足的，也高不过膝，摆在席与席之间。扬雄熟悉到闭上眼睛都能够摸到所要的一切。钻进被窝，盖被显得有些短了，扬雄不由打了一个寒战。好在，被窝里的冷，是短暂的，也不会冷到骨子里去，像走在结冰的路上，滑一下，就稳住了，有惊无险。扬雄直勾勾地望着房顶，毫无睡意。厨房里是有火炉的，母亲吩咐他端进房间，临睡前也可以烘一下，暖暖脚。他懒得端，没把母亲的话当一回事。真的应了一句俗话，不听老人言，吃亏在眼前。扬雄只好平躺着，双肩把被褥压得紧紧的，脚与脚绞着，用被褥把身体裹得密不透风，被窝里的暖意就开始上升了。

夜深人静，扬雄模模糊糊地睡了。他父亲被蒙面人绑架了，要他交出林闾先生的推荐信换人。扬雄找呀找，推荐信却不见了，他急得大哭，就是哭不出声来。扬雄喘着粗气，被一泡尿急醒了。还好，是一个噩梦，推荐信还在。只有摸到推荐信，他心里才觉得安妥。

## 2

十七天过去了，还是没有阆中的半点消息。

情绪是会传染人的。扬雄看到母亲抹泪的时候，心里立即泛起一阵酸楚，眼圈红红的。李氏叹了口气，对扬雄道："你舅姥爷有雪梅陪着，还好些，可舅姥姥一个人在家里，孤孤单单的，更加犯愁呢。我和你父亲商量好了，等送你去了成都，我们就去临邛陪陪你舅姥姥。"

"嗯，你们多陪陪，多陪陪舅姥姥，我自己去就是了。"扬雄点点头，他希望父母多腾点时间去陪舅姥姥。这个春节，扬雄什么地方都没去，即便是村里一起玩泥巴长大的伙伴找他，也没有去。说心里话，在父亲没有答应他去拜君平先生为师之前，他连玩的兴趣都没有。母亲催了几次，要他换上新做的曲裾深衣，他也懒得换。

还好，几次谈话下来，母亲总是占上风。父亲想岔开话题，又找不到机会。扬雄倒沉得住气，默默地听父母深谈，一句话也不接。听得出，父亲是出于对世事的疑惑，更多的是对儿子的放心不下。慢慢地，父亲的态度在发生微妙的变化——固执的想法在一点点地松动。好不容易，从父亲嘴里吐出两个字——同意。这是扬雄期待已久的结果，他激动地抱着母亲转了一圈。

李氏咯咯地笑了，道："傻孩子，抱我有啥用？你阿爹呀，咸菜拌豆腐——有盐（言）在先，早就盼你哪天抱个媳妇才高兴呢。"扬雄被母亲的一句话，逗得面红耳赤。他愣了一下，羞赧地道："阿娘，你再开、开这样的玩笑，我就不理你了。"扬凯深情地望着妻子、儿子，呵呵地笑着附和："那是，那是。"

扬雄一直沉浸在兴奋之中，走路的步子都多了几分欢快，脚底生风。扬雄勤快，而父母凡是家务都不让他插手。村舍外是开阔的田地，更远处，是江安河。扬雄悠闲，就"嘎吱嘎吱"地踩着冻土出村，顺着江安河河畔走。河边冷冷清清的，一个人影也没有。偶尔，树丫上没有来得及化的积雪会掉在脑壳上，抑或颈窝里，冷飕飕的，刺激、过瘾。前方，风一吹，树上的积雪纷纷洒落，宛如飘扬的雪雾。扬雄从心里欢喜这样的清冷，还有清冷带来的萧疏。甚至，有几分迷醉。至于为什么，他也不清楚。"噢——嗬嗬嗬——"扬雄情不自禁地放开嗓子吼了一声，许是吓着了，野地里觅食的鸟儿扑棱棱地飞起。鸟，并没有飞远，只是打个旋，又缓缓地落下了，瞬间就不见了踪影。松鼠倒是不怕人，嗖嗖地上蹿下跳。河岸上，还有明显的冰痕，不远处的河面上却氤氲着一层薄雾，仿佛随着河水的流淌，在丝丝缕缕地袅袅而升。一只白鹭贴着浅水飞，落地保持滑翔的姿势。赤颈鹧鹧忽而游在水面，忽又钻入水中。扬雄双手捧了雪，掌心一挤一压，裹了个雪球，扔向河中，溅起一束水花。江安河在不舍昼夜地流向远方，扬雄对远方有了无限的憧憬。

绕了一个大圈回来，扬雄发现父亲在村口等他。"阿爹，有事？""没事，你阿娘怕你走远了。"扬凯拍了拍儿子的肩膀，问，"看没看到田里有人在弯竹弓装鸟？"

"冷清呢，人影，人影都没有一个，鸟倒是不少。"扬雄边用脚在枯黄的草皮上擦着鞋泥，边和父亲说道。

小路蜿蜒，能够唤起记忆的很多。幼时，扬雄经常骑在父亲的肩膀上，似乎那欢快的笑声并不遥远。想到这，扬雄不由停下了脚步，扭头看了看身后的父亲。扬凯看到儿子笑着望着自己，会心地笑了。

"啧啧，是雄儿呀，都比我家老三高了。你小时候，我还抱过你呢。扬凯真有福气，儿子读书本事，人又长得英俊，将来考个功名没问题。不像我家老三，大字不识，只有放牛犁田。"村里王婶提着菜篮，在巷口碰到，笑盈盈地道。"哪里，是王婶说得好。哪能与王婶比，都抱孙子了，你才有福气。"扬凯觉得脸面有光，拱手道，并让扬雄与王婶打招呼。

"婶娘！"出于礼貌，扬雄按辈分叫道。实际上，王婶比父亲还要年轻几岁，只是农事做得多，人显得老相。然而，在村里，称呼人很少讲岁数，讲的是辈分。扬雄注意到，她提菜篮的手都冻皴了，像松树皮似的。

"哎！有空去家里坐，与老三几个聚聚。"王婶抱怨道，"我那三个儿子不争气，没有半点出息，只能镰刀打屁股。唉，再说了，都挤挤挨挨地耗在家里，香签棍搭桥——难过。"扬凯安慰道："房宽地宽，不如心宽，你又何必发愁呢。"王婶叹气道："没劲的事不说了，我去菜园摘点青菜。"

"下次，下次吧，我阿娘在家等呢。"扬雄说着，侧身让过王婶。扬凯脸上的笑宽厚，道："情意领了，下次，下次。"

第二天临走，扬雄的心情还是没有平静下来。想必，这是一个求知者的动力吧。于扬雄而言，他所期待的拜在君平先生门下，以及成都石室文学精舍，都还是一个未知。

从早上开始，李氏对儿子有说不完的话，有些叮嘱都重复两三遍了，还在说。扬雄不管听没听到，都一个劲点头。听到母亲有明显重复的话，他也是嘻嘻一笑，照单全收。鸡蛋、米饼、米脆、米糖，李氏像变戏法似的拿出，又一样一样往包袱里装。李氏说到扬雄以后的学习生活，眼圈又红了："雄儿，以后不管怎么走，家里没人拦你。但有一条，稀里糊涂的事不能做，昧良心的事不能做，不能忘了阿爹阿娘。"

"嗯！知道了，阿娘。"扬雄用力点了点头。扬雄早就有去成都的心理准备，心里也酝酿了多次，他见母亲眼圈红了，鼻子就酸，眼眶里也就冒了泪影。

扬凯能够理解母子此刻的心情，他只好把离别的伤感忍着，温和地道："又不是第一次分别，不至于吧。郫县距成都又不远，可以随时来回的。再说，雪梅的家就在成都，走动也方便。"其实，扬凯心里清楚，既然同意儿子拜在君平先生门下，意味着一家人在接下来的几年又很难团聚了。李氏抚了抚扬雄的头，道："你雪梅姨家房子小，添了孩子就更挤了。本来，可以去她家借住的，可你逸群叔的事还没个着落，不好去烦她了。"扬雄连连点头道："阿娘，雄儿知道了。"

走到村口，扬雄就开始催促父母转身回家，扬凯和李氏一人一句嘴上应得好，依然乐此不疲，脚还是一步步往前迈着。过了江安桥，前面就是十字路口，分别可以通往走马河、五陡口亭、江源亭、白口亭，以及郫县。越往外，路就敞开了，直接连接成都平原。扬雄无奈，只好停下脚步，不仅要求父母止步，而且要求他们先转身。然后，他背着包袱与父母挥手告别。

## 3

公元前316年，秦国先后兼并蜀国、巴国，设置蜀郡于成都，由名将张仪、司马错筑城，格局上是参照当时的咸阳城修筑的，城周有十二里左右，高约七丈。大约二百一十年后，也就是汉武帝时，开始改筑成都城池，在原少城基础上修筑南小城，与之相对的蜀王城则被称为北小城，加上锦官城，三城进行了连接。改筑后的成都城，城楼巍峨，街道宽敞整洁，房屋鳞次栉比，人口有七万多户，规模仅次于长安。石室文学精舍的大门正对着成都南大街，石枋、石墙，墙角有棱，起线，屋檐双披，非常显眼。与之相邻的街面，两旁店铺林立，有锦店、布店、漆器店、皮革店、铁铺、茶舍、酒肆、客栈，繁华、热闹。精舍门口斜对面的左侧，还有一条宽敞的通道，可以直接通往北小城。与暗旧的民居相比，烟灰色的精舍显得厚重、气派。

第一次到成都，扬雄对每一个店铺的匾额，以及竖起的旗幡都充满好奇。是的，非常好奇。对于扬雄，这一切都是新的，还是刚刚开始，他需要尽快融入的是石室文学精舍。然而，三天了，扬雄还没有机会与君平先生见面。每次去，石室文学精舍值日的先生都例行公事地问问，扬雄也一五一十地答。然而，值日的先生半信半疑，他也不知道林间先生与君平先生什么关系，只告诉扬雄说君平先生出门了。扬雄从城东走到城南,每天揣着舅姥爷的推荐信,左顾右盼地等君平先生归来。

等人,是一件折磨人的事。何况,扬雄不知道君平先生什么时候能够回到精舍。他记得舅姥爷说过,君平先生姓庄,字遵,是个"怪人",他既宗道家老子之学,又崇尚儒学,主要靠卜卦维持生计,只要挣够了生活费就义务讲学。舅姥爷介绍君平先生时只讲了概况,没有细节,扬雄很难想象他还有什么怪诞的地方。"如果先生十天半个月不回来,那该怎么办呢?问题是,想打听先生的行踪,都无从问起。"扬雄想,自己仅凭舅姥爷的一封推荐信匆匆赶来,也没有预约,是不是草率了。与在舅姥爷家学习不同,石室文学精舍是官办的学堂。扬雄觉得,精舍名字雅是雅,讲起来不合口语,没有学堂熨帖。好在,学堂值日的先生近人情,看到扬雄找了几次,又拿着推荐信,先让他落脚了。说是落脚的地方,其实是类似于杂物间,勉强能够打个铺盖。扬雄路过窗户时发现,一位儒者模样的先生坐于榻上,手持竹简在论学讲经,学生呢,则席地而坐。有那么一瞬间,扬雄产生了自己就是其中一员的错觉。然而,毕竟是错觉,来得快,溜得也快,讲经先生朝向扬雄的一瞥,就把他的错觉瞥走了。在见到君平先生之前,扬雄的心一直揪着,他只有裹着棉袄在门口老老实实等着。

没有办理正式的入学手续,学堂没有义务提供伙食。一日三餐,扬雄只能在街上应付,米粥、米饼、蒸饼、枣糕,轮换着吃。他还没有见到君平先生,根本无心逛街,只是为了填饱肚子。扬雄填饱了肚子,又在学堂门口站着,没人问他,也不吱声。街上来来往往都是穿本色麻布的人,只要是看去年龄与舅姥爷差不多的,他都要猜一猜是否是君平先生。只有一个例外,那人年纪虽然相仿,而走路背着手,嘴上还嘘嘘地吹着口哨。扬雄一见,就给否了——猜都不用猜,肯定不是君平先生。傍晚,太阳西斜,气温也在下降,扬雄仍然跺着脚呵着气在门口等。似乎,跺跺脚,呵呵气,身体就暖了。然而,随着店铺的打烊,街上路过的人越来越少。甚至,后来半个时辰也见不到一个人。

天,麻乎乎的,暮色重了。扬雄垂着头,灰溜溜地走了。学堂值日的先生都认识扬雄了,见他这么晚回来,也没吭声。扬雄有种预感,君平先生应是出远门了吧。不然,怎么会见不到他呢?

转过院子里的走廊,扬雄感觉到身后有人追了上来。天色晚,偏暗,一起对面站下了，扬雄只看到一位披发长者拎着布袋的轮廓，听到他呼噜呼噜的喘息声。

"听说，是你在等我？"长者缓了一口气问。

"是，是的。您是君平先生？"扬雄喜出望外，一个劲地点头。

"怎么，不像？如假包换。"君平先生笑着说，"有事在外地耽搁了几天，久等了吧？"

"是我，是我冒昧，打扰先生了。"扬雄揖手，把来意给君平先生说了。并从怀里掏出舅姥爷的推荐信，递给了君平先生。

君平先生听到扬雄说话有些口吃，皱了下眉头："哦，翁孺兄原先谈过此事，可怎么突然提前了呢？"

"说来话长。"好不容易，扬雄把林间逸群被劫匪劫持，以及舅姥爷去阆中探询消息的事，一一向君平先生说了。

"原来是遭遇如此变故。这样吧，你先安心住下来，有事以后再说。"没等扬雄反应过来，君平先生转身就走了。

"先生说的以后再说是什么意思？"扬雄不能追上前去问，只有自己琢磨着。他对院子里的路不是太熟，摸黑深一脚浅一脚回到了住处。

4

君平先生对扬雄的挑剔，扬雄是蒙在鼓里的。又是两天，君平先生理都没理扬雄，好像把他忘了似的。虽然，扬雄是好友翁孺兄推荐的，他却在背后细细地观察着扬雄的一举一动。扬雄坐不住，也没敢歇着，他主动去找了君平先生几次，都吃了闭门羹。扬雄越想越觉得不对劲，干脆在君平先生经过的走廊等，还是连影子都没有见着。君平先生在哪里，为什么会避而不见，还是入学遇到麻烦？扬雄的心中越想越乱。心中越乱，越理不出头绪。扬雄像陷在冥思苦想中不能自拔。那种无助感，只有他自己体会得到。即便，嘴巴里吃着甜甜的枣糕，也是索然无味。

第三天早晨，扬雄熬红了眼，还是在无聊而纠结地等候。出乎意料的是，君平先生在眼帘中出现了。一般情况，瘦的人脸上几乎带着虚弱之气，或者有狰狞之相，但君平先生瘦，却是一脸的和善。"先正衣冠，后明事理。你属于中途插班的旁听生，但入学礼还是不能免。择日不如撞日，顺其自然便好。依我看，仪式上午就办了。"君平先生的一番话，让扬雄异常兴奋。

"哦，先生，不举行，不举行入学礼行不行？"扬雄不知道自己怎么会冒出这么一句话，或许是被兴奋冲昏了头脑。

"不行。学堂是官办的，官办就有官办的规矩。"君平先生的话没有半点商量的余地。

扬雄嗫嚅着，有些不知所措，解释道："是我，是我没有说清楚。我想说，想说的意思是，不要因为，不要因为我一个人去举行一场入学礼。"

"这不是你我能够说了算的事。按照规矩做就是了。"君平先生怔了一下，话语坚决。扬雄看到君平先生没有生气，一颗忐忑的心才放了下来。

沐浴。更衣。扬雄换下了灰不溜秋的丝绵做的絮袄，穿上了过年都没有舍得穿的曲裾深衣，身形也不显臃肿了，重新绾了发髻，仿佛精神面貌都焕然一新了，清纯的脸上洋溢着幸福感。他看到君平先生头系青色头巾，身着深衣，衣袖宽大，腰间佩玉，佩玉上还缀着流苏，端庄儒雅，神清气爽。

先焚香拜至圣先师——孔子神位，再跪地向君平先生磕头、敬茶。然后，净手净心，朱砂开智，扬雄向君平先生的正式拜师仪式才算完成。这天到场的，应是学堂老师、学生的代表，他们一起见证了扬雄入学礼的全过程。

君平先生训导道："蜀地的教育由文翁开先河。汉景帝时，文翁为蜀郡守，他讲仁爱好教化，倡导读书之风，开办学宫，可谓公学始祖。后来，汉武帝号令天下郡国效仿蜀郡，设立官学，兴办学堂。赋圣司马相如在赴京师游宦之前，曾经在石室讲堂执教。所有这些，每一位学子都必须铭记于心。"

君平先生咳了一声，继续说："石室育人，德达材实。办学模式是选派、资助蜀生到京师长安学习经学、律令，遇到经费紧张，还用地方特产枸酱、蜀刀充当学资，可见办学决心之大。蜀生学成后，回到石室执教。特别优秀的，还可以推荐到郡中任职，成为地方官吏。希望大家学有所成，学有所用……"

扬雄注意到，君平先生一改披发，束了发髻，发髻上还束了头巾，而穿的呢，是袍服，显得身形偏瘦，寿眉之下，目光如炬。他看学生的眼光是审视的，威严的。尤其，扬雄听到君平老师提起自己崇敬的司马相如时，心里特别激动。扬雄望了一眼先生，又看了看身边的同学，感觉此刻太美好了，像梦幻，却又如此真实。这时，他才知道，那天让他先在石室落脚的值班老师是君平先生的好友——李弘先生。据说，李弘先生曾经在州、郡谋过职，后来才转行在石室执教，主要负责讲《易》《礼》《诗》《书》《春秋》。说实话，扬雄对李弘先生当初的信任充满了感激之情。

同学们谦卑地站着，一个个听得认真。君平先生的话说得很明白，进入了石室的学生，只要认真学习，都有个好前途，要么入仕，要么执教。入学礼完毕，师生都解散了。学生一散开，三个人一簇，五个人一群，有的嘻嘻笑着，有的相互追逐着，显得很开心。

住在学堂，意味着开始与同学同住一室。寝室是通铺，木板搭了两张低矮的床榻，两边平行排开，中间是木案。本来，一间寝室住六人，一边三个，他们之中，有来自彭州、邛崃的，也有来自广汉、绵竹的，看去年龄差异不算太大。扬雄临时插了进来，等于挤了一边。扬雄没有选择的余地，只能挨着门口的床角住下。与同寝室的同学一见面，扬雄拱手致意道："各位，各位学长，请多多关照！"彼此在入学礼上见过面，虽然叫不上名字，却不算陌生，同学之间拱手笑笑，算是欢迎。因为与杨庄的姓氏同音，扬雄一下子记住了杨庄的名字。

深夜。静寂。任何的声息都是扩大的，汹涌的，像室友的鼾声，磨牙声，还有含混的呓语，以及混浊的汗臭味。从记事起，扬雄习惯了一个人睡觉，他在暗夜中睁着眼睛，很不适应，听着此起彼伏的声息，总觉得怪怪的，心里一片空茫。夜，能够吸走光，为何不能把这些声音吸走呢？

这一夜，扬雄辗转反侧，彻底失眠了。

醒来的时候，扬雄发现寝室里静悄悄的，同学们都起床了。许是连续几天没有睡过好觉，加上昨夜又失眠，他起晚了。扬雄一跃而起，迅速穿衣，袜子都没有来得及穿，连忙洗了脸赶去教室，同学们已经在教室早读。扬雄明白，君平先生没有责问他，并不代表没有发现他。扬雄最怕君平先生当着同学的面，冷不丁地问一句迟到的原因。说实话，扬雄进教室之前，想了一串迟到的借口，既然君平先生没问，他就烂在肚子里了。扬雄加入早读行列后，不敢直视君平先生的目光。

早读下课,君平先生让扬雄留了下来,警告说:"这里是石室,与在林间先生家里学习完全是两码事,你要好自为之。我不需要你的过去如何,需要的是你今天的努力,还有努力向着的未来。"

看到君平先生一脸的不高兴,扬雄心中懊恼,也不好解释什么,只向他鞠了个躬表示歉意。出教室门的时候,扬雄的额头撞到了门框,他吓了一跳,怎么会如此冒失与懵懂呢。而且,这样的事都让君平先生看见了,真的很丢人。扬雄闭上眼睛,暗暗给自己下了个死决心,类似的事情以后不能再发生了。

扬雄文才好,老师赏识,同学嫉妒。是啊,你一个插班生,说白了就是一个没有学籍的旁听生,在学习上出什么风头呢。同学之间的芥蒂,不是一朝一夕形成的。同一个寝室,谁没有磕磕碰碰?不可能。牙齿与舌头都有磕碰的时候。口吃,是扬雄自卑的一面。很多时候,同寝室的同学喜欢拿他的弱项开玩笑。扬雄心里越着急,结巴的毛病越严重。何况,一人难敌众口。争吵中,你一句,我一句,话语干涩、生硬,充满了火药味。扬雄争得面红耳赤,气急了,就与同学扭起来,抡了拳头。同学杨庄去劝不仅没劝住,反而挨了两拳。乱拳之中,杨庄没有看清是谁打的,只有拽住一个不放,扭来扭去,好像杨庄与扬雄是一伙的。一个个鼻青脸肿,想遮也遮不住,总得见人吧。

李弘先生绷着脸,训斥道:"要抡拳头,就别进石室的门。免得以后被开除了,再来后悔。要知道,世上没有后悔药。"君平先生大为光火,怒道:"石室,岂是你们放肆的地方。谁冒犯谁?有什么过不去的事非要动手解决?简直是乱弹琴!"君平先生扫了一眼,看到扬雄几个脸上互相露出不屑的神情,他严厉地道,"有性格,有脾气,是吧?有本事在学儒习经上拿点性格脾气出来,啊?从现在起,全部给我面壁思过,谁先自省,彻底检点到自己错了,谁先当众道歉,谁就先复课。否则,给我卷起铺盖走人。"

扬雄、杨庄,以及几个参与了打架的同学面面相觑。君平先生厉声道:"还嫌不够丢人是吧!都给我出去!"你看我,我看你,几个同学相互望了一眼,垂着头散了。

君平先生此举,比板子打在任何人身上都痛。

## 5

"嘟呜——嘟嘟呜——"

陶埙的音色朴拙舒缓,润中带颤,平和中流淌着清丽绝俗,还有悲壮与凄凉。的确,扬雄站在学堂院子里光秃秃的银杏树下吹奏陶埙的时候,音色婉转,质朴之中透出一些忧郁。或许,很多同学还没有记住扬雄的名字,却记住了黄昏有一位如醉如痴吹奏陶埙的同学。

正当扬雄手托陶埙指压音孔,上唇微贴陶埙内沿吹奏出沃野秋风与鸟鸣混合之声时,君平先生走到了扬雄身后。君平先生没有说话,扬雄也没有发觉。似乎,扬雄在吹奏,君平先生是现场唯一的听众。一曲终了,仿佛那吹奏出的埙声还在缓缓地淌。

"吹奏得不错,有点意境。"君平先生赞许道。

扬雄反过身来,看到是君平先生,神情局促地道:"是不是,是不是扰着先生了?让先生见笑了。"见君平先生只是默默地注视着陶埙,没有说话,扬雄补充说,"陶埙是舅姥爷送的,我只是消遣而已。"

"是啊,翁孺兄能够吹奏一口好埙。我也是睹物思人呀。我与翁孺兄称得上是同乡,又是好友,情同手足,久违的埙声,让我想起了与翁孺兄在一起的时光。"

"舅姥爷有两只陶埙,都是六孔的,两年前把这只送了给我。我能够吹奏,都是他教的。"说着,扬雄把陶埙递给了君平先生。

君平先生没有接,摆摆手道:"翁孺兄的陶埙我都见过。如果没有记错,两只都是椭圆形的。""嗯,是的。"扬雄点头道。"伯氏吹埙,仲氏吹篪。"君平先生的神情,像在背诵《诗经》的句子,又像在自语。"天之牖民,如埙如篪。"扬雄引用《诗经》中的句子接了一句。

君平先生打量了扬雄一眼,若有所思道:"想想,一部诗集能够被奉为儒家经典,是何等的荣耀。而这部《诗经》是至圣先师——孔子选编的。从三千多首中删出三百零五首,容易吗?诗三百的说法,就是这样来的。"

学堂的院子四周是回廊，中间有草坪、莲池，边角有银杏树、悬铃木、黑壳楠、香樟、翠柏、雪松，清幽、安静。扬雄是第一次陪君平先生在院子里散步，他们的话题随着儒家经典逐渐深入，从孔子创立儒家的核心思想"仁义礼智信"，到汉武帝"罢黜百家，独尊儒术"，再到宣帝、元帝对儒学的推崇，实行"儒学治国"，由远而近，且不蔓不枝。夜幕已经拉起。君平先生认为，儒家哲学以天、地、人为三极，分别表现了宇宙的气、形、德。在功能上，天之用为化，地之用为育，人之用为赞。而道家的原则是自然无为。所谓道，是宇宙产生了天地万物，天地万物都遵循宇宙而行。由道而生，得道而成，称之德。因此，道是原则，德为实体，结合融汇衍生万事万物。毋庸置疑，人是伴随宇宙的演化而出现的，人生就应遵循宇宙的普遍原则。人生的根本出发点，不外乎尊道贵德了。

君平先生语重心长："不妨想想，是否是这个理呢？希望你不负光阴，好好学习。"君平先生与扬雄在走廊道别，他挥了下手，留给扬雄一个无限遐想的夜。而扬雄，则目送君平先生，百感交集。恰好，这时杨庄同学路过，扬雄便与他一同回寝室了。

谁知，这样的长谈只是一个铺垫，或者说是埋下的一个伏笔。两个月后，君平先生告诉扬雄，他将辞职离开石室。此前，扬雄没有感到任何征兆，他得到的信息已经是结果。扬雄不知道究竟发生了什么变故，也不知道君平先生出于何种心理，却愿随先生离开。君平先生问："难道你不在意石室？"扬雄坦荡地道："不在意，说不在意是假的。我只不过，只不过是个旁听生而已。既然先生，既然先生选择离开，我也将随先生而去。我来是因为先生，走也绝对跟随先生。"

君平先生沉吟片刻，才拍拍扬雄的肩膀道："你现在虽然是插班的旁听生，以后正式入学也就顺理成章了。想想，在成都，需要入学学习的子弟太多了。我是看到石室有太多的局限，才选择离开的。你千万不要因为一时冲动，而误了前程。现在，有的读书人精通一经就可以平步青云，有的成了经学博士，有的成了公卿大夫。你的郫县同乡何武，就是范例。"

扬雄抬头望向君平先生，激动地道："舅姥爷，舅姥爷把我托付给先生，是敬仰先生渊博的学识。我，我不管别人怎么想，只知道自己应该怎么做。"

"那好吧,你我之间的事,你我知道就可以了。一切顺其自然。"君平先生沉默了许久,淡淡地说。"哦,有一件事忘了告诉你,我昨天见到翁孺兄了。逸群被劫匪劫持的事已经水落石出,那个叫张宏的合伙人有个弟弟是劫匪的同谋,逸群只是受了皮肉之苦,不碍事。"君平先生转身告诉扬雄。

"是,是真的吗?太好了!太好了!"扬雄激动得语无伦次,手舞足蹈。

初春里,石室院子里银杏树的枝头已经长满了扇形的叶子,香樟树上换了新绿,而银杏树与香樟树之间,一树白玉兰已经绽放,花朵白净、素雅,空气里飘着淡淡的幽香。

## 6

任教前,官方要求君平先生搬到石室居住。实际上,君平先生在支矶石街有一栋民房。椽子老旧,仍可看出全是杉木的。屋檐下,一只蜘蛛拉出经纬线,正在织网。靠近门口的墙基处,倚着扫帚、簸箕。大门的背后,挂着铜铃,无论开门还是关门,铜铃都叮当作响。房屋虽然低矮,却有一个小院子,院子还种有两棵罗汉松和一树梅花。罗汉松遒劲,梅树虬干,与小院子组合在一起,俨如画境。之所以说院子小,只有二十平方米左右,不仅是房屋的露天活动场所,还兼顾了房屋的采光。人多了,院子都显得逼仄。支矶石街与石室同属城南,相隔也不是太远。

扬雄随君平先生搬到了支矶石街的民房,等于君平先生在家中开始授课教学生了。他一个人,相当于兼着校长、老师、总务,里里外外都要照应着。君平先生前脚走,后脚就有石室的同学赶来听课。好几次,杨庄与几位同学一起,连推带搡来到院子里,都要求拜在君平先生门下。杨庄绰号"公子",人却诚实、好学,不知道底细的人,很难看出他是富家子弟。见君平先生一言不发,杨庄自觉闭了口。那失落的神情,在同学间是传染的。然而,小院还是热热闹闹的,门庭若市。君平先生发愁了,这可怎么办呢?君平先生知道,这样的景象对于自己并不是好事。石室的学生来听课,问题就来了,等于与石室有了冲突。议论得最多的,恐怕是石室的管理者,说什么庄君平不地道,辞职就辞职呗，怎么把学生也带走了。虽然支矶石街与石室隔着几条街巷，却没有不透风的墙。话语传到君平先生耳朵里，他全当耳边风。

三月中旬的一天上午，一位陌生的中年人走到君平先生家门口，一脚踩在门里，一脚踩在门外，犹豫了许久，看到都没人理他，拍着门，"嗷嗷"地吼了两声，直呼庄君平名字。不料，门一拍，铜铃就叮叮当当响，中年人吓了一跳。扬雄不知道发生了什么事，问道："请问，你有什么事？"陌生的中年人瞄了扬雄一眼，挑衅道："你是谁？你放屁都不响，叫庄君平出来。"君平先生闻声出来，看到来人斜眼、塌鼻、黄板牙，根本不认识，问道："我是庄君平，你有何贵干？有事借一步说话。"中年人神秘兮兮地自称是石室学生的家长，不情愿地道："干吗，我就要在这里说。"君平先生疑惑道："哦，石室的学生竟然有你这样的家长？""是不是，不是你说了算。"中年人继续连名带姓地嚷嚷道，"你庄君平吃着碗里，看着锅里，如果再见到你与石室学生有来往，信不信，我叫人拆了你的门。"

陌生中年人一嚷嚷，围观的人就多了。

"你以为你是谁，想敲竹杠也找错了地方。嘴巴痒是吧，何不弄个鹅卵石嚼嚼。这里还轮不到你放肆，给我滚出去！"君平先生第一次看到如此蛮横的人，懒得跟他费口舌，厉声道。扬雄第一次见君平先生发这么大的火。看来，陌生中年人是个吃软不吃硬的主，见君平先生怒气上来，噜了一句："你，你等着瞧。"就灰溜溜地走了。君平先生气愤地道："疯子一个，简直是无理取闹！"等君平先生火气消了，扬雄问他那无理取闹的家长是否认识。君平先生反诘道："他说家长就是家长了？"听君平先生这么一说，扬雄似有所悟。但，对于如此荒唐的事，扬雄又陷入了迷茫。陌生的中年男人是受人指使，还是自己瞄上的？扬雄不得而知。

几件事缠在一起，君平先生不得不考虑面临的境况。如果再有人上门添乱，倒是不怕，只是扰了自己的清静。事实明摆着，长此以往，不仅学生不愉快，官方也会有误会。君平先生无奈，用木板做了一块牌，写上"石室学生，谢绝入内"，并钉了个扣子，挂在门口。

扬雄蒙了，嘀咕了一句："有石室，有石室同学真心实意想来学习，不是好事吗？"

君平先生瞟了扬雄一眼，道："说起来你也在石室待过，没长进。你以为，石室是菜园门？"君平先生看看木牌，心里多了一分坦然。然而，现实的问题有一串。比如：保守的做法，收几个学生合适？现有的七个学生是否多了？收不了的学生怎么办？所有的问题，都要综合考虑。不然，心里总觉得有什么东西搁着。是迷惘？还是不安？或许，都有一点点吧。

有的石室学生还是不死心，偷偷摸摸来，看到门口的牌子，伤感、败兴，不得不转身走了。

小院子上首是客厅，边上是卧室和厨房。总体看，房屋的面积小，功能还算齐全。君平先生很少在家中会客，客厅有席有几有案，基本不用。即便有客人来了，他也只在炭炉上煮一罐茶汤，像例行公事。如果有共同关心的话题，当然不在乎面上的礼节，那也另当别论了。说透了，共识才是根本。清明刚过，李弘先生午后到访，他带了蒙山饼茶给君平先生品饮。李弘先生拱手道："耽误君平兄清修了！""李弘兄客气，你是稀客，想请都请不来呢。"君平先生把李弘先生迎进了客厅。

离开石室后，还是第一次见到李弘先生清癯的面孔，扬雄心头一热。他与李弘先生打了个照面，示礼，煮茶，敬茶。扬雄看到二位先生席地坐于案前，在忆旧，聊家常，交谈甚欢，就悄悄地退了出去。约莫过了一个时辰，君平先生和李弘先生把品茶的地方转移到了院子里。扬雄就把泥炉、陶罐、茶饼、灰承、炭挝、火夹，以及席和几都搬到院子里。君平先生呷了一口茶，道："阴阳对立的范畴中，展开的是天地、日月、昼夜、寒暑等自然现象，而五行呢，则是借着阴阳演变过程中，木、火、土、金、水的相生相克，阐释世界万物的形成，以及相互的关系。引申开来，五行既是最基本的物质，亦是构成世界不可或缺的元素。"李弘先生笑盈盈地示意敬茶，道："《周易》能够被儒门奉为儒门圣典，为学者所遵信，肯定有独到之处。实际上，《周易》的内涵与本质是天地人三位一体，讲的还是和谐共存的关系。"扬雄隔着花窗站着，头脑里回旋着他们的谈话。这时，一只花猫赖在君平先生脚边，躺下，翻个身，开始闭目养神，李弘先生笑一声，或者双脚挪动一下，花猫迅速睁开眼睛，警觉得很。时间稍长，花猫的眼睛也懒得睁开了。在扬雄看来，人与猫之间，多了一分默契与怡然。春天的阳光下，茶香氤氲，谈笑风生，院子里充满了安详的气氛。

说实在的，君平先生离开了石室，地方官员、富翁找他的少了，而平民百姓找他的却多了。怎么办？谁送来都收，也收不了。有的家长要排队，可房屋太挤，也排不上号。君平先生拱手作揖，好像亏欠了他们。还有的家长，赖着要跟君平先生磨嘴皮。一位学生家长转弯抹角，意思说我们都是慕名而来，你怎么能嫌弃我家小孩呢。弄得君平先生好尴尬，话茬都不好接了，他不好意思摊着手道："现实情况你们也看到了，磨破嘴皮也没有用。"君平先生忙得不可开交，扬雄想帮衬做些事，连腔都帮不上。反而，君平先生是越忙越从容，越忙越应手。

经过几个月的摸索，君平先生想到了一个法子，问题迎刃而解。君平先生开始在各地做讲堂，到一地，讲一程。前提是，不收费。包括扬雄在内，许多人都知道，君平先生一天卜卦，收一百铜钱就歇工，然后开始讲课。的确如此，君平先生在支矶石街，抑或外地，举个旗幡，拿个龟壳，为人占卜，说的还是忠孝礼义，与人为善。当然，他说得更多的还是《老子》和《易经》。而《老子》和《易经》之外呢，几乎成了他讲课的禁区。

有朋友好奇，问君平先生："你占卜、教书，到底哪一样是主业？万一有不济的时候，怎么过日子呢？"君平先生一脸认真地听着，笑道："这有什么好奇怪的，司马相如先生当年和卓文君还在成都开过酒铺呢。"

## 7

又进入一年的梅雨季节，雨就开始没完没了地下，有时整天看不到一点间歇的空隙。檐水，不停地落在屋檐下的水凼中，溅起水花。许是瓦沟堵塞，抑或瓦与瓦之间由于雨水的冲刷不密实了，屋里出现了几处漏点。扬雄和几位同学赶紧把席收了，捧陶罐的捧陶罐，递铜盆的递铜盆，搬木桶的搬木桶，所有能够用来装漏的，都用上了。地上，四处淌着雨水，凹的地方，积了一凼水。石板缝里，青苔盈绿。墙是潮的，湿气集结的墙体，像蚯蚓爬过的痕迹。而空气呢，也是湿漉漉的，似乎抓一把，就能够捏出水来。身体更不用说了，黏糊糊的，不干爽。屋内，采光本身不是很好，雨天不仅越发昏暗，还多了陈年旧味，仿佛日子也在长霉。

　　好几天了，雨水连绵，君平先生找不到匠人修漏。扬雄小时候看过父亲修漏，也打过下手，他趁君平先生上街和雨停的间隙，搭起木梯上了屋顶。扬雄刚掀开屋瓦，一不小心，一手瓦滑了下来，差点砸到扶梯的同学头上，引起一片惊叫。隔壁的邻居见了，摆着手告诫道："哪有下雨天修漏的，当心滑！"扬雄与同学一听，都吐了吐舌头，屏气噤声了。扬雄反身看了看，埋着身子，把瓦沟瓦脊一疏一顺，层层贴紧，大部分算是凑合着应付过去了。漏点还剩最后一个没修补，雨又来了。扬雄既脱不开身，又不能歇手，只有硬着头皮冒雨修补了。下木梯时，扬雄都湿透了，衣服全贴在身上，可以拧出水来。几位同学淋了雨，反而莫名地兴奋，嘴上一个劲地催扬雄去换衣服，手也没闲着，搬木梯的搬木梯，清瓦砾的清瓦砾，洗陶罐铜盆的洗陶罐铜盆，不亦乐乎。君平先生回家瞥了一眼，发现扬雄自作主张后，不但没有赞许，还把扬雄一顿臭骂："漏一漏，天又塌不下来。那是你做的事吗？上房揭瓦修漏，真有能耐。万一出事，谁负责？啊？"尽管，扬雄心里憋屈，怎么做了事还要挨骂呢？但，想想，君平先生的话也在理。扬雄任凭君平先生骂，老老实实竖着耳朵听着，一句也不解释。其他同学呢，更是闭着嘴，大气都不敢出。扬雄知道，雨天街上行人稀少，君平先生的占卜也有好几天没有开张了，他哪有好心情呢？毕竟，七八个人每天要吃饭过日子，不容易。夜里，君平先生动手煮了一锅姜汤，舀给每人一碗，严肃地说："还要喂吗？不喝完，谁也不准睡觉。"扬雄与同学都知道，姜汤驱寒，是君平先生的一番好意，对于君平先生一改往常的讲话方式，却多少还是感到有点不适应。扬雄嘘了口气，趁热喝了。喝完，他偷偷地瞟了君平先生一眼，发现君平先生的怒气已经消了。

　　第二天一早，君平先生又冒雨上街，午饭也没有回家吃。临近傍晚，扬雄看到君平先生还是没有回来，正要去支矶石街附近找找。没想到，在家门口差点与君平先生撞了个满怀。扬雄诧异，君平先生身后居然站着一个面熟的小伙子，名字在脑中闪了一下，都没敢叫。没等扬雄开口，候强拱手招呼道："扬兄，好久不见！"扬雄不敢相信自己的眼睛，连忙道："真的，真的是——你呀，两年多不见，像变了一个人似的，貌似瘦了一大圈，个子长高了许多，壮实而帅气了。"候强道："别笑话我了，扬兄才是才俊呢。""哪有你们这样互相夸奖不设槛的。想不到吧，你们又做同学了。"君平先生一句话，说得扬雄、候强的脸都红了，他们的头点得像啄米的鸡似的。

一锅米粥，二碟小菜，是晚饭的全部内容，清淡，爽口。晚饭后，候强告诉扬雄："两年多时间，一言难尽。那天离开林间先生家，被父亲狠狠地揍了一顿，竹片都打断了两截。说实话，我不是怕被揍，是怕看到他气疯了的神情，还有爷爷奶奶与娘伤心欲绝的痛哭。想想也是，被先生赶出门，对崇儒的家庭来说，是一件多么耻辱的事，是会遭人鄙视的。即便，我不能给家长脸上贴金，也不能让他们蒙羞吧。悔不当初，我向他们保证将从头开始。父亲还是不放心，卷起铺盖叫我跟他住到乡下去了。父亲不管我受不受得了，先要脱层皮再说。从一日三餐自己动手，到一年四季上山下田的劳作，我每一天都跟着爹在做。如果不是碰到林间先生，说不定就这样一直做下去了。""啊？怪不得！我还在想，你怎么能够摸到君平先生家门呢。"扬雄道。候强还沉浸在自己的记忆中，想起来像梦一样恍惚，他红着眼圈道："从那以后，我成了爷爷奶奶的一块心病。最为愧疚的，是爷爷奶奶辞世的时候，我和父亲都不在他们身边。"扬雄看到候强伤心的样子，不知道说什么才好，安慰道："你的，你的心情，我能够理解。与其背着沉重的心理包袱，不如选择放下。谁都会老的，是吧？""嗯，有段时间，不知怎么的，我感觉自己就像一位溺水的人，那种无助感只有自己知道。"候强叹了叹气说。

"那，那你也不必太自责。生活中的疏失，不要再去记住了。多记住善，并持之以恒，这就够了。"扬雄顿了顿说，"你可能还不知道，林间先生家中发生的事，他儿子遭劫持后，如果不是他一而再地去找官府追查，弄不好就成了一个谜案。什么世道？人心叵测！听君平先生说，结果还算好，破财人安乐。"

候强十分惊讶，道："居然还有这样的事？那天见到林间先生，他精神还好，也未提及。他和我父亲还谈了临邛、郫县儒生的事。""事情处理完，林间先生到了成都，他与君平先生见了面。可能是离家太久，或者是时间太紧，我也没有见到他。不可否认，林间先生是一位认真执着而又乐观的人，他是把伤口藏在心里。"扬雄淡然地道。他甚至疑惑，面前的候强，是那位躁动、执拗，一天到晚不着调的候强吗？候强之所以改变自身，能够做到从他律、自省，再到自律，他顾忌的仅仅是家庭的脸面吗？不尽然吧。

雨声小了，连檐水滴落的声音也消失了。这时，大门的铜铃叮叮当当响了起来。想必，是君平先生出去散步了。夜，仿佛巨大的吸盘。雨后的夜，更加明显。而屋里点亮的雁鱼铜灯灯火，是暖心的微光。

## 8

中秋前约好，杨庄与扬雄一起去郊游。杨庄不便出面邀请君平先生，想让扬雄去邀。扬雄考虑到与石室的微妙关系，直接没敢对君平先生说。动身前，他叫了候强同行。街口一见面，扬雄才知道杨庄没邀其他人。扬雄介绍杨庄、候强互相认识，他俩虽然未曾谋面，一下子就熟络了。

府南河，是岷江水系流经成都的两条主要河流，一条绕北门东流，一条绕西门南流，在合江亭汇合。杨庄提议，从北门出城，沿府河往上走，走多远算多远，也不一定非要赶到某一个地方。扬雄、候强觉得，杨庄建议走的方向，不失为一条适宜郊游的线路。

城墙逐渐退在身后，河岸就开阔了，河水清亮，河岸与洲滩都带着自然的弧度，有条形的，也有舌形的。扬雄想，那清亮流淌的河水，足以让久居城中的人心神荡漾。小到民间的院墙，大到城墙，于人都是一种禁锢。而禁锢人心的又是什么呢？实际上，人心中更多需要的应是一脉清流，一方草地，一片蓝天。"鱼在在藻，依于其蒲。"杨庄看到河里悠游的鱼儿，吟出了《诗经·小雅》中的诗句。候强用《诗经·秦风》接了一句："蒹葭苍苍，白露为霜。"扬雄道："是啊，天地本无心，万物贵其真。我套用一句孔子先师的话，逝者如斯夫，不舍昼夜。"三个人你一言我一语，叽叽喳喳，比鸟鸣还欢快。在扬雄眼里，竹子、香樟，仿佛只是河岸的一个引子，而灌木与乔木的交集，使蜿蜒的河岸显得更加幽深。路边坡地，茅草、苍耳、桫椤、紫萁、凤尾蕨、筢子草、海金沙、荆棘，颜色由浅变深，仿佛展现路边野地色彩的过渡。沃野上，秋风中，秋意渐浓。蓝蓝的天空下，一只鹞鹰在盘旋。进入眼帘的稻田里，瓜棚下，豆架上，呈现着一派丰收的景象。与平坦阔达的田野相比，远处的村庄显得渺小，好比是一个个散落的点。三个人结伴郊游，自由、惬意、愉悦。约莫走了两个时辰的样子,一条沟渠拦住了去路。准确地说,不到两米宽的沟渠上,原先是有杉木作桥的,可杉木朽断了。如果要绕着走,多了很长一段路是小事,主要是走不走得通都没底。

"跳吧,怕啥?"候强话音未落,已经箭步跳了过去。扬雄犹豫了一会儿,助跑了两步,也跳了过去。扬雄落地的时候,嘴里尖叫了一声,觉得有成就感,十分过瘾。

轮到杨庄了,他有些哆嗦,一直不敢迈步。

"跳呀,跳呀,一大步而已。"候强语速很快,像他的箭步一样。

看杨庄有些胆怯,扬雄鼓励道:"杨兄,没,没什么的,我不也跳过来了?试试吧。"

杨庄看了看扬雄,又看了看候强,后退几步,憋着劲助跑起来。然而,杨庄跑到沟渠边就紧急刹住了。他咽了一口唾沫,喃喃地说:"见到沟渠里的流水,我就发晕。"

"不会吧,一瞬间的事,闭上眼睛试试。"候强道。杨庄吸了一口气,按照候强说的去做了。结果,双脚还是在沟渠边紧急刹住了。杨庄无奈地摇摇头,一屁股坐在了地上。

"你,你行的,杨兄!"扬雄右拳与左掌互击着道。

"你们不要再劝我了,我知道我自己能不能跳过去。一跳,恐怕就掉到沟渠里了。"杨庄怯怯地道。

"干吗?不试试怎么就知道会掉呢?再说了,掉沟里的,都是稀里糊涂的,你这么清醒,怎么会呢?"候强吃惊地打量着杨庄道。

"嗯,"杨庄喘了一口气,埋着头说,"试不了。"

"既然这样,那我们一起陪你坐了。"候强说着,拽住扬雄,也一屁股坐在了地上。

杨庄一脸尴尬,瞪大眼睛做了个鬼脸,道:"那好,我愿意。"

扬雄在地上掐了一棵车前草,放在嘴边闻闻,就丢入了沟渠里。车前草在水面上漂呀漂,一下子就被流淌的水带走了。扬雄又掐了一棵车前草,拿在手上捻了一圈,道:"想必,想必这是郊游路上的另一种体验。"

"什么意思?"杨庄问。

"没，没什么，"扬雄望着沟渠里的水流说，"是你想多了。"

"其实，我心里也十分矛盾，还是走一步算一步。就像这沟渠，也像在石室。"杨庄抬头仰望蓝天，眯着眼道。

"哦，怎么，怎么能够把沟渠与石室相提并论。杨兄在石室，将来要走的可是大道呀，被推举，或者考功名，都不是问题。"扬雄说完，就站了起来。他扯了扯候强的胳膊，示意一起跳到杨庄身边去。这次，扬雄没有助跑，一跃就过去了。扬雄的屁股刚落地，候强也跳了过来。三个人，呈三角形坐在草地上，状态松弛。扬雄想到杨庄刚才紧张的样子，扑哧地笑了起来。"笑什么？"候强问道。"没，没什么。"扬雄打住了，答道。这时，蚱蜢也来凑热闹，扑在三人之间的草地上，不仔细看，似乎蚱蜢与草是融为一体的。候强伸手去捉，蚱蜢迅速拍打着后翼，飞走了。扬雄随着蚱蜢的飞翔，移开了目光。

"唉，"杨庄叹了口气说，"要是像扬兄说的那么容易，就好啰。问题是，有的情况比我想象的还要糟糕，不是一两句话能够说清楚的。至于有什么焦虑，我也说不清楚。"

扬雄道："那，那是。记得听君平先生说过历史上的选官制度，在夏商周三代，诸侯百官，分封世袭；到了春秋战国时，各国选用客卿；秦朝时，是论功赏爵；而在当代，是察举与荐辟。在他看来，有的人学习儒家经述，也许只是为了拿到进入仕途的敲门砖而已。本来，为了功名，也无可厚非，我觉得做个有情怀的人更重要。""历史与现实的状况，也是如此。"候强表示赞同。

"据我所知，郡国察举是乡评里选，所考科目是以德行为先，学问上则以儒学为主，最后任用还是由皇上策问决定。而所谓的荐辟呢，实际上是重臣征聘。"杨庄郑重其事地道。

扬雄若有所思："人生，人生每一个节点都像一场考试。相对而言，这样的考试是人生的大考。说一千道一万，修行还是靠个人。人各有志，不管以后的路怎么走，假以时日我们都面临抉择。至于二位兄长有什么理想，将来怎么选择，我都会尊重。"

"充充饥，就当午饭了。"杨庄从布袋里掏出米饼说。"嗬，杨兄有心。肚子正咕咕叫呢。"扬雄致谢道。米饼是烙过的，内里混了葱花与盐，香而软绵。一人一块米饼，几口就下了肚。候强故意苦着脸道："杨兄不仅小气，还做诱惑人的事。这米饼一吃，反而觉得饿了。"杨庄笑道："你，你应该早说，我和扬兄不就可以分一块了？没办法，只能等回去吃晚饭了。"

昼上，秋日的阳光已经失去了燥热，却还是有几分暖和。扬雄起身，拍了拍身上的草屑，还是拍不干净。于是，三个人互相帮着拍。你拍一下，我拍一下，忍不住追逐嬉闹起来。候强兴起，在路边摘了几粒苍耳籽，扔在扬雄和杨庄的头发上，苍耳籽带倒刺，很难扯下来。扬雄和杨庄相视一笑，合伙把候强按倒在地上，三个人是瓜藤缠在豆棚上——纠缠不清，直到候强求饶才算罢休。走一程，扬雄、杨庄、候强身上都有了微汗，感觉舒畅。虽然，走的是同样的路程，返程总觉得路途要短得多。途中，扬雄想得最多的是君平先生，还有舅姥爷林间先生，他们完全可以凭借自己对儒学的领悟获取功名，偏偏，他们为何没有去博取呢？而像李弘先生，他先前在官府入职，又是什么原因让他辞职从教呢？还是那句话，人各有志。

扬雄、杨庄、候强，三个人都是十八九岁，正处在多梦的年龄，有想法，有憧憬，有茫然，也是很自然的事。入了城，杨庄和扬雄、候强道别。"常联系！"三个人几乎异口同声。杨庄点点头，匆匆离开了。越往支矶石街走，街道慢慢收拢变窄，市井味却越来越浓。客栈、店铺、摊点，以及流动的叫卖交错着，行人络绎不绝。候强眼尖，远远地就发现了君平先生的旗幡，他一把扯住扬雄的胳膊，道："喏，君平先生。"扬雄"嘘"了一下，就噤了声。两个人站在原地，侧过身子，用余光侦察着君平先生的动向。那街口拐角，成了君平先生摆摊算卦的固定地盘。远远看去，君平先生一脸认真，肢体语言并不丰富，他在对算卦占卜者说着什么，扬雄与候强也不清楚。趁着几位凑热闹的行人围住君平先生，扬雄和候强赶紧绕到君平先生身后，溜了过去。

随着阳光在逐渐暗淡，市声也落了下去。从街口到支矶石街，扬雄觉得这段路特别漫长。扬雄与候强走进君平先生家，其他同学也不在，屋里静悄悄的，只有门后的铜铃在回响。

太阳西垂，月亮已白乎乎地显影了。中秋前的夜晚，月光皎洁，怎么看，还是没有达到满圆。

## 9

  君平先生正坐在榻上给席地而坐的学生上课，一只锦鸡从窗户外飞进了客厅。当时，君平先生正面朝窗户，他对这只不速之客也感到讶异。锦鸡的毛色艳丽，头顶的羽毛是金丝状，羽冠金黄，腹部红色，落地时"咕咕"地叫了两声。"哇"，上课的同学看到锦鸡更是一脸的兴奋与惊喜。锦鸡走到候强席前，他准备伸手去捉，立即被君平先生阻止了。君平先生道："看锦鸡警觉的样子，应是误闯，抑或落单了。"说着，他叫扬雄去把门打开，好让锦鸡飞出去。锦鸡不紧不慢，在门槛上站了一会儿，松了松翅膀，没等大家回过神来，"噗"的一声展翅飞走了。

  "好啦，任何生灵都有自己的家园，锦鸡也不例外。善待万物，尊重生灵。这是一种善。而锦鸡的到来，亦是一种善缘。"君平先生的语气一改不温不火，激动地说，"从另外一个层面看，鸡为吉，而锦鸡为大吉，好兆头，好兆头呀！"君平先生说完，停顿了几分钟，好像在等心情平复下来，才继续上课。他以老子、孔子引申，从阴阳两极去阐释《易经》中宇宙、天地、人间的自然之道。君平先生道："老子信奉道教，主阴，倡导道法自然，无为而为。而孔子信奉儒学，主阳，倡导仁、义、礼、修身、齐家、治国、平天下。你们不妨去想想，他们两个本身不就是阴阳两极的最好体现，以及对《易经》的最好阐释吗？"

  君平先生从案头拿起竹简，端详了片刻，道："说起老子的《道德经》，人们普遍认为是一部经书。实际上，老子的《道德经》是后人把他的《道经》与《德经》合称的。'道可道，非常道；名可名，非常名。'是《道经》的开篇语。而'上德不德，是以有德；下德不失德，是以无德'则是《德经》的开篇语。前者主要讲宇宙之根本，后者主要讲处世之方。我所讲的只是面上理解的层面，真正的内涵需要你们自己去领悟。"

  天，雾蒙蒙的，下起了小雨。一番秋雨一番凉，仿佛冬天提前到来了。最早感知到季节变化的是人，再就是树。阔叶的柿子树、银杏树，针叶的水杉，满树的叶子都在发黄。然后，开始脱落。那一树树叶子脱落的程度，比秃头的人要彻底得多。君平先生家的小院子，也有院外飘来的落叶，雨天贴在地面上，想扫也扫不动。天一晴，树叶飘落在地上，窸窸窣窣的，像风在推着叶子走。风生怕没有看清叶子的底细，把叶子翻来覆去，看了又看。扬雄听到风吹落叶的声响，觉得特别亲切。因为，他小时候在家经常听到这样的声响。有时，风大了，呜呜地吹，吹着门窗动静也大，吱吱呀呀的，细碎，空幽。这天一大早，扬雄找到君平先生请假，他想回家一趟，然后去临邛看望舅姥爷。君平先生"哦"了一声，没有立即答复扬雄。过了一会儿，君平先生告诉扬雄，要想回去也不在一时，还是等过年一并回去。听君平先生这么说，扬雄像木棒一样杵着。这是扬雄拜在君平先生门下第一次主动提出请假，君平先生的答复完全超出了他的意料。扬雄想，不管君平先生出于怎样的考虑，他不同意肯定有他的想法。尽管，扬雄心里有点郁闷，不过，一晃就没了。

君平先生拍拍扬雄的肩膀，语重心长地道："多多珍惜吧。说不定，今后想赖着，还不一定有机会呢。"扬雄对君平先生的话也没在意，他像往常一样，又去琢磨他喜欢的文体——赋。写"骚赋"的屈原，写"辞赋"的司马相如，都是扬雄崇拜的。司马相如的《子虚》《上林》，屈原的《离骚》《惜诵》都是他的最爱。扬雄熟读之后，开始模仿司马相如的语言与结构尝试创作，先后写出了《县邸铭》《玉佴颂》《阶闼铭》等。他的文才，经常受到君平先生和李弘先生的赞许。君平忙不过来的时候，直接让扬雄替代自己指导其他学生。

成都的冬天，又湿又冷。那种湿冷，是从脚底开始的，仿佛有冷气在由下而上，由外而内向身体里灌着，完全失去了其他季节的舒适度。更糟糕的是，耳朵受了冻，耳郭像僵了似的，失去了知觉，不小心一碰，马上有钻心的痛。跺脚、疾走、小跑，无疑能够给身体增热，而沉湎于阅读与书写，是扬雄忘记湿冷的最好方式。在扬雄的意识里，先贤圣哲是能够给他带来暖意的。

同学之间，扬雄与候强最为要好，进进出出，形影不离。晚饭过后，同学们一起聚在院子里闲聊，繁县的同学说："兄弟同心，其利断金。要是将来你们两个搭档，肯定能够成就一番事业。"其他同学附和道："会的，那肯定会的。"扬雄一本正经地道："这是，这是你们的偏见，想害我是吧。我两手空空，你们让我拿什么去跟人搭档呢？再说了，什么叫成就一番事业，既烫手，又烫心。本来，我是想做一个逍遥自在的人，你们倒好，合起伙来坑我，枉费同学一场。"候强与同学听扬雄这么一说,都愣住了,不知怎样搭腔才好,一个个头摇得像拨浪鼓似的。

扬雄见同学都安静地站着,一言不发,嘴巴像冻冰了似的,转笑道:"说白,说白了,我们与先贤圣哲相比,所学所得的只是皮毛,充其量也是小才,而国家需要的是栋梁,是伟器。或许,我们还担负不起沉重,更需要的是历练。然而,生活中还有太多不确定因素,像这天气,今晚看去是晴好的,说不定明天就要刮风下雨了。你们不妨想想,我的话是否在理呢?"

同学惊愕地望着扬雄,仿佛扬雄换了一个人似的。于是,同学们七嘴八舌地议论开了:

"扬兄谦虚。你一谦虚,让人找不着调了。"

"有真才实学之人,看问题就是非同一般。"

"说得也是,精神可嘉,事实残酷。"

候强忍不住,插话道:"现实的问题是,我们与石室不在一个框里,也就是不在同一个层面,先天条件明显不足呀。"

连续好几天,君平先生都早出晚归。一天两头不见光,君平先生在忙什么呢?扬雄不知道,其他同学也无从知晓。候强疑惑,私底下问了扬雄一句。扬雄道:"你问我,我问谁。君平先生忙,自有他忙的事呗。"

这时,君平先生推门进来,铜铃叮叮当当响着。见到君平先生,同学们都哑然了。每一位同学原地站着,向君平先生拱手躬身施礼。君平先生看大家都在,说有重大事项要宣布。君平先生环视了一圈,慎重地道:"五十知天命。况且,我已经过了知天命的年龄。我考虑了很久,基于目前疲于应付的状态,我将回郫县去办讲堂,设馆授徒,让更多的学子受惠,并且选择在平乐山归隐。当时,你们每一位要来听课的理由有很多,而我,要你们离开的理由只有一个。我昨天卜了一卦,明天是黄道吉日。因此,我在成都家中的讲学,到今天就结束。我这么说,是不是太突然,抑或残忍了?"君平先生说得很干脆,连犹豫的机会都没有留给大家。他的话使气氛一下子沉重起来,对每一个学生而言,意味着离别,感觉像无家可归的孩子。扬雄马上意识到不久前去请假时君平先生所说的话,说明他是经过了深思熟虑的。其他同学呢,此时就蒙了,面面相觑。

"先生,先生去哪,我就去哪。我,我是跟定了先生的。"扬雄一脸凛然道。

"我也是。先生要算我一个。"候强紧接着表态。

"就是，就是。"有同学附和道。

"不可能。谁也不能跟，我一个也不会带。"君平先生冷眼看着自己的学生，直接把话封死了，不留余地，"聚是随缘，散亦随缘。明天，将来，都是未知，而每一个人心中的善念是相随的。"扬雄觉得，君平先生前一句话分明是对他说的。

这一夜，每一个同学都在胡思乱想，竟然没有一个人说话。说什么呢？说什么鼻子都是酸的，鼻子一酸，就哽咽着想流泪。个别有抱怨的，一出口，感觉不对劲，就止住了。冷静下来，同学之间达成共识，各走各的，任何人离开都不许告辞和送别。

夜里，扬雄拿出陶埙，吹奏起来，埙声如诉，低婉，惆怅，还带着小小的忧伤。扬雄吹奏陶埙的时候，候强凝神屏息地听着，听着听着，就捂着脸，生怕扬雄看见他在流泪。

第二天一大早，有同学陆续离开了，门后的铜铃是最好的响应。临走，扬雄和候强还是想不通，去找君平先生告别。出乎意料的是，君平先生没在家中，而挂在门口"石室学生，谢绝入内"的牌子，也不见了。那叮叮当当的铜铃声，不绝于耳。

# 第三章　游学蜀中

## 1

相对于车水马龙的成都，郫县五陡口亭白鹤里要沉静、安闲得多。一路上，几乎看不到行人。而路边，只有鸟在叽叽地叫，河水在缓缓地淌。

扬雄到家这天，已是腊月二十三的下午了，父母正忙着扫尘。扬凯和李氏做事专注，扬雄站在他俩身后都没发现。"阿爹，阿娘，孩儿回来了！"扬雄叫了一声，赶忙放下行李，就去接母亲手上的扫帚。儿子的突然出现，扬凯和李氏仿佛吃了一惊，转瞬，是一脸的惊喜，眉梢上都缀着笑意。扬凯欣喜里不忘责怪，道："都长这么大了，要回家，也不知道先捎个信。"扬雄笑道："阿爹，是临时动的身。"李氏仔细打量着扬雄，喜滋滋地说："嗯，又长高了，像个男子汉了。"话音刚落，像醒悟过来，问："光顾着说话，雄儿想必饿了吧？我和你爹从早上忙到现在，也没顾得上吃。"

灶窟里的火一烧旺，李氏已燃起香，摆上了米糖年糕，叫扬凯领着儿子去拜灶司菩萨，祈福免灾。父亲虔诚，母亲温和，仿佛那燃起的烟香里氤氲着一种安详。在扬雄的记忆里，祭灶司菩萨是村里每家每户进入小年不可或缺的程序。相传，灶司菩萨在民间是家神，不仅能够给每一个家庭带来安康，还能够监察每一个家庭的善恶行为。

锅里的米饭正收浆，王婶端着一碟年糕送到了厨房。王婶一见扬雄，笑吟吟地说："巧了，雄儿回来了，步步高，年年高呀！"李氏满脸喜悦地接过年糕道："王婶吉言，步步高，年年高！"

"刚出锅的，隔壁邻居都尝尝鲜。"

"是呢，时节上都吃你的。以后呀，都不用做了，坐在家中等婶的就是了。"

"你们不也经常端来端去送，吃你们的才多呢。一个人吃，才一个人鲜，大家吃，大家都鲜，是吧？"

"还说呢，王婶都惯了我的嘴了。"

王婶、李氏有滋有味地聊着，比吃年糕还过瘾。王婶不舍地说："家里正忙着，不聊了，火炉上还炖着鸡呢。我是咸菜拌豆腐——有言（盐）在先，这次雄儿无论如何也要去和老三他们吃个饭。"

"谢谢，还是哪天让雄儿叫老三几个过来聚聚！"

"好，好呀，应该的。"扬雄接过父亲扬凯的话。

王婶走出了厨房，李氏才意识到碟子没有让她带走，拿起碟子急匆匆地追了过去。李氏回来，手上多了两块光洁的桃木板。李氏对丈夫扬凯说："王婶顾着与我聊天，把请你写桃符的事都忘了。"扬凯笑了笑，对儿子扬雄努了下嘴："交给雄儿，让他写就是了。"扬凯之所以让扬雄写，一是想锻炼他的胆气，另一层意思是想看看他学识的长进。毕竟，好长时间没有见到儿子，也没看他写字了。

当然，扬雄知道是父亲在考他。好在，几年前在临邛舅姥爷——林间先生家里，见过他为邻居写桃符。于是，扬雄也没推。既然没推，就等于他应下了。第二天，扬雄伏于案前，凭着记忆，不仅在桃木板上画下了神荼、郁垒门神的画像，还写上了二位门神的名字。扬凯看后，心里非常满意，却没有喜形于色，淡淡地道："马马虎虎，还过得去。等晾下，再给王婶送去吧。"

扬雄到王婶家门口，她正在发牢骚，说全家上下六七个人，做起家务事来连人影都不见一个。既要伺候上，又要伺候下，还要喂鸡喂猪，纯粹的劳碌命。看到扬雄，王婶不好意思地说："婶是做了不甘心，不做也不甘心，一把啰唆嘴，雄儿听笑话了。"扬雄怕王婶误会了，赶紧递上桃符，说明了来意。王婶拿着桃符,目光停留在门神的画像上,赞道:"啧啧,这么快,这么好,肚子里有墨水的出手就是不一样,替我谢谢你阿爹。"扬雄话到嘴边,又咽了回去,他只点了点头。"到了婶家,就像家里一样,不能生分。老三几个都去岳父岳母家送节了,待会儿就回来。"王婶笑道。"老三成家了?"扬雄惊讶地问。"订婚了,隔壁村的,准备明年办喜事。好啦,外边冷,进屋暖和些。"王婶笑了笑说。"不了,过年过节的,阿娘的家务事多,我回去给她打个下手。"扬雄边说边告辞。"真是个懂事的孩子。不过,婶有句话在先,读书人总有出人头地的一天,你以后飞黄腾达了,跟婶都不能生分。"王婶偏过头笑道。

扬雄也笑了,他自己都觉得笑的神情有些不太自然。路上,扬雄碰到老三了,互相问候了一句。扬雄发现,老三长大后,长相越来越像王婶了,脸大,眼睛大,一个笑脸,个子偏矮。扬雄拱手道:"恭喜,贺喜,马上要完婚了。"老三不好意思地说:"你倒是消息灵通,父母催促的。读不了书,只能成个家糊日子。过了年,不想耗在家里,准备到郫县去学做小本生意。""好,好呀,做生意好,说不定将来还可以去成都做呢。民间有句俗话,儿子像娘,金子打墙。有你发财的时候。"扬雄笑道。"我这是没辙,扬兄莫要笑话我了。"老三应了声,挥挥手走了。

从成都回家后,扬雄还没有找到合适的机会与父母说说自己的打算。在内心,他佩服君平先生能够离开隐居的成都,选择平乐山归隐。只有一心一意做学问的人,才有这样的勇气。一个既能做到隐于市,又能做到隐于山的,才是真正的高人。君平先生所选择的生活,也是扬雄心中所向往的。然而,扬雄心里清楚,自己与君平先生相比,就好比是站在平地上仰望一座高峰——那是一个能够引发无限想象的高度。与父母怎么谈呢?从他们能够接受的程度说起,自己遵照先祖立下的规矩,不想去考石室与功名,而是选择出外进行游学?又或者,自己想像君平先生那样,一门心思做学问?这些,父母能够接受吗?扬雄也想过,父母辛辛苦苦培养自己读书这么多年,自己心中的想法是否不太现实呢?记得去成都之前的那次谈话,父母最为现实的想法,就是指望他早日传宗接代。

大年三十,村庄一片炊烟袅袅,仿佛每一缕炊烟里都飘着浓浓的年味。接灶司菩萨,拜祖宗,吃年夜饭,每一个程序都具有仪式感。夜幕降临,扬凯在门口土坦上烧了一堆火，放上竹子，竹子燃起爆裂，便有了"噼噼啪啪"的声响，火星四溅。一声声连续的爆裂，仿佛感应似的，邻居家也"噼噼啪啪"地响起，此起彼伏。扬凯清了清嗓子，仰头吼道："驱——年——啰！"声音浑厚，夜里更充满磁性。话音刚落，扬凯用竹竿拨开火心，堆上竹子，又是一阵"噼噼啪啪"的爆裂声。扬雄目睹了父亲烧竹子的全过程，也效仿着烧，结果放上的是粗大的毛竹，火苗燎着竹筒的表面，"吱吱"地烧出了竹油，"啪"地一爆，特别响亮。烧完爆竹，年夜饭才开始。蒸肉、炖肘子、烧鸡、煮鱼、炒白菜、蒸年糕，以及蛋汤，满满地摆在案上，年夜饭十分丰盛。守岁时，一家人席地而坐，扬雄起身给父母敬上一杯茶，挠着头轻言细语地说："阿爹，阿娘，孩儿，孩儿有件事必须说一说，君平先生在平乐山归隐了，孩儿自认为学习不够，骨子里缺少东西，过了年就想出去游学，增长见识。"扬凯急切地问："君平先生在平乐山归隐，什么时候的事？"扬雄答："就在我回家之前。"扬凯愕然："怎么不早说，年前我也好去拜望他。刚才你说要去游学，去哪游，游什么学？简直是胡扯！"扬雄也不知怎样回父亲的话，停了一会儿，道："只是，只是一个想法，还没有考虑周全。太多的我也说不好，只是不想满足于现状罢了。"扬凯继续追问："什么想法，什么不想满足现状，你是不是受君平先生影响太深了？"

李氏把案上的雁鱼铜灯灯芯拨亮了，灯火摇曳，她瞄了扬凯一眼，道："气话越说越扭，好话越说越顺。今晚一家人聚在一起守岁，是辞旧迎新，应祈福纳祥才对。"李氏这么一说，扬凯扬雄父子都没接茬。扬雄望了望两鬓霜白的父亲，又望了望母亲，发现灯下的母亲眼角都是鱼尾纹，眼中不禁一热。

刚开始，扬凯以为是儿子小孩子脾气，在说气话。正月初二，扬雄再次提起，他着实吃了一惊，问："当年要出去求学的是你，现在不想考功名的也是你。说实话，一开始，因为先祖立下的规矩，我对你考功名是反对的。经你母亲多番劝导，我都想通了，你的问题又来了。你说说，那么多人千方百计都去考功名，又怎么解释？"扬雄望着父亲，无奈地说："阿爹，人与人，人与人之间是不同的，做学问与考功名也是两码事。想想，每天为了考功名去学习，我还真是不行。孔圣人有一句话：古之学者为己，今之学者为人。我不想成为后者。"扬凯道："行不行，恐怕不是由你说了算。孔圣人还有这样一句话，人无远虑，必有近忧。据说如今在孔圣人的家乡一带，儒学发达，还流传着'遗子黄金满籝，不如一经'的谚语呢。你不妨衡量衡量，是游学重要，还是考功名重要。退回一百多年前，你先祖不也是考取功名的吗？"

好几次，扬雄与父母的类似的谈话都僵住了。只要儿子一提游学的事，扬凯与李氏头都大了，好像父子之间在较劲。扬雄心里忐忑，未免有些失望，父母这一关过不了，游学的想法也是白搭。然而，转机出现在正月初四，母亲要回娘家拜年。一家人到了舅姥爷家，林间先生问了扬雄的学业情况。扬雄如实说了，并准备谈自己游学的打算。扬雄刚开口，扬凯马上瞪了儿子一眼。扬雄顿了一下，还是说了。他觉得，林间先生既是自己的长辈，又是自己的老师，说说也无妨。没想到，舅姥爷一口赞成。林间先生舒了一口气，道："好啊，没想到你年纪轻轻，竟有这样的心劲和志气，不简单。青出于蓝，而胜于蓝。一个潜心做学问的人，必须要向天地自然学习。因为，在天地与自然之间，蕴含着无穷的奥秘与玄机。"看到扬凯懊恼的样子，想说什么，李氏轻声咳了一下，提醒他注意自己的神情。经妻子一提醒，扬凯笑了。不过，他笑得勉强。李氏的轻声一咳，扬凯神情的变化，都很微妙，林间先生看在眼里，他抿嘴一笑，道："考个功名，心里就平衡了？我看未必。一个人今后的路怎么走，成就如何，命运怎样，靠的还是自己。"扬雄知道，自己游学的事得到了舅姥爷的肯定，父母也就不好强硬地反对了。然而，平心而论，扬雄心里反而觉得过意不去。孔圣人说，父母在，不远游，游必有方。这个道理，他还是懂的。想到这一点，扬雄心里是矛盾的，但矛盾不能表现到面上。毕竟，他要考虑舅姥爷和父母此刻的感受。其实，扬凯与李氏心里也在打鼓，儿子都二十岁了，读了书不去考功名，还要出去游学，这也不是个出路。既然他舅姥爷赞同，他们也认了。可是，这一游学，也没有一个期限和边际，心里不能不急。再说，村里与扬雄同龄的老三都订婚了，扬雄还无从谈起。然而，论家庭，论学问，论长相，扬雄都比老三强。想到这，扬凯心里的优越感油然而生。明摆着，在儿子婚姻这一点上，扬凯要比妻子急，像自己这个年龄，村里人早就抱上孙子了。春节一过，荠菜会发芽，扬凯心里的念头也会发芽。扬凯与妻子商量，让她用点心，尽快给儿子订门亲事，说不定就拴住儿子的心了。李氏白了丈夫一眼，道："心急吃不了热豆腐。你以为娶媳妇是上菜园割韭菜，想割就割，想长就长。"扬凯笑道："你不想抱孙子，我想。"

正月初七,是上古传说中的人类诞辰日。据传,女娲创世时,她在七天内每天造出一种生物,前六天诞生了鸡、犬、猪、羊、牛、马,直到第七天才创造出了人。所谓人日,也就是说,一年三百六十五天,只有这一天是人类共同的生日。这天早上,李氏用米粉蔬菜做了代表求吉纳祥的七菜羹,给一人舀了一大碗。而七菜羹的鲜香滑爽是诱人的,扬雄"呼噜呼噜"一吸,七菜羹就进嘴了,入喉一个速滑,就入胃了。肚子吃得圆圆的,还是觉得意犹未尽,好像没吃过瘾。扬凯和李氏看着儿子"呼噜呼噜"地吃,欣慰地笑了。吃了三碗,扬雄才放下碗,抹了下嘴。从正月初七的家乡风俗,扬雄想到的是,人们对盘古开天、女娲造人、夸父追日、精卫填海等神话传说都耳熟能详,然而,在巴蜀的地域脉络里,有多少根脉是与女娲创世相通,又有多少地域奥秘没有洞悉呢?

本来,扬雄与父母讲好,他去望帝庙拜了"农神"杜宇,就去平乐山拜访君平先生,然后直接去成都。扬凯听说儿子要去拜访君平先生,也要陪着一起去,被扬雄婉拒了。扬凯道:"既然这样,你也要在家多待几天,起码等过了元宵再走。这是我和你阿娘共同的意见。"扬雄看到母亲在点头,也就不再坚持了。扬雄笑了笑说:"哪有,哪有父母这样和儿子谈条件的,我在家陪陪阿爹阿娘是应该的。"扬凯与李氏喜不自禁,异口同声道:"好啊,这才是懂事的孩子!"他们绕了一个弯,是想借正月走亲访友的机会,看看有没有合适的人家,间接地见见面,为儿子相一门亲事。谁知,扬雄哪都不去,理由也充分,说要温习诗书。

在扬雄的印象里,郫县一马平川,哪有山呢?他去了才知道,平乐山说是山,其实是横卧在成都平原上的一片黄沙土台地。清澈的徐堰河、柏木河绕着前后山而淌,增添了平乐山几分灵气。出乎意料的是,扬雄访遍了平乐山,竟然没有见到君平先生。

君平先生去哪了?扬雄一路在想。

## 2

成都平原是四川盆地西部的冲积平原,当地人称"川西坝子"。在成都平原发脉形成的古蜀文明,完全能够与中原夏商文明媲美。而成都,无疑是古蜀文明的中心。汉代的行政制度，基本上是承袭秦朝的，蜀郡仍然是蜀郡。蜀地置益州刺史部，治成都。成都作为蜀郡首府，以产锦闻名，纺织的图案、纹饰，均以凤凰、鸾鸟、麒麟等瑞兽与祥云瑞草为主，精致、绚丽，朝廷在此地设有专管织锦的官员，又称"锦官城"或"锦城"。西汉时期，益州管辖汉中郡、广汉郡、蜀郡等八郡一百一十二县七道。而蜀郡管辖成都县、郫县、临邛县等十三县和湔氐道、严道。郡守，为郡的最高长官。扬雄没有行走游学前，很难有成都平原地势从西北向东部倾斜的感觉，以及岷江、沱江水系系统的概念，尤其对行政区划划分根本没有清楚的认识。沿着成都平原走了一圈，扬雄重新回到成都，已是盛夏了，处处蝉鸣不绝于耳。扬雄好像还没有缓过神来，他一走就到了支矶石街。然而，大门上的铜锁在提醒扬雄，君平先生确实搬走了。

扬雄把目光从君平先生家门口收了回来，而脚似乎还是被卡住了。人的情感，真的是一个怪物，都离开半年多了，扬雄对君平先生家还是有太多的不舍。仿佛，四年之久的求学与生活场景，还是历历在目。实际上，扬雄这时脚上的皮革鞋都走烂了，脚掌也起了水泡。能够穿皮革鞋的，家境算是不错了。一般的人家，都是穿布鞋。扬雄脚上的皮革鞋，还是父亲两年前买的。再耐穿，也经不住走成都平原一个圈。然而，扬雄小腿肚上这点小伤小痛，与在一路上遇到的磨难相比，根本不足挂齿。记得过沱江时，正遇梅雨季节，他不慎落入滔滔的洪水，被冲出几百米，最后攀着一根松木才靠的岸。站在岸上，扬雄的身体一直在打着寒噤。前不着村，后不着店，他只能用身体把衣服焐干。这，只是扬雄行程中一个插曲而已。如果有一点胆怯，扬雄绕成都平原一圈，就不可能坚持走下来。当然，一路的艰辛与险难，扬雄还要忍着。如果让父母知道了，不仅让他们心疼，说不定以后游学的事也要泡汤。或许，扬雄心里需要一种情感的过渡，他走到街边的庇荫处，把背在肩上包随身用品的包袱搁在地上，自己也随地坐了下来。阳光很毒，蝉鸣起伏，行人匆匆，扬雄却不觉得燥热。远远地望着，扬雄似乎产生了一种错觉——君平先生家的大门"吱呀"一声打开了。

石室门口的街道，依然那么热闹。扬雄走到石室门口，发现认识的同学都没有一个。石室还是原先的规矩和做派，扬雄不认识值日的先生，值日的先生更不认识扬雄，让他在门口等，若是李弘先生在石室，或者同意见面，才能进去。扬雄解释说，他原来是李弘先生的学生。值日的先生瞟了扬雄一眼，不予理睬,连客气,抑或推托的话,一句也没有。李弘先生在不在石室,自己能不能够见到他,都是一个问号,扬雄心里也没有把握。想想,既然到了石室,扬雄决定还是试一试。等待的过程,是缓慢的。扬雄感觉得到,石室真的是关门打锣——名(鸣)声在外,此时与扬雄一起等着会见的还有两位家长模样的中年人。许是天气炎热,加上心里着急,他们用袖口不停地擦着额头的汗。李弘先生就在扬雄的等待中走了出来。一见面,李弘先生惊讶地问:"怎么会是你呀?什么时候来的?"扬雄不好意思地说:"在街上,在街上都溜达半天了,肚子里还在打鼓能不能见到先生呢。"李弘先生拍着扬雄的肩膀,一脸欢喜道:"跟着君平先生学会说话了是吧。对了,君平先生最近在平乐山怎样?"扬雄疑惑地说:"噢,我年后出门,专程去了平乐山,也没见着君平先生,都大半年没见面了。"扬雄说没见着的意思是,君平先生有可能回到了平乐山,也有可能是去其他地方了。值日的先生见李弘先生与扬雄熟络,稍微愣了一下,也没说话。光影浮动,石室院子形成不同的光区,对比分明,景观却还是扬雄印象中的样子。李弘先生和扬雄边走边聊,扬雄顺手把拎着的包袱重新背在了右肩上。

李弘先生在石室的住处十分简陋,一床一几一案,低矮、陈旧,而案边的泥炉炭火上,陶罐里煮的茶却在氤氲着茶香。接过李弘先生煮的茶汤,扬雄显得拘谨了。扬雄觉得,李弘先生给自己煮茶,是一件磨人的事——按规矩,只有晚辈向长辈敬茶。李弘先生捧着茶瓯问:"你刚才说大半年没有见君平先生,为什么?"扬雄神情还是有些局促,他把在平乐山未遇君平先生和选择游学的前前后后,一一告诉了李弘先生。扬雄补充道:"我也,我也知道,父母的心里是矛盾的,他们指望我光耀门庭。可我认准的事,没理由不去做。"

李弘先生微微合着眼,似乎正沉浸在茶香的回味中。他睁开眼睛,打量着扬雄道:"所谓玉不琢不成器。以现在的体制与你的天赋,你应是一块选择明经入仕的好料。你年纪轻轻,能够有自己的想法,能够有自己的选择,这是好事,难能可贵。是的,要走要学都要趁年轻。你父母不理解也正常,谁不想子女出人头地呢?庄子说,举世誉之而不加劝,举世非之而不加沮。定乎内外之分,辨乎荣辱之境,斯已矣。说来也是,人生在世,别人怎么看是别人的事,安安心心做好自己的事,那才是人生最好的修行。反过来说,一个人连真性情都没有,他又能有何大作为呢?"

显然，扬雄是受到了李弘先生的鼓励，道："春秋时，鲁国大夫叔孙豹称立德、立功、立言为三不朽。学生认为，自己立功的可能性很小，只有朝着立德、立言的方向去发展。"李弘先生点头称道："现在读五经的多，不为章句的却很少。读了五经，而不去博明经考功名的，几乎是另类。君平先生不在成都，你也没有地方可落脚。不如这样，你先不妨借住在我亲戚家，有什么不明白的，我们可以一起交流探讨。"扬雄一怔，有点不相信自己的耳朵，自己是来拜访李弘先生的，没想到他考虑得如此周全。扬雄激动得连感谢的话都不会说了，只一个劲地拱手致谢。

说起来，李弘先生当过扬雄的老师，毕竟只是一小段时光。而对李弘先生的为人，扬雄主要是听君平先生讲的。早年，蜀郡太守仰慕李弘先生的德才，聘请他到郡中做掌管记录考查的小吏，后来还被举荐为益州从事。更具传奇性质的是，李弘先生的儿子李赘因为受到欺辱，防卫过当杀了人，被扭送到衙门。蜀郡太守审过之后，以一句"贤者之子必不杀人"作结语，竟然把李赘当庭释放了。从这件事上可以看出，蜀郡太守和益州牧对李弘先生的信任与尊重。出乎意料的是，认真耿直的李弘先生还是看不惯官场的所作所为——他辞职了。当时听到这个故事，扬雄想，从法理上看，虽然李赘主观上不是故意，是疏忽造成杀人，但毕竟侵犯了他人的生命，死罪可免，牢狱难逃。偏偏，蜀郡太守就凭着李弘先生的品德把李赘放了。暂且不去理论蜀郡太守执法是否公正，从中可见李弘先生品德的高尚。

茶饼煮出的茶汤，开始几口涩涩的，带着一丝丝的苦味，二瓯下肚，就有了回甘的味道，喉也润了，神清气爽。李弘先生与扬雄志趣相通，话语走心，茶汤一瓯接一瓯地喝，不觉就错过了石室食堂用餐的时间。李弘先生道："彼此交心，难得！茶汤一喝，是不是胃中更空了？还是听我的，一起去街口填个肚子吧。"扬雄拱手道："学生还有什么好说的，一切听从先生安排便是。"

# 3

成都月牙城，因形而称，是习惯性的一种叫法，又称"拥门"。外地人很难想象，这道富有诗意的城门，最初的功用是为了军事上的需要——方便将士入城。李弘先生的亲戚就住在月牙城城墙内侧，拱门、格窗、土坯墙，房屋形制与君平先生住的民居有些不同，像个凹字形，格局还要小一些，只有三间房，相同的是也有一个小院子。主人姓刘名祺，先祖为刘树，因与榴树谐音，院子里种了一棵有纪念意义的石榴树。石榴树有碗口粗，高过屋顶。每年的五六月，石榴树就开花了，到了九十月，枝头挂满了果实，给院子增添了红火喜庆的气氛。院子的走廊上摆着一架榉木的木制小花楼织机，提综杆、分经棍、打纬刀，以及脚蹬上都停满了灰尘，显然好久没有使用了。靠踞织机的土墙上，挂着一个竹篓，篓上的竹篾偏黄，分明是有年头的。扬雄住下了才知道，李弘先生所说的亲戚，实际上是他妹夫家。扬雄是李弘先生的学生，他跟着李贽叫，应称姑父、姑母。姑父脾气怪，要么绷着脸，要么一出口就骂骂咧咧的，看什么都不顺眼，而姑母则心细，人也随和。两个人一起，一位像火，一位好比是水。扬雄讶异的是，他们却能像五行中的水与火，相克相生。夫妻之间，存在如此大的性格反差，能够把握好分寸，生活在一起，真的不是一件容易的事。他们形体上差异也大，姑父偏瘦，长得像苎麻秆似的，姑母偏胖，称得上肥硕，两个人站在一起，很难看出有夫妻相。石榴，在民间象征着多子多福。刘祺的父母在院子里种下石榴树的那天开始，除了纪念先祖，也种下了一份多子多福的愿景。李斓没有嫁到刘家前，不仅不是这样的体态，而且还在成都织室织锦小有名气，无论花草，还是龙凤，都织得惟妙惟肖。问题是，刘祺、李斓结婚二十多年了，一直没有生育。一个没有怀上孩子的女人，无论责任在谁，都很难抬头做人。甚至，会遭到家人和亲戚的冷眼与辱骂。在刘祺眼里，似乎这种情况都不存在。确实，李斓十八岁嫁到刘家，贤惠出了名，她为了照顾公公婆婆，把织锦都撂下了。刘祺父母双双瘫痪在床，是她一手服侍的。不织锦，家中少了一块收入，一家人靠十亩丘的几丘水田糊日子。种田，是靠天吃饭的。好在，成都的上游有都江堰，水旱从人，日子还糊得过去。一旦，家里有人身体患病，就稳不住了，起先只像个虫眼，弄不好还成了窟窿。何况，是一家两个人卧病在床呢。兄妹之间，李弘是老大，他有时不得不接济着。前前后后，有十二年吧，李斓在家中磕磕绊绊的事也有，但直到公公婆婆辞世，他们身上褥疮都没生过。这，可是一个年轻媳妇做的事呀。人与人之间的事，是不需要念在嘴边上的，说出来，就轻了，能够记在心里的，才是最重的。

邻居老张与刘祺差不多年纪，喜欢开玩笑，说你刘祺的精华都浇灌了李斓的田，她哪有不肥的道理。刘祺依然绷着脸道："耕田是义务，总比你浇灌不了的好啊。"邻里之间，你一言我一语，插科打诨，玩笑归玩笑，并不伤和气。只有彼此知道脾气性格的人，才开这样的玩笑。开得起玩笑的人，也就是图个嘴巴快活，与人身攻击没有半点关系。如果开不起玩笑的，敏感的话说都不能说，说不定就立马翻脸不认人，弄不好还做成了冤家。有人说，没有生过孩子的夫妻，缺少父爱母爱，扬雄觉得是偏见。自从搬进门借住之后，姑父姑母对他像对自己儿子一样。开始，李弘先生还有些担心妹夫的脾气，生怕他怪话连篇，不能接纳扬雄。扬雄住了一段时间后，见如此融洽，处得像一家人似的，他也就松了一口气。

扬雄右脚小腿肚上的伤，是春天行走成都平原过严道时，不小心被竹签刺破的，一直不见好。俗话说，春种夏长。春天适合播种、发芽，而夏天呢，适合生长。尤其盛夏，能够生长的生物都生长得快。扬雄的小腿肚上的伤口，恰恰相反，就是不结痂。许是天气炎热，加上感染，都化脓了。脓一流，黄黄的，不仅自己起鸡皮疙瘩，别人看到也恶心。扬雄走路都不方便了，一瘸一拐的，有时不得不拖着走。照这样拖下去，可不是个事，刘祺夫妇眼巴巴地看着，心里特别急。李斓坐不住了，对丈夫说："这样拖下去，非把脚烂残废了不可。"她话音一落，就急匆匆地出门了。李斓是赶着去石室，找哥哥想想办法。李斓去石室也是硬着头皮去的，她曾经为邻居纠纷的事找李弘哥帮忙，碰过钉子。

如果不是妹妹告知，李弘先生根本不知道扬雄的脚伤。他皱着眉头看了看伤口，冲着扬雄一顿臭骂："你以为你是谁，百毒不侵是吧？恶化了怎么办？有本事，窜上窜下去跳。想自残，就早点说呀。这样拖下去，神医也救不了你。"说着，李弘先生双手往扬雄小腿肚上的伤口一压，挤出了脓水，痛得扬雄嗷嗷直叫。李弘先生板着脸，根本不顾扬雄的龇牙咧嘴，直接让妹夫把酒往伤口上倒。李斓实在看不下去了，转过身把背对着。扬雄咬着牙，屏着息，汗却在脑壳顶上冒了出来。等扬雄稍微平静下来，李弘先生慢慢道："给我记住了，每天早晚各一次，用陈茶煮茶汤洗伤口，再把马齿苋与蒲公英捣烂，加上川芎粉，一起敷，直到伤口愈合为止。"看到妹夫妹妹和扬雄都一头雾水，李弘先生解释道:"马齿苋、蒲公英清热解毒,川芎活血止痛,配在一起,功效应该不错。相对来说,小腿肚长在脚的阴面,只要脚一动,无时无刻不牵扯到,伤口痊愈要慢些。往大的说,心脏是负责上半身的血流,而小腿肚是负责下半身的血流。除了敷药之外,不妨每天做些按摩,可以从膝盖开始,双手夹住小腿往下推,然后再从脚踝往上拉,促进脚部的血液循环。"一个人的知识面与能量,想藏都难藏住。李弘先生简短的几句话,让扬雄佩服得五体投地。

一连七八天,扬雄遵照李弘先生的嘱咐做,效果明显,不仅炎症消失了,伤口也结了痂。想想,扬雄都觉得自己懵懂,若不是姑父姑母替他着急,以及李弘先生的妙手回春,自己的右脚还不知道烂成什么样呢。李弘先生来看望扬雄时,扬雄走路不再一瘸一拐了,他正准备去城外十亩丘给割稻子的姑父姑母送午饭。李弘先生对扬雄的脚伤只字未提,好像没有这回事似的。扬雄按捺不住了,说了一大堆感激的话。李弘先生听后,反而不高兴了,道:"还好意思说,就你那烂脚,我都不好意思看。烂脚烂傻了吧,瞎说什么呢,乱七八糟的。你以后学到本事,能够帮助他人,就是最好的回报。你说,你说说是不是这个理?"李弘先生几句话,说得扬雄只有点头的份。他拱手道:"希望,希望以后先生多多教导与训诫才是!"李弘先生捋着胡须道:"知不足,然后能自反也;知困,然后能自强也。你我之间,不必客气,而做学问无穷尽,只有不断认识,不断反省,才能不断自强,你我都用《礼记·学记》中这句话互勉吧。"

拥门城外,一畦畦的菜地绿油油的,而一丘丘的稻田里,呈现的是一派丰收的繁忙景象。河边,牛儿在悠闲地吃草。水碓坊,有人忙着踩水车在舂米。偶尔,路上耸着一堆牛屎。扬雄很快找到了十亩丘刘祺家的稻田,叫了声"姑父",就递上了从家中带来的午饭。刘祺当时没注意,当看到李弘舅子站到身边拿起禾镰时,说什么也不愿意:"你这拿笔的手,怎么能够抓禾镰呢。"李弘先生接过话题,道:"妹夫妹妹都能够割禾,我为何就不能。"扬雄接过禾镰:"姑父姑母不嫌我,我帮衬做点事是应该的。"刘祺急了,道:"你们怎么就不明白我的意思呢。要你们割禾,你让邻居怎么看我们?"任凭刘祺说什么,李弘先生和扬雄不去理会,只弯腰割稻子。刘祺跳着脚道:"你们存心与我过不去是吧,这叫哪门子事哟。你们不是在帮忙,是在添乱。弄不好,我这丘田的禾没割完,人家就点我脊梁骨呢。"说完,就上前去夺李弘先生和扬雄手上的禾镰。

这时，李斓也从稻田的另一头走了过来，二话没说，就叫李弘哥把禾镰放下。

"这么一大丘还没割，恐怕来不及。多个人好搭把手。"李弘先生道。"你看我做事，泄气过吗？往年要服侍公公婆婆都来得及，今年为什么来不及。耕田耙地插秧割禾，都是手上功夫而已。无非起个早，回个晚，不碍事的。"李斓轻描淡写地说。

"何必呢？俗话说，秋忙秋忙，织女也要出闺房。读书人割禾，也正常嘛。"李弘先生还在坚持。

李斓擦着汗说："各人各行。读诗书，做农活，搭吗？我知道你们一片好心，可你们的能耐不在这。叫人看到了，还以为我哥在石室混不下去了呢。你们如果再坚持，我丑话说在前头，就不认你们了。我的话，你们应该听得懂。"

尽管，李弘先生和扬雄都不甘心，听刘祺与李斓这么一劝，也没多话，还是住手了。"既然这样，我们站在这里也碍人眼，不如去水碓那边走走。"李弘先生直了直腰，缓了口气，招呼扬雄说。

"好，好嘞，先生！"扬雄放下禾镰，应道。

田野上，田埂蜿蜒，蜻蜓飞舞。转过一块坡地，拐个弯，就到了河边。河边有岔路口，一条通往水碓，一条通往拥门，一条通往锦江。河水在阳光下亮亮的，好像是鱼群在泛着鱼鳞，直晃眼睛。水碓旁，是高耸的香樟、枫香、柏树、榕树。相比之下，枫香最高，香樟、柏树、榕树次之。走到河边，沿河一路都是桑树的倒影。桑树只有一人高的样子，叶子绿绿的，有麻雀飞进飞出。"有一种说法，蜀即蚕。传说中的蚕丛氏，是蜀国首位称王的人。是他教会了民众种桑养蚕。《诗经》中说，蜎蜎者蠋，蒸在桑野。你应记得《豳风·七月》吧？"李弘先生凝望着桑树道。"七月流火，九月授衣。春日载阳，有鸣仓庚。女执懿筐，遵彼微行，爰求柔桑……"扬雄随口背出了诗中的句子。"是啊，这是《诗经·国风》中最长的一首诗，每一句都好像是一幅风俗画。无疑，桑、梓、稻、菽，都是比《诗经》更古老的植物。我有一种想法，你既然有志于游学，不妨以蜀为重点，去考察蜀地的奇风异俗，以增长见闻。至于行走路线怎么规划分布，又怎样去分门别类，还有许多功课需要去做。"

经李弘先生一点拨，扬雄茅塞顿开。扬雄想，自己命中得贵人，李弘先生与君平先生一样,是大雅之人。一来二往,扬雄觉得与李弘先生交往、聊天,轻松,畅快,容易上瘾。在石室,李弘先生对学生的严格、苛刻是有名的。而在家里,李斓说她哥脾气比刘祺更大,犟起来用牛都难拉回来。扬雄想,《论语》中说,不患人之不己知,患不知人也。他理解的意思是不怕别人不了解自己,就怕自己不了解别人。自己与李弘先生的交往也是如此。或许是因为自己与李弘先生能够交心,又或许因为自己是君平先生的学生,抑或因为自己不是石室的学生,与李弘先生交往,就多了一分默契。

## 4

初秋的夜,月牙如钩。

哦,原来夜晚的天空也可以看到云絮的。是的,有云絮在向月牙飘移。望着窗外的月光,扬雄辗转反侧。本来,扬雄与李弘先生约好,在琴台巷当垆酒铺见面,想请他帮忙把脉游学考察出行的路线方案。然而,扬雄左等右等,始终没有等到李弘先生。扬雄想不通,就去石室找,还是没有找到他。值日的先生告诉扬雄,李弘先生昨天就请假出门了,具体去哪,他也没说。

通常,李弘先生的工作与生活规律性强,守时,守信。何况,还是事先约好的呢。李弘先生因为什么事请假,又因为什么特殊情况爽约呢?扬雄越想越复杂,心里惴惴不安。

扬雄等到与李弘先生在石室相见,已经是六天后的下午了。李弘先生像变了个人似的,扬雄招呼他,他半天没有回过神来。扬雄忍不住,问道:"先生遇到了什么事,可否对学生说说?"李弘先生怔怔地道:"没什么,没什么的。"既然李弘先生不愿意说,扬雄也不好再问了。

泥炉生火,加木炭,陶罐煮茶。扬雄默默地把茶煮好,倒入瓯中,端给李弘先生,始终一句话也没说。李弘先生本来就瘦,眉头一皱,皱纹就显深了,他喝着茶,像陷入了深深的思索中。室内很静,静得只听到茶汤在陶罐里的沸腾。扬雄给李弘先生续着茶,然后,静静地坐下陪着。此刻,仿佛室内的空气都凝固了。扬雄起身再次为李弘先生续茶时,他摆摆手,淡然地说:"天色不早了,你回吧。哦,对了,你不是有事约我吗?明天晚上老地方见。"扬雄迟疑了一下,便拱手告辞了。

第二天傍晚,扬雄早早地到了琴台巷当垆酒铺,看到李弘先生如期而至,心里的一块石头算是落了地。老地方,老位置,盘席而坐。扬雄点了牛肉、白菜、落花生、蒸糕、米酒。扬雄端起杯,拱手对李弘先生说:"学生,学生平时是不沾酒的,今天晚上破例,敬先生一杯,感谢先生对我的关爱与栽培!"说完,就一口把杯中酒干了,呛得嗓子眼像冒烟,眼泪都呛了出来。李弘先生看到扬雄狼狈的样子,心疼地道:"喝酒不能这样喝的,要吃点菜垫垫底,然后慢慢品,享受的是一种过程。心意到就行了,喝酒何必勉强呢。"扬雄清了清嗓子说:"不瞒,不瞒先生,这是我第二次喝酒。头一次是在村里王婶家,那酒似乎没有这么辣。"李弘先生惊讶地道:"是吗?不同的人,酿不同的酒。好比人与人之间,性格也是有差异的。"李弘先生呷了一口酒,像回想,"这几天,你肯定发觉有什么不对劲的地方。想必,你可能听说过我儿子李赘过失杀人的事吧?"

"不是,不是五六年前就结案了吗?先生还有什么好担心的呢?"扬雄疑惑道。

"问题不是你想的这么简单。对方又翻来覆去告到了官府。你想想,如果背后没有人蛊惑,对方是否会去翻案?可是,谁又在背后和我过意不去呢?好在,郡守秉公办案,还是认定过失杀人,维持原判。社会上传言很多,我早就澄清过,郡守怎么判,与我有何关系。一介书生,影响官员,这有可能吗?我有本事干预郡守判案,早已入朝做官去了。还有离谱的,说我贿赂了郡守。也不想想,我一介书生拿什么去贿赂呢。我当时在衙门入职,纯粹是个虚名。好多事,越是传得沸沸扬扬的,越不靠谱。"李弘先生说完,百感交集。

扬雄与李弘先生一起吃饭的次数不多,一起喝酒是第一次。扬雄不得不承认,喝酒吃饭既是形式,也是内容,可自己很难做到内容与形式的统一。看到李弘先生脸上还是有些郁闷,扬雄也有说不出的茫然,更不知道怎么劝。仿佛,一开口说话,都是唐突的,抑或是明知故问的。要想让李弘先生知道自己的一片心意,行动是最好的证明。扬雄又端杯拱手,"咕"地一口敬了一杯。这次,扬雄没有呛着,李弘先生蹙着的眉头反而更紧了。李弘先生搁下筷子,语重心长地说:"你这就更没必要了。尤其是你这个年纪,越简单越好,越干净越好。拘泥于世俗,失去的是自我。就像面前这食案,加了沿,就形成了拦水线,作用是生怕酒水、汤汁溢出,而书案却是平台的,不会加沿,这是什么道理呢?"

酒,从嗓子眼到胃部的那股辣劲,扬雄算是稳住了,而李弘先生的话语,他还在脑壳中悟着。也就是说,李弘先生的话触到了他内心深处。扬雄打了一个激灵,道:"我,我的心思与想法,先生应该懂的。我要做的,就是一个干净的人。"

"懂!不懂我就不来了。"李弘先生的脸上终于有了笑意,问,"言归正传,游学的事考虑得怎样了?"

扬雄觉得李弘先生心中有个心结没有解开,应该顾及他的心情。即便李弘先生提到了话题,在此刻再谈自己游学的事也不合适。他说:"正在规划。方案出来,一定请先生指导。"

"古蜀在历史上是一个神秘的王国,传说很多,却只是口耳相传,扑朔迷离,谜团重重。毋庸置疑,水与人类文明密不可分,古蜀文明也不例外,你不妨尝试着以岷江不同流域作为切入口,去做深入挖掘,岂不是一条路子。"李弘先生建议道。

"好,好啊,这应是进入古蜀文明积层一条很好的路径,谢谢先生!"扬雄兴奋地拍了下脑袋说。

李弘先生与扬雄相视一笑,一起拱手告别。

天上虽然挂着半边月亮,但月光还是淡淡的,不透明。在琴台巷口,扬雄坚持要送李弘先生回石室,李弘先生说什么也不同意。李弘先生感慨道:"分别都是相似的,而各人所走的路却不尽相同。从生活的礼节上看,你要送我是常态的,我不让你送是非常态的。实际上,你回去的路要比我远得多。如果你我只是一味地去固守这种生活中的常态,有意义吗?"扬雄点点头,又摇摇头,在回味李弘先生的话语。不错,日常的生活是常态的,沉浸的时间久了,说不定会偏于世故,甚至麻木。若是人都日渐世故、麻木了,做事也就缺乏热情与生气,没有热情与生气,做事的结果也就可想而知。扬雄想,自然的山水,历史的人文,无疑会给自己带来更多的滋养,更会坚定他行走游学的信心。

看着街巷的月影和李弘先生远去的背影,拉开了扬雄的一段记忆。那,也是这样的一个秋夜,扬雄徘徊在支矶石街,他打着喷嚏在等出远门的君平先生回来。是的,成都的街道很多,支矶石街只是城中街道的一条,不像白鹤里,村头喊一句,犬一吠,全村人都听得见。

## 5

发源于四川岷山的岷江,既是长江上游的重要支流,亦是蜀地重要的河流之一,全流域均在四川境内。那出自弓杠岭的东源和出自朗架岭的西源,不仅发脉了岷江的浩瀚奔腾与川流不息,也孕育了深厚而灿烂的古蜀文明。自成都沿岷江南下,是李冰烧崖劈山修筑的岷江道,可达宜宾。白露一过,扬雄没有选择南下,而是以成都为原点,向北往都江堰、彭州、德阳、绵阳方向行走。他难以想象,在蜀郡太守李冰在岷江中段修筑堤堰前,成都平原曾是一片水患之地。回想起来,扬雄才明白蜀王杜宇选择将都城建在郫县的原因——郫县是成都平原的中脊线,地势明显高于成都、金堂、新津。

节气的转换,凭眼睛看并不明显,但可以感觉得到。比方说,秋分一过,就昼短夜长了。又比如,田野上的稻子,路边的山楂、橘子、柿子、栗子,司空见惯,却能感觉到都在一天天成熟。而有的时候,感觉是一种预期,不偏不离,比如秋天的一场雨后,天气就转凉了,早晨也有了霜痕,桂花开始在默默飘香。继而,又会回到视觉。不经意间,发现满眼的树叶在变黄变红。能够看到的风,不仅往树上灌,也往地上灌,总伴着树叶簌簌的声响。

扬雄的行走,完全是一个人的旅程,所有的植物都在提醒他节气的变化。他从起步到毅然而然,完全取决于决心和信心。道路、河流、风俗、方言、典故,都是扬雄关注的。他把每一天的行走,都当作一场考试。这样一想,就有了成就感。然而,一天在路上久了,碰不到一个人,偶尔听到远处的鸡鸣犬吠都是亲切的。尤其,太阳落山后,野外阴凉一片。在寂静的野地,只能看到天空中清瘦的月亮时,能够听到虫豸的声音都是暖心的。就像饥肠辘辘的人,闻到了食物的香甜。扬雄一天天重复着这样的行程,完全是自己与自己的一种较劲。不然呢,累得连脚都懒得迈动。有时,扬雄何尝不想走一程歇一程,而甲地与乙地之间相隔的路程，根本不允许。在平原上走还好，越往山里走，人烟越稀，靠的不仅是脚力，还有毅力。山路崎岖险要，有时完全要靠踮起脚尖，撅起屁股，双手攀缘，才能通过。是扬雄不食人间烟火吗？不是。他每到一地，孜孜以求地访问，不耻下问地考证，不知感动了多少人。扬雄进入岷江流域后，古蜀人从岷江上游土著部落的兴起，以及蜀地文明从蜀山氏、蚕丛氏，到柏灌氏、鱼凫氏、开明氏不同时期的发展，一步步在脑中明晰开来。

时间在消减一切，也在验证一切。

扬雄循着李冰的足迹走到什邡，已经是第二年的春天了。相传李冰修完都江堰后，一心扑在什邡洛水的水利工程修建上，积劳成疾。一位因水而生的人，最后因水而逝。扬雄冒雨登临章山，拜谒了李冰墓冢。无论是都江堰，还是面对的头道金河，都曾给了扬雄无穷的想象，而他更需要的是能够穿越时空，与李冰进行一场道法自然与天人合一的心灵对话。天地造化万物，也支配万物。李冰是因水而生，他的作为是否是对水的一种支配呢？这一刻，扬雄的体验是独特的，他在膜拜李冰，又仿佛在膜拜上苍。春雨如雾，气韵生动。雨与雾，是否是春日章山自然现象的一种轮回呢？恍惚，李冰在章山的雨雾中正信步走来。扬雄想，今晚可以枕着洛水安然入睡了。

界于平原与山区之间的什邡，在开明王朝时期就已经成为蜀地的经济核心地带。李冰是秦昭王时期的蜀郡太守，那时什邡归蜀郡管辖。时隔二百多年，扬雄到章山拜谒李冰，什邡已经划归益州广汉郡了。说起什邡，还有一个绕不过去的人物——雍齿。众所周知，在秦朝，秦始皇嬴政废除了诸侯而立郡县，而汉朝开国皇帝刘邦却与他的文臣、宿将分享胜利成果，实行了分封诸侯与郡县并行的制度，武将雍齿跻身分封的行列——被封为什邡侯。诚然，刘邦的分封给患难与共的手下带来了实惠。汉文帝刘恒即位后，施行酎金制，规定每年八月在长安祭高祖庙献酎饮酎时，诸侯王和列侯都要按封国人口数献黄金助祭。不承想，到了汉景帝刘启时，什邡雍桓由于酎金不合格，被罢去封侯，撤除侯国。这样的变故，不只是一个氏族的盛与衰，还跟朝廷扯在一起，的确是扬雄无从想象的。怎么说呢，雍齿封了侯，什邡就称列侯国。既是列侯国，就可以置相治民，设家丞、庶子、门大夫等官职。相反，从列侯国降为县，只能设什邡长、什邡丞、什邡蔚等职务了。想想也是，这不是简单的待遇上的升与降，还有更多的是无法衡量的职权与颜面。有时，面子是最大的事，没有面子的，还要打肿脸充胖子呢。从此，雍氏家族，以及什邡，像一根抛物线，从巅峰跌入了谷底。扬雄走到什邡街上，找当地人打听情况，被访问的人瞪大眼睛望着扬雄，要么摇头，要么闭口不言。想想也是，这么敏感的话题，人们都避讳，弄不好是要惹祸上身的，谁会去谈论呢？

酎金不合格，是雍桓财力上出了问题，还是朝廷有意要削弱他的势力？雍氏家族，什邡方圆百里的望族，从此隐匿了吗？扬雄再问下去，也是自讨无趣。

天空，宛如洇漫的墨迹，乌云一朵朵地连成了一片。乌云与乌云之间，浓淡相间，交织的痕迹并不明显，而没有漫接的地方，留有一块灰白。虽然没有听到雷鸣，但云团是在酝酿一场春雨。突然，一位文文弱弱的男子走到扬雄身边，蓦然扯了他一把。

"干什么？"扬雄吓了一跳，问道。

男子附在他耳边说："你不是打探雍齿家族吗？我可以带你去见雍桓的后人，如何？"

"嗯，你确定？"扬雄疑惑地问。

男子倒也干脆，道："有什么好确定的，带你去便是了。"

"好呀，有劳你带路！"扬雄虽然不知道男子的底细，一看他面善，没有一丝恶意，就跟他走了。

出乎意料的是，扬雄跟着进入巷中，就不见了男子的身影。正当扬雄左顾右盼的时候，背后发出一声冷笑。瞬间，一只布袋套在了扬雄头上。第一拳是当胸的一记闷拳，接下来是一阵拳打脚踢。扬雄透不过气来，全身无力，蜷缩在地上，只有挨打的份。扬雄连呼喊的机会都没有，一念之差，招来一顿毒打，脸上、身上都是伤痕。扬雄从地上爬起来，胆战心惊，腰都不能伸直，脑中"嗡嗡"地响，像耳鸣。

怨谁？要怨只能怨自己涉世太浅。回到客栈，店主一脸惊诧，眼神似乎比扬雄的情绪还复杂。

"打锤（打架）了，还是遇到棒老二（土匪）了？"

客栈掌柜说话的地方口音很重，扬雄没有听懂他的话，窘迫地笑了一下，转身上了楼。混乱，懊恼，憋屈，扬雄越想越气愤。天气闷热，房间里的气味是混杂的，就像扬雄此刻的心情。约莫坐了一个时辰的样子，天还没有彻底暗下来，不知怎么回事，扬雄模模糊糊地，竟然在房间里睡了过去。准确地说，扬雄第二天早上是在噩梦中惊醒的——他被蒙面人追杀着，死命跑都挣脱不了。他跑呀，跑呀，跑到了悬崖边，猛一回头，蒙面人在身后挥刀一阵乱砍……

"谁？"扬雄听到敲门声，警觉地问。

"是我。刚才在隔壁听到你又喊又叫，没事吧？"

扬雄听到是客栈掌柜的声音，松了一口气："哦，没，没事！"

"昨天看你整倒了（受伤），我让婆娘（妻子）去药铺给你抓点药。"

"不，不好意思，谢谢掌柜，给你添麻烦了！"扬雄似乎听出了什邡方言的个别语言特点，他对掌柜的话也听懂了一大半。

回想起来，自己的眼睛虽然是被布袋罩住了，但可以判断，打他的绝对不止一个人。背着的包袱没动，随身物品一件不少，说明这是一场另有预谋的袭击。扬雄不能肯定，那位搭讪带路的男子是否是主谋，又与雍家有什么样的关系，他至少是参与袭击的嫌疑人之一。

然而，扬雄能够想到这些，又有什么用呢？嫌疑人是谁，他们在哪？再说了，人生地不熟，找谁说理去？即便找到官府，又去哪查起？扬雄绞尽脑汁想，连那个文文弱弱的男子的相貌也模糊了。扬雄有一种预感，想必他触及的话题是皇家专制，以及等级特权，挨打只是一种信号，一种警告。若要再打听下去，弄不好不光是挨打，惹麻烦的事了，说不定还会招来横祸。如果真要豁出去，自己拿什么豁出去呢，只有命了。话又说回来，命也不完全是属于自己的，父母还等着他传宗接代呢。犯得着吗？这样一想，扬雄算是想通了。这一顿打，等于是个教训，是给鬼打了。想到这些，扬雄只能龇着牙，把疼痛往肚里咽。

天，像漏了似的，雨一场比一场大。扬雄望着窗外的雨幕发呆，照这样落下去，雨声都可以将自己淹没。雨大，情绪低落，心里憋屈，扬雄只好在客栈房间里养伤。扬雄想得越多，脑袋就越涨，而心里，像有块东西在堵着，酸酸涩涩，想吐又吐不出来。虽然，扬雄没有淋到雨，但感觉自己还是像一只落汤鸡。

川芎、木香、当归、生地、赤芍、三七等，上十种中草药合在一起，不仅要煎药汤喝下，药渣还要用来敷与擦。连续八天，扬雄一瓯瓯喝，一遍遍敷，一次次擦，最后还用煮熟的鸡蛋剥了壳在脸上滚，好不容易才把身上的肿痛和脸上的瘀青消除。扬雄想，如果时间再长些，想必伤养好了，身体却憋出了毛病。说具体点，若是没有客栈掌柜的古道热肠，扬雄还不知道自己的伤会是个怎样的状况。客栈掌柜姓冯，是他比画了好几遍扬雄才听明白的。说是二层楼客栈的掌柜，却只有六间客房，夫妻既是掌柜，又是伙计，说白了，就是夫妻店。据说，掌柜的先祖是远古时期在北方牧马的，他们以马为氏族的图腾，后来就作为姓氏有了冯姓。扬雄没有听明白，不是因为冯姓太少，而是冯掌柜说话的方言口音太重。"生脸貌儿（不认识的人）也信，戳锅漏（捅娄子）了吧？"冯掌柜第一次送药的问话，扬雄琢磨了好几天，才勉强猜出来的。经常，扬雄和冯掌柜的谈话是断节的，即便加上肢体语言也不是很顺畅。除非，话题很小，很集中。有时，碍于面子，扬雄没听明白也当听懂了，省得两个人都纠结。过后，再问，就相对轻松了。

"冯掌柜的方言，浓郁得用开水都化不开。"扬雄开玩笑道。

冯掌柜笑着说："哼，有的人呀，是好了伤疤忘了疼。"

"这样正常说话不是很好吗？"

"散眼子（讲话风趣的人），谁不正常了？"

扬雄曾跟林间先生学习过蜀中一些地方的方言，地方方言也是他游学关注的内容，而冯掌柜所说的什邡方言，无疑是扬雄的盲区。扬雄既惊讶于什邡方言发音与字义上的区别，以及二者之间的关联与契合，又不得不佩服冯掌柜对家乡方言的自信。只有热爱家乡和高度自信的人，才会对方言如此自恋，才会有如此的勇气。

城墙都是一个长相，高而厚。雨后转晴，阳光炽烈。那街道通往深巷一侧的阴影，很容易让扬雄联想到黑洞与虚空。走在街上，一想到自己被袭击的事，扬雄心里还是隐隐发凉。

6

草木，庄稼，动物，还有人，似乎冥冥之中存在一种神秘的关联。有的关联是众所周知的，而有的却只有极个别的人知道。仿佛那条神秘的关联路径，只有极个别人通晓，彼此之间的秘密也只有极个别人能够感知与窥见。当然，许多关联的秘密是生长在民间传说中的，神秘、玄乎。扬雄对传说中玄乎的事，只是作为一种参考，都觉得不能作数。比如，孔子的弟子公冶长，以砍柴为生，成天与鸟对话——因为懂鸟语入狱获罪，也因为懂鸟语躲过了一劫。再比如，白鹤里杨叔效仿麂子叫，徒手抓了麂子，就支支吾吾话都说不清楚了。还有，什邡的杨宣不仅通鸟语、能唤鸟，还能够通过鸟的叫声卜出人的福与祸。

高景关之上，什邡人称洛水，之下则称石亭江。石亭江再往下，就进入沱江了。早晨，石亭江的江面上雾气缥缈，仿佛随着晨光在蒸腾。扬雄赶早去石亭江边，是慕名去拜访杨宣——不仅是因为杨宣懂鸟语，预言灾异，而是他称得上是什邡，乃至蜀中的奇才。还是在成都石室学习的时候，扬雄就听君平先生和李弘先生介绍过杨宣，说他先后师从楚人王子张学习五经，师从河内人郑子候学习天文、图纬，师从杨翁叔学习鸟语与灾异，是蜀中不可多得的人才。当时，扬雄对五经、天文、鸟语都好理解，而对图纬和灾异的理解模棱两可，还是请教了君平先生。君平先生的解释简单明了，说图纬就是图谶和纬书，灾异便是上苍对人世的灾害惩罚。上苍为什么要对人世进行灾害惩罚呢？扬雄一直不解。既然杨宣能够预言灾异，二位先生又如此器重，肯定有他的过人之处。于是，扬雄对第一次与杨宣相见充满了期待。

"笃笃"，扬雄在杨宣家大门铺首的衔环上叩了两下，没有反应。再叩，也是徒劳，还是没有响动。扬雄站在门口犹豫，是否还要敲门，或者在门口等候？这时，从江边飞来的一只猴面鹰落在门前香樟树的树丫上，抖了下翅膀，似乎在看着扬雄。猴面鹰的叫声是尖厉的，声音本身就带有攻击性。扬雄警惕地望了望，正准备转身离去，听到了院里抽门闩的声响。

"谁呀？"大门"吱呀"一声，虚开了半边，一位中年妇女探出头问。

扬雄赶紧拱手答道："打扰了，我是从郫县来拜访杨先生的。"

"哦，不好意思，他一早就出门了。改天来吧。"女人打量着扬雄道。

"明天。明天可以吗？"扬雄愕然。

"明天？这要看你的运气了。"女人疑惑地看了看扬雄，说着就把门带上了。她开门轻，关门也轻，两片门"吱呀"一声，便合上了。

许是期望过高了，扬雄没想到第一次拜访杨宣是这样的结果。关键是，这位开门的中年妇女是谁，明天是否能够见到杨宣先生，连个答案也没有。嘴也太笨了，名字都没说。若是她要转告扬雄，会不会说今天有一个小伙子来找过呢？想必，这也是自己一厢情愿的假设。看得出，她对陌生人的警惕性很高，多余的一句话都没有。既然来了，何不再等等呢，说不定过一会儿杨宣先生就回家了。

相比什邡其他人家的民居，杨宣家的宅第独立而气派。从杨宣家门口到石亭江埠头，土路蜿蜒，直线距离也就四五十米。埠头庇荫，只能看到粗大高耸的香樟树。江堤以内，是一畦畦的菜园，葱绿一片。菜园的上首，是一块凸起的洲滩。如果细听，一路都能听到江水的响声。扬雄慢慢地往江边走，然后，又慢慢地踱了回来。走，是一种惯性。而扬雄的内心，是在等。如此反复，都到午后了，还是没有看到杨宣的身影。

随遇而安吧。不然，又能怎样呢？扬雄终于等不住了，还是返回了客栈。

第二天，尽管扬雄没有把握能够见到杨宣先生，但他还是早早地把目光掠过了石亭江，以及江边宽阔的洲滩，像算着时辰一样来到了杨宣先生家门口。扬雄敲门前，不由自主地望了望门前的香樟树，看看那只猴面鹰是否还在。女人开门时，扬雄明显看到了她脸上的不快，甚至还有一丝丝厌恶。

"咦，你怎么又来了？他不在。"女人犹豫了片刻，声音冷冷的。

"请问，请问杨先生什么时候回来？"扬雄尴尬地问。

"不知道。"女人连多说一个字的心情也没有，就把门关了。

她究竟是杨宣先生什么人？竟然这样冷漠。扬雄有一种预感，像他这样的不速之客是不受欢迎的。他摇摇头，知趣地走了。扬雄想，如果站在门口等，让她发现了，弄不好挨顿骂都不一定。不如趁着时间尚早，去李冰疏导洛水的湔江走走。湔底在什邡城的北面，过了筏子河和田垄，草木葳蕤，农舍也就稀了。村庄与村庄之间，虽然相隔不远，但户数不多，基本上都是聚族而居，村庄的名字更直接，姓罗的叫罗家村，姓方的就叫方家村。湔底一直奔涌着泉水的清冽与甘甜。说实话，扬雄就是奔着五眼泉水去的，他想掬上一捧喝喝，再吼上一声。有意思的是，当地人对泉水潭不叫潭，称沱。于是，五眼泉水潭有了诗意的名字——五珠沱。湔底的老人听说扬雄专程来看五珠沱，自豪地说：

"五珠沱好啊，喝起来甜津津的，即便在枯水期也是水汪汪的。"一位缺了一只胳膊的老人告诉扬雄，相传龙居山下有五条小龙，每天戏珠，才有了五珠沱。"哦，能不能讲详细些?"扬雄按捺不住心中的好奇。独臂老人"扑哧"一笑，道:"老辈人就这么传的，我也说不全，说不全呢。"

扬雄耸了耸鼻翼，似乎能闻到五珠沱清冽的气息。他俯身掬起泉水喝了，真的大声吼了起来——"嗬—嗬嗬—嗬嗬嗬!"，吼声自丹田起，气韵十足，率性而过瘾。扬雄与泉水的对话，是被一位小女孩的笑声打破的。小女孩的笑声，像泉水一样清纯。小女孩刚刚脱离了母亲的怀抱，而母亲还伫立在五珠沱边。扬雄确实被感染了，他觉得只有这样的笑声，只有这样的泉水，才能配得上最初的自我。在扬雄的意象中，那俊俏的山岩，嶙峋的峭壁，茂密的树林，仿佛都是五珠沱奔涌的衬体，好比是《诗经》中"秩秩斯干，幽幽南山"的意境。而湔底的村人经年在五珠沱的甘甜里生长，生活与记忆在五珠沱的清冽中浸润，才是五珠沱奔涌的特质。

湔江的水，在自由地淌，水里的鱼，聚着群，逆着水草，游得欢畅。转瞬，江边嬉水的白鹭飞走了，只留下燕子在飞舞。扬雄想，此刻若能乘上一叶扁舟，顺着湔江而下，那是多么安逸与诗意的旅程。现实呢，别说扁舟，连竹筏、竹篙都没能看到。想归想，一路上能够有飘然而至的感觉，也不错呀。然而，路程的把握还在脚下，扬雄顾不上歇脚了，他想在天黑之前赶到客栈。若是偏离了时间，就要在路上过夜了。

临近傍晚，天气变得沉闷起来。路上，有蚂蚁在搬家，有蚯蚓在蠕动，有千足虫（马陆）在爬行。扬雄意识到，这是要下大雨的前奏，他不得不加快了脚步。风刮起来，前方的犬吠也消隐了。雨的阵势，迅疾而猛烈，最早落下的雨点，比豆还大，砸在头上有痛感，一会儿就把黄昏都遮蔽了。天地间，只剩下雨声，无边无际的雨声。扬雄被风雨裹挟着，透不过气来，躲又无处躲，只有硬着头皮往前赶。这斜风暴雨，好像随时都能将扬雄窒息。随着一道闪电撕开天幕，一声惊雷滚地而下，地上都能感觉到震颤。这一声惊雷，把扬雄震怕了，借着闪电的光线，他发现路边的木棚，迅速躲了进去。有人吗?按常理，扬雄是应该这样喊的，可这是野地路边的一个木棚，而且在狂风暴雨中，如果有人应声，非把自己的三魂七魄吓出窍不可。扬雄陷在暗夜的雨声里，喘着粗气，孤独而挫败。扬雄咽了一口唾沫，明显感觉到木棚是漏雨的，而且漏得比较厉害。木棚顶上，雨点的嗒嗒声是密集的，而漏下的雨滴却有间歇，是滴答滴答的声响。再怎么漏，比雨中还是好多了，至少多了一份安全感。湿漉漉的深衣，完全裹在身上，扬雄感觉到了雨淋之后的冷。是的，那种冷随着电闪雷鸣在微微震颤。人呀，最大的孤独莫过于黑暗，还有连自己的声音也被掩盖了。扬雄想喊，喊什么？即便使出吃奶的力气，谁能听得见？

暗夜是真实的，闪电是真实的，雷电是真实的，风是真实的，雨是真实的，而扬雄觉得自己躲在暗夜路边的木棚里避雨，是荒谬的。自己明明知道，一路看到了大雨的气象，怎么还会有侥幸的心理呢？自讨苦吃事小，万一路上有个差池，怎么对得起父母与师长，又有谁能说得清楚呢？

不知过了多久，雨终于停了。雨声消失，蛙声起。蛙声是稀稀落落的，只是偶尔的几声。扬雄全身湿透了，深衣裹在身上，很难受。难受又能怎样？不仅要忍，还要摸黑赶路。土路泥泞，水凼多，扬雄深一脚浅一脚地走着。走着，走着，扬雄突然头皮发麻，感觉身后总有声音在尾随。转身，黑乎乎的，什么也看不见。扬雄年轻气盛，咳了两声，站下撒了泡尿，再加快了脚步。

天黑，扬雄迷路了，越走越觉得不对劲，好像自己在原路上打转。夜晚迷路，扬雄不是第一次，他初春在彭州迷路时就在路上过夜。问题是，全身湿透了，又迷路，这样的滋味不是一般的难受。他走到客栈，天已大亮，身上的深衣都差不多焐干了，鞋呢，是裹满了泥浆。冯掌柜看到扬雄落汤鸡的样子，一脸担心，既好气，又好笑。扬雄想沉默，也沉默不了，他一直打着喷嚏，一个连着一个。冯掌柜笑道："一夜不见，都成叫花子了？还好，能够完整地回来。照这样下去，说不准哪一天，如果缺胳膊少腿，或者少了什么部位，真的不好说。"扬雄惶惑，他听懂了冯掌柜的好意，觉得解释再多也是枉然。扬雄红着脸"嘿嘿"一笑，道："梅雨，梅雨季节早就过了，没想到还有这样的大雨。冯掌柜说得在理，今后一定注意。再说了，我一个读书人，遵孔孟之道，读圣贤之书，相信天地间自有正气。"冯掌柜沉吟了片刻，叹道："夜里阒寂无人，风邪，揪心，容易落疾。"

是的，扬雄躺在客栈的床上，还是心有余悸。他不敢回想昨夜那暴风雨带来摧枯拉朽式的场景。即便带入梦中，那也是一场噩梦。

## 7

傍晚开始高烧，持续的高烧。烧了一个通宵之后，又冷得瑟瑟发抖。身体像在火上烤过之后，又跌入了冰窟，冷得嗑牙。问题是嗑是无序的，无法控制的，还带动全身颤抖。扬雄咬着牙，想熬过去，最终还是挺不住，败下阵来——鼻塞，流涕，嘴唇干裂，全身酸痛，四肢无力。"烫！"冯掌柜在扬雄额头探了一下，手就缩了回去。隔了半个时辰的样子，端了一碗蚕沙、竹茹、陈皮一起煎的药汤上来，说："算你运气好，店里有药备着，煎了罐药汤，趁热喝了。不然，一时想配都配不齐。"

"味道，味道怎么怪怪的？"扬雄苦着脸问。

"我不可能害你吧，放心喝就是了，哪来这么多废话！"

当冯掌柜告诉扬雄，蚕沙即蚕屎时，他差点"噗"的一口把药汤喷了出来。

早、中、晚，扬雄坚持一天三餐，把药汤喝了两天，明显有了好转。晚上，冯掌柜用茶饼和花椒煮了一碗茶汤，给扬雄发汗，果然立竿见影。扬雄出了一身大汗，居然高烧退了。只是，体力、精神一下子缓不过来，显得疲惫，脚下也轻飘飘的。扬雄回想起来，那个雨夜仿佛是重叠的，又像是剥离的，甚至觉得有些诡异，像幻觉，遭遇的细节印象，自己都觉得难以置信。冯掌柜心细，叫妻子炖了鲫壳子汤给扬雄。鲫壳子是什邡话，鲫壳子汤即鲫鱼汤。第二天早上，扬雄喝了一碗粥，吃了一小块枣糕，就坐不住了，他要去拜访杨宣先生。

路上能够遇见杨宣先生，扬雄感到纯属意外。扬雄在街口邂逅了一位女人熟悉的面孔，几乎擦肩而过了，蓦然想起，这不是杨宣先生家开门的那个女人吗？扬雄急忙问道："打扰了，请问杨先生是否在家？"女人愣了一下，像在脑中搜寻记忆："哦，哦，看我这记性，走在前面的便是。"女人说着，还用手指了指前面矮个子的男人。扬雄顺着女人的手指看去，矮个子男人似乎比她矮一截。杨宣先生听到声音，转过身笑道："请问，你是？"扬雄连忙拱手笑道："我是，我是郫县的扬雄，君平先生和李弘先生都提过你，特地来拜访先生的。"杨宣先生歪过头笑道："回家就听内人说了，站门岗了吧？别见怪。我不在家，内人弄得像防贼似的,从来不让陌生人进家门。对了,二位先生来什邡了吗?我也好几年没见了。"杨宣先生妻子莞尔一笑,显然没有听清楚丈夫前面说的话。扬雄只好含糊地道:"哪里,哪里。二位先生哪有空闲,君平先生在平乐山归隐,还要设馆收徒,而李弘先生忙于石室授课呢。"杨宣先生想了一下道:"按年龄,我也只是比你虚长几岁,以后还是称我兄长合适些。我看不如这样吧,我现在要去亲戚家办点事。我们另外约个时间慢慢聊。"扬雄道:"孔圣人说,三人行必有我师焉。我还是觉得称先生好。先生有安排,我不便打扰,那见面的时间由先生定。"杨宣先生爽快地道:"既然这样,那就随你了。时间约在下午,我在家里等你。"扬雄拱手道:"好,好的,那就一言为定,下午见!"

扬雄告别杨宣先生夫妇,在城区转了一圈,还是回到了客栈。他胃口不开,午饭还是喝了一碗粥,就匆忙往杨宣先生家去了。前几天夜里的大雨,给路上还留下了残存的痕迹——泥沙、水凼,堆积与深浅不一,而大风刮断香樟树的树丫,还横在路边。走在路上,太阳当顶,虽然临近石亭江,树上的蝉鸣却粗粝,扬雄明显感到气温在回升,仿佛空气中弥漫着一股热浪,扑面而来。那热浪,像成都摊上蒸米糕的蒸笼,扬雄被蒸得透不过气来。走了一段路,领头直冒汗,后背都湿了,仿佛双脚迈不动步子。扬雄闭上眼睛深深地吸了一口气,感觉身体还是发虚,没有恢复过来。去,还是不去?他瞬间犹豫了。不,既然与杨宣先生约好的,再怎么难受也要咬着牙坚持下去。

杨宣先生的妻子开门见到扬雄,表情依然寡淡,不冷不热的,仿佛缺乏女主人的热情。院子里花木扶疏,鸟语清脆,穿过院子的回廊,才是木柱木门的房屋。扬雄与杨宣先生在客厅见面时,汗一下子止了,人反而觉得身体都快要虚脱了。暑气并没有消散,只是客厅门窗通风,宽敞凉爽。杨宣先生见状,问扬雄是否身体不舒服,扬雄摆摆手说不碍事,坐一会儿就好了。这时,杨宣先生的妻子端了茶上来。扬雄欲起身打招呼,表示礼貌。杨宣先生示意先喝茶,叫扬雄不必拘泥。一瓯热茶下肚,扬雄感觉好多了。

"让先生见笑了,前几天发烧一直没有恢复过来,加上今天路上冲了热。"扬雄一脸愧色,解释道。

"这样说就见外了,刚看到扬兄的脸色确实不太好,还是身体重要。到了这里,就像到了家中一样,没有什么不方便的。前几天,我一直在外讲学,让扬兄跑了两次空路，过意不去的应是我呢。"杨宣先生边为扬雄续茶边说。

"久仰，久仰！怪不得君平先生和李弘先生都称赞你才华横溢。今日有幸结识先生，还请多多教导啊！"扬雄恭谨地说。

杨宣先生矜持道："千万不能这样说。我也是身不由己，在雅集上结识了一些同道，邀我去讲一些卦象和掌故。有时，与杨翁叔先生他们一起，我也是陪衬，去凑个热闹而已。记得与君平先生见面，就是在杨翁叔先生家里。"

"今天，今天有机缘与先生见面，就是想聆听先生的高见，还望多多指教。"扬雄席地坐正了说。

杨宣先生的目光从茶瓯移到了扬雄脸上，道："伏羲所创的先天八卦，既是最早的文字表述符号，亦是按照大自然阴阳变化平行组合成的八种不同形式。你知道先天八卦代数是什么？是乾一，兑二，离三，震四，巽五，坎六，艮七，坤八，是与数理的天成。不妨想想，天地与自然变幻莫测，始祖能够从抽象的感应中去命名一种法则，这不仅是对天地神灵的敬畏，还是一种精神密码的寄寓。比如，《说卦传》中前三章说，昔者，圣人之作易也，幽赞神明而生蓍。观变于阴阳，而立卦；发挥于刚柔，而生爻；和顺于道德，而理于义；穷理尽性，以至于命。昔者圣人之作易也，将以顺性命之理。是以立天之道，曰阴与阳；立地之道，曰柔与刚；立人之道，曰仁与义。兼三才而两之，故易六画而成卦。分阴分阳，迭用柔刚，故易六位而成章。天地定位，山泽通气，雷风相薄，水火不相射，八卦相错，数往者顺，知来者逆；是故，易逆数也。个中的玄奥，只有悟深悟透，才能读懂卦象。"杨宣先生个头偏矮，微胖，其貌不扬，口才可谓一流，说到激动的地方还站起身子，肢体语言丰富。他从人文始祖伏羲创立的先天八卦说起，滔滔不绝。杨宣先生喝了一口茶，清了一下嗓子，道："想想，伏羲创立的先天八卦是在上古时代的混沌之初，对人的开蒙与启智不是你我几句话就能够概括的。我始终认为，先天八卦蕴含的玄秘与深奥，那应是真实与梦幻的共存。"

从杨宣先生的话语里，扬雄能够感觉到他对《易经》的深度迷恋。扬雄想，天地是博大的，而人是渺小的。想必，《易经》中所说的"复，见天地之心乎"，应是"上天有好生之德，大地有载物之厚"语境最初的一种萌发吧。

品茶，交流，时间一晃，不知不觉黄昏就降临了。杨宣先生夫妇挽留扬雄在家吃晚饭，扬雄以回客栈喝药汤为名，婉言谢绝了。院子里的地上，不仅有鸟雀七嘴八舌的叫声，也有鸟屎，以及鸟儿衔来的稻秆、草茎、松针、树枝。杨宣先生的妻子站在院子里，看到鸟雀成群，束手无策，抱怨道："连鸟都知道欺负人，想晒点食物都不能晒，烦死了。"杨宣先生瞪了妻子一眼，"嗖"地吹了一声呼哨，院子里的鸟雀齐刷刷地朝着一个方向飞得无影无踪。院子里的地上，鸟雀弄脏了是事实，至于杨宣先生为何要瞪妻子一眼，扬雄就不得而知了。

"鸟屎掉在人头上是晦气的，先生不在乎吗？"扬雄好奇地问。

"喊，怎么会？鸟拉屎也看人的。说小一点，我家周边的鸟，说大一点，石亭江边的鸟都认得我呢。你说神奇不神奇？再说，人可以占卜，喜鹊、乌鸦也可以，它们称得上是先知鸟，能够预知人的福祸。看来，扬兄不仅涉世未深，亦不谙世事呀。"杨宣"哈哈"一笑，得意地答道。

拱手，告别，杨宣先生气定神闲，说话的内容与表达的方式是从客厅里一直延续到院子里的，而妻子的抱怨，还有自己的呼哨，似乎根本没有出现过。扬雄出了杨宣先生家门口，下意识地抬头望了望门口的香樟树，在树丫上又看到了那只猴面鹰。杨宣先生一声呼哨，其他鸟雀都飞走了，而猴面鹰怎么还在呢？在扬雄眼里，这只猴面鹰像杨宣先生家诡异的守护者，隐秘，不动声色，却有极强的攻击力。

暮色，是越走越浓的。扬雄刚刚还看到在田埂上举着竹网（竹竿的一头绑着竹篾弯成的竹圈，竹圈粘上蜘蛛网）粘蜻蜓的小孩，以及放牛的老人，刹那间都成了田野上的剪影。不远处，传来一个女人扯着嗓子喊起的声音，她在唤小孩回家。

## 8

有时，身体的消耗，睡梦是最好的弥补。毕竟，扬雄年轻。夜里睡了个安稳觉，第二天一早起来，扬雄能够感觉到自己精气神都不一样了。也就是说，扬雄有了出门的冲动。当行走成为一种习惯，他想坐都坐不住。

扬雄没有看到冯掌柜，就和冯掌柜妻子打了个招呼，说上午去元石金带河走走，如果来得及，下午直接去拜访杨宣先生。

"拜访谁？"冯掌柜妻子问。

"杨宣先生。"扬雄答。

"哦，你是说铁嘴杨啊，他在什邡名气挺大的。他老婆可不是省油的灯，街上人都叫她冷面芳。你见她笑一次，那叫运气好。"冯掌柜妻子笑呵呵地说。

扬雄喜欢冯掌柜妻子讲话的直率，没心没肺的。冯掌柜妻子的话虽然糙点，扬雄觉得绰号还是蛮形象的。

去什邡西门城外看元石金带河，只是扬雄的一个幌子，他真正的目的是去看雍齿的墓冢。说穿了，他是吃一堑长一智，像上次被人袭击的哑巴亏，无论如何是不能再吃了。

小街，瓦房。瓦房与瓦房之间，夹着板壁的木棚，以及店铺。摊点当街而摆，逼仄，拥挤。嘈杂的市声在游移，像烟火气息一样在飘散。狗也凑热闹，时不时吠几声。而空气中，夹着湿热与韭菜的味道，迷离、混杂。城墙根下，不透风，湿气重，还有一种来路不明的味道。噢，对了，是腐朽的味道。厚实的城墙，盈绿的苔藓、茂盛的野草，却能遮挡和消解市声。远离了人群与市声，扬雄仿佛从滑入的激流中爬上了岸。

金带河，河床偏窄，却不影响波光潋滟。阳光下，扬雄一眼就看到了河中那道金色的波光——蜿蜒似带，宛如一条浣洗的金纱。随着阳光的普照与光线的移动，河面上的金带是在变换的，亮光、宽窄都不一样。沿着金带河河岸走了一段，扬雄索性在树荫下坐了下来，默默地看着河面上的金带在随波而淌。目光所及，河面上的金带在慢慢幻化成金色的绸缎，光滑，亮丽。有水的地方，就有灵韵。何况，元石拥有飘着金色绸缎的河流呢。如果不是要去看雍齿的墓冢，扬雄可以在河岸坐上一天，陶醉在金色的波光里，享受着金带河的安宁。

"哞！"牛的叫声是从身后传来的，扬雄闪在路边，是想让牛通过。不料，牛也停了下来。牛很壮，放牛的老人瘦得可怜，个子也小，他"嘿嘿"地赶了两声，牛仍然站在原地摇着尾巴。

"走呀！"扬雄不解地说。

老人与牛还是无动于衷。

其实，老人手上拿着竹鞭，只是在空中"呼"地舞了一下，并没有抽下去。

一位放牛的老人，怎么舍得抽自己的牛呢？到了万不得已要抽的时候，也是象征性地抽两下。

河岸是沙质土，由于前几天雨水的冲刷，有些松散，牛一踩踏，虚的部分就坍塌了。牛呢，三步并作两步走了过去。那个坍塌的地方，一条青竹蛇的头部被踩得面目全非。青竹蛇有拇指粗，一米多长，扬雄和老人竟然都没有察觉。这时，扬雄与老人才发现牛不走的原因。牛通人性，走了几步，"哞"的一声就站住了，分明是在等它的主人。与老人聊天时，扬雄佯装不知雍氏家族的事，道："此地，此地风水不错，附近应有大的墓地吧？"老人打量了扬雄一眼，手指着面朝的方向画了个圆圈，叹了口气说："坐西向东，非富即贵。"

老人手指画起的圆圈，既是方位，也是距离。他只讲了一个谜面，谜底要靠扬雄去猜想。转上岔路口，一大坨牛粪还在冒着热气，而牛与老人却不见了踪影。扬雄找到了一座坐西向东的墓冢，墓周及坟肚上都长满了茅草。不远处，有一间土墙茅屋的废墟，想必是早年守墓人住的。俗话说，一穴好风水，显贵。扬雄转了一圈，没有看到与其他墓冢不一样的地方，只是缺少了墓碑。没有墓碑，就无从知道墓主的姓氏与名字。当然，这也会让许多看到墓冢的人，少了一些感怀与悲伤。他不敢肯定，眼前土堆似的墓冢是否是什邡侯雍齿最后的归宿地。难道，在一百六十年前什邡侯雍齿入土时，雍氏后人没有立墓碑吗？扬雄知道，这样的假设是很难成立的。既然不能成立，那墓碑又在哪呢？如果是，他真的无法想象，这土堆似的无碑墓冢，就是什邡侯雍齿宿命式终结的地方。孤墓，等于是一个人的长眠，而"出身豪强"、有二千五百户的什邡侯雍齿，是否会孤独呢？

大地与时间埋下了一切，大地也埋下了时间之谜。墓冢前，一左一右长着两棵柏树，左边的一棵死了，右边的一棵越发苍翠。

墓地的苍凉，衬托着金带河的魅惑。沿着蜿蜒几近荒芜的小径，扬雄不顾阳光的猛烈，又回到了金带河边。他希望在金带河边，能够与放牛老人重逢。然而，这只是他的一厢情愿。到了午后，还是没有见到放牛老人的身影。

第二天下午，扬雄径直去了杨宣先生家。杨宣先生好像预见扬雄要来，直接敞开大门在门口迎接他。院子里依然是鸟雀成群，依然是在客厅席地而坐。二人围绕着《易》与《礼》，传递各自先生教导的信息，畅谈自己的感悟，感觉相见恨晚。扬雄与杨宣先生共同感兴趣的，不是某一个命题恒定的意义，抑或去确认某一个定义，而是要在深度、广度上去寻找和突破自己认知的边界。师传，是一种承接。承接人相互的交流，俨如火花的碰撞。

茶汤生津，也生话。茶喝得多，话就说得多。扬雄与杨宣先生仿佛要把一肚子的话都掏出来，再饮入更多的茶。一个下午，扬雄与杨宣先生的话题从《易》与《礼》开始，越谈越起劲，最后还是到《易》与《礼》结束。期间，除了续茶，没有掺杂任何题外话，连自嘲与道听途说的成分都没有。甚至，杨宣先生的妻子进入客厅换了饼茶，他们都未曾发觉。

阳光透过窗棂，客厅里有了一束束的光影。蓦然，扬雄有一种幻觉，他和杨宣先生的交流，君平先生、李弘先生，还有林间先生都在座听着。

"此时此刻，此时此刻我无比想念曾经教导过我的先生们。"

"我也是。"

扬雄与杨宣先生的感叹，完全是情感的自然流露，没有任何铺垫。

辞别时，少了一分客套，多了几分真挚。扬雄与杨宣先生都在持疑，这个下午是否是一个真实的下午呢？在杨宣先生家门口，扬雄还是忍不住望了望香樟树，看到那只猴面鹰依然站在树丫上。

要离开什邡了，伤感是难免的。听冯掌柜说，客栈原来叫雍城客栈，如意客栈是他爷爷改的名字。一大早，扬雄洗漱完毕，在客栈厨房里找了把锄头，去江边挖了一棵黄杨种在了客栈的院子里。扬雄的想法很简单，就是想为客栈的院子里添点绿而已。

## 9

去汶山是一个极其艰难的旅程，不仅有高原地形，喀斯特地貌，说不定山中还会遇到猛兽、瘴气，扬雄还是去了。

汶山自汉武帝元鼎六年，也就是公元前111年，以冉駹部落之地置汶山郡以后，在汉宣帝手上又撤销了汶山郡，辖县改隶蜀郡。扬雄知道，羌是华夏最早出现的族号，巴蜀出自氐羌，而就在同一地域，是古羌人建立了冉駹国，羌都就设在茂县的凤仪。扬雄去汶山，很大程度上是与自己尊崇的司马相如有关。司马相如是蜀郡成都人，他有过目不忘的本领，尤其工辞赋，以《子虚赋》《上林赋》深得汉武帝刘彻赏识，封了郎官。汉武帝内兴文教，外拓疆土，"征伐四夷，开置边郡"，司马相如出使，平定西南夷，邛、筰、冉、駹等部落，君长都归顺了汉王朝……司马相如的《难蜀父老》（《喻难蜀父老书》）就是这个时候创作完成的。扬雄想，司马相如一篇赋体的千字文，能够以假借驳诘蜀中父老的形式，为朝廷施行的政策辩护，而且能够发挥那么大的作用，那是何等的精妙啊！在司马相如《难蜀父老》赋中，"因朝冉从駹"的冉駹，便是汶山郡。还有，赋中所提的"关沫若"，也就是在沫水（大渡河）若水（雅砻江）设立关卡，都是自己未曾到达的地方。其实，扬雄与司马相如隔着一百多年的时光，那时扬雄的爷爷都不知道在哪，打几竿都很难打到边，但不影响扬雄对他的崇拜。扬雄所崇拜的，不是文章给司马相如带来的功名利禄，而是他的博学，以及无法藏住的才气。

　　林地、沟壑、深涧，只是路途的转折与过渡，而高耸的苏铁、红杉、水松、珙桐、银杏、连香树，也只留下一线天光。随着蜿蜒的山径往高山林地走，还有葱茏的棕背杜鹃和蓝果杜鹃。当地的俗话说，十里不同天。是的，不仅昼夜温差大，气候变化更是无常，扬雄一路吃尽了苦头。鹞鹰在头顶上盘旋，最为触目惊心的是在路上遇见猛兽留下的动物尸骨——那是血淋淋的、面目全非的，似乎弱肉强食的厮杀刚刚过去。扬雄见不得血腥，一见血腥就想吐。一次，家里过年杀年猪，扬雄看见屠夫把尖刀捅进猪的咽喉，在猪血喷出来的那一瞬间，他的胃在翻江倒海。从此，听到猪的号叫，扬雄都躲得远远的。扬雄心有余悸，顾不上连日赶路的疲惫，不得不一直处于警戒的状态，不知道在暗处是否有眼睛窥视着自己。离目的地还有多远？他心里根本没底。好不容易看到对山栈道有一个背着竹箧的身影，一晃眼就不见了。在山里栈道行走就这样，看似近，走起来就远。

　　远远地，扬雄看到了羌寨的碉楼与石屋，心里才平复下来。见扬雄只身一人来到羌寨，寨子里的人都感到惊讶。陌生，并不影响人与人之间的热情。热情，还可以消解生分与拘束。而由于语言不通畅，简单的口语还勉强过得去，要进行深入交流就困难了，彼此存在着语言障碍。扬雄头一次听说，羌族是没有文字的，当地羌语自称"尔玛"。汶山一带的羌寨没有客栈，扬雄只有借住在羌寨人家。扬雄一路走来，身上是脏兮兮的，他自己都觉得过意不去。羌民呢，却没有半点嫌弃的意思。羌民的生活，在扬雄眼里充满了新奇，他们住的庄房（房屋），与成都平原汉民在居住上也大不相同——一层是牲畜住的，二层住人，三层住神灵——体现了"人在牲畜之上，神在人之上"的习俗信仰。在二层的堂屋，类似于客厅，醒目的是山墙上镶嵌的白石和壁上挂着的羊头与弩，以及中间用来炊食的火塘。羌民称火塘的火种是"千年火"，从居住的那天开始就没有熄过。在羌族人的心目中，火塘是神圣的，任何人不能跨越，甚至在火塘边不吉利的话都不能说。与火塘关联的火神传说中，是一个名叫燃比的青年，经过"三灾八难"才上天找到阿爸——蒙格西，又经过"九死一生"把火种藏在白石与白石之间带回了人间。最初，羌族人需要取火的时候，只要把白石进行敲打碰撞，就能发出火花了。

刚开始，扬雄总是觉得怪怪的，一旦融入其中，并不觉得一层牛羊粪的气味有什么特别。尤为感动的是，羌族人在崇祖之外，信奉万物有灵，天有天神，山有山神，土地有土地神，树有树神，火有火神，水有水神，畜有畜神，五谷有五谷神……总之，神灵无处不在。甚至，连名字都与自然紧密联系在一起，日渥不基（大山的儿子）、拉巴基（花的女儿）等。庄房的窗户虽然小得可怜，却一眼就能看到蓝天白云。有时，羌民讲话，扬雄虽然听不懂，但能够感觉到一种友情和善意在传递。一旦深入交流碰到语言障碍，彼此仿佛都有有力使不上的感觉，却依然值得期许。

目睹了羌寨一位老人的辞世，扬雄才真切地感受到羌族火神是一种孕育。面对那腾空而起的火焰，扬雄也不知道自己为什么突然有这样一种感觉——于羌族人而言，火是圣洁的，蕴含着生生不息：一种是生的——火塘的"千年火"，另一种还是生的——火葬。火，既是生活的，也是生命的。谁说不是呢？《说卦》中说，离为火。像太阳东升西落，人有迎朝归暮火，都是离卦表明的种种现象。

羌寨的月亮，是银白色的，一如银盘。月光一如流水般泻着，清亮、生动。然而，再亮的月光，还有阴影。扬雄在月光的阴影里听到了风的吼声。那吼声，仿佛从山谷里传来，"呼啦呼啦"地灌着，又像在寨口返了回去。如果那样的风吼直接逼过来，无疑是令人恐惧的，真的不知道会发生什么事情。站在月光下，扬雄在想一个问题，按照羌寨人的崇拜，天有天神，而此刻天上的神灵在做什么呢？如果天上的神灵听到了这样的风吼，又将会怎样做？好在，羌寨人家选择建碉楼与庄房时，已经规避了这样的风口。摆脱了风的吼声，扬雄回到了借住的羌族人家。这户人家住着三代人，是四男二女的六口之家，最大的应是爷爷辈的，六十多岁的样子，小的呢，也应是孙子辈的，才十岁左右。坐在火塘边，扬雄拿出舅姥爷送的陶埙，"呜呜"地吹奏起来。老阿爸听后，对扬雄竖起了大拇指。过了一会儿，老阿爸拿出羌笛，情不自禁地双手持笛，鼓起腮帮进行吹奏。羌笛的音色，清脆、婉转，扬雄虽然不知道曲目，却能够听出一种悠扬、迷离，还有苍凉的感觉。老阿爸的脸和手都十分粗糙，而羌笛却是用鹰的翅骨做的，两管，五孔，十分精致。

  扬雄既需要倾诉，也需要聆听者。羌族的老阿爸也不例外。

  进入岷江上游，扬雄才了解到汶与岷是通用的，汶江只是岷江的又一个名字。岷江的水声，自然让人想到一条江的奔腾与深远。相传，大禹治理过九条大水，岷江就是其中之一。还有望帝杜宇，就来自岷江上游甘肃与青海交界的西羌人栖居地。岷江之源的阿坝，还是嘉陵江与涪江的源头。向着青海与甘肃相邻的阿坝出发前，扬雄自认为做好了充分的准备，结果还是明显准备不足。至少，那种彻骨的寒冷是他没有经历过的。那气候的脾气，更是捉摸不透。风，"嗖嗖"地刮着，像冰刀一样锐利，刺得身上发痛。前路迷茫，一般人根本受不了，只会选择退却。而源头水的清冽，草原的辽阔，雪山的圣洁，都是扬雄神往的。扬雄必须说走就走，别无选择。他的时间，基本上都花在路上，一到羌寨，也是作为考察与休息，还有干粮的补给。水洼边，草原上，马、羊，还有牦牛，都在悠闲地散步，它们的主人去了哪里？扬雄在路上经常想这样的问题。有一次，在岷江边，干粮断了，那饿得发昏的滋味确实不好受。饿的时间长了，腿都是软的，心在发慌，根本打不起精神。还好，两天时间，喝水吃草熬了过去。若是时间再长，后果真的不敢设想。

  "哇，我的天，太美了！"扬雄不禁握拳举起双手，惊呼起来。伫立在巴谷多神山脚下，扬雄的眼里是白茫茫的一片，他禁不住咧着嘴笑了——雪山、阳光、草甸，这才是世上最为干净的地方啊！路上，只是追梦的过程，而面对巴谷多神山，才是真正进入了梦境。这样的地方，应是只有梦里才有的，却让自己见到了，且是零距离接触。换句话说，第一次看见巴谷多神山，无比震撼，那一刻时间仿佛停止了，大脑有瞬间的空白。那一刻，感觉自己就是一个渺小的存在。

再往上，便是巴谷多神山人迹罕至之地。再往上，是雄鹰都飞不过去的地方。就扬雄而言，等于是到了身体的极限，他打消了前行攀登的念头。

返还汶山到凤仪，天已经很冷了。只要停下，手是僵的，脸是僵的，耳朵是僵的，脚是僵的，仿佛不属于自己的身体。还好，扬雄没有碰到雪封山。不然，什么地方都走不了。进了羌寨，天气也没有转暖的意思。在羌族人家，一天天都离不开火塘的烟熏火燎。与羌族人围坐，扬雄还是无法与他们深入交流羌族先祖征战迁徙的脉络。是自己想太多了吧，之于羌族人，围着火塘的烟熏火燎，就是生活的本真，以及生活的保鲜，像悬挂在堂屋的腊肉，香气诱人。羌族人家的火塘，的确能够给人温暖、安详。

最耽搁不起的，是时间。扬雄根本不会想到，此时的成都平原已经入春了。

## 10

回到成都，扬雄一身像要散了架似的，累得要命。刘祺夫妇见面讶异的神情，让扬雄摸不着头脑。扬雄用手擦了擦脸说："姑父、姑母，不至于吧，我有这么脏吗？"刘祺夫妇相视一笑。李斓道："没呢，想哪去了。这么长时间没看到，看上去像变了个人似的，壮实多了。"扬雄这一路走下来，在刘祺夫妇眼里不可思议。见到扬雄平安归来，他们悬着的心算是落下了。

"一切，一切都好吧？"扬雄问。毕竟，离开成都一年多了，音信全无，他有太多的问题要问，一下子却不知从何问起。

"好，好着呢。"李斓笑着说，"与哥哥一见面，他就问起你，弄得我这做妹妹的，都没位置了。"

"哦，不至于吧。"扬雄摸着后脑说，"莫是姑母在逗我开心呢。"

冒着热气的茶汤，刚刚出锅的饭菜，刹那间触动了扬雄心中柔软的部分，一路上的寂寞与无助都涌了上来，他的鼻子开始发酸，只好埋头吃饭，生怕刘祺夫妇看到自己红红的眼圈。"不说了，什么也不说了，赶紧吃。"李斓说着，夹了肉丝给扬雄。

这一夜，扬雄睡得特别香。第二天早上，阳光已经射进院子了，还是听不到扬雄的动静。晚起，睡懒觉，都不是扬雄的习惯。刘祺夫妇觉得扬雄太累，没去叫醒他。临近中午了，扬雄揉着惺忪的眼睛出来，一见白花花的阳光，他"啊"了一声，方知自己起得太晚了。"你还好吧？"李斓问。"不好意思，睡过头了。"扬雄一脸的尴尬。"有什么不好意思的，连早饭都省了。"李斓笑了。"是这样啊！"扬雄也跟着笑了。

吃过午饭，扬雄动身去石室，他要去拜访李弘先生。没想到，值日的先生告诉他，李弘先生去长安了。

去长安？李弘先生会不会是因为李赟过失杀人的事？照理，应该不会。扬雄这么想，心里还是放不下，禁不住问："那，李弘先生什么时候回来？"

"我怎么知道。"值日的先生说着，就把目光移开了，多一点消息也没有。

没有见到李弘先生，扬雄心里感到空落落的。转念一想，他去应该不会是为了儿子官司的事。如果是，刘祺夫妇怎么没透半点风呢？要是李弘先生家真的有什么麻烦事，他们的眉头也不会那么舒展。这样一想，扬雄心中的顾虑也就消除了。

扬雄进门，没有直接去客厅，还是让刘祺打了照面。

"这么快就回来了，没见着你先生？"刘祺关切地问。

"嗯，李弘先生去长安了。"扬雄想避也没避过去，犹豫了一会儿，答道。

"怎么会，前几天还来家里呢。你哥去长安，你知道吗？"刘祺疑惑地摇摇头，问妻子。

"没听哥提起过。他不是要授课吗，为何要去长安？再者说了，他去长安肯定会告诉我们呀。"李斓也不解。

"应是，应是石室的事吧。不然，他不会大老远地跑去长安。接下来我也没什么事，正好可以回家一趟，去看看父母。"扬雄不急不躁地说。

"应该的，过年都没回家。听我哥说，你父亲年前来过成都，他们见了面。做父母的，他们担心你很正常。"李斓认真地道。

扬雄点点头，心中不免歉疚。想想，的确有些过分，自己说走就走了，居然连过年都没有回家。可以想象父亲见到李弘先生，听说儿子只身一人去了岷江上游那揪心而又失望的神情。从另一个角度说，扬雄觉得自己所做的一切，是自己和自己在较劲，却没有考虑父母的感受。不是没有考虑，是完全忽略了。

如果事情能够这样容易厘清，那就好了。问题是，扬雄一踏进家门，"阿爹"还未落音，扬凯睁大眼睛望了一眼，开口就骂。看来，父亲肚子里的怨气是积了许久，也没有机会发出来。扬雄不吭声，觉得自己挨父亲的骂是应该的。李氏听到丈夫骂骂咧咧的声音，从厨房赶了出来，一见扬雄，眼泪立即涌了出来，哽咽道："雄儿，回家就好，回家就好！你看你，快把你父亲急疯了。"看到父亲气急的样子，扬雄本想解释几句，还是吞了回去，这个时候解释，等于火上浇油。扬雄从陶罐里倒了茶汤，一人一瓯，向父母敬茶，道歉道："阿爹，阿娘，对不起！都是雄儿不好，让你们担心了。"扬凯还是冷着脸，不理他。李氏瞄了丈夫一眼，缓着语气说："雄儿在外，成天想着念着，现在回家了又板着脸，这样合适吗？"扬雄内疚地道："阿爹，阿娘，是孩儿的不对，一走就无信无息的，让你们牵肠挂肚的。"李氏笑了，转脸对丈夫说："你看看，你看看，我们的雄儿长大了。"

扬雄道："这，这一趟在路上的时间这么长，完全是意料之外的。"

"哦，怎么说？"扬凯的气消了一大半。

扬雄像讲故事一样，非常开心地把怎样拜访杨宣先生，怎样进入羌寨，怎样去阿坝看巴谷多神山，一一向父母说起。不过，他隐瞒了三个关键的细节：一是在什邡遇到袭击；二是路上遇到猛兽留下的动物尸骨；三是在岷江边断了干粮。扬雄有意地隐瞒，是不愿意说出来，他生怕父母担心。扬雄叹道："遗憾，遗憾的是，羌族史至今还是一个谜。"扬凯夫妇听后，一句话也没说，出奇地安静。过了一会儿，才长长地舒了一口气。

回到睡了十几年的床上，扬雄还是失眠了。等到深夜，他才模模糊糊地睡去。又有四只大鸟在绕着太阳扑棱棱地飞，扇动的翅膀与气流呼应着，声音奇异，带着阳光的温度。蓦然，太阳隐没了，四只大鸟也失去了踪影。醒来才发现，那太阳鸟是在梦中飞翔。

看见扬雄一天待在家里，扬凯与李氏就安心了。过了几天，发现情况不对劲，扬雄大门不出二门不迈，不知闭在房间里做什么，又不好问。扬凯"唉"了一声，也没说话，弯着腰拿篾片补簸箕的窟窿。李氏呢，拿着抹布擦手，一脸的落寞。其实，父母要说的话，都藏在他们的眼神里。吃饭时，扬雄看出了父母的疑虑，笑着说："放心，你们儿子又不傻，不要担心闭坏了，我的脑袋瓜子还是好用的。"扬雄这么一说，扬凯与李氏反而觉得不好意思了。当父母的，大多都如此，看子女一天到晚不在家，不免揪心，若是整天窝在家里，又闹心。扬凯与李氏，也不能免俗。

  父母在世，扬凯是村里有名的孝子。父母辞世后，他认为每年清明扫墓是对他们最好的缅怀方式。清明这天，天还没亮，扬凯一家就早早地起来，带上祭品去扫墓了——这是家里多年的规矩。到达墓地，扬凯十分注重扫墓的过程，拔除杂草、清扫落叶、焚香、献祭、拜祭，按照程序一一进行。他相信，自己所做的事，祷告的话，先祖都在看着听着。等扬雄跟着父母扫墓返回了，才在路上碰到陆续去扫墓的村人，无论是认识的，还是不认识的，一路都是熟悉的家乡口音。回到家，扬雄刚把装祭品的提篮放下，扬凯就说："走吧。"扬雄望了父亲一眼，好奇地问："去哪？"扬凯道："你不是说今天要去平乐山拜访庄先生吗？"扬雄疑惑地问："怎么，你也去？"扬凯点点头，表示去。不可否认，父亲的这一举动是扬雄没有料到的。说不定，扬雄昨天提起要去平乐山拜访君平先生时，他就已经做出了决定，或者后来与妻子商量好了。路上，扬凯有意无意地聊起扬雄小时候的伙伴，问他要不要去看看老三。扬雄知道老三在郫县做生意，问："老三怎么啦？"扬凯道："没什么。你走这一年多变化大着呢，老三都做阿爹了。"扬雄意识到父亲的用心良苦，只"噢"了一声，就不再作声了。在父亲面前，不装点糊涂，又能怎样呢？面对满脸皱纹，两鬓斑白的父亲，扬雄的心里像打翻了五味瓶。

  扬雄第一次发现，家乡去郫县、成都，以及临邛，都是如此近而便利。去平乐山拜访君平先生，有父亲引路，扬雄不用担心走错了。很明显，父亲年前不仅去找过李弘先生，还找过君平先生。不然，去平乐山怎么如此熟悉路径呢。对于一年前到过平乐山的扬雄，如果不是父亲带路，君平先生隐居的地方他还不一定能够顺利找到。一条小径，七弯八拐，连着瓦房，不仅偏僻，而且隐蔽。香樟、栗树，还有毛竹，成了房屋的主要掩体。篱笆，只像藤蔓攀缘物体的一种存在，相当于是敞开的，连篱笆门都没有。站在篱笆上的鸟，也不惧人，自由自在地叫着。松鼠更可爱，一眨眼就不见了。大门虚掩，扬雄上前敲了几下，听到了君平先生的应声。君平先生开门看到是扬雄，还有扬凯，一脸的诧异。扬雄揖手道："学生今日登门拜访，有扰先生清修了。"君平先生笑道："我也是刚回，不必拘礼。"看整个房屋，应是旧的宅子，面积比起君平先生在成都蛰居的房屋还要小些，却有些年头了，梁、椽、窗棂都有明显维修过的痕迹。院子也相对小，却清雅别致，有山泉直接流入院子里的水池中，挨边围墙的旮旯，还耸着几根翠竹，以及卧着一眼水井。静下心来听，可以听到流水与鸟语的和鸣。扬雄想，所谓的山水清音，也不过如此吧。客厅的案与几，矮而厚，旧香樟木做的，都是一块头的面板，散发着香樟木浓郁的清香。案头，陶盘上摆着带青苔的石菖蒲，陶罐里插着一丫杜鹃。师生之间，久未见面，分外亲切，所谈话题依然不离各自的观点。

"老子说，万物负阴而抱阳，冲气以为和。我认为，和为生命之本，即阴阳清浊之和，才是万物出生之祖。"君平先生说，"时，是春夏秋冬，而和是万物、群生的生存基础，体现了宇宙构成的真相，因此，我们要讲与时俱和。"

"先生所言极是，这与儒家尚和也是相通的。我认为先生讲的时，可以是时间状态的，亦可以是空间状态的。"扬雄拱手道。

"是的，和既是进入观察宇宙的一个点，也是体现观照人世的一个面。于人，和是前世、今生，也是未来。"君平先生微微一笑道。

君平先生与扬雄的谈话，随着话题的深入，有时如入幽谷，有时又峰回路转。扬凯谦卑地盘坐一旁，听得一头雾水，也插不上话，他负责烧炉煮茶。君平先生瓯中的茶汤刚浅下去，扬凯又忙不迭地续上。

"每次，每次与先生交流，对指导我今后学习努力的方向都大有裨益。说实话，与先生在一起，我心里就有一种学习的紧迫感。特别是游学之后，发现仅在巴蜀我还有那么多未知的地方，就更加焦虑了，真的是学无止境啊！"扬雄清了清嗓子，说，"哦，对了，前几天在家里试着创作了《成都城四隅铭》，还请先生斧正！"说着，扬雄从怀中掏出抄录在粗纤维麻纸上的《成都城四隅铭》递给君平先生。

君平先生先把身前茶瓯移到一边，然后再把折叠的粗纤维麻纸打开，认真地读了起来。君平先生读的时候,额头的皱纹是舒展的,他大概读到一半,嘴巴还动了动,只是没有读出声来。读完后,君平先生看了扬雄一眼,还是显得有些吃惊:"有进步,比起在成都写的那几篇都好。立意、文采、节奏都不错。只要静下心来,你是可以创作出好辞赋的。切记,如切如磋,如琢如磨。还有一点,一个没有丰富阅历的人,是有缺陷的。"

"有先生的鼓励和教诲,我会加倍努力的。"扬雄激动地说。

辞别时,君平先生对扬凯正色道:"作为扬雄的先生,有些话我必须说。扬雄现在已经长大成人了,他有权选择和决定自己所做的一切。记得上次就跟你说过同样的意思,做父母的也没必要箍着子女,说不定松一松会更好呢。"

"先生都这么关心和重视雄儿,我还有什么好说的。"扬凯搓着粗糙的双手说。

回白鹤里,扬雄轻松了,而扬凯却是心事重重的样子。扬雄知道,父亲常常一根筋,尽管君平先生劝了几句,他是没有那么容易想通的。扬雄对父亲笑了笑,没挑明。扬凯不说话,只是昂着头赶路。天上的云彩,变幻莫测。路边的树上,一只鹧鸪鸟咕咕地叫着,瞬间就有了其他鹧鸪鸟的回应,一声比一声远。

## 11

闷而湿热,构成了成都梅雨季节的主要天气。雨水,虽一阵接一阵地下,却有间隔,还算不上密集。雨后放晴,晴了又下,交错、轮回,导致的结果是房屋内潮湿得一塌糊涂。似乎,这样的天气与扬雄没有半点关系,仿佛习以为常。一个读书人,也没有别的嗜好,扬雄把自己关在房间里,开始倾心创作《蜀都赋》。

扬雄沉浸的,是巴蜀一条历史的河流——那地理的、人文的,以及经济的典故,像河流里的浪花,一波波向他奔涌而来。而这些浪花,又内化于心,在扬雄笔下流淌:"蜀都之地,古曰梁州。禹治其江,渟皋弥望,郁乎青葱,沃壄千里。上稽干度,则井络储精;下案地纪,则巛宫奠位。东有巴賨,绵亘百濮。

铜梁金堂,火井龙湫……"

那是怎样的波光啊,一圈一圈地漾开,成都的历史脉络都在显影。李斓喊吃饭,扬雄也没听见。直到李斓敲门,扬雄还是在兴头上。"不吃了,并入晚饭一起吃吧。"扬雄应道。"要不,我把饭菜温在灶上,你饿了再吃?"李斓问。"不用了。"扬雄答。李斓第一次碰到这样的情况,有些摸不着头脑,她便把扬雄的言行和丈夫说了:"嘿,我怀疑扬雄今天有些反常,说话的方式很陌生,我都以为听错了,不会有什么事吧?"刘祺瞪着眼道:"他能有什么事呢,纯粹是读书人的毛病。"李斓好奇地问:"读书人有什么毛病,我怎么不知道?"刘祺笑着答:"读书人的毛病呀,就是没毛病的毛病。"李斓秋波流转,道:"今天是怎么啦,下雨天,没有什么不正常呀,连你都知道讲俏皮话了,竟然也成了乐天派。"刘祺深情地看着妻子说:"小看我了吧?"

刘祺夫妇在谈论扬雄的时候,他还在笔下旁征博引,信马由缰。这天,扬雄一直处于亢奋的状态,沉醉、忘我,巴蜀的历史、地理、人文、经济,以及成都的城市面貌,信手拈来,如数家珍。"徂飞胼沈,单然后别。"扬雄写下《蜀都赋》最后八个字,竟然感动得哭了,泪如雨下。扬雄是为自己感动,泪也是为自己流——他在《蜀都赋》的创作中找到了自我,还有表达的酣畅。这是从未有过的体验,像梦,却又如此真实。等心情平复下来,他又拿起毛笔,誊写了一遍。

推开房门,扬雄伸了伸腰,甩了甩胳膊,望着院子里淅淅沥沥的雨滴,第一次发觉黄昏的梅雨开始有了闲适的味道。突然,一阵大雨"哗"地落了下来,雨珠落在瓦上、地上,都能听到响声。雨声,把扬雄兴奋的情绪激活了,他一个箭步跳入雨中,想让雨水淋个痛快。直到李斓吼住,扬雄才肯罢休。

"你今天故意气我是吧?"

"不是。"

"那为什么中饭不吃,晚饭前又专门淋雨呢?奇了怪了,要说吃饱了撑着,也说得过去,可你连午饭都没吃呀。"

"呵呵,不为什么。"

无论李斓怎么问,扬雄始终微笑着,并没有把自己当时真实的想法告诉她。如果说,自己只是想淋淋雨,她也不会信,或者当作一句笑话。说实话,扬雄当时跳入雨中那一刹那，根本什么都没有想，只是想淋个痛快而已。

这时，刘祺讪讪地说："这下信了吧，随他去好了。"

扬雄抹了一把脸上的雨水，会心一笑，应了一句："就随他去吧。"

李澜扫了丈夫与扬雄一眼，眉头紧锁，道："你们一唱一和的，没理由呀。不管是谁的不是，要瞎闹腾，饿你们两天肚子看看还闹不闹得起来。"

要什么理由呢？率性而为，多好！扬雄想。

屋檐的檐水形成了雨线，落在地上的雨水在院子的水沟里形成了水流。这个时候，扬雄心里特别渴望与志趣相投的人交流，一起来分享他的快乐。然而，已是挨边夜晚了，又是雨天，能去找谁呢？去找李弘先生？扬雄自己都摇头，雨天，一大段路，夜晚来回不方便，不大现实。自从上次去京师太学接洽选送石室学生事宜回来，李弘先生更忙了，扬雄只与他见过一次面。候强与杨庄呢，都先后离开成都了。

第二天，雨停了，天开始转晴。趁着午后，扬雄去石室拜访李弘先生，恰好碰到他在值日。

"新创作的《蜀都赋》，请先生把把脉。"扬雄拱手道。

李弘先生"哦"了一声，展开粗纤维麻纸默默地读了一遍，一句话都没说，直到第二遍认真读完，不禁拍掌称妙："《蜀都赋》虽然只有二千余字，却对巴蜀的地理、经济状况，以及成都的城市面貌进行了全面观照。言辞优美，意境深远，写出了成都的深厚与秀丽，可以与司马相如的辞赋相媲美。"

"先生过誉了，惭愧！"李弘先生一赞，扬雄都感到不好意思了。

"不必过谦。你再谦虚，那就不是你的问题了，说明我的赏读和评价水平出了问题。接下来，我要在石室把《蜀都赋》当范文来给学生宣讲。"李弘先生显得有些激动。

"这样啊？"扬雄的脸都红了。

李弘先生沉吟了片刻，道："士不可以不弘毅，任重而道远。这是孔圣人的话，送给你，也送给我自己。"

扬雄想说点什么，问问先生有什么好的建议。这时，一位长者拽住李弘先生，像有要紧事谈，边上，还有人过来等着问询，他只好告辞了。可能是久雨放晴，街上人来人往。天上云朵在飘，阳光把行人的影子照在地上。如果低头看人的影子，那肯定是变形的，诡异的。然而，头顶上耀眼的光晕，以及晃动的影子，都丝毫影响不了扬雄的情绪。他反而觉得，即便是夏天，沐浴在阳光下也不失为一种享受。甚至，他在过往行人的目光里看到了笑意。说实话，能够得到君平先生和李弘先生的肯定，扬雄心中莫名地激动。他知道，二位先生的话，无疑是一种鼓励。拿起笔写赋，扬雄是想寻找一种表达和创作的可能性。换句话说，写赋于扬雄意义不一样，他崇拜的是"辞赋之祖"屈原和"汉赋大家"司马相如。而屈原是生于秭归，投汨罗江而死，无疑是他开启了一个由集体歌唱到个人独创的时代。这样一想，扬雄觉得不管路途多么遥远，必须去秭归和汨罗江行走，要以此向"楚辞"的创立者致敬。实际上，扬雄早就接受了屈原诗歌与辞赋的洗礼——《离骚》《天问》《九歌》《九章》等作品，一如闪电般照亮着自己。他去秭归和汨罗江，是为了深度的体验，去感应"中华诗祖""辞赋之祖"的加冕。

"去秭归干什么？按照这样走下去，你什么时候是个头呢？"李斓心生好奇。

"许多事，许多事不是一时明白得了的。上次去阿坝的时候，我对自己产生过质疑，最后认为还是走对了。其实也没有什么，我还是出于心中的一种愿望，认为有意义的就值得去做。"扬雄淡然地道。

听扬雄这么一说，刘祺都有点懵了："照你这样走下去，别不食人间烟火就谢天谢地了。"

"怎么会呢。哦，姑父，姑母，如果有人去白鹤里，或者碰到白鹤里的人，帮忙捎个信给我阿爹阿娘，就说我去秭归了，免得他们担心。"扬雄抬起头，望着刘祺与李斓诚恳地说。

"放心好了，碰不到人，我自己跑去讲信。"刘祺拍着胸脯道。

对秭归与汨罗江，扬雄知之甚少。他只知道大方向从成都往东走，具体怎么走，还属未知。嘴巴是长在自己身上的，怕什么呢？在扬雄的意识里，有精神的指路者在引导，就不会迷路。去秭归与汨罗江，屈原无疑是他的精神指路者。"我不去，谁去？"想到这，扬雄心中瞬间开悟了，一种使命感油然而生。

# 第四章　漂泊长安

## 1

在汨罗江崴了脚的那一刻起,扬雄想到的是"诗祖"在留他。有半个月吧,扬雄每天都拄着拐杖来到汨罗江河泊潭,一坐就是一整天。他一默默诵读《离骚》,泪水就模糊了双眼。"帝高阳之苗裔兮,朕皇考曰伯庸。摄提贞于孟陬兮,惟庚寅吾以降……国无人莫我知兮,又何怀乎故都!既莫足与为美政兮,吾将从彭咸之所居!"江水滔滔,在扬雄的泪眼里,时常浮现一位长者吟着《离骚》自沉江中的身影。

应是楚怀王的昏庸,杀了屈原吧?

据说,屈原在投江之前是往故国的方向走的,当他听到亡国的消息,才万念俱灰,并写下了《怀沙赋》。屈原是追随他在《离骚》里提到的先贤彭咸而去了吗?扬雄知道,在他之前,写《吊屈原赋》的贾谊,以及为屈原与贾谊合传的司马迁,都到汨罗江凭吊过诗人屈原。他们都已经在自己的白骨上,刻上了自己的拳拳之心,以及悲壮的情怀。

或许,正是这样的游历与感受,将影响扬雄的一生。

尽管,扬雄辗转返程,一路上都没有耽搁,他到郫县已经过了中秋。天太晚了，他只好在老三的店铺里借宿了一夜。第二天一早，就急匆匆地赶往了家中。李氏见到扬雄喜出望外，道："我前几天还与你父亲说，左眼皮老是跳，还真是左跳吉呢。李弘先生捎口信来了，让你到家就去石室，说有事要商议。"扬雄怔了一下，问："阿娘，李弘先生没说什么事？"李氏摇摇头说："什么事没说，都捎了两次口信了。好像是有要紧事，比较急。"

"李弘先生找，会商议什么事呢？既然李弘先生捎信来，极有可能与自己有关。"扬雄绞尽脑汁，也理不出一个头绪。瞎琢磨什么呢，与李弘先生见了面，不就一清二楚了？他想了想，对母亲说："阿娘，既然李弘先生说有事，我这就去成都，你告诉阿爹一声。"李氏一听急了："你刚到家，也不在乎半天一天的，你阿爹去田里种油菜了，中午就回来，他也有事要告诉你。"扬雄转身道："不了，我这就去见李弘先生。有什么事，等我回家再说吧。"李氏嘀咕了一句："这孩子，有什么事你也要顾及一下你爹的感受呀。身上脏兮兮的，衣服也不知道换一身。"李氏嘀咕完了，才反应过来，急忙从厨房里拿了两块米糕追了出去。

俗话说，人是贱皮子，一点都不错，脚板更是如此。原来，扬雄走几天，脚板就起泡，脚也迈不动，如今走长途，根本不存在这样的问题。只是脚崴康复那几天，他缩短了行走的路程，尽力减少活动量。

秋天的成都平原，早晚已经凉爽了，晴朗的日子，午间温度还是偏高。扬雄路上走得急，背上开始冒汗了，额头的汗水也流到了脸颊上。扬雄匆匆赶到石室，不料李弘先生正在授课。石室还是原来的样子，一点都没变，授课时间，人迹寥寥。扬雄在石室院子里转了一圈，也没地方可去，就站在李弘先生房间门口出神。不知过了多久，李弘先生站在扬雄身边了，他都没有察觉。

"这一走也太久了吧，我还以为你去招亲了呢。"李弘先生一见面，笑道。

"先生笑话我了。"扬雄拱手道。

"你这一走，又找不到你，弄得我很被动。是这么一回事，《蜀都赋》在石室影响很好，你原来又是君平先生的学生，石室同意特招你入舍学习。这是好事，值得祝贺！"李弘道。

"哦，感谢先生关照！好事是好事，只是……"

"只是什么？你当初到石室插班，只是旁听，现在是顺理成章了。想一想，我都感到欣慰。"李弘先生打断了扬雄的话。

"只是在洞庭湖遇见了候强同学,他已经邀我去长安了。"扬雄愣住了,如实道。

"去长安?有何具体的安排?有一点你是必须想清楚的,石室的口子可不是随便开的。"李弘先生一脸严肃道。

"具体的,具体的也说不清楚。候强说,在成都游学,还不如去长安,毕竟那里是京师,人才济济。他说自己已经拜在长安一位姓杨的门下,可能有机会入太学。"扬雄解释道。

"是跟过君平先生那个候强吧?他父亲候侃曾经在成都找过我,想让我带,我没答应。他家的家境不错,在长安拜个先生为师,应该没问题。问题是,他拜的是谁。想想,太学是什么地方?那是官方最高等的学府,是五经博士专门讲授儒学经典的地方。你想想,长安太学是汉武帝时期设立的,最初只招收一百人左右。到了汉元帝时,只招收一千人,即便现在,也只招收三千人。你以为,谁想进就能进的?只有安心在石室学习,入太学才有可能。"李弘先生耐着性子说。

扬雄思索片刻,道:"我,我的内心有一种向往和渴望,好像前面总有一个陌生的未知的世界在等着我。我去长安,只是想闯一闯,开阔眼界,并没有想去太学的意思。再说,我这个年龄入石室也偏大了。不怕先生笑话,我最大的抱负和理想,就是像你和君平先生一样做学问,像屈原和司马相如一样去写辞赋。"

"唉,年龄只是一个托词。有时,感觉是感觉,现实是现实。孔圣人说,博学而笃志,切问而近思;仁在其中矣。既然你这么想,那只好随你啰。想必你应该还记得在石室学习的杨庄吧,他已经明经入仕,现在供职长安,是成帝的值宿郎,掌管着皇宫夜间警卫事务。我上次去长安,见了面,人不错。你到长安,有什么事可以去找找他,多个朋友多条路。"李弘先生叹道。

"惭愧,让先生费心了。"扬雄说话的声音很轻,轻得只有自己能够听见。

成都的街头,扬雄并不陌生。从石室转到街口,扬雄走过来,走过去,徘徊了两次。本想去雪梅姨家串下门,半路还是回了头。他木然地站在街口,好像迷失了方向。

## 2

　　扬雄到达的时间比与候强约定的日期整整晚了一个半月。

　　扬雄从成都回到家中，把李弘先生和石室的情况，以及自己的选择，一五一十地向父母说了。扬凯道："我一直弄不明白你是怎么想的，你觉得这样做有意思吗？在白鹤里，甚至在郫县，有谁像你这样的？你长见识，我不反对，可你得有个度吧，不能什么事都不管不顾，由着自己的性子去。"

　　扬雄明显感觉到了父亲对他的不满，他愣住了，过了一会儿说："我觉得，我觉得自己的视野还不够宽阔，去长安可以感受，或者学到更多的学问。"

　　李氏忧心忡忡地道："你学什么，父母都不反对。按照现行的风俗，男子十四岁到十八岁就可以成家了。问题是，你已经早过了弱冠之年，家里的实际情况你又不是不知道。你这一年到头都在外面逛，是不是个事呢？说实际一点，我和你阿爹现在还能够做得动，支持你一点盘缠，要是哪天动不了，生活来源都是个问题。你没着没落的，我和你阿爹心里更空落落的。"

　　扬雄不是不懂父母的心思，经他们这么一说，心里更加复杂了。

　　谈了半天，扬凯和李氏给扬雄两个选择：一是去石室读书，不去长安；二是留在家里，与陈家闺女完婚，日子都择定了。扬凯和李氏的话，等于给儿子摊牌了。父母商定了的意见，直接把扬雄说懵了。

　　扬雄大吃一惊，道："这么，这么大的事，你们怎么也不和我商量一下啊。"

　　"你给过时间让我们商量吗？"扬凯冷冷地问。

　　扬雄沉吟片刻，道："阿爹阿娘的心情，我能够理解。毕竟，婚姻是终身大事，我一点心理准备都没有，让我怎么接受。再说，陈家闺女是谁我都不知道，连面都没见过。她是胖是瘦，脾气性格一点都不了解，怎么成亲？"

　　实际上，扬凯与李氏近几年一直背着扬雄为他物色对象，可惜都不般配。好不容易，林间先生出面，才有了转机。扬凯道："这不是你担心的事，你舅姥爷保的媒还有错？陈家是你舅姥爷的朋友，相当于是世交。上次从平乐山回来，本想告诉你的，你倒好，一走了之，让我找谁说去。"

李氏道："我在临邛见过陈家闺女，人高挑，长得端庄，真的不错。你能够娶她，是你的福气。"

父母的话，直接把扬雄噎住了。不管扬雄怎么说，扬凯与李氏都油盐不进，没有半点商量的余地。一家人僵着，谁也说服不了谁。

走也走不了，推也推不掉。扬雄陷入了两难的境地。

这天，林间先生从临邛赶了过来。很明显，他是为扬雄的婚事来的。林间先生道："听说雄儿有出息了，特意过来看看。年轻人好学，难能可贵，我也喜欢。不过，再怎么有出息，父母和长辈的话能不能不听呢？家庭的问题，又能不能回避呢？当然不能。孝顺孝顺，顺与孝是连在一起的。如果父母与长辈的话都当耳边风，我看谈孝顺也是空的。"

林间先生看着扬雄，抿了一口茶，蹙着眉头继续说："本来，我是想做一件好事，牵一根红线。没想到啊，是我多事，出了一个难题。陈氏碧玉年华，待年待字，有人偏偏不中意。看来，我讲话也不中听了，这出尔反尔的事，只有我厚着脸皮去和陈家说了。雄儿，你觉得如何？"

舅姥爷话说完了，脸色还是不好看。他的这番话，绵里藏针，意味深长，比针刺在扬雄身上还痛。扬雄大气都不敢出，更不敢接话，他能说什么呢，生怕一不小心，就会犯下众怒。分明，这是舅姥爷和父母结成联盟在逼婚呀。三个人，三位一体，仿佛是矗立在扬雄面前铜墙铁壁的屏障，他是否能够逾越呢？扬雄能轻重不分，当着父母的面拒绝舅姥爷吗？不能！也做不到。连舅姥爷都出面了，如果再拗下去，唱对台戏，自己是不是离经叛道？真的不敢想象，若是自己把舅姥爷的口风堵住了，那又会是一个怎样的结果呢？扬雄左思右想，为自己的想法吓住了。

谈婚论嫁，要谈要论，可这些都省略了，扬雄的婚事直接进入了程序。纳采，问名，纳吉，纳征，这些仪式都早就在父母手上过了。请期的日子也是林间先生早就择了的，扬雄的婚礼如期举行。

白鹤里，只有二十三户人家。村里有个不成文的规矩，不论谁家婚丧嫁娶，都自发帮忙，缺什么，补什么，根本不用东家开口打招呼。王婶是与李氏走得最近的一个，既忙里又忙外，厨房里与筵席上的事，全由她负责在张罗。好在，王婶厨艺不错，"九斗碗"的蒸菜炒菜都难不倒她。扬雄呢，根本没有自主权，一切都听舅姥爷的吩咐。

贺喜的上门,七嘴八舌的都是夸赞的好话,一个个都羡慕扬凯夫妇有福气,纷纷说扬雄懂事又会读书,还有媳妇娶进门早日抱孙子之类的话语。尤其,与李氏上下年纪的妇女,都要"啧啧"赞几声才觉得表达到位。

"同喜!同喜!"扬凯拱手,呵呵地乐着。

李氏甜甜地笑道:"承蒙大家看得起,也是托大家的福。你们家一样的,福运不浅呢。"

君平先生,李弘先生,刘祺夫妇,候侃夫妇,还有好几位是扬雄不认识的,都相继来贺喜了。扬凯和李氏一脸喜气,迎来送往。老三是牵着儿子来的,他儿子胖乎乎的,嘴巴像抹了蜜似的,见人就叫,特别讨人喜欢。

婚礼,是继男子冠礼与女子笄礼之后的嘉礼,当然讲究。扬雄想起来很复杂,可一旦操作起来就简单了。扬雄只管做新郎,其他事都有人替他考虑周全了。结婚,新郎新娘无疑是主角,而扬雄感觉就像配角。作揖,磕头,拜堂,林间先生仿佛有一根无形的线,在牵着扬雄转。直到与陈氏入洞房了,扬雄还恍惚在梦中一样。梦里,是迷幻,是燥热,是冲动,是激情,又或者是无师自通的轮回。是的,扬雄沉浸在这样的梦中。这样的梦,是黏人的,一黏就会生发念想,一个念想就是一团火焰。

一连数日,扬雄都是在应酬中度过的。会客,筵席,这些场合都必须露面,想躲也躲不了。扬雄结了婚,在家里的角色就变了,人情来往,父母都开始让他出面。蜜月期一过,扬雄心里那沉睡的念头又醒了过来。"去长安?"陈氏吃了一惊,清秀的脸上两颊桃红,好像缓不过神来。扬雄点点头,若有所思地道:"是的,由于婚事都耽搁了。阿爹阿娘那边,我去说。"陈氏沉醉在新婚的幸福之中,她还不知道离别的滋味,只是觉得有些突然,抑或一下子不适应,问:"那,你还担心什么?"扬雄深情地望了妻子一眼,道:"有你在,我还有什么好担心的呢。"

儿子完婚了,扬凯与李氏算是完成了一件大事。不料,扬雄踌躇满志,又提出要去长安。知子莫若父。扬凯意识到,儿子心中去长安的念头没掐断,早晚有一天还是要走的。但,他没想到来得这么快。说句心里话,他不愿意接受这样的现实。说得不好听一点,儿子这样的固执,是对陈氏一种残忍的伤害。

李氏心想，儿子这个时候提出去长安，虽然意气用事，但手里多了一根线牵着，你再飘，又能飘多远呢？在一家人的眼里，陈氏不仅容貌端庄，还贤惠。她有一双灵巧的手，在蜜月期为扬雄缝制了两套深衣，绣了一个香包。那一行一行的针脚，细密，平整，相当熨帖。

鸡啼三遍，扬雄悄悄出门了。他之所以选择凌晨走，是怕父母的唠叨与妻子的不舍，也免得遇见村里人，问东问西。陈氏一觉醒来，发现丈夫已经离开家了。她困惑地望着空空的床榻，发现房间里是从未有过的清寂。

## 3

在关中平原中部，渭河以南，就是都城——长安。长安的东南西北方，依次有函谷关、武关、大散关、萧关守护，可谓是"阻三面而守"。从成都去长安，主要有两条路可以走，一条是秦惠王时期蜀王开凿的金牛道，一条是得名于米仓山的米仓道。然而，米仓道不仅一路峭壁峻岭，还有猛兽出没。最终，扬雄还是选择了走金牛道去长安。

扬雄走金牛道，心里还有自己的打算。虽然，"石牛粪金，五牛开道"的典故，并不新鲜，有关蜀王的传说，版本也不少，他还是想趁此机会，沿途去进行考究。"道听而途说，德之弃也。"扬雄时刻用孔圣人的话来提醒自己。往往，民间许多故事传说像谜团。是的，既然是谜团，就应该有谜底。

风，把落叶带走了，也带走了时间。扬雄从金牛道走向长安，等于向着时间的深处走，只是不知这样的深处到底有多深。从黄坝驿到牢固关，扬雄一路遇到三三两两衣衫褴褛的行人，有往成都方向走的，也有个别的是往长安方向去的。扬雄一问才知道，上年的秋天，黄河流域连续普降大雨，洪水暴涨，泥沙俱下，导致馆陶、东郡、金堤一带溃堤，使东郡、平原、千乘、济南四郡三十二县被淹，十万乡民流离失所。一些乡民失去了家园与田地，只有背井离乡谋生。有的，甚至与乞讨没有什么两样。庆幸的是，河堤使者王延世不负众望，带领军民日夜围堵，终于在今年的三月初堵住了决口。成帝为纪念治理黄河成功，已改"建始"五年为"河平"元年。一番秋雨一番凉。秋天连续暴雨，本来就是反常的异象。想想，洪水突如其来，十万乡民失去家园，那是怎样的凄惨景象？再往前想一想，武帝时，山东大水，曾引发"及岁不登数年，人或相食，方一二千里"。而在元帝时，关东郡国十一大水，也同样发生人吃人的现象。但愿，在成帝手上，类似的惨状不再发生。一路上的所见所闻，对扬雄刺激很大：天下发生了这么大的变故，自己竟然一点都不知道，与坐井观天又有什么区别呢？洪水猛于虎。扬雄无法想象，大禹、李冰，还有王延世，他们给乡民带来怎样的福祉，而他们的显赫功绩，无疑是值得世人永远铭记的。曾经，扬雄循着大禹、李冰的治水足迹，走过都江堰、岷江，却没有经历过大洪大灾。他只从别人的讲述中，听过洪灾的摧枯拉朽——房屋冲毁了，田地被淹了，人与畜呢，像泡炒米一样。是的，摧枯拉朽，还有撕裂的疼痛。

牢固关，山高涧深，极其险要。隘口边的悬崖上，一棵松树被雷劈过，树干有明显的裂缝，半边是黑炭似的。刚走一段，发现路边有一位老翁靠在石壁上喘气，他的身旁还有一位小女孩。看来，他们实在是饿得走不动了。他们的目光，茫然而无助。扬雄向老翁问询时，他的目光突然变得戒备冷漠，迅速把小女孩拉到了身前，像怕被扬雄抢了去似的。或许，是扬雄的问询吓着他们了。抑或，老翁不愿意去忆起那惊心的一幕。

"别误会，我只是想问问你们准备去哪。"

"唉，能去哪？家乡溃堤，到处灾荒，只能走一步算一步啰。"

见到他们，扬雄仿佛看到自己在岷江边挨饿的样子。扬雄的干粮是按路程所需带的，并没有多余的部分。扬雄给他们吃了，意味着自己就要挨饿。一老一少都饿成这样了，他能不给吗？

望着他们狼吞虎咽的样子，扬雄的嘴巴动了动，话却噎住了，心里却有一种莫名的滋味泛了上来。汉成帝既然能够为纪念治理黄河成功改年号，那他就不能再为灾民做点什么吗？弄不好，汉成帝整天在未央宫忙于朝政，而官府的官员隐瞒不报，灾民流离失所的状况他都未必知道。如果真是这样，那就是皇帝老子也没办法了。

小女孩特别懂事，有一点米饼的饼屑掉在地上，她立即捡起来吃了。

老翁哽咽道："我们是从东郡跑出来的，一家六口人就剩下爷孙两个。这两条命，是儿子媳妇用自己的命换回来的。如果不是为了孙女呀，自己根本没有颜面活着。"说完，就要让孙女跪下磕头致谢，扬雄立马上前阻止了。老翁嘴巴瘪着，脸上略显浮肿，头发也是散乱的，他用粗糙的手背擦了擦布满血丝的双眼，道："我当时……当时是眼睁睁地看着家里人被洪水吞没的……我是叫天天不应，叫地地不灵啊！"小女孩抬头望着爷爷，嘤嘤地哭了，眼泪、鼻涕都流了出来。扬雄扶住老翁，安慰道："过了牢固关，到黄坝驿就有人家了，到那里可以找点吃的充充饥。"

无非是多饿两餐，与他们比，又算个屁。扬雄还是想不通，打开包袱，不仅把剩下的干粮给了他们，还摸了几枚铜钱塞到了老翁手里。

"好人啊！"老翁"扑通"地给扬雄跪下了，"看得出，先生是好人。如果不嫌弃，你就把我孙女带走吧，只要给她一口吃的就行。我这岁数了，身体又不争气，是无力抚养她了。可她，还是个孩子呀。"

老翁一句话不打紧，小女孩哭得像个泪人似的。"爷爷，爷爷，我不，我不嘛！"小女孩紧紧地抱住爷爷的腿，声嘶力竭地哭喊着。

老翁的举动和话语，把扬雄震惊了，脑袋里瞬间一片空白。好似，老翁太累了，把小女孩作为接力棒，让扬雄接下力，扬雄却连接下去的勇气与能力都没有。老翁给扬雄出了一个难题。是的，一个大难题。这是不能含糊的事，含糊了，等于默认。对老翁、小孩能够漠视吗？绝对不能！毕竟，面对的是一位爷爷辈的老人和一个活生生的小女孩呀。他愣怔片刻，道："不瞒，不瞒您说，此次去长安，我也是羊毛里找跳蚤——没着落，如何安顿还是一个未知数。我一个人漂泊不要紧，她一个小女孩怎么受得了呢？现在，我真的是想帮您，却没有那个能力。"

什么叫心有余力不足？此时便是。扬雄说的是真心话，却觉得没底气，怏怏地补了一句："或许，或许我这样说，你也不信。"

"信！"老翁深吸了一口气，"信嘞，我信，怎么会不相信呢。"

老翁与小女孩单薄的身影，迎着风，蹒跚而行。风声里，似乎还有老翁压抑的抽泣。扬雄披了披深衣，明显感觉到了风中的寒意。扬雄不知道老翁的名字，只知道他是十万灾民之一。而这十万灾民中，又有多少人的尸骨会埋在异乡呢？

一路上，老翁与小女孩那无助的眼神，始终萦绕在扬雄的脑海里，不能散去。

## 4

尽管秦岭挡住了北方的寒流，长安的霜依然很重。先是经不住霜打的草，然后是树叶，枯的枯，黄的黄。有的树呢，叶子呈灰暗色，有的枝头也残留枯叶。像银杏、槐树、五角枫、白桦、玉兰、柿树、栗树、枣树之类的，全落得光秃秃的。能够养眼的，也只有侧柏、娑罗、香柏、黑松、雪松了。

长安城城垣逶迤六十里，城高三丈五尺，城周有护城河围绕。城垛上，还有旌旗在飘扬。看到巍然耸立的城墙，戒备森严的城门，扬雄当时哆嗦了一下。扬雄哆嗦，不是因为城墙的巍然与城门的森严惶恐，而是城门洞里呼呼吹出的冷风。到了霜冻结冰的日子，扬雄身上的深衣就显得单薄了，冷风一吹，不禁哆嗦了一下。如果在郫县，或者成都，霜降之后，大雪之前，温差变化都没有这么明显。长安的温差如此之大，也是趋于异常的，仿佛天地间的寒气都集中在一座城中了。

长安，毕竟是寓意"长治久安"的都城，进出城门都有讲究：长安城在东南西北各设城门，每一面城门开设三个门道，左边为入城道，右边是出城道，而中间呢，是皇帝的专用道。长安的街道，"八街""九陌"，像迷宫。"八街"，即同向城门的八条主干道，八街又用排水沟分开，分成了股道，而中间的却是皇帝专用的御道——驰道。即便是太子，驰道也不能使用。

长安的居住区叫坊，商业街称市，中心街道是朱雀街，房屋鳞次栉比。而偏于西南侧殿宇式的建筑——未央宫，威严、神秘，无疑是皇权的象征和长安的地标。据说，汉长安是在秦咸阳兴乐宫的基础上建的。汉高祖刘邦，建造了主要宫殿未央宫。而他的儿子刘盈，也就是汉惠帝，不仅修筑了长安的城墙，还改兴乐宫为长乐宫，供太后居住。真正使长安建设达到繁盛的，是汉高祖刘邦的曾孙——武帝刘彻，桂宫、北宫、明光宫，以及园囿、明堂、坛庙等，都是他手上大兴土木建设的。这些，都是长安建设的重要节点。而这些重要节点，无疑是西汉强盛的见证。扬雄走了三四天，才摸清了城中的大概走向和功能分布。一趟下来，算是长了见识。市区再热闹，扬雄也不敢逗留，他要把时间耗在问询上。在长安,问一条小巷,打听一个人,与海底捞针差不多。揪心的是,他连候强的影子都没有找到。好不容易找到候强提供的里坊住址——六合巷吴家,第一次去是大门紧锁。第二次去,候强没见着,倒是见到了房东。

"请问,是不是有一位姓候的先生住在这?"扬雄拱手问道。

"奈(那个)?邪气(胡搅),早走了。"房东是个中年人,白而瘦,像没有见过阳光似的,显出一脸不耐烦的样子。

扬雄没有听明白意思,问:"'邪气'是什么?"

房东白了扬雄一眼,冷冷地说:"连邪气都不懂,你还想在长安混?"

扬雄除了晕血,还怕翻白眼。他觉得翻白眼,与死鱼的眼睛没有什么两样。扬雄虽然头脑灵活,却想不出是什么事让房东说"邪气"呢?听话听音,房东说话的语气里,明显是不痛快。扬雄再问,房东只呵着气,根本懒得搭理。好像他多讲一句话,就会失去身上的热量似的。至于候强搬去了哪里,扬雄问了也是白问。看到房东一脚高一脚低地走开,扬雄才发现他是个瘸子。也难怪,房东行动不方便,还要为不愿意回答的问题来开门。至少,这是让房东不高兴的原因之一吧。

居然会碰到这样的事,扬雄想,凭你候强聪明的脑袋,应该知道留个言什么的,这样也太不厚道了。又一想,会不会因为自己误了与候强约定的时间,他以为不来了呢?想必,这样的可能性很大。毕竟,与他约定的时间隔得太长了。

没有找到候强,扬雄的脚步也变得沉重起来。是自己太相信朋友了吗?或者是自己太自负了?扬雄在路上不止一次想过这样的问题。想想,自己蜜月期一过,孤身就从家里出来了,这是一家人都不想看到的。而结果呢,找遍长安城连候强的人影都没有看到。问题来了,现在候强杳无音信,接下来自己将何去何从呢?天,渐渐暗了下来,寒风刺骨,街上行人寥寥,显得十分空旷。这时,扬雄的肚子在"咕咕"地叫着,他才想起自己连午饭都没顾上吃。

悦来客栈的位置,扬雄是记牢了的。第一天到长安,他就是以靠近闾里的悦来客栈为中心点,四处走动去寻找候强提供的地址——六合巷。没想到,最后还是无功而返。这一夜,扬雄辗转反侧。"笃——笃笃——哐!""笃——笃笃——哐!"子时三更了,扬雄还是没有睡去。前几夜,一觉睡到天亮的时候,什么梆声也听不到。一旦,睡不着了,梆声变成了扰人的声响,静夜里特别清晰。扬雄睡不着,在床榻上翻个身,那从娘胎里带来父母引以为傲的身体部分开始苏醒了,他突然想了妻子陈氏。即便是寒冬的深夜,身体也是燥热的。燥热像身体里一条奔腾的河流,能够将身体奔腾到发胀、震颤。扬雄闭上眼睛在想,他想妻子陈氏了,妻子陈氏是否会这样想他呢?

身体里的河流一旦奔涌,好比是关不住的猛兽。

## 5

日子,像长安城北渭河里的流水,一天天在流淌。扬雄没有打探到候强的消息,身上所带的铜钱却在一天天减少。尽管,他省着俭着,恨不得一枚铜钱掰开用。然而,扬雄按照时间推算,回家过春节已经不现实了。只是在长安走了一遭,就灰溜溜地回去?这不是扬雄想要的结果。若要想在长安待下去,首先铜钱必须省着花。不然,到时回郫县的盘缠都没有了。但,这样一天天在长安干耗着,心里不免发虚。时间一长,坐吃山空,吃住都会面临问题。

常住客栈也不是个事,毕竟在客栈吃住花费要大些。扬雄找到悦来客栈郭掌柜,先做了几句铺垫,转而以商量的口吻说:"我,我有个小事,不知郭掌柜是否愿意帮忙。其实,说起来也简单,就是看到客栈的伙计平日挺忙的,我想在客栈搭把手当伙计。当然,郭客栈给个面子,包吃包住就行。"

郭掌柜狐疑地看了扬雄一眼,脸上带着职业的微笑,撇了撇嘴道:"这,不是我帮忙和给面子的问题,就是让你做,你也插不上手。无论什么时候,客栈的伙计都是固定的。绝对没有你说的那么轻巧,这也不是添一双筷子的事。"

"哦,不要紧的。我只是问一问,郭掌柜可以记在心里,以后有机会再说。"扬雄缓过神来,尴尬地笑了笑道。

"嗨,来者都是客。没顾上你的时候,多担待。本店也是小本经营,难呐。"郭掌柜明明知道扬雄的心思,故意岔开了话题。只不过,郭掌柜没有撵走扬雄而已。

既然郭掌柜没留余地,扬雄总不能拿热脸去贴他的冷屁股吧。再次见面,扬雄也不好意思旧话重提。但耗着也不是个事,就想在外面租房子住,可以省一点费用。不料,扬雄找了几个居民区,都没有合适的。两天后,扬雄还是找到六合巷候强先前租房的房东。房东一开门,没好气地道:"叵烦(纠结),又是打听,又是租房,干撒捏(干什么)?"扬雄道:"不好意思,只是想租房。"在扬雄听来,长安方言、土语交集,话难懂,有的话咬音轻重,语速缓急不同,内容含义都不一样。扬雄一脸的诚意,最终打动了房东,他同意将一间瓦房租给扬雄。口头达成了意向,付了定金,扬雄就是房客了,房东一瘸一拐地带他参观了院子和房间——小院子里摆着破损的陶罐、陶钵,角落里垒着石头,石头间长着一根瘦竹,还有冻伤的草本植物;房间偏西,小而方正,采光不太好,摆着一床一案,简洁得不能再简洁了。

俗话说,卷起铺盖走人。扬雄连铺盖都没有,换洗的衣服用包袱一裹,就可以上路,简单,方便。结了账,扬雄就离开悦来客栈了。

房东的名字很有意思,叫吴渭,许是与出生与渭河边有关吧。他不仅单名,还单身,却有一个如花似玉的女儿。这样一说,就比较复杂了。按照吴渭的说法,他和吴葭是父女,却没有血缘关系,女儿是他收养的弃婴——那是十六年前初夏的一天早晨,吴渭刚打开大门,看见一个襁褓中的婴儿躺在门槛上。吴渭抱起时,婴儿竟然对他笑了。这一笑,便锁定了吴渭与吴葭的父女关系。出入一个门里,吴渭与扬雄的陌生感自然就消除了。有时,尽管是几句话闲聊,轻描淡写的,多聊几次,聚聚拢,连缀起来,也就理出了个大概。吴渭真的不容易,脚有残疾,上有老母,下有女儿,靠他在西市摆个摊点过日子。本来,家里出租一间房,是想收点房费补贴点家用。他万万没想到,候强入住,日久生情,与吴葭有了爱恋关系。候强一表人才,又是书香门第,而吴葭只是一个穷苦人家的女孩。吴葭不知道候强家的家境,吴渭也不知道。事实如此,候强一直没有谈起自己的家境,若是候强主动与他们谈起,那不成了一种炫耀吗?一个未娶,一个未嫁,青年男女相爱也正常,没有谁对谁错。可是,到了谈婚论嫁的时候,候强的家里坚决反对,口口声声说候强与吴葭是一个错误的选择。家里不同意,麻烦就来了。从理直气壮到沉默寡言的变化,候强的压力明显来自家庭。正当吴渭感到棘手,不知所措的时候,候强的父亲候侃赶到了长安。一切都不可逆转,除非候强大逆不道。

一个多月前，候强就走了，就是从扬雄现在所住的房间走的。扬雄想不通的是，以候强家的殷实家境，他根本没必要租房子住。那么，他怎么会租在吴渭家呢？还有，以候强的性格，不会怯懦，他父亲能够让他妥协，能够在长安把他逼走，肯定是什么话语，或者什么事情击中了他的要害。不然，他怎么会离开吴葭呢？只有几个月没有见面，扬雄没想到候强竟然会发生这样的变故。可是，与候强在洞庭湖相遇的时候，他怎么一点风声都没有透露呢？

吴渭的母亲身体佝偻得厉害，腰部已经不能挺直，走路头部始终是朝着地面的。她欢喜说话，即便一个人，嘴巴也是絮絮叨叨说个不停，扬雄是一句也听不清楚。问题是，扬雄很难看到她的面部表情，也就不知道她的喜怒哀乐。倒是吴葭说话慢条斯理的，带着淡淡的伤感，只是不愿意谈起那段情感往事。当吴葭说不在乎候强的时候，扬雄从她眼里看到了一些不安与哀怨，说明她心里还是没有放下候强。爱上一个人不易，想完全忘掉一个心爱的人更难。显然，吴葭还没有从伤痛的阴影中走出来。

"候强去哪了，难道你一点都不知道？"扬雄吃不准候强到底是在长安，还是离开了，小心翼翼地问。

吴葭迷惑地摇摇头，一脸的无辜，始终没有吭声。这时，厨房里传来陶器掉在地上碎裂的声响，应是吴渭母亲发出的声音。过了一会儿，吴葭怯生生地问："那，那你和他是什么关系？"扬雄简要地把自己和候强同学，以及在洞庭湖的约定告诉了她。吴葭听得很认真，生怕漏掉了什么。扬雄不想让吴葭纠缠在候强的往事中，问："你和你爹的名字都好听，又文气，知不知道是谁起的？"吴葭瞄了扬雄一眼，道："你们读书人是不是都这样啊，对一个名字都好奇。真的有那么好吗？我上次问过爹，说上巷子里的王爷爷起的。"扬雄听出了话外之音，如果没有猜错，吴葭所说的你们，包括了候强。

感情的事，旁人是很难解释清楚的。即便是作为父亲的吴渭，他对女儿吴葭心中的恋情也说不清楚。

寒冬的天空，好比是慢慢洇开的淡墨，等明净的部分都染上了淡淡的墨色，再加上寒风一阵比一阵刮得紧，离一场雪也就不远了。这时，扬雄回避不了自己的窘迫，他所带的铜钱已经所剩无几。虽然是勒紧裤带过日子，再耗下去已经不是捉襟见肘的事了。扬雄记得李弘先生说过，杨庄在长安供职，当时只是听听，没有当真。可杨庄是掌管着皇宫夜间警卫事务的官员，怎么去找他，还是个大问题。第二天早晨，扬雄就奔着未央宫去，一天只吃两块烙锅盔充饥。到黄昏了，扬雄只是远远地看到了传说中的未央宫大门，他连找杨庄的门在哪都不知道。

杨庄是扬雄在长安唯一能找的人，他有侥幸的心理，如果运气好，也有在未央宫门口碰到杨庄的可能性存在。好几天，他看着未央宫大门，望眼欲穿。然而，守卫未央宫宫门的官兵不予通报，也碰不到杨庄，扬雄再怎么望也是枉然。正当他心灰意冷的时候，一个熟悉的身影从大门走了出来。"咦！"，那不是什邡的杨宣先生吗？扬雄只说了一个"咦"字，就急忙迎了上去，招呼道："杨先生，请留步！"杨宣扫了扬雄一眼，仿佛慢慢记了起来："哦，你是，你是扬兄吧？来长安有何贵干？"扬雄十分激动，道："正是。先生好记性呀！"见到杨宣先生，扬雄就像看到了希望，就把找"值宿郎"杨庄的事给他说了。杨宣听到扬雄要找皇上身边的人，警惕地瞥了一眼，道："我也是入宫不久，好像没有听说过有这么一个人。可惜，帮不上扬兄的忙。"话还没落音，他就转身匆匆地走了，留给扬雄一个渐行渐远的背影。

## 6

所谓市，即集市或市场，是城不可或缺的一部分。京都长安，自张骞奉汉武帝之命，打通了汉朝通往西域的"丝绸之路"后，市场空前繁荣。长安城设有九个市，三个市在东，称东市，而六市在西，则称西市。其实，西市是以东市的方位起名的，东市与西市肩并肩，都集中在城区西北隅的横门旁边。东市西市内，蔬菜、粮食、酿酒、食品、牲畜、屠宰、纺织、皮业、漆器、铁器、陶瓷、木竹制品，以及西域引进的葡萄、苜蓿、胡麻、香料，应有尽有，有的是摆摊设点，有的是规模经营，有的是前店后坊，还有呢，是行商坐贾。

琳琅满目的商品，熙熙攘攘的人流，都不是扬雄所关注的，他更关注的是那里需要搬运商品的搬运工。在市场里，经商的，很少有人做体力活，搬运的事都请搬运工做。换句话说，扬雄为了糊口，他开始做搬运工挣生活费。扬雄想干什么？居然想靠肩挑背驮在长安生活吗？不是的。扬雄考虑先渡过难关，再伺机找到杨庄。自己年纪轻轻的，有手有脚，不至于走投无路吧。只是，扬雄搬运货物，还要避开一个人——吴渭。扬雄怕房东看到他又脏又累的窘相，更不想互相见面留下难堪。几天下来，扬雄的手上、肩膀上都起了血泡，再搬再驮，一阵阵钻心地疼，他仍然一声不吭地坚持着。

这年的春节，对于扬雄来说是漫长的，尽管有吴渭一家人一起过，他心里还是感到孤单与愧疚。一个读书人，竟然沦落到靠肩挑背驮过日子，竟然孤身在长安没有回家与父母妻子团聚。想想，扬雄苦笑一下，自己都觉得荒唐。

一场大雪，从年尾下到了年头。然而，再寒的风，再大的雪，也遮蔽不了正月社火带给长安居民的狂欢。社是土地神，火是火神。民间的原始崇拜，在长安正月同样得到展现。装扮芯子、平抬、亭子进行巡游，是长安社火的主要形式。简单地说，就是把人巧妙地装扮成想象中神的模样，一层层叠起，浩浩荡荡地抬着巡游。而当地称为"假面"的社火脸谱，扬雄是第一次看到，粗犷、朴拙、浓烈、诡异。火，点燃了正月雪夜里的集体欢腾——那是蛰伏了一年的激情奔涌，那是灵魂升腾的召唤与回声。夜里，人们擎着的火把点亮了，游走，飞舞，聚了又散，散了又聚，蔚为壮观。突然，火把全部合在一起，火苗燎着夜幕，一蹿冲天。似乎，空气中还有硝磺的气味。人与神灵之间，火是通道，唯一的通道。而街上所有的人呢，都沉醉在欢娱之中，仿佛忘记了风雪，忘记了生活的艰辛。

人啊，有时对身体能量的消耗，是否是最好的忘我呢？

开春后，市场上更热闹了，马咽车阗，人流如潮，市声鼎沸。商家生意好，扬雄的搬运量就大，从早到晚，跑里跑外，肩挑背驮，他连歇气的机会都没有。中午的时候，扬雄搬货路过吴渭的摊点，看到他忙得不亦乐乎，还是远远地绕了过去。好在，一天天忙下来，肩膀与脚力还争气。这天，扬雄送货晚了，回来天已暗断。刚进门，吴葭一把拽住他，吓了他一跳。

"咦，怎么到现在才回来，急死我了。"

"有事？"

"你早出晚归的，没有做什么坏事吧？"

"我，我像做坏事的人吗？"

"不是我怀疑你,是今天两个官府的人找到家里来了,叫你明天在家里等,什么地方也别去。吓死我了,我都没敢跟阿爹说。你快想想办法,该怎么办?"

扬雄闷了半天,也想不出头绪,道:"我又没做坏事,瞎想什么。不做亏心事,不怕鬼敲门。"

"嗯,话是这么说,可无缘无故的,官府的人为什么找你?还有,会不会与候强有关呢?"

"我累了,你也别瞎想,早点休息吧。"扬雄说完,就把吴葭丢在院子里,进了房间。

天太黑,扬雄无法看到吴葭的面部表情,却能感觉到她的紧张。扬雄叫吴葭别瞎想,自己却不能把她的话丢在一边。毕竟,是官府的人找上门来了。想想,自己从来没有和官府有什么瓜葛,做人问心无愧。再说了,在长安更是人生地不熟的,会不会是找错人了呢?倒是吴葭提到了候强,他不是早已离开了长安?又能做什么出格的事呢?不想了,越想越糊涂,扬雄干脆蒙头睡觉。

考虑到吴葭转达的话,扬雄还是慎重起见,第二天没有上市场去搬货。扬雄与吴葭都站在院子里,两个人的眼睛都盯着门口。门,敞开着,半天不见人影。两个人都觉得,这么傻盯着门口真的别扭。都下午了,还是没有见到官府的人上门,扬雄心里不由回想与琢磨着吴葭昨晚说过的话了。扬雄疑惑地问:"你,你确信没有听错,是找我的?"吴葭心不在焉地答:"错不了,就是我说的那么回事。"扬雄瞟了一眼门口,叹道:"看来,我这一天是泡汤啰。"

果真不出扬雄所料,他和吴葭都白白等了一天。因为有吴葭在家,扬雄第二天告诉她说,他有事要出去一趟,若是有人找就让他们等着。吴葭显得有些疲惫,她懒懒地应了一句:"好吧,谁知道他们会不会来。"临出门了,扬雄心里总还是不踏实,转身对吴葭说:"这件事,没个准信,还是先不要告诉你阿爹,免得多个人担心。况且,找错人的可能性很大。"

扬雄的话音刚落,一个熟悉的身影在门口出现了,不禁惊喜地叫道:"杨兄,你怎么知道来这里?"杨庄一笑,道:"你都知道来这,我为什么不知道来呢?"扬雄瞬间反应了过来,道:"噢,难怪,难怪呀。士别三日,当刮目相看。去找了你几次,守卫的官兵太不近人情了,连门都没摸着。"杨庄道:"还说呢,这么久都没个音信,以为你在路上失踪了呢。扬兄别介意,那是官兵的职责所在。如果不是他们，我怎么会知道你到了长安。昨天临时有事，让兄长多等了一天。"说着，杨庄与扬雄会心地笑了。扬雄介绍吴葭时说："看你，前天是不是穿着戎装来的，都把姑娘吓着了。"杨庄点点头，嘻嘻笑道："是吗，不至于吧？"吴葭害羞地低下头，脸涨得通红。随着杨庄的出现，吴葭忐忑的心终于放下了。吴葭觉得站在两个男人身边，又插不上话，就转身去厨房煮茶了。

  这一刻，扬雄的思维都在跟着杨庄的话语左行右转。杨庄讲话的语态，与几年前在石室有了明显的变化，成熟而稳重了。一交谈，扬雄才知道候强曾经与杨庄说过他要来长安。可一切都是那么的不凑巧，来长安之前，先是父母要自己完婚，错过了约定的日期，再后来，又是候强父亲逼他离开了长安。总之，同学之间难得见面，少了候强是一种遗憾吧。而对长安太学，扬雄通过杨庄也有了进一步的了解，太学是官办的最高学府，从汉武帝时代正式创立，地址是在长安西北七里，由太常负责博士弟子的选拔，太学弟子每年都要进行一次考试，就是所谓的"岁试"。而考试的方法主要有两种：一是测试背诵的"诵说"；二是抽签考试的"射策"。

  杨庄喝了一口茶，打量着扬雄问："不知扬兄接下来有什么打算？"

  扬雄茫然地摇摇头。能说什么呢？说自己每天在做搬运工糊口，真的难以启齿，也无从言喻。看着杨庄期待的眼神，扬雄迟疑了一下，模棱两可道："在长安人生地不熟的，看看再说吧。哦，对了，那天在未央宫门口，我碰到了什邡的杨宣先生，他也在宫里，我问起你，他竟然说不认识。"

  杨庄抬头看了看天，道："这很正常。长安藏龙卧虎，说不定碰到的都是达官学者。对了，我今天还有事，见到扬兄就放心了。你去找我不方便，还是我来找你吧。有机会聚聚，我和你一起去拜访太学的博士。"

  "谢谢！让杨兄费心了。"扬雄拱手道。

  吴葭再次端上茶，扬雄已经送杨庄出了大门。扬雄抬头望了望太阳，应该是临近中午时分，晚是晚了点，他还想赶到市场去搬两趟货，毕竟有一天半没去了。天晴要防落雨，落雨要防落雪，能挣一点是一点。当扬雄急匆匆地赶往东市的时候，他怎么也不会想到吴葭会跟在身后。吴葭郁郁寡欢，发现了扬雄早出晚归的原因，鼻子一酸，默默地跟着。吴渭见到女儿，面面相觑："怎么跑知达（这里）来了？"吴葭环视着周围，小声说："哦，来看看阿爹不行呀？"吴渭脸上露出了少有的笑,道:"人滑的(真乖),那明儿个(明天)来搭手(帮忙)。"吴葭吐了下舌头道:"再说呗,我四处转转。"等吴葭再去找扬雄驮货的身影,他已经消失在熙熙攘攘的人流中。

长安的春天早就来了,随后而来的是倒春寒,只是,比往年少了雨水,多了料峭。长安上一次下雨是在什么时候,扬雄已经记不得确切的日子了。长安春雨的雨量,与成都相比,要少一截。当然,这是扬雄感官上的认识。似乎,这年长安的春天,少了成都那种连绵的湿润的发酵感,还有旺盛的生长力。想必,此时的成都,应是气候温润,一阵春风,一场春雨,花花草草都冒了出来,满眼都是一簇簇的新绿与姹紫嫣红。

久违的春雨下了一夜,长安的桃花李花散落了一地。

## 7

皇宫深似海。

杨庄在未央宫值夜班,昼上也难得有空。皇宫里,规矩多,出宫一趟实属不易。同学之间,知根知底,杨庄知道扬雄有才,只是缺少机遇。暗地里,杨庄想帮扬雄一把。

随遇而安,是杨庄在仕途上的心态。他是在考"射策"时发挥失常,阴差阳错,才任值宿郎,掌管着皇宫夜间的警卫事务。从太学出道,官职比他高的,起码有一大半。好在,杨庄是在皇帝身边工作。在皇帝身边工作,就有优越性,在别人眼里似乎要高人一等。什么优越性?不说自明。不可否认,宫里宫外只要认识的人见到他,都会给足面子。而杨庄呢,从心底里羡慕扬雄的生活——率真,散淡,抱朴守拙,自由自在。然而,这样的生活,在皇宫里是想都不敢想的。杨庄在太学也见过不少与扬雄类似,有文才的,大多都不知道自己几斤几两,狂放不羁。而在扬雄身上,不仅没有这些习性,且严谨、谦慎、好学。这些,也是杨庄喜欢与扬雄交往,以及称兄道弟的原因。最重要的一点,扬雄是那种能够推心置腹的朋友。不像在宫中,有话也不能直通通地说,甚至还要藏着掖着。不然,得罪了人,惹了祸,都不知道。于是,那些逢迎的,取悦的,拍马溜须的，一个个都出来了，而且大有人在。有时想想，这样的生活，与戴着面具生活有什么两样呢？人以群分，话不投机半句多。许多时候，许多场合，杨庄很少说话，或者干脆不说话了。

那天与扬雄见面，时间很短。谈话间，杨庄还是隐约感觉到了扬雄情绪的微妙，似乎在躲闪，抑或回避什么问题。按照扬雄的秉性，这是不应该存在的。那他在躲闪与回避什么？杨庄就不得而知了。这，也是杨庄想弄明白的地方。杨庄趁着出宫的机会，中午时分又去了扬雄住的六合巷吴家，只见到了吴葭。"扬兄去哪了，他说没说什么时候回来？"杨庄笑着问。"他呀，从来都是独来独往，早出晚归。"吴葭摇头道。"那你知不知道他在忙什么呢？"杨庄好奇地问。"在市场……"吴葭发觉自己说漏了嘴，赶紧打住了。"说话说一半，会急死人的。你是不是想瞒我，他去市场干什么？"杨庄更加疑惑了，问。"没，没什么。"吴葭被杨庄问得愣住了，支吾道。吴葭抿着嘴唇，生怕话语会漏掉似的。其实，吴葭心里是矛盾的，她自看到扬雄在市场搬货的那刻起，心里一直纠结着——扬雄已经租房好几个月了，一个读书人竟然是这样过的日子，那他是为了什么？想不通，又不好问，是不是折磨人呢。

看到吴葭不方便说，杨庄也不勉强，谈话戛然而止。吴葭似乎一下子感到不适应，她还在发愣，杨庄的脚已经迈出了门槛。杨庄在东市转了一圈，没有找到扬雄，就去了西市。远远地，在西市一家粮铺门口，杨庄看到了一个熟悉的身影，证实了自己路上的判断。看动作与架势，扬雄的搬与驮都像个把式了，说明他在市场做搬运工已经不是一天两天了。这时，杨庄才明白，吴葭不愿意说出扬雄在市场的原因所在。杨庄怕扬雄陷入尴尬，没有迎上去，而是扭头走了。

杨庄简直不敢相信，扬雄会落到这般境地。

究竟发生了什么事？有什么困难不可以说呢？杨庄冥思苦想，也想不出一个所以然。杨庄心里酸酸的，如鲠在喉。显然，扬雄在做搬运工的问题上，是在回避杨庄的，现在自己何尝不是呢？杨庄离开成都后，几乎与扬雄失去了联系，有关他的事都是听李弘先生说的，这次能够在长安见面，还得益于候强。偏偏，候强自己先离开长安了。于是，杨庄不由回想起了成都的那一次郊游。是的，与扬雄、候强一起的郊游，恍若昨天。候强去了哪里，还会不会回长安？

杨庄心里没底。而扬雄在长安具体有什么打算，杨庄也不得而知。

刚才还是阳光遍地，蓦然就消失了。没了阳光，天就阴了下来，乌云还在扩散。杨庄茫然地望了望天空，似乎看到天在酝酿一场雨讯。街上行人匆匆，杨庄也加快了脚步。刚入宫门，雨就落了下来。杨庄把车水马龙的喧嚣声甩在了身后，迎来的是宫檐雨水滴落的声音。宫墙再高，守卫再严，也挡不住风雨的长驱直入。

这天晚上，杨庄正准备去值班，在回廊遇见了侍中王音，二人称兄道弟，关系甚好，互相拱手问候。杨庄道："王兄不是要选荐属吏吗？我推荐一位同学不知是否合适？"王音问："谁？"杨庄答："扬雄。"王音盯着杨庄问："哪一个扬雄，是不是写辞赋的那个？"杨庄答："是的！莫非王兄读过他的辞赋？"王音笑道："是的，记不起来上次谁还给我推荐过他的辞赋呢，文采不错！他是否在长安，哪天见见面？"听王音这么一说，杨庄一颗悬着的心总算落了下来，道："就定在明天吧，让他来做你的门下史应是合适的。"又一想，如果明天去六合巷，肯定碰不到扬雄，去市场找也不合适，杨庄道："王兄，看这样行不行，怕扬雄临时外出了，还是定在后天。"王音点点头道："没事的，具体时间你来定。"

同朝为官，形形色色的都有：年高德劭的有之，老谋深算的有之，清高傲气的有之，谨小慎微的有之，年轻有为的有之，甚至还有钩心斗角与谋私忤逆的。杨庄资历浅，没有什么想法，一门心思做好分内的事。在王音眼里，杨庄最大的优点是谦卑，口风严，不掺和到任何官员中去。王音赏识杨庄，就是看中了他的优点。按年纪，王音差不多要长杨庄一肖，他把杨庄还是当小老弟看待。而在杨庄心目中，王音不仅是皇帝的近密之臣，还是一位正直的学者。扬雄能够跟在王音身边，杨庄算是了了一桩心愿。

第二天傍晚，扬雄拐进六合巷，就碰到了杨庄。他没有想到杨庄这个时候会来，问："杨兄怎么没去屋里坐？"杨庄一脸郁闷，道："扬兄没在，我一个人不成了呆子？"杨庄转而笑道，"哦，对了，昨天遇见王音兄，他想招一位门下史，我跟他提起了你。没想到，王兄读过你的辞赋，想明天见见面。"好久，好久没有听到有人谈到辞赋了，扬雄心中有一种莫名的激动，不好意思地问："他是怎么评价的？"杨庄望了扬雄一眼，道："见面不就知道了？"扬雄思忖了一会儿，道："那，那好，遵杨兄安排就是了。"说句心里话，扬雄应承下来，是有私心的。近期以来，他一直在为长安的去留问题忧心忡忡。长此以往，这样在长安待下去，根本不是个事。整天忙于搬货、驮货，根本没有考虑，也无法考虑去拜访长安的硕儒。这与消磨时光有什么区别呢？照这样消磨下去，自己与东市西市的搬运工又有什么两样？如果让人知道，自己千辛万苦从郫县赶到长安，只是做了几个月的搬运工，岂不让人笑话？退一步想，有个门下史的身份，起码不用为吃住问题一天天在外奔波了。确实，目前也没有更好的选择。

## 8

与杨庄在北阙会合，已是巳时。北阙一带，街道宽阔，房屋气派，是迥异于六合巷周边街道的地方。阳光照在街上，明媚、敞亮。一路上，杨庄边走边向扬雄耐心地介绍王音和宫廷的大体情况："侍中，就是皇帝的亲随。能够担任侍中的，一般都是外戚、功臣及其子弟。王音兄是孝元皇后王政君的堂兄弟，可谓才华横溢。他任侍中，可不是虚衔，不仅要照顾汉成帝的日常起居，安排出宫的护卫，还要负责谏诤、经书的讲解等。"杨庄看了看前后的行人，继续介绍道，"在未央宫，成帝分了中朝与外朝。所谓的中朝，即是内朝。虽然，中朝与外朝都是成帝处理政务和出席朝仪，但二朝朝会都是有区别的。中朝处于黄门内的禁中，是皇上处理政务的重要场所。在中朝为官，既能够出入禁中，也能够在成帝身边帮助处理机要事务。譬如：大司马、前后左右将军、侍中、常侍、散骑，都是中朝的官员。而外朝的官员，却没有这样的特权。这么一说，扬兄应该就明白了。"扬雄冲着杨庄笑了一下，慢悠悠地说："杨兄，你能告诉我这些，我很感动。可你越说，我越紧张。别笑话我，我现在有些不知所措了。"杨庄停下脚步道："紧张什么？扬兄千万不要误会，当然这些都是朝中官员必须要弄清楚的事，你可以不管，但必须知道才行。"

到了尚冠街王音府邸门口，扬雄看到门庭显赫，步子开始犹豫了。杨庄鼓励道："你我是兄弟，王音兄把我当成小老弟，你尊他为兄就是了。很好的一位兄长，听我的总不会有错吧。"扬雄愣了一下，没有表示异议，跟着杨庄迈上了台阶。扬雄没有见过王音先生，看到一位瘦瘦的中年人站在院子里，以为是他。听他轻轻地招呼了一声杨庄的称谓，分明不是。"先生在书斋，我这就去禀告，稍等！"随着他的话音，扬雄下意识地往院子里望了望。王音先生府邸的院子，比一般人家要大二倍以上，有廊、亭、花台，以及池塘。扬雄觉得，这样的庭院，不应叫院子，应称园子更加合适。况且，还种有蜡梅、海棠、茱萸、玉兰、凌霄、槐树、石榴、银杏、桂花、竹子呢。扬雄睁大眼睛看着，若要让他描摹，这样的园子应是一幅水墨的春光，浓淡相宜，悦目赏心。

"杨兄守时，有失远迎！"王音先生拱手道。

"王兄客气！"杨庄拱手介绍道，"对了，这位就是我的同窗好友扬雄兄。"

"欢迎，欢迎！百闻不如一见，果然气宇轩昂。"王音先生笑道。

"先生过奖了！"扬雄揖手道。看去，王音先生体格健壮，穿戴整洁，个头与杨庄相差无几，尤其，人显得有精气神。

王音先生打量了一眼，把目光落在扬雄身上，他觉得扬雄应是个朴实苦干之人，那一身衣服不该皱的地方皱着，肩和袖都褪色得不成样子了，而腋下还透出汗水浸出的汗渍，脸上却是健康的古铜色。王音先生面带微笑，伸出手引导道："总不能站在院子里聊天吧，怠慢了客人都不知道，请在客厅喝茶。"

案前席地而坐，茶香氤氲。

王音先生举瓯向扬雄示意道："孔圣人有句话，不患人之不己知，患不知人也。我提这句话的意思是，我与你同样如此。好在，我们之间有个中间人——杨庄兄。我想，能够值得杨庄兄推荐的人，品行应该不会有问题。说实话，你到我这里应聘门下史，是屈才了。"扬雄笑道："孔圣人说，德不孤，必有邻。今日能够拜见先生，已是福分，往后还望先生多多教诲！"王音先生道："话，不说不明。今天当着杨庄兄的面，我把话说透些，我看好你的人品与才识，在我这里不需要你做通报、洒扫之类的仆役事务，而要做的是抄录、整理文稿等。"扬雄表态道："感谢，感谢先生关照，我将不遗余力做好分内之事，做到问心无愧！"杨庄心头一热，道："王兄识才重义，是我与扬兄学习的榜样。既然你们二位一拍即合，我看择日不如即日，是否就正式进入日程呢？"王音先生道："好啊，随杨兄的意思就是了。"扬雄拱手道："恭敬不如从命！"

原来，在院子里第一眼看到的中年人，是王音先生门客——赵黎。王音先生家里的许多事,都是他负责在打理。四个人在场,包括扬雄的吃住、薪水问题,王音先生对赵黎都交代得一清二楚。赵黎边续茶边应道:"先生放心,我会逐一落实到位。"

尽管,王音先生和杨庄所谈的话题涉及《论语》《春秋》,都是扬雄感兴趣的,然而,他只是默默地听着。在这样的场合,他已经意识到自己的角色转换了。

什么事也不考虑了,扬雄需要尽快融入王音先生的事务和生活。

扬雄回到六合巷,从吴渭家搬走时,吴葭的眼里,除了不舍,更多的是无奈与失落,她的嘴唇翕动了一下,并没有发声。吴渭呢,是热络之后的那种冷却。这种冷却,不是冷漠,是内心的世故。好比内心生成的一种膜,随时可以遮蔽与覆盖。扬雄茫然地看了吴渭父女一眼,心头有说不出的滋味,许是一丝惆然与隐痛吧。

长安的天空,白云如絮,有群鸟在穿梭飞翔。

9

一觉睡到自然醒。不,应该说是被一泡尿憋醒才对。扬雄看到天边已经泛起了鱼肚白,就起床了。院子里,静悄悄的,一个人影也没有。而正对着窗口的一棵海棠,花儿开得正艳。

王音先生府邸,格局为合院式建筑,正房、厢房、倒座房围成三进院落,回廊连接。扬雄入住的是西厢房,房间方方正正的,打开门窗就能看到院子,光线也好。扬雄以前并不认识海棠,还是在成都石室的时候,君平先生教他认的。据说,海棠与玉兰、牡丹、桂花种在一起,寓意"玉棠富贵"。院子里,这四个品种花树都一应俱全。

那天,扬雄初来乍到,赵黎带他熟悉了一遍,包括王音先生的书斋,只是后院没有去。赵黎特意交代,后院是夫人与小姐的活动空间,不能随意进入。他的意思是说,这是王先生女眷的领地,闲人莫入。好几天了,扬雄也没有见过夫人与小姐的身影。扬雄与赵黎配合默契,赵黎不方便说的话不说,扬雄不方便问的话更不会去问。倒是王音先生一见面，道："赵黎在这里待的时间长，有什么不熟悉的地方，可以问问他。"扬雄致谢道："我，我的生活本来就简单，先生客气了，我反而不知道如何是好。"王音先生笑道："这与简不简单没有关系，一个门里不说两家话。以后在这里呀，就像在家里一样。只有把这里当家了，才会安心做事。"

看到王音先生和扬雄在说话，赵黎似有话要对王先生说，不知什么原因，还是没有启口。王音先生前脚离开，他也匆匆忙忙地走了。

到长安折腾了几个月，终于从肩挑背驮回到了字里行间，接近期望的生活了。扬雄松了一口气。王音先生没有布置其他事，只是先让扬雄每天补录一些残缺的经书。人，一旦遇到感兴趣而又能够做的事，心情特别舒畅。诵读、查考、抄录，成了扬雄工作的常态。有时读着写着，又有窗外的鸟语相伴，扬雄仿佛产生了回到成都的幻觉。

赵黎走路的脚步声很轻，讲话也轻言细语的。有时，他走到身后了，都不知道，说话也是，如果不仔细听，还得猜他的口形。一段时间下来，扬雄越来越发觉赵黎身心疲惫，脸色苍白，神情恍惚。

"赵先生，你是不是身体不舒服？"扬雄硬着头皮问。

"没，没什么，只是最近老是失眠，感觉累，脚底有些虚，感觉天像要塌下来一样。"

"身体不舒服，不能硬撑着，还是要好好休息，身体要紧。"

"嗯，我是咸吃腌菜淡操心，一厢情愿。家里一大摊事，我不管谁管，越吃力越不讨好，没想到竟是那么的冷酷无情。"

"哦，清官难断家务事，越去想岂不是心里更难受。"

"嗯，真的像一团麻，越解越一团糟，郁闷死了。"

扬雄不知道赵黎家里的具体情况，又不好细问。他与赵黎的谈话，是在各自的缄默中结束的。临走，扬雄还是有些不放心，问："赵先生，你一个人走能行吗？要不，我送送你？"赵黎无奈地笑了笑，挥挥手道："放心好了，尚冠街到夕阴街路不远，走到头就是了。"第二天，赵黎没来，扬雄也没在意，以为他家里有事走不开。扬雄万万没有想到，这是与赵黎的最后一次交谈——他一句"郁闷死了"，竟然一语成谶。两天后，王音先生告诉扬雄，赵黎自缢了。

王音先生沉痛地道:"赵黎有一块心病,压在心底,又无法表露。那是几年前吧,他弟弟被西域昭苏来的一匹乌孙马踢死了,家里一直靠他接济。吃惊的是,他暗恋上了弟媳妇而不能自拔。同住一个屋檐下,有些风言风语,就要自省回避了。为了这事,我还警告过他,他口口声声说没有这回事。可在几天前,他竟然作奸犯科……弟媳妇是个贞烈女子,一头撞到了墙上。事情闹得沸沸扬扬,满城风雨。赵黎走投无路,最后找到我,要我帮他一把。怎么帮?"王音先生气得咬牙切齿,愤愤然,"不错,你是勤勤恳恳跟了我多年,亲如手足。可是,我不能因为你亲如手足,做了有违伦常的不耻之事,还帮你吧?绝对不能!若是我帮了你,与怂恿你有什么两样呢?"

王音先生似是被自己气呛着了,他缓了缓,痛惜道:"赵黎父母不在了,他和他弟弟也不在了,一个家就这样散了。雪上加霜,苦了谁?苦了的是孩子啊!"

回想起来,与赵黎朝夕相处,在他极度矛盾的时候,扬雄没有发觉,王音先生也没有发觉。扬雄在心里也怪过自己,或许那天陪赵黎走走聊聊,弄不好就不会发生这样的事了。错过的,就永远错过了。像一个掉下悬崖的人,赵黎想抓住一根山藤,哪怕是一支树丫,一棵野草,都没有。他用自己的方式,选择了一种人生的结局。据说,赵黎死的样子惨不忍睹,脸上紫黑紫黑的,舌头像狗一样露在外面,很是恐怖。

望着缺席了赵黎的院子,扬雄唏嘘不已。

吊唁时,扬雄去了。赵黎是家里的顶梁柱,他一倒,对于家庭是毁灭性的。赵黎的妻子又哭又笑,精神已经崩溃。而赵黎披麻戴孝的儿子,还不满六岁。六岁,一个小屁孩,正是玩耍与开蒙的年龄,可他已经失去了父亲,又是磕头,又是作揖。似乎,他的肢体,甚至神情,都是长辈控制的,叫他跪就跪,叫他哭就哭。一个失去父亲的孩子,母亲又精神失常,等于失去了依靠。扬雄把做搬运工积攒的一点钱,全部塞给了赵黎的儿子。没想到,赵黎的儿子像吓着了,"哇"的一声哭了出来,哭得眼泪奔涌,鼻涕出泡,身体一抽一搐的。扬雄见不得人哭,烟香一熏,眼圈就红了,眼里也有了泪意。他不知道赵黎与弟媳妇之间到底发生了什么,但看到这样的悲剧,感觉心里堵得慌。吊唁的人三三两两,稀稀拉拉,神情都有些别扭。许是因为赵黎与他弟媳妇的死,许是因为赵黎妻子又哭又笑的样子，或者两者兼而有之。一位上了年纪的亲戚，走出灵堂就嘀咕，有见过女人在灵柩前为男人哭的，就没有见过女人在灵柩前为男人笑的，然后是一阵长吁短叹。还有一位，"呸"地吐了一口痰，所说的话语难听极了，相当于诅咒。几位老妪聚在巷口，小声议论着赵黎与他弟媳妇的种种传闻。问题是，扬雄走过去，她们居然无所顾忌，说得有滋有味。

什么叫好事不出门，坏事传千里？应是形容民间嚼舌头讲闲话的传播速度吧。扬雄从夕阴街走到尚冠街，似乎整个长安大街小巷都在议论赵黎与他弟媳妇的事。口水无刃，但可以把人淹死。

天，阴霾。秦岭方向的天空中，一朵朵的积雨云在飘，一场雨将至。

## 10

赵黎的死，对王音先生是个不小的打击。他常常以这个事件，来审视和警示身边的人。扬雄看得出，王音先生内心还是有自责的成分。在一次推心置腹的交谈中，王音先生感慨万千："赵黎通五经，谙岐黄，就是治不好自己。屈指数来，赵黎拜在我门下十二年，一直谨行慎言。最后，也不知道他是受了什么蛊惑，邪气攻心，思绪紊乱，竟然有违伦常，伤风败俗，走上了绝路。这是一个有妻室的读书人的失智，作恶，报应！这也等于是我王门的耻辱。这件事，比有人把巴掌扇到我脸上还疼。"扬雄屏声息气地听着。他给王音先生续过茶，道："我与赵先生相识时间虽然不长，但也觉得事情蹊跷。他最后一次与我所说的话语，以及无奈的神情，似乎有了某种心理上的准备。换句话说，他已经预感到会有这样的结果。随着赵先生和他弟媳妇的非正常死亡，他们之间是否有勾搭，又做了什么，都成了一个不解之谜。疑问的是，赵先生是有家室的人，他为什么一意孤行去追弟媳妇呢？他想摆脱，就是摆脱不了自己，这是致命的根源所在。想必，一说起这件事，大部分人都会当桃色事件来讲，或者嗤之以鼻。俗话说，人要脸，树要皮。往往，一个人的脸面，就是一个人的尊严，一个人的名声。赵先生走上绝路的关键，在于他觉得没有脸面做人了。试想，既然事情发生了，他为什么不会苟且偷生呢？进一步说，他有违伦常，连死都不怕了，还在顾虑什么呢？"王音先生倒吸了一口气，疑惑道："唉，想想也是。话又说回头，赵黎通《易经》，他怎么就没有为自己卜一卦，卜个吉凶呢？"扬雄思索了一下，道："《易经》六十四卦，所有的卦都有六爻和爻辞，也就是说吉凶都是对应的状态。若是说，卜卦卜个好卦，那只有十五卦的谦卦。什么是谦？往小处，做人做事要谦虚，敢于吃亏；往大处说，为人处世要功高不自居，名高不自誉，位高不自傲。再进一步说，尚德与缺德，只是一字之差，却隔之千里，甚至是误人一生。"王音先生赞道："透彻！说得透彻呀，不愧为青年才俊！"

通常的日子，王音先生难得有时间坐下来与扬雄深谈，可这天临近中午了，他们还在继续。王音先生一脸憔悴，道："现在赵黎不在了，家里一摊子事也没有人接得上，找个靠得住的人不容易。我想到了一个人，你帮忙看看是否合适？"扬雄问："谁？"王音先生微笑道："此人呀，远在天边，近在眼前。"扬雄思忖道："哦，先生高估我了。事务性的事，我真的不行。再说，我连阿旨顺情都不会，怎么替先生迎来送往？而与先生来往的都是达官贵人，我怕得罪了人都不知道，弄不好，适得其反。"王音先生神情凝重，道："我不排除，在日常生活中会有这些庸俗的事。你要做的是打开眼睛，亲贤远佞就是了。从发展的眼光看，你在长安多接触些人，也没有什么坏处。"扬雄摇摇头，道："不怕，不怕先生笑话，我见到陌生人就紧张，一紧张就口吃，最怕周旋应付的事了。若是有一些具体的事，先生吩咐就是了。"王音先生茶喝得有滋有味，他抿了一口，润了润嗓子，道："你言过其实了。我们要做的每一件事，都是具体的，具体到每一件事，每一个人。你若一口应承下来，我还不放心呢。我想，许多事情的磨合需要时间，你不妨考虑考虑，过后再答复我吧。"

扬雄知道，这是王音先生对自己的器重，却还是没有应承下来。扬雄从王先生的眼里察觉到了什么，或许只是内心的一种感觉。是的，应只是自己的感觉。他对着王先生笑了笑，表示歉意。

杨庄与王音先生称得上是莫逆之交。赵黎出事后，他来的次数比先前要频繁了。杨庄一到，主要是陪王先生喝茶聊天。席地而坐，边煮边喝，能够从浓浓的茶汤，喝到寡淡无味，甚而喝出水来，本身就是一种境界。偶尔，他们也聊一些不着边际的话题，属于那种朋友之间的闲聊。杨庄与王先生喝茶聊天的时间基本固定,以三瓯茶为一巡,三巡下来,杨庄就起身告辞。一天下午,杨庄到来的时候,王音先生刚好有事出去了。杨庄道:"有一件事,我早就想说了,因为王兄在,一直没找到机会。王兄想让你代替赵黎,完全是诚意的,从另一个方面说,也是在提携你。"扬雄道:"杨兄又不是不了解我,迎来送往的事,我有先天不足,弄不好就弄巧成拙。我什么是优势,什么是劣势,心里很清楚。杨兄总不能让我拿劣势出面示人吧?你这么一说,我更加诚惶诚恐了,到时我出丑不说,只怕让王先生脸上无光。"杨庄郑重其事道:"你这是托词。人的先天条件,是从娘肚子里带来的,而后天的都是学来的。你做你的事,又不叫你去趋炎附势。换句话说,你按照自己的标准去做,也不影响到你的品行呀。"扬雄坦然道:"杨兄不要跟我费口舌了。理解的还好,不理解的还说我不识抬举呢。在这件事情上,我是打退堂鼓的,希望能够得到杨兄的理解。我相信,王先生也会理解的。"杨庄有些不解地看着扬雄,道:"谢谢你,是扬兄让我验证了一个观点,那就是大凡有才华的人都是有个性的,而有个性的人,却不一定有才华。"扬雄道:"算,算了吧,杨兄就别损我了,兄长的才识我心知肚明。"

怎么说呢?扬雄能够领会王音先生和杨庄兄的一番好意。他只是觉得,一个做学问的人,应该是纯粹的,不应有过多时间的应酬,或者在人情世故上去耗费精力。扬雄理想的状态,就是一门心思去做自己的学问。

扬雄的坚持,对王音先生和杨庄的触动都很大。实际上,许多事都是一厢情愿的。比如,对扬雄是完全出于好意,他却始终没有接受。如果换一个投机的人,结果可想而知。显然,扬雄的努力与坚持,都是为了做自己喜欢做的事。

不可否认,对于扬雄,无论王音先生,还是杨庄,他们都极有耐心。

一只茶瓯寂寞地摆在一边,那是赵黎专属的茶瓯。王音先生没有动它,扬雄没有动它,其他人也没有动它。逆光,扬雄感觉有些恍惚,仿佛那只茶瓯变得畸形了,仿佛又听到了赵黎在说"郁闷死了"。

杨庄再一次到来,不是来看王音先生,而是专门找扬雄,说是要带他去见一位朋友——刘歆。在成都石室的时候,扬雄就听君平先生提过刘歆的名字,他是光禄谏议大夫刘向的儿子,从小跟随父亲做学问,博通古今,称得上长安排得上号的儒者。扬雄拱手道:"懂我心思的,还是杨兄啊!"杨庄哈哈一笑,道:"扬兄少给我灌迷魂汤,你油盐不进,什么时候听过我的话。"扬雄悻悻道:"看来,有的人经不起夸,一夸就钻牛角尖了。"杨庄故意道:"是吗?想必只有钻牛角尖的人,才会想到牛角尖吧。"王音先生搭腔道:"你们兄弟少插科打诨了,正事要紧。"杨庄怔怔地看着王音先生,好像刚刚省悟过来:"是呢,王兄不说,我都忘了,刘兄约在霸城门见面,要一起去渭河的。"

　　刘歆的生活挺滋润的,他日常除了钻研经学,还协助父亲整理和校订朝廷收藏的书籍,每天都有机会接触到宫廷珍藏的各类典籍。当然,这些都是扬雄听杨庄说的。在霸城门会面,扬雄才知道刘歆的年龄与他和杨庄差不多,长得相貌堂堂,言行优雅得体。都是年轻人,又是称兄道弟的好友,讲话自然少了客套。刘歆以长安人的身份,边走边介绍道:"当年汉高祖建都长安,主要是出于三个方面考虑:一是地理因素,长安处于关中平原中部,周围有函谷等四关,进可攻,退可守;二是关中平原土地肥沃,是重要的粮食产地。同时,长安毗连粮食主产区——成都平原。这,等于有了粮仓;尤为重要的是第三点,完全出于政权巩固的需要,在长安建立政权中心,可以辐射周围的封臣领地。"听刘歆一说,杨庄是连连点头,而扬雄呢,一如醍醐灌顶,茅塞顿开。

　　发源于鸟鼠山的渭河,亦称渭水。长安城濒临渭河,也有渭城之称。出了霸城门,扬雄远远地看到了奔腾的渭河,舟楫的码头。刘歆道:"今天邀二位兄弟来渭河,没有别的事,就是一起去看看陶窑。"杨庄搭腔道:"扬兄有所不知,刘兄拉坯做陶上了瘾,想必今天是去陶窑取陶器了,让我们一起分享他的劳动成果。"刘歆道:"难说。烧窑,火候最难掌握,还不知道是烧出个什么样子呢。"

　　杨庄与扬雄相视而笑。

　　俗话说,麻雀虽小,五脏俱全。与砖瓦窑相比,陶窑规模要小得多,但前窑、窑门、火膛、窑床、烟囱一应俱全。渭河边的陶窑,一座一座拱起,有烧陶具实用器的,也有烧筒瓦、纹砖等建筑材料的。扬雄跟着刘歆与杨庄去陶窑,在窑道里七绕八转,一如在壕沟里穿梭。很明显,窑主与刘歆是老相识了。窑主姓张,子承父业,十几岁就跟着父亲在渭河边制陶烧窑了。张师傅的窑棚简陋,四方立柱,中间横梁,桁条斜披,顶上盖着树皮。立柱与立柱之间的一个直角,是用砖坯垒起半人高的挡风墙,就成了张师傅的住所。尽管,每一次窑要烧两天,却有太多的不确定因素,火候、火力点、窑温等,都是成败的关键。

还有一点，烧窑数十道工序都是凭个人经验的。譬如：观火就凭感觉，到位不到位全是个人经验。刘歆当时跟着张师傅学，就是冲着他的手艺。张师傅烧陶有讲究，采用的是渭河、黄河的沉泥，一担一担地掏来，然后，砸、踩、揉、拉、烧，工序一套套的，十分复杂。只要经过了张师傅的手，最后呈现的陶器釉色，是鳝黄的，鳅黑的，枣红的，活泛得很。张师傅道："有长进呢，这次的陶器能达到这样的效果，真的不错。"拿在手上的陶罐、陶盘，还能感觉到带着炉火的微温。看来，刘歆是行家，他不仅看了釉色，还用手指弹了弹，听到"卟卟"的清脆声，爱不释手。刘歆信心满满，他俯下身，换了一只陶罐，对杨庄和扬雄道："若是有一天，家里，还有你们全部用上我制作的陶器，那也不失为一件快乐的事。"张师傅笑道："这又不是什么难事，只要持之以恒，继续做下去就可以了。"刘歆感触道："话虽然是这么说，但一辈子要真正做好一件事，并不是一件容易的事。像这次，我只不过是做了拉坯、印坯、利坯、刻花、施釉，还有练泥、晒坯、烧窑等工序，都是师傅帮忙完成的。"扬雄笑道："再说下去，刘兄真的是陶窑上的瓦盆儿——一套一套的。"

陶器，毕竟是易碎品。张窑主把刘歆的陶罐、陶盘、陶碗、陶瓯提了出来，分成三份，每份放在竹篮里，让大家提着回去。然后，"啪啪"几下，迅速用锤子把有瑕疵的次品通通敲碎了，散了一地的陶片。一路上，扬雄、杨庄、刘歆小心翼翼地提着竹篮，都没敢说话。

## 11

长安城"八街九陌"，以十字形或丁字形纵横相连，交隔断计。也就是说，纵街为街，而横街却为陌了。走了多次，扬雄终于弄清楚了八街。即：华阳街、香室街、章台街、夕阴街、尚冠街、太常街，以及藁街与前街。街边，印象最深的是树形高大的槐树。至于陌嘛，扬雄还是没有弄透彻。其实，刘歆与父亲住在一起，刘向先生府邸就在尚冠街。扬雄怎么也不会想到，如此气派的府邸竟然藏着刘家的一段痛楚。说起刘向先生，就有些复杂了，即便是出生于帝王世家，命运也是一波三折——刘向是汉高祖的弟弟楚元王刘交的四世孙，博学多才，青年时期就被宣帝提拔为谏议大夫、给事中。他不仅最早接受《榖梁春秋》，还在未央宫石渠阁给大臣讲论"五经"。到了元帝时期，他因为反对宦官弘恭、石显等人结党营私，勾结乱政，反而被倒打一耙，遭到陷害入狱，削职为民。出了这样的事，并不是刘向先生一个人的事，家里也受到了牵连。刘向先生入狱的那天，一家人被迫搬出了府邸。厄运，俨如一把无形的剪刀，把家庭的人脉关系都剪断了。身陷囹圄，刘向先生像个溺水者。不，一家人都是。谁会搭救呢？没有。要想上岸，只有靠自己。刘歆做陶瓷的手艺，就是在家庭最为没落的时候跟张窑主学的。这样的伤害是暗伤，好比是白天一下子跌入了无边的暗夜，看不到光明。好在，刘向先生意志坚强，一般人根本扛不住十几年的牢狱之苦。竟宁元年（前33年）元帝刘奭病逝，皇太子刘骜即位，到弘恭、石显等人服罪，刘向才平反启用，官复原职，一家人才重新搬回府邸。命运真的捉弄人，刘向先生经历了一次致命的打击，那个猖狂豪放的刘向先生不见了。

　　刘向先生很少笑，至少扬雄没有见过。

　　熟识后，刘歆很热心，与扬雄也谈得来，经常邀请他去家里做客。这一天，扬雄去拜访刘歆兄，刘向先生正在与儿子讨论老子和孔子的观点。刘向先生人瘦，脸上颧骨高，眼睛却深邃，道："就老子的《道德经》而言，其核心就是道是德之体，而德是道之用。换句话说，道与德又是相互转化的，他所指的德是方法，道是事物发展的规律。"说着，刘向先生转而问扬雄有何心得。扬雄一愣，他没有想到刘向先生会提问。扬雄虽然见过刘向先生几次，但坐下来交流还是第一次，不免有些紧张。扬雄揖手，他谈到了老子的"不废常，则人相通；无所可，则天和一"，认为老子最高人生的目的是，一面既要通过复杂险恶的人世之间，不受挫折；一面还要保持创造天地的冲和之气，抱一不离，返璞归真。而天道、地道、人道，都以和为贵。进一步说，天道之和为太和，地道之和为中和，人道之和为保和，只有和合，万物才能生养。刘向先生听着，频频点头。他抿了一口茶，回味道："我也想到了孔圣人的一句语录，博学而笃志，切问而近思；仁就在其中矣。他的意思很明朗，任何时候，只要广泛地学习钻研，坚定自己的志向，恳切地提出问题，而且能够联系实际去思考问题，仁德就在其中了。"刘歆望着父亲，又看了看扬雄，笑道："天热，话题也热。由此看来，你们所说的，是否是所谓的方法与目的的互为转化呢？我认为，你们的话题好比是茶与水，既是一种转换，亦是一种重生。"

　　泥炉上，炭火舔着陶罐，陶罐里就有了"咕噜咕噜"的声响。这时，茶汤的香味就从陶罐里溢了出来。院子里的阳光，比茶汤浓酽。槐树上，蝉的声波，微颤，起伏。槐树枝叶茂密，只能听到蝉鸣，却看不到蝉影。

　　中秋前几天，扬雄陷入一种莫名的孤独中。夜里，总是失眠，而昼上呢，心里感到空落落的，头也有些发晕，喷嚏一个接一个。刚开始，扬雄以为着凉了，喝了姜汤，还是没有效果。扬雄觉得蹊跷，喝茶时就对王音先生说了。王先生眯着眼听着，道："离家的日子长了呢，我给你开个方子。"说着，就用手指沾着茶水，在案面上写了两个字——当归。

　　王音先生一语中的，好像把他唤醒了，他真的是想家了。王音先生一笑，扬雄的脸就红了。

　　定了回家的日子，扬雄觉得时间过得特别缓慢，仿佛时间静止了。时光是飞逝的，怎么会静止呢？嘿，如果时光能够静止就好了。要静止，还是静止在蜜月吧。扬雄涨红着脸想。除非非做不可的事，一般的事扬雄也懒得动。等于是他人在长安，心已经飞到了郫县白鹤里。是的，就要与分别了一年多的父母、妻子见面了。不禁想，一年没有与妻子见面了，她还是那么羞涩吗？

　　望穿秋水的滋味，算是尝到了。而这样的滋味，真的不好受。

　　归心似箭。扬雄在成都都没有耽搁，就匆匆往家里赶。扬凯与李氏见到儿子很是惊喜，不但没有责怪，反而咧着嘴笑。没有看到妻子，扬雄左顾右盼。

　　李氏笑道："别看了，你媳妇抱着儿子去村里玩了。"

　　"阿娘，哄我的吧？"扬雄不敢相信自己的耳朵，疑惑地望着母亲问。

　　李氏擦着眼泪，笑道："傻孩子，这是做娘的能哄的事吗？有谁像你，蜜月一过就跑了，稀里糊涂过日子。儿子都百日了，名字还等着你来起呢。"

　　还没等母亲说完，扬雄已经冲出了门口。扬雄在晒谷场上找到妻子陈氏，心里有怦然心动的感觉，心里憋了许多话，竟噎住了，一句也说不出来。陈氏看到扬雄木头一样地站着，红着脸道："怪不得呢，这几天耳根都发热。"说着，就侧过身子让扬雄看儿子。儿子肉嘟嘟的脸，水汪汪的眼睛，尤其笑起来，甚是可爱。扬雄刚伸手想抱抱儿子，儿子像感应似的，蹬着小脚，"咕哇咕哇"地哭了，把尿拉在了他身上。陈氏嗔怪道："你呀，都做阿爹了，还是笨手笨脚的，连儿子都不会抱。别看儿子这么小，认人呢。"扬雄咳了一声，笑道："好！哭得这么爽，声音洪亮，有男子汉气概，就叫扬爽吧。"

家里有了婴孩，就多了天伦之乐。尽管，吃一餐饭，几个人要轮换着抱，还是其乐融融。尤其，扬凯饭都没吃两口，就撂下筷子，争着抱孙子了。他身子有点躬，抱孙子的动作却娴熟，贴身。一家人晚饭还没吃完，王婶和几位邻居就陆续来了。王婶拉住扬雄的手，笑嘻嘻地说："你这孩子，心太高了，去了长安也不跟婶说一声，不会是怕婶扯你的衣角吧？不是婶人老嘴多，你现在是上有老下有小，中间有妻子了，做事不能无信无息的，搁谁家里都担心呢。"扬雄不好意思地道："婶说得对，是雄儿欠缺，惭愧，惭愧！"邻居李叔年龄与王婶相仿，他笑道："就你明事理，有谁会不想父母妻儿的。不会想的是念在嘴上，会想的是想在心里。再说了，长安是什么地方？那是都城，皇帝住的地方，天高路远，你以为在郫县呢。依我看，在白鹤里，也只有雄儿能够在长安站住脚。人呀，读不读书就是不一样。"王婶对李叔讲的话似乎不屑，道："喊，你也就在郫县见过几天世面，还不是窝在白鹤里。有本事，你像雄儿一样，去长安闯一闯？能够在长安安顿下来，那才叫出息。"王婶与李叔都是扬雄的长辈，对于他们斗嘴皮子，扬雄未置可否。话题一展开，邻居们你一言我一语，十分热闹。扬凯和李氏呢，看谁说话都是乐呵呵地笑。

连着血脉的就是不一样。扬爽夜里眼睛瞪得圆圆的，举着小手，一点睡意都没有，扬雄抱过手，居然"咯咯"地笑了。好不容易，陈氏才把儿子哄睡了。她心里藏着一个小兔子，"扑通扑通"地跳着。李氏笑容可掬地说："恐怕雄儿路上累得够呛，今晚还是让孙子跟爷爷奶奶睡吧。"陈氏脸上红扑扑的，婉拒了一声，也就没有坚持了——她又不傻，怎么不明白婆婆的意思呢？陈氏娇媚地看了丈夫一眼，顾盼含情，转身进了房间。

"……阿娘，那我也回房了。"扬雄的嗓子里仿佛很干渴。

"干吗？啰啰唆唆的，快去吧。"李氏笑了，说，"我现在只负责哄孙子，难道儿子还要我哄？"

这一夜，一轮明月当空。月光透过窗子，辉光洒地。扬雄在月光下邂逅了久违的秘境，饱满湿润，水草丰美，气息诱人，他快马扬鞭，与陈氏呼应着，向着秘境的深处驰骋。

## 第五章　在皇帝身边写赋

### 1

"夜如何其？夜未央。"走进未央宫的那一刻，扬雄才知道先前把《诗经·小雅》中这句诗理解成情诗是多么的偏颇。他没有想到，未央宫的名字，居然源自《诗经》。未央，即未尽，而宫呢，是君王所居之室。无疑，江山社稷永远是君王未尽的政事。即便，扬雄想象力再丰富，他也想象不出未央宫中宫殿的盘旋曲折，宫阙楼台的凌空欲飞。但，宣室、麒麟、金华、承明、武台、钩弋等宫殿，却如此真实地出现在眼前。

好些天了，扬雄恍惚穿行于现实与虚幻之间，先是被王音先生十万火急召回长安，接着进入未央宫面圣，并且毫无征兆。当时，在白鹤里接到驿使的急信，扬雄心里忐忑不安。莫非，王音先生家里又出了什么事？然而，在长安见到王音先生，却又被直接带到了未央宫。是的，这一切都容不得多想，连踌躇的机会都没有，更无法抗拒。想想，扬雄到家陪父母妻儿的天数，一只手的手指头都数不满，就急切地离开了。父母的关切、妻子的柔情、儿子的可爱，统统都退让了。拜访君平先生、李弘先生，以及舅姥爷的行程，也随之落空。到了长安王音先生府邸，不容他停留，就入了未央宫。忐忑与惊慌，是两码事。

接王音先生急信时是忐忑,而直接进未央宫就不免惊慌了。如果要说不惊慌,扬雄觉得是自己在骗自己。

根据安排,扬雄入住承明殿旁边的房屋——承明庐。承明庐与承明殿,无疑是一种依附的关系,不仅建筑样式上的区别,人员上更是无条件地服务。承明殿是君王临朝听政之所,而承明庐,是侍奉君王的廷臣值夜班住宿的地方。扬雄接通知是入未央宫面圣,谁知到了承明庐,却似乎无人过问了。问题是,扬雄在宫里连唯一认识的杨庄也没有见着,他想问问情况都无从问起。即便心中有疑惑,也不知道找谁去请示与解答。同住承明庐的,虽然有六个人,但他们姓什么叫什么,扬雄都一概不知。邻舍之间,他们也很少交流。相比而言,他们在朝廷是有身份与职务的,而扬雄只是王音先生的门下史。这倒不是扬雄自卑,只是他们认为和扬雄不在一个层面上。这也正常嘛,道不同不相为谋。也许,各自都碍于面子,或是出于戒备的心理,能够彼此点头微笑,算是客套了。怎么说呢,扬雄内心还是焦虑的,他的焦虑在于太多的迷惑与未知。有七八天了吧,扬雄一个人耗着,俨如置身迷雾中,找不到问题的症结。

更多的时候,扬雄是一个人静静地坐着。不然,又能怎么办呢?有时,想得越多,烦恼越多。仔细一想,又坦然了,自己没有厘不清的事,对人对事都问心无愧。这就够了,又何必自寻烦恼呢?

准确地说,扬雄是到承明庐的第九天才被召入承明殿面圣。所谓面圣,就是去朝见成帝刘骜。尽管,扬雄想过多次类似的情景,心里还是觉得意外。从承明庐到承明殿,虽然只有几百米的直线距离,但承明殿的肃穆与威严,仿佛是自然生成的,而且深不可测。尤其,站立在辇道两边的禁军卫士,身穿盔甲,全副武装,脸上没有任何表情。扬雄想,为什么要安排在第九天朝见呢?是皇上没空,还是安排有讲究?进入了承明殿,扬雄还是没有想明白。

"皇上有旨,宣儒生扬雄觐见。"

宦官扯开嗓子的声音,让扬雄眩晕、激动。见到成帝刘骜那个瞬间,他的脑袋里似乎是空白的,仿佛处于缺氧的状态,一切都显得那么不真实。甚至,向皇上叩头跪安了没有,扬雄都不记得了。那是一张怎样的脸?端庄,英俊?似乎与常人无异。然而,毕竟是天子,身穿黑色朝服,那种高贵与威仪,还有气场是无所不在的。

"扬雄，你可知罪？"

皇上的声音不大，却把扬雄心里一震。他急切地问："庶民，庶民乃一介书生，两耳不闻窗外事，一心只读圣贤书，不知何罪之有？"

"你竟然将司马相如的辞赋套在自己名下，与盗名欺世又有何两样？"

扬雄委屈道："回，回皇上，冤枉，天大的冤枉！庶民每一篇辞赋，不仅能够说清楚来龙去脉，而且创作的时间地点都能够说得清楚。"

"哦，怎么个冤枉？道来给朕听听。"

扬雄稳了一下情绪，道："启禀，启禀皇上，司马相如是汉赋的开创者，庶民十分崇拜他，也曾一度有意模仿他的作品，这是不争的事实。庶民认为，司马相如的辞赋以流动飘逸见长，而庶民的辞赋追求的是古雅深沉。如果进一步探讨，题材选择，谋篇布局，创作手法，甚至颂扬的气象与特质上都有区别。庶民师从君平先生，敢以性命担保，只要是署了扬雄之名的辞赋，每一篇都是庶民的原创。"

"嗬！读到《蜀都赋》与《绵竹颂》的时候，朕就以为是司马相如的作品。后来，听侍中王音和值宿郎杨庄介绍，朕还是半信半疑。今日一见，你所说的，正是朕想了解的。不过，朕只是想找个答案而已。这样吧，你文才不错，就先留在宫中当个待诏。"

皇上金口玉言，怎么能这样唬人呢？太突然了，万一被唬住，哑了口，那真是天上掉下的横祸。实际上，皇上心中应该有了答案的，那他为何在殿堂之上明知故问呢？这只是扬雄脑海里瞬间萌发的一些疑惑，立即就被理智掐断了。掐断的原因，就是自己不应该有这样的疑惑。

退出了承明殿，扬雄还是一身冷汗。幸好，自己对辞赋是有钻研的，要是滥竽充数，还真的不知道如何应对和收场。心想，皇上对他的辞赋创作还是肯定的，不然，也不会让他供奉于内廷，随时听候皇上的诏令。

这样一个插曲，意味着一位远在郫县白鹤里的儒生，直接走进了朝廷。凭什么？就凭扬雄写的辞赋。扬雄做梦也没有想到，自己今后要靠写文章安身立命了。能够以写文章安身立命，是扬雄梦寐以求的生活状态。为了这样的生活状态，付出了多少年的努力？真的没有一个标准来界定。从青年时写辞赋开始算？不尽然吧。那少年时就会背诵司马相如的《子虚赋》，算不算呢？说实话，扬雄的兴奋，源于皇上对他作品的肯定，远远胜过了皇帝赏赐他一份待诏的工作。况且，他对待诏的工作性质还不是十分了解。然而，扬雄从心底里感激王音先生和杨庄兄，如果不是他们推荐，皇上能够读到他的辞赋吗？几乎没有这种可能。想想，朝廷密阁藏有那么多经典，皇上想读都不一定读得过来。

此时此刻，扬雄在承明庐开始憧憬未来的生活。憧憬是喜悦的，美好的。扬雄在喜悦与美好的心情中拿起笔，开始默写《绵竹颂》。

## 2

王音先生是个有心人，约了一个日子，设家宴为扬雄庆贺，应邀参加的有刘向先生父子、杨庄。请还是不请刘向先生，王音先生还纠结了一下。毕竟，刘向先生在年龄上是长辈。还有，很少听说刘向先生在外有应酬。他与扬雄商量时，扬雄认为刘先生德高望重，他能来就是对晚辈的扶掖。虽然同在长安，但几个人都供职于朝廷，想配时间聚在一起，也不是一件容易的事。

深秋的院子里，银杏树上的叶子开始飘落了，飘落在地上是满地金黄。风一吹，若蝶。扬雄第一个到，他径直进入院子，拿起扫帚要去扫落叶，让王音先生拦住了。王音先生笑道："你现在是我请来的客人，就要有客人的样子。让别人看见，还以为我不近人情呢。"扬雄有些尴尬，道："先生这样说，就见外了。"过了一会儿，刘歆、杨庄也陆续到了。王音先生上茶，道："茶汤正浓，不妨边喝边等。"茶过三巡，刘向先生也到了，他抱歉道："临时有事耽搁，让你们久等了！"王音先生拱手道："先生的认真与敬业，值得小弟学习！先生能来，蓬荜生辉。"说着，他上前为刘向先生端杯注茶。刘向先生谢过，道："孟子说，君子有三乐，而王天下不与存焉。父母俱存，兄弟无故，一乐也；仰不愧于天，俯不怍于人，二乐也；得天下英才而教育之，三乐也。我觉得，如果一生能够达到孟子所说的三乐，真的是完美了。"

于扬雄而言，这天可谓是高朋满座。大家一见面，谈笑风生。

酒是糯米酿的米酒，又称稠酒，而且酒在樽中加入桂花温过。佐酒的菜肴是精心准备的，有炒葵、炒香瓜、煎鱼、烤肉、肉羹，主食安排是韭菜馅鸡蛋饼，小碟小瓯，一人一份。王音先生双手举杯道："首先，感谢各位赏光！一杯浊酒，聊表心意。说实话，我是受到《蜀都赋》的触动，才开始关注扬雄兄弟的。后来，在杨庄兄的举荐下，我们得以相识。看得出，扬雄兄弟是个有才气，有理想，有抱负的人。可如今，我也留不住了，但相信我们那份兄弟情谊会长留心中。"扬雄拱手道："承蒙，承蒙先生器重和关照，心中一直诚惶诚恐。"王音先生笑道："客气了，要说关照的还是你同窗。"杨庄道："说起来，都是契机。那次在北厥街口分手时，扬兄送我《绵竹颂》。当时，我以为是扬兄一篇习作闲文，没太在意。回去一读，坐不住了，不禁拍案叫绝。前些日子，刚好遇到皇上在读辞赋，我就推荐给他了。刚开始，皇上以为是司马相如的作品，我只有如实禀告。没想到，皇上一读就喜欢上了。"刘向先生端着杯，并没有喝，而是把杯用拇指和食指捏着，轻轻地来回揉动，道："我也读了，才气不虚。扬雄虽然是小辈，但依我看，往后要论辞赋，恐怕绕不过司马相如和扬雄。"刘歆不住地点头，表示赞同父亲的看法，道："看得出，扬兄写赋是以司马相如为楷模，却内容广泛，短小精悍，创作上有新的探索，呈现出的是不同风格。"

"不过，皇上……"刘向心中仿佛有某种顾虑，欲言又止。在座的，好像只有王音先生听出了刘先生要说什么，扬雄的话题与皇上有关，而皇上与扬雄呢，却是另外的话题了。王音先生把话题拉到了酒上，笑道："喝酒，喝酒！"扬雄注意到，刘向先生依然是一脸的忧郁。

刘向先生喟叹："想想，在宫廷之内，朝臣之中，许多事情是荒谬的，甚至让人不齿。牵强附会者有之，溜须拍马者有之，大肆敛财者有之，取悦宠幸者有之，为非作歹者有之，荒淫无道者有之。"

王音先生道："难得，难得呀！先生心如明镜，明察秋毫。孔圣人说得好，君子欲讷于言而敏于行。今天喝个高兴，不去想那些烦心的事了。"

"是的，是的。"杨庄附和道，"来，我敬扬兄一杯，祝贺！"

"在座的先生与兄长，对我恩情似海，无以为报，就抄录了《蜀都赋》《绵竹颂》，权当纪念。"扬雄说着，起身，恭敬地一一递上。他也想过，去酒肆请客，一是自己不具备条件，二呢，不一定把在座的都请得去。思来想去，还是觉得在适当的时候，用自己的方式表达诚意。

刘歆展开一看，道："扬兄不仅赋写得好，一手小篆也是了得，佩服！从今以后，还请扬兄多多指教才是。"

"先生与兄长的关爱，我全部收下了。你们再夸下去，我真的自醉了。"扬雄拱手示意道。

人逢喜事精神爽。扬雄连干了三杯，表示谢意。这个头一开，杨庄与刘歆也喝起劲了，杯觥交错。王音先生尽地主之谊，只能举杯往前冲。

刘向先生年长，德高望重，王音先生、扬雄、杨庄都争着敬酒，他们一杯干了，刘向先生只意思一下。最终，刘向先生不胜酒力，他喝得很少，还是醉了。突然，刘向先生"呜呜"地哭了出来。刘向先生的哭，只是"呜呜"声，没有其他助词。王音先生头一次遇到这样的情况，慌了，急忙叫丫鬟端茶汤给刘向先生醒酒。刘歆歉疚，道："不好意思，有扰各位了！没事的，阿爹眼里容不得沙子，只是心里郁闷，哭一哭就好了。"刘向先生哭了一阵，断断续续地道："知我者，谓我心忧；不知我者，谓我何求。悠悠苍天，此何人哉？"于刘向先生而言，无疑酒和泪，以及《诗经》中的诗句都能够排解积郁。是酒，或者泪，好像让刘向先生身体透支了，他身体软软的，连走路都需要搀扶。好在，路不远，有刘歆扶他回家。王音先生坚持要送，扬雄、杨庄也嚷嚷着要送，都被刘歆婉拒了。刘歆道："若是今晚送来送去，就没完没了了。何况，是我和阿爹一起回家，你们都放心好了。"而扬雄、杨庄呢，正在酒兴上，虽然讲话舌头都大了，但走路不至于踉跄。最后，是他俩肩并肩，叽叽咕咕地说着话，结伴而行。

昨夜与杨庄兄怎样分手，又是怎样回到住处的？扬雄根本记不起来了。他对昨夜的记忆，截至刘向先生哭的片断。那个片断印象太深刻了，像刘向先生的职位，只有真性情的流露，只有完全把在座的人当成知己，才会这样毫无顾忌。扬雄的脑袋晕乎乎的，似乎酒劲还没有完全过去。他眼睁睁地望着房顶，想再忆起昨夜的一些细节，却是一片空白。甚至，回承明庐时是否遇见值班的廷臣，又与谁讲过话，这一过程都是断片的。

早晨起床，走出房间，扬雄怯生生地看着承明庐周围。还好，没有发现异常情况，一切如初。

## 3

  廷臣，都是朝内的官员。无论是侍郎、常侍、侍中，无一例外是皇帝身边的文职官员，他们主要职责是掌管皇上的文史典籍，以备皇上问对。同时，还要负责外朝奏章的进奏，替皇上审读，经过皇上认可，再由中书颁下。而扬雄，只是待诏，住在他们之间，无疑像个另类。相处了一段时间，扬雄感到在承明庐值宿的官员背景不算太复杂，却有一种外力在挤压着，而且每一个人都用无形的外壳在包裹着自己。这种外壳是否坚硬，也不好测试与比照。究竟，每个人的内心世界如何，是很难接近的。好比是刺猬，身体蜷着，棘刺竖立，为的就是保护自己。

  悄无声息。是的，悄无声息是承明庐每个值宿官员的生存状态。来也是，走也是，很少有人会聚在一起聊天。似乎，每一个人的脸上很难看出喜怒哀乐。无喜色，无愠色，面无表情，视若无睹，这些都是宫内职场的修炼与冷静，更是一种自卫。难道，他们内心就没有喜怒哀乐了吗？是人都有，除非他们……扬雄为自己的想法感到滑稽。

  没有人交流的日子，无疑是苦闷的。好在，扬雄找到了一个出处，不然，他觉得闷都要闷死。一有机会，扬雄就去石渠阁找刘歆和刘向先生借书。石渠阁，在未央宫西北部，汉初时萧何丞相主持修建，以砻石为渠而得名，功用是收藏秦朝的书籍档案，类似于国家档案馆的性质。石渠引水，渠水绕阁，不仅可以防火，亦可防盗。在朝廷，刘向先生的职务相当于国家图书馆与国家档案馆馆长。刘歆呢，协助父亲做"领校秘书"，等于是做父亲的助手，主要领校《五经》。扬雄记得第一次到石渠阁，完全与自己想象中的不一样，暂且不说藏书，它的古雅、幽静，都是出乎意料的。尽管刘向先生很忙，他看到扬雄都会招呼一句，而大多时候，都是让儿子招呼他。刘向先生做学问是自虐式的，有时好些天吃住都是在石渠阁。这天，扬雄去石渠阁，碰到刘向先生正在散步，才有一起聊天的机会。

  "你看到石渠阁这么多典籍，背后不知道藏有多少不为人知的故事。说起来，你也许都不信，在秦始皇三十四年，他听取和采纳了丞相李斯的建议，颁布《挟书令》，下令禁止儒生以古非今，禁止民间收藏书籍，凡是民间收藏的书籍，全要送交官府集中烧毁，这即是焚书的开始。第二年，方士卢生、侯生等替秦始皇求仙失败后，不仅妄议，还携求仙巨资潜逃。谁知，引起的后果是惹得秦始皇大怒，下令在京城搜查审讯，抓获四百六十人并全部活埋，这就是坑儒。在秦朝末年，《论语》《尚书》《孝经》《逸礼》等经书都失传了。而这些典籍又是怎么重现的呢？还得从孔子八世孙孔鲋说起。他听到焚书坑儒的消息，生怕儒学典籍失传，就把一部分经书藏在了房屋夹壁里。后来，到了汉武帝时期，他弟弟鲁恭王刘余拆墙时才重见天日。当年汉王入秦，负责督军中庶务的萧何入城第一件事就是率领精兵接管秦朝丞相御史府，指派得力将士将秦朝的户籍资料、地形绘图、法令案牍等进行清理登记。不妨想想，汉王统一全国，是在秦朝统一六国的基础之上，那六国的律法图籍等是何等的重要。换句话说，如果没有萧何先收图籍，那汉王是否知道全国多少关隘，多少户口，以及各方势力的强弱呢？"刘向先生神情凝重，仿佛停留在讲述的情景中没有出来。

扬雄认真地听着。他知道，这个时候刘向先生需要的是聆听者。刘向先生对典籍的情感太深了，他每天爱做的事就是收集、整理、阅读、研究典籍。廉洁乐道，潜心学术，较真，忧虑，扬雄认为这些词汇，可以概括刘向先生现在的状态，他庆幸能够认识刘向先生，还有他儿子——刘歆，他们的才学都会给自己带来新的认知。

"听起来是不是很可笑？然而，这就是历史。王朝更迭，于执政者而言，焚书坑儒永远是前车之鉴。痛心的是，我们现在读到的许多典籍都是散佚不全的。好在，朝廷已经派遣谒者陈农去民间收集书籍，丰富朝廷的藏书。想必，民间还是藏有不少书籍的。"刘向先生叹了一声说，"五行，乃天道之本。以五行相生，不仅可以测灾异，还可以衍生德运观。五德之传，从所不胜。从五行德运方面去看，秦代认为得了水德，而汉取代秦，则得了土德。"

"先生是从经学而出，去研究史学，必将有建树。"扬雄诧异，拱手道。

"是吗？有些事，经不住细想，越想越剜心。"

刘向先生一脸冷峻，似乎情绪有些低落。风，不算大，扬雄感到了明显的寒意，以及槐树叶子在风中的抖动："又起风了。"刘向先生思忖片刻，道："未央宫的风，又何曾停过?!"这时，刘歆快步追了上来，道："阿爹，光禄大夫张禹的门下史求见。说是张禹先生冬至做寿，请你去参加寿宴。"刘向先生冷冰冰地道："不见，你就说我身体不适。张禹显摆他的，我凭什么去给他祝寿?"听父亲这么一说，刘歆并不意外，也没有吱声，转身去回话了。

刘向先生不禁摇头，道："张禹呀张禹，何苦嘛？其实，你根本不用张罗，就有投机钻营的人围着你打转，等于苍蝇寻狗屎——臭味相投吧。"

扬雄本想趁刘向先生讲五行的机会，一起探讨《易经》，看来此时不适合探讨问题了。光禄大夫张禹是个怎样的人呢？扬雄没有见过，也不了解。心想，刘向先生瞧不上，自己又不了解，话题也就无法进行。扬雄道："时间不早了，不好打扰先生过多时间，学生先告辞了。"

风，呼呼地刮了起来。刘向先生的声音抖了一下，他说了什么，扬雄也没有听清楚。刚走几步，扬雄听到刘向先生在连续打喷嚏。凭刘向先生的为人处世，怎么会对张禹先生有怨怼与戾气呢？肯定他们之间心存芥蒂。既然心存芥蒂，那张禹先生为什么还要请刘向先生呢？所有这些，都是扬雄不知晓的。刘歆兄呢，讳莫如深，认识这么久了，从来没有听他谈起过。

天上的云层压得很低，许是风，还有石渠流水的感觉，扬雄恍惚脚下一片虚空。在途中，扬雄遇见王音先生，还是有些心不在焉。

"怎么啦？有什么事情不能憋在肚子里。"王音先生关切地问。

"没什么，真的没什么。"扬雄说着，转过身，与王音先生并肩走着。

"你呀，嘴犟有什么用，满脸都是疑云呢。不至于吧，跟我也慎言笃行?"王音先生抱怨道。

"哦？先生唬我的吧，这你也看得出来。"扬雄沉吟了片刻，问，"先生认不认识张禹先生？"

"你是说光禄大夫张禹？"王音先生扭过头，看着扬雄道，"他可是皇上身边的红人。据说他少年时开始学占卜，早年的郡文学，后来诸儒推荐他为博士。在汉成帝还是太子时，得到太子太傅萧望的器重，推荐他当了太子的《论语》老师。"

"哦，是这样呀。"扬雄似有所悟。

王音先生前后左右看了看，问，"你想找他？据说张禹先生道行很深，他家门槛好高的。"

"不是。听说他有才，只是问问而已。"扬雄瞥了王音先生一眼，听出了最后一句话的意味。他把王音先生和刘向先生的话综合一下，心里的疑团就解开了一半。至少，在刘向先生的廉洁乐道上，张禹先生与他不是一路人。

天快暗下来了，风的呼啸，一如哨音。鸟呢，仿佛都栖于林了。

## 4

长安发往外地，有传驿与邮驿，甚至还有一天四百里的快马送信。然而，这些都是官府、朝廷传递公文的方式。扬雄给家里写了封信，一是报平安；二是告知在长安谋生的状况；三是表达思念之情。可是，一直没有机会捎出。

此前，没有留意，也没有考虑捎信的事。客观上，不具备条件是事实。扬雄想，长安这么大，来来往往人这么多，捎个信总不成问题吧。偏偏，每天在未央宫里打转，却碰不到一个去往成都或者郫县的熟人。

失落感与日俱增。是的，有时好像缓不过劲来。第一个发现扬雄眼里充满失落与迷茫的是杨庄。他问道："扬兄什么情况，水土不服？"扬雄咂了下嘴，如实道："没，没有杨兄想的那么复杂，只是想向家里捎封信，却找不到人。"杨庄苦笑道："喊，就为了这件事呀。刚来长安，我差不多两年没跟家里联系过，也满不在乎。谁知道，急得我阿爹阿娘茶不思饭不想，差点要了他们的老命。像这种事，急也急不来，需要耐心。"扬雄"哦"了一声，问："杨兄就没有捎过信回家？"杨庄答道："捎过。我看这样，你把信与详细地址给我一份，自己留一份，机会应要大些。"扬雄侧目，他不得不承认杨庄兄现在遇事，要比自己干练沉稳得多。

在扬雄几乎要放弃捎信的时候，杨庄兄给他带来了好消息，说是信已经托石室的刘谨先生带到成都，然后由他找人带到郫县转交。杨庄补充道："刘先生与李弘先生几乎是同时去石室的，你就放心好了。"扬雄拱手道："我有什么不放心的，谢杨兄还来不及呢。"杨庄笑了笑，道："兄弟之间，能够做到的事，都是小事，莫要客气。"

想想父母收到信的情形，扬雄脸上就有了幸福感。父母看到信，怎么不会乐开花呢？想想，儿子开始在长安谋生，家里添丁进口，全年是双喜临门。不仅如此，他们肯定会把这种喜悦与儿媳妇，甚至是邻居们分享。也许，这是父母期待的，抑或是自己忽略的。

而扬雄不知道，一贯大气豪爽的杨庄，正在陷入家庭的问题里。杨庄比扬雄早结婚三年，撮合姻缘的是成都石室的刘谨先生。刘谨先生与杨庄的父亲是好友，他就把弟弟的女儿介绍给了杨庄。师命、父命，都不可违。于是，相亲，结婚，水到渠成。不料，姻缘不完美不说，反而成了父母的心病。一年又一年，父母等着儿子儿媳延续香火，却一年比一年失望。问题出在哪，谁也不知道。刘谨先生专程来长安看望杨庄，实际上是来传达杨庄父母的意思。按理，杨庄应该随妻子刘氏称刘谨为伯父的。可刘谨先生先当杨庄的老师，他一直没有改口。其实，刘谨先生遮遮掩掩地说出意思，杨庄能够想象父母那急切与期待的眼神。生儿育女，是夫妻之间理所当然的事，却无形之间变成了长辈的一种压力。各人的想法不同，结果也截然不同。尤其，不同的家庭，有不同的版本。本来，是微妙的事，说多了就会变成一种负担。杨庄觉得，自己没必要将这些事告诉扬雄。若是先前跟他说这些，扬雄兄会不会觉得自己是在安慰他呢？再说，这也不是别人能够帮忙的事，说了只能给人添堵。退一步说，家家都有本难念的经，有时也要看人怎么去念。

看到扬雄脸上轻松了，杨庄也如释重负。天又塌不下来，何必自寻烦恼呢？杨庄和扬雄站在未央宫通往各殿的十字路口，空旷，寂静。杨庄蓦然觉得，经常走的路却是那么陌生。看着扬雄前往石渠阁的背影，杨庄的脑中突然有一个想法闪过，是不是这些年自己被宫殿和城楼无形地困住了，而忽略了父母，还有妻子的感受呢？就像风向，本来只是空气流动的自然现象，但"嗖嗖"地一径往前吹，就成了惯性，以及转化了类型。这样一想，杨庄心里也就释然了，他决定无论自己怎么忙，就是为了父母和妻子，今年也必须回家过年。

杨庄回家过年了，扬雄少了一个去处。扬雄能够想象杨庄兄回家那种久违的感觉。与家人相聚，意味着团圆。假如，扬雄能够告假，他也想回家过年。但，他怎么好意思提呢？记得杨庄兄说过，他入宫两年都没有给家里捎过信。趁着出宫的机会，扬雄不禁往六合巷走了。他忽然觉得，从承明庐到吴渭家这个路段仿佛无比漫长。是的，似乎漫长得让脚步开始迟疑。

吴渭去东市了，吴葭惊诧地看着扬雄，厨房里飘着豆腐与猪肉混合的香气。

"候强兄有消息吗？"

扬雄轻声的问话，仿佛把吴葭从遥远的地方拉了回来。她愣了一下，道："没，没有。"

"真，真的没有联系？"

显然，吴葭被扬雄的话问得有些不自在。她的声音尖而抖，像嗓子口跳出来似的。她几乎哀求道："首先，你得答应我，千万不能告诉我父亲。不然，以我爹的脾气，非剁了我的脚不可。"

"好，你说。"

吴葭心里似乎在挣扎，道："没有！但我，但我知道他在长安。"

"哦，你不是说候强父亲已经把他带走了？又怎么会在长安呢？那，他现在在什么地方？"

"他在光禄大夫张禹的府邸。嗯，我承认，上次没有跟你说实话。我是看到他父亲带他去的，他父亲走了，他一直没有出来。我多次去张禹的府邸门口等，也没有等到他。"吴葭眼圈都红了。

"居然有这样的事？"

"我还抱有幻想，他总有一天会来找我。谁知，这么多日子，一点音信也没有。奇怪的是，我托人去打听了，张禹的府上竟然没有候强这个人。我痴痴地等，等来的就是这样的结果。"吴葭偷着抹了一把泪。

"或许，候强真的不在长安呢。"

听扬雄这么一说，吴葭不作声了。其实，扬雄说这话，心里也没底。若是今天不来，吴葭是否会把这件事一直憋在心里？或者说，一直隐瞒下去？扬雄摇摇头，不知道如何说好。他无法理解候强与吴葭之间的关系，更不知道候侃对儿子做出了怎样的安排，以至于让他几乎断绝了与外界的联系。在吴葭心中，分明一直没有放下候强，而候强是否已把她放下了呢？感情上的好多纠葛，当事人都理不清楚，何况，自己是一个局外人。既然，候强没有出长安，怎么能忘了在洞庭湖的约定，又怎么能弃兄弟情义都不顾？

吴葭诚心诚意留杨雄在家里吃饭，他婉拒了。是因为生涩，还是因为候强？

应该都有那么一点，但不全是。

匆忙的，悠闲的，汇成了长安大街上熙熙攘攘的人流。一只鹰在长安大街的上空盘旋着，突然发出响亮的叫声。鹰，从陡峭山崖上振翅起飞开始，它的宿命只在蓝天。

## 5

正月初，长安城家家户户沉浸在年节的喜庆之中。扬雄一个人在承明庐，日子过得缓慢而清简。扬雄也乐得清静，他把从石渠阁刘向先生那里借来的《礼记》重新读了两遍，好多段落还根据自己的理解做了注释。似乎，他还意犹未尽，便把《礼记》中有关正月的一段抄录下来：

孟春之月，日在营室，昏参中，旦尾中，其日甲乙，其帝大皞，其神句芒，其虫鳞，其音角，律中大蔟，其数八，其味酸，其臭膻，其祀户，祭先脾。

温习中的一种潜意识，竟然多了一分乐趣。规矩与礼数，还有先人的智慧，都在《礼记》一字一句之中。众所周知，《礼记》即是对"礼"的解释。在当时，只有孔子定下的典籍称为"经"，而他的弟子对"经"的注释都称为"传"或"记"了。当扬雄回过头，再去看《礼记》的编者戴圣时，他在汉宣帝时还以博士参与了石渠阁论议。由此可见，能够走进石渠阁的人，他们的执着、见解，还有抱负。而自己读到的，只是冰山一角。想到这些，扬雄心中久久不能平静。那石渠阁中，不仅藏有许多历史文档的秘密，还有许多自己要找的答案。能够钻进去研究，参悟，觉醒，并且留下自己的思考，那真的是一件非常有意义的事。从中，扬雄也感受到了刘向父子隐遁其中的力量。

隐遁与出世，好比是一个人的两极。往往，有的人注重追求结果，而有的人却注重追求过程。

年节一过，仿佛又回到了常态。隔三岔五，扬雄必去石渠阁，借书还书，或者与刘向先生父子聊天。扬雄一到石渠阁，看到刘歆正准备与父亲出门，忙问："先生，这是要去哪？"刘向先生道："今天要去天禄阁，好多书要去整理，你不妨一同去吧。"扬雄听说有好多书，兴趣就来了，拱手道："恭敬不如从命，我听先生的便是。"说完，他就跟着刘向先生父子走了。

到了天禄阁，扬雄发现这是另一片书的天地，有竹简的，有帛本的，有绢本的，也有纸本的。《歌集》《仓颉篇》《鸿烈》《反淫》《妄稽》《鬼谷子》等书目，他都是第一次看到。地上，堆着许多从民间收集来的书籍，完整的、虫蛀的、散架的、残缺的都有。看到刘向先生父子忙不过来，他也撅着屁股帮忙整理。相对而言，刘歆熟悉门类，拿到手就能够上架，扬雄则要犹豫片刻，左顾右盼才能找到位置。好在，扬雄有心，来回走两个流程，就能够上手了。扬雄发现，刘向先生对每一本书都会分门别类做目录索引。这是刘向先生整理书籍一以贯之的程序。他若是拿到图籍，就麻烦了，先要仔仔细细翻看半天，确定眉目了才登录。刘向先生记性特别好，经他过目整理的书籍，不仅知道放置的准确方位，还能够手到擒来。许是书籍中的灰尘引起喉咙干痒，刘向先生连续咳嗽了几声。他喝了一大口茶，总算把咳嗽压下去了。刘向清了清嗓子，郑重其事地对扬雄介绍："或许你还不清楚，石渠阁、麒麟阁、天禄阁，都是未央宫的藏书楼，只是功用上有所区别。譬如，石渠阁是以收藏秦朝书籍、图籍、档案为主；而麒麟阁则贮存贤臣画像等典籍；天禄阁呢，是专门收藏各地所献的秘本珍本。为了这三座藏书楼的创建，尤其是国家书籍的收藏，萧何丞相是功不可没啊！当然，其中的过程与细节，一天一夜都讲不完。"

可能是刘歆听父亲讲典故听得多，他还在有条不紊地整理着。扬雄呢，兴趣来了，活也撂了，站着只顾听讲。

刘向先生弓着身子，在书堆里挑起一本书，眼睛亮了一下，道："关乎人文，《易经》的贲卦卦辞说得很清楚，文明以止，人文也。观乎天文，以察时变；观乎人文，以化成天下。换句话说，文的目的是化，以天地人的大道教化天下。"

"那是，那是。我觉得前一句讲的是认知，而后一句讲的是教化。这是相辅相成的，注重人事伦理道德，用教化推广于天下，与观察天道运行规律，认知时节的变化，都不可分离。说到底，是说人对自然人文的认知。而认知程度如何，决定了教化的层次。"扬雄揖手，表示赞同。

对刘向先生手中的书，扬雄没有看到书名，想必应是先生想找的书吧。不然，以先生博览群书，他怎会眼睛一亮呢。在刘向先生眼睛的亮光里，仿佛有一根记忆的羽毛在飞。只不过，这根记忆的羽毛是专属的，即便有飘飞回旋的路径，似乎也与扬雄和刘歆擦肩而过。

刘歆读书习惯正襟危坐，扬雄亦然。扬雄与刘歆许多习惯相通，话也谈得来，讲话自然就少了顾忌。扬雄问："以刘兄的条件，完全可以出去独当一面，怎么会甘愿在这里当个助手呢？"刘歆想了想，道："从这一点上，我受阿爹的影响很深。阿爹这么大年纪了，你看到他做事不慌不忙，实际上，他有时是累得身体像散了架似的。能够陪伴阿爹身边，给他当个助手，有个照应，岂不是一件荣幸的事？"扬雄心里像被堵了一下，道："兄长说得也是。像我，天远路远，想见父母一面都不容易，更谈不上照应了。"刘歆笑道："你能够说这话，说明你心里装着双亲。他们能够知道，心里会感到安慰的。"

杨庄回到长安，已是正月下旬了。随着杨庄到来的，是一场罕见的大雪。在朋友印象中，扬雄与杨庄相比，扬雄的性格偏于内向，甚至拘谨，但他俩在一起，却无拘无束，十分融洽。雪的厚与白，好像增加了未央宫的肃穆与凛然。看着厚厚的积雪，杨庄的目光与脚步不免有些犹豫。而风不会犹豫，刺骨的寒冷也不会。尽管，年节已过，杨庄还是给扬雄带来了家乡的年货——糖片与米糕。每一个人的味觉记忆，都是最难忘的。况且，扬雄是没有回家过年的。火炉上的炭火，成了一个暖手暖身的聚点。围炉席地，扬雄与杨庄煮茶、烘手、聊天，一样都不耽搁。

窗外飞雪，室内炉火，又有糖片与米糕佐茶，进入的应是一种陶醉的状态。然而，扬雄心里放不住话，忍不住问道："杨兄是否去过光禄大夫张禹的府上？"

杨庄疑惑地看了扬雄一眼，道："扬兄什么意思？"

"听吴葭说，候强没有离开长安，就在张禹府上。"扬雄补了一句。

杨庄吃惊地问："竟有此事，你去张禹府上找过他了？"

"没有。你又不是不知道，我在长安除了你们几位，是两眼一抹黑。"扬雄毫不隐瞒地说。

杨庄虽然与张禹先生接触不多，但在宫里几年听也听得多。张禹先生不仅才学好，资格老，且是通天人物，他当过成帝的老师，好些官员都要多敬他三分。许多外地慕名的，还不一定能够进得了他的家门。如果候侃能够进入张禹先生家，候强又能够入张禹先生的眼，再经张禹先生推荐，候强任个一官半职也不是没有可能。此前，类似的情况也不是没有。据说豫州一位姓钱的，就是张禹先生找了几个人一起合力推荐的。说到底，有人好办事。

"杨兄别愣着，去不去张禹府上找候强，你倒是说句话呀。"扬雄给杨庄续了茶，道。

杨庄抿了一口，放下杯子，把双手伸向炉火，左右相互搓了搓，道："如果有一天在张禹府上，或者长安其他地方见到候强，也不意外。问题是，去张禹府上要有充分的理由。你以为，与张禹先生没有交往，就能进他家门的？依我看，单纯去张禹先生家找候强，根本没有必要，他又不是被羁押了。再说了，这么长时间，候强若要想见我们，抑或吴葭，早就该见了。除非，除非结果只有一个——他不想见我们。"

"是呢，候强即使找不到我们，他要见吴葭还不是简单的事？"扬雄说了一句，就没有作声了。

炉上，铜壶里正氤氲着茶香。窗外，雪还在无边无际地飘落。

时间，过得真快。春雨淅沥，柳絮飘飞，桃红李白，玉兰花开，一眨眼就进入初夏了。一天上午，杨庄急匆匆地赶来，说是吴葭出事了。

"出，出了什么事，你倒是说清楚呀？"

"吴葭已经有了身孕。"

"谁的？是候强的？"

"不是。吴葭不是跟你说过，找人在张禹府上打听候强吗？哪知道，那个人完全是个骗子，他一次次在骗吴葭，最后诱奸了她。"

"你说说，她怎么会那么无知呢？对了，那个骗子是不是张禹府上的？"

"是张禹府上的属吏，已经有家室。可怜的吴葭，一直瞒着他父亲。事情败露后，吴渭告到了官府。谁知，不仅没有得到申冤，还遭到了怒斥，最后是以和奸论处。"

"那，那候强呢，是铁了心吗？他到底在不在张禹府上？"

"应该不在。你想，事情闹得如此沸沸扬扬，满城风雨，他能够坐得住吗？"

天气沉闷，一丝风都没有。扬雄与杨庄也像天气一样沉闷着，心里厌烦，觉得说什么都牵强，还有索然。扬雄心里疑惑重重：聪明伶俐的吴葭怎么会糊涂到昏了头，竟然发生了这样不可思议的事，又竟然会是这样不可思议的结果?!

过了三天，扬雄好不容易找到出宫的机会，他去了六合巷。去吴渭家，是表示安慰，还是表示关切？扬雄心里也没有考虑成熟。只是觉得自己必须要去，就去了。走到吴渭家门口，发现他家已经搬走了。那黑乎乎的门上，有两个黑洞，仿佛是吴葭那充满怨恨的眼睛。扬雄犹疑了一下，悻悻地走了。他不死心，还去了东市，看到吴渭的摊位也是空的。望着空荡荡的摊位，以及熙熙攘攘的人流，扬雄无端地想起那些避开吴渭搬运货物的日子。

## 6

子欲养而亲不在。

扬雄接到父亲去世的消息，立即从长安启程，赶赴白鹤里奔丧。他马不停蹄地赶到家，"扑通"一声跪倒在父亲的灵柩前，刚喊了一声"阿爹"，他阿娘就晕倒了。比扬雄撕心裂肺痛苦的，是母亲无声的流泪。好几次，李氏想对扬雄说什么，然而，却一直哽咽着，一句话也说不出来。

丧事由郫县县尉候慕主持。亲朋好友行赙赠之礼。

父亲的墓地，在江安河边的坡地上，向阳，清静，是君平先生帮忙选的。帮衬张罗丧事的主要是王婶、老三。王婶主要负责丧服、吊唁，老三则负责守灵、出殡。上门帮忙的，还有乡亲邻里。而扬雄却陷入极度的悲痛之中，根本无法理事，连稻草绳、孝子棒都是老三帮忙准备的。扬雄只有披麻戴孝，把稻草绳系在腰间，拿上孝子棒即可。妻子陈氏呢，她带着儿子扬爽，朝夕哭奠，眼睛哭得像桃子似的，嗓子都哭哑了。

扬雄厚葬了父亲，入土为安。谁知，父亲尸骨未寒，母亲就追随父亲而去。扬雄燃了三炷香，拿着铜脸盆去江安河请水。请来的水，是给母亲洗脸洗脚的。这是他唯一一次，也是最后一次为母亲洗脸洗脚。洗了脸，洗了脚，母亲就可以穿上寿衣上路了。于是，黄泉路上多了一对恩爱夫妻，而带给扬雄的凄惨与悲凉，如滔天巨浪，直接把他卷入漩涡之中，完全透不过气来，几乎窒息。他叫天，天不应，叫地，地不灵，痛不欲生，肝肠寸断。"阿爹，阿娘——"扬雄的"娘"字只叫出了一半，就觉得心里和嗓子眼像火在烧，全身开始战栗、抽搐，他脸色惨白，咳了一声，嘴里咳出了一口鲜血……扬雄是什么时候缓过来的，他妻子陈氏也不知道，她直接吓晕了过去。

这一次，接二连三的事，把君平先生都吓坏了。他急忙捉了一只公鸡，杀了，把鸡血洒在扬雄家门口，以驱邪避灾。诡异的是，明明把公鸡杀了放在地上的，可奄奄一息的公鸡突然扑棱棱地起身，跑得无踪无影，只在地上留下一行血迹。

"叮叮当当"，扬雄第一次拿起锤子铁凿刻墓碑——"先考扬凯之墓""先妣李氏之墓"。立碑人的名字是相同的：儿扬雄、孙扬爽。墓碑上，篆字，阴刻，每一笔都是扬雄亲手刻下的。那青石板的墓碑上，每一笔都仿佛藏着父母生命的年轮。

墓边结起草庐，扬雄住到了墓地，开始日夜为父母守墓。父母的墓地紧挨着，相当于是同穴。面对父母的相继辞世，扬雄一直处于失语的状态，他从来没有想过，父母有一天会离开自己，而且离得如此决绝。一天，他跪在墓前念叨："阿爹、阿娘，没有侍奉你们，雄儿不孝啊！现在，现在雄儿只能陪你们说说话了，你们可否听到？啊？"锄草，挖地，种树，扬雄每天非要把自己累得筋疲力尽，心里才觉得好受些。吹埙，是扬雄夜里解除寂寞的唯一方式。呜呜咽咽，似乎山野都有了隐隐约约的回声。

一天，老三到墓地劝扬雄，道："为父母守墓，睹物思人，都是正常现象。你想啊，你也不能不从悲痛中摆脱出来吧！"扬雄的眼睛里布满了血丝，摇了摇头道："孔圣人说，夫三年之丧，天下之通丧也。什么叫悲，什么叫痛？一直堵着，堵在我心里。是我想揣着吗？不是！我心里剩下的，都是悲，都是痛啊！"老三道："是呢，你是读书人，又在京都做事，道理自然比我懂得多。你我是同龄人，又是少年伴，这话本不该说的，但我还是要说，万一再有个什么差池，扬爽怎么办，陈氏怎么办？"扬雄默默看了老三一眼，含着泪，幽幽地道："嗯，你说的我都懂。我如今只是觉得无所适从，好像看不到光。心里被悲痛堵着，压着，心都压碎了。"老三眼里漾着泪光，哽咽道："你父亲，你父亲临终前，意识已经模模糊糊了，但还念叨着你和扬爽呢，要你一定要把扬爽抚养成人，延续扬家的香火……"老三的话，还没有说完，扬雄就"呜呜"地哭了。尽管，声音压抑，却是扬雄自父母去世后，他第一次哭出声来。

扬雄心里的痛，他心里的苦，能够与谁说呢？只有对着父母倾诉——"阿爹，阿娘，你们想呀……""阿爹，阿娘，你们知道不……"他每天跪在墓前，喃喃而语，与父母说家的过去，说父母的往事，说自己的童年，说杜鹃啼血，说少年时太阳神鸟的梦……

唉！失去父母的家，还能叫家吗？

是啊，没有了父母的家，就不完整了，心里也就空了。对于父母，扬雄能够做的，也只有跪在墓地陪他们说说话了。此前，扬雄对自己的认识是那么的糊涂，更无从启齿：父母年纪大了，自己为他们操过心吗？没有！自己服侍过他们吗？也没有！甚至，父亲临终，自己都不在他身边。还有，不是自己麻痹疏忽，母亲不至于走得这么快。想到这些，扬雄恨不得拿刀扎自己一刀。问题是，即使把肠都悔青了，能够回到过去吗？

不能！

扬雄急火攻心，口腔溃疡，嘴角上长出了水泡。

开始，是妻子陈氏牵着儿子到墓地为扬雄送饭。墓地的艾蒿，青了又黄。墓周的野菊花，谢了又开。渐渐地，扬爽一个人也能为父亲送饭了。扬雄清楚地记得，扬爽第一次送饭那天是惊蛰，他跌跌撞撞走到墓地，浑身上下都被雨淋湿了。"阿爹，吃饭！"扬爽的一句话，已经让扬雄分不清眼中是泪水，还是雨水。想想都歉疚，儿子呱呱坠地，扬雄就上次探家时抱过一次，现在居然可以送饭了，他不禁紧紧地把儿子揽在了怀里。

雨，停了。

"阿爹！"扬爽甜甜地叫了一声，就蹦蹦跳跳地走了。扬爽年幼，身高还不及墓碑的高度。他天真，懵懂，无忧无虑，眼里还不知道什么是悲欢离合。来，或者去，一路都是兴奋。儿子正是懵懂的时候，他只要有吃，有猫有狗一起玩，就高兴了。

陈氏也偶尔来，匆匆忙忙的，拿些换洗的衣服。她看到丈夫沉默着，也就

141

一声不吭地走了。而扬雄默默看着的是，陈氏渐行渐远的背影。

夜里，大地沉睡，河流与星星都醒着。扬雄也没有合眼，他还在想，父母是否已经安眠。忽然想到一句父母絮叨的话语，心中总有一种暖意。他多么希望有一天早晨醒来，父母再絮叨几句。哪怕，骂他一句也好。

三年，整整三年。扬雄身穿粗麻孝服，似乎都没有从失去双亲的悲痛中走出来。不知不觉中，他竟然捡拾江安河的鹅卵石，从河边到墓地铺了一条石径。有了小径，村庄、河流、墓地，仿佛有了过渡。从小径走到墓地，扬雄随时能够感应到父母的护佑。三年里，扬雄严格按照当地的风俗与戒律去做：不离墓所，节制饮食，不近女人，不做乐，不访友。是的，扬雄戴孝守墓三年，似乎要对父母说的话还没有说完。

丁忧守制结束，扬雄回到家中，发觉妻子陈氏无论讲话的方式，做事的动作，还是接人待物，都越来越像阿娘年轻时的样子了。

是错觉吗？明显不是。

陈氏正在帮丈夫收拾行李，整理衣物的动作很慢，几乎不像她平时做事的风格。"你看看，手都不像读书人了，糙着呢。"陈氏讲话的声音微颤。"嗯。"扬雄的眉头展了一下，就不吭声了。"公公婆婆托梦给我了，说儿子在长安光宗耀祖呢。"陈氏的嘴翕动着，声音很轻。"哦？"扬雄看着妻子的眼睛，会心一笑。唉，家里发生了这么大的变故，她明显瘦了，锁骨毕现。陈氏的脾气，扬雄是知道的，话语不多，心很细，有黏劲。正在系包袱的当口，老三来了，与他同来的还有郫县县尉候慕。扬雄与妻子都感到有些意外，毕竟他俩都在郫县。老三瞥了候慕一眼，道："本来，候先生早就想来拜访你了，也是觉得丁忧守制多有不便。这不，他知道你我是发小，今天一早他就邀上我了。"扬雄拱手道："候兄客气了，我还没有感谢你的帮助呢。"候慕怔了一下，道："实不相瞒，我今天来是有事想请扬先生帮忙。"扬雄"哦"了一声，道："我一介书生，还有什么事能够帮上候兄的？"候慕道："听说扬先生与杨庄是石室同学，又同在京都，情同手足，有机会帮忙引荐引荐。我呢，从小习武，特别向往与自己技艺相通的差事。然而，在郫县与长安是两回事。"扬雄愣住了，候慕的话中有什么蹊跷就不去思量了。他不好意思地说："我与杨庄兄情同手足不假，可是，这引荐的事不知从何说起。至于官场上的什么事，我一概不知。我相信，候兄有一技之长，就会有用武之地。"

扬雄觉得自己的话是表达完整了，至于候慕是否理解是另一回事。其实，他能够理解候慕那种被小地方拘囿的感觉。候慕还想继续说下去时，王婶来了。王婶人未到，声音先到，风风火火的，对谁好，对谁不好，都挂在嘴上。她拿着米糕，分明是来为扬雄送行的。"雄儿，你算是为你阿爹阿娘扳本了。家里的事还有婶呢，你就放心好了。孩子一天大一天，一天懂事一天，我当孙子看着。还是那句话，婶就看好读书人，在白鹤里，在郫县，在成都，谁不知道雄儿，你为婶争光了，婶高兴。"王婶边说，边擦着眼泪。

现在是该走，还是不走呢？扬雄内心还在犹豫。他生怕王婶陷入伤心的往事。好在，她刹住了。若是往常，王婶怎么说，扬雄都乐意听，他也不知道自己是什么时候开始喜欢王婶絮叨的。看到王婶不吱声了，扬雄抚了抚儿子的头，拿起包袱，默默地扫了一眼，心中那离别的怅然与伤感油然而生。

## 7

又到了一年的冬天，杨庄喜得贵子，提前回家过年了。他奉诏急速回到长安，已是正月十三。杨庄到承明庐，欲与扬雄分享喜悦之情。扬雄提壶，开始煮茶。两个人屁股还没有坐稳，"哐"的一声，门突然被推开了。"谁？"杨庄的话音未落，一位身穿夜行衣的蒙面人飞一般地跃到扬雄与杨庄面前，左右开弓，双手如鹰爪般直接锁喉，看到两人毫无反应，立即松了手。杨庄和扬雄都惊出了一身冷汗。蒙面人一句话不说，目光犀利如刀，他转身撤离时，杨庄看到了他佩在腰间的是宫中侍卫腰牌。

瞬间，蒙面人不见了。似乎，那份杀气还在。

尽管是虚惊一场，杨庄已经悟到了其中的门道——这种隐蔽的试探，无疑是来自朝廷的密令，抑或皇上的手谕。这时，扬雄还是惊魂未定，心有余悸。杨庄拍了拍他的肩膀，意思是安慰他事情已经过去了。即便是皇帝身边的"值宿郎"，杨庄看懂了就可以了，他必须把看懂的烂在肚子里，就是对他情同手足的兄弟也不能说。

果然，不出杨庄所料，扬雄的名字赫然进入了成帝刘骜去甘泉山泰畤祠祭天帝的名单中。既然名单出来了，再说也无妨了。当杨庄第一时间把消息告诉扬雄时，他激动地跳了起来："是吗？杨兄，那太好了！"扬雄还是不放心，使劲在杨庄胳膊上捏了一把，痛得他咧嘴，才相信杨庄的话是真的。心想，甘泉山泰畤祠祭天帝，那可是国家祀典啊！先前，只有在司马相如的《大人赋》《十九章之歌》，以及王褒的《甘泉宫赋》中读到过。其实，在汉代之前就有祭祀青帝、赤帝、黄帝、白帝、黑帝等五帝的仪典。在老子的语录里，五帝亦称五行——天有五行，水火金木土，分时化育，以成万物，其神谓之五帝。而人呢，无疑是凡胎，身体的母体来自父母。皇帝则不然，他的血肉之躯不仅属于父母，还属于天帝，是天帝的儿子——这是否是血缘之外的一种父子关系呢？皇帝除了父母的庇佑，还有天帝的庇佑。是的，君权神授。相传，汉高祖刘邦是感孕而生，他母亲温氏在大泽旁睡觉，梦中与化身为龙的神灵交合，才有了身孕。无疑，刘邦是"真命天子"。而最早提出天帝的应是汉武帝，他文治武功，是大汉的天子。于是，汉王朝有了全新的至上神——太一神，即天帝。祭祀天帝，那是赋予神性的想象吧？而被仪式确立下来，无须任何渲染，却成了人们精神的主宰。从武帝在甘泉宫修建泰畤祠的那天起，祭太一上升到了国家祀典的高度。进一步说，这是武帝推行"孝治天下"，树立中央权威的最好体现。

杨庄看到扬雄出神的样子，笑道："现在像木头一样杵着不要紧，跟着皇上出行可要用心。"扬雄回过神来，解嘲道："是呢，到现在，我才明白什么叫受宠若惊与心驰神往。"杨庄若有所思，道："或许，我的话言过其实，在宫中做事，有时也不能免俗，要明白你是谁，做什么的，与个性无关。尤其，在皇上面前，不该说的话，绝口不提。"扬雄舒了一口气，努力让自己平静下来，道："杨兄如此推心置腹，我怎能不明白意思呢。放心好了，我又不傻，知道自己应该做什么。"

所有的一切，都在不期然而然中展开：从未央宫出发，成帝的辇车走驰道，群臣与侍从左右随行，出了长安，直接往西北方向的甘泉山行进。一路上，鼓角阵阵，仪仗壮观，人马浩荡。辇车，人马，宛若涌向咸阳甘泉山下的河流。毫不夸张地说，出行的队伍，规模空前，声势浩大。

威仪的队伍，能够看到头，而尾在哪呢？

如果说，扬雄第一次见成帝刘骜是隔着殿上殿下的距离，那么，这一次是作为他的文学侍从跟随左右。这样的考验，既没有样板，也没有参照，所有的尺度必须自己把握。一步之遥有多远？或许只是心与心的距离。扬雄真的无法用数字去计算。稳坐在鸾车上的刘骜，额头略低，眉毛淡淡的，脸上却显得深沉。

随皇上的队伍出行，根本不用去考虑哪里是目的地，或者说，什么时候到达目的地。马蹄与车轮的声音，交织在一起，似乎合着节律，一路回荡。傍晚时分，扬雄远远地看到了甘泉宫的建筑轮廓，那翘起的飞檐充满了神秘。蜿蜒的甘泉山，壮观的甘泉宫建筑群，还有时间与空间留下的痕迹，确实让扬雄感到震撼。扬雄深入了解才知道，甘泉宫原本是秦朝修建的，而通天、高光、迎风三殿，才是汉武帝时期修建的。

膜拜，祈愿，恩赐。这既是皇权神圣的仪式，亦是建立在内心隐秘的通道，在这样的通道中，祭祀的意义应都蕴含其中了吧。而接踵的结果呢，是否会与祈愿一步步接近？那么，天帝又会给成帝带来怎样的恩赐，标准答案也只有他自己知道。总之，成帝的先祖为他今天的祭祀做了太多的准备。不是吗？连祭祀器物、祭品的选择与摆设，以及祭祀流程的设定，都有遵循。祭祀这天，成帝身穿深衣，戴着冕，走一步，冕旒晃动两下，那晃动的频率似乎与步子是一致的。刹那间，一道天光泻下，汇集在紫殿。即便在神殿，在天子脚下，也是俗人的世界。有一位溜须拍马的朝臣禀告皇上："紫殿之上，此乃神光！"于是，群臣附和，纷纷道贺，说是大吉。汉成帝一听，心里高兴，下诏："赐天下民爵一级，女子百户牛酒若干，加赐鳏寡孤独高年帛若干。"

以乐应天，采诗夜诵。祭祀仪式，当然少不了歌乐表演。扬雄印象最深的，当数采诗夜诵。七十名童男童女同时登台歌吟《四时歌》，即出自司马相如《十九章之歌》的前四首——春歌《青阳》、夏歌《硃明》、秋歌《西颢》、冬歌《玄冥》。翩翩起舞，亦唱亦和。那稚嫩、纯洁、甜美的声音，一如天籁。

这时，扬雄进一步读懂了"帝王之事莫大乎承天之序，承天之序莫重于郊祀"的意义。而对于宏大的场面，奢华的器物，扬雄似乎有眩晕感。

这一夜，成帝刘骜喝得酩酊大醉。

## 8

回到承明庐，扬雄完全沉浸在一种忘我的状态中，他激情澎湃，一路所见所闻凝于笔端，奇思妙想如泉奔涌，骚体句式，洋洋洒洒的《甘泉赋》一气呵成，脱颖而出。

什么叫石破天惊？扬雄的《甘泉赋》便是。

宣扬雄觐见时，他在承明殿下跪拜道："儒生扬雄参见皇上。"平身后，他把《甘泉赋》呈给了宦官。

当成帝刘骜在承明殿拿到《甘泉赋》手稿，仿佛被文辞拨动了心弦，不由自主地读了一遍又一遍，连声赞道："好，好，非常好！文辞流丽，气魄宏伟，可以与司马相如辞赋媲美，更有异曲同工之妙。"皇上这一连声称赞，他身边一向不动声色的宦官也很惊讶。毕竟，皇上是读经书、善文辞之人，扬雄一篇辞赋能够得到龙颜大悦，那应是十分了得。

那一刻，扬雄尽管对自己的文章有自信，但还是像个参加笔试的学生，他的脑袋始终是懵的，几乎没有听清皇上是如何评价《甘泉赋》的。他还在想着《甘泉赋》中观照与呈现的内容，以及埋下的伏笔。即便扬雄说出来当时的情景，或许有人会认为他矫情。真的，他当时只是如释重负。

群臣哗然。

于是，一传十，十传百，整个未央宫都在热议《甘泉赋》，争相一睹为快。几乎一夜之间，在未央宫的人都听说了一个精于辞赋的扬雄。皇上的赞赏，群臣的夸奖，并没有让扬雄喜形于色，他会掂量自己有几斤几两。想呀，远的在太学的博士不说，就说近的，那刘向先生的才学都够自己学一辈子。扬雄还是老样子，每天是有规律的三点一线，要么在承明庐，要么去石渠阁或天禄阁。跑得勤的时候，是上午一趟，下午一趟。然而，扬雄发现身边的变化还是有的，同在承明庐进出的，一见面就没有以前那么生分了，都客客气气的，他心明眼亮，如果没有皇上赞赏《甘泉赋》，承明庐会有谁对他笑呢？

皇上对扬雄《甘泉赋》的赞赏传到刘向先生耳朵里，已是几天之后了。刘向先生没问，扬雄也不好意思说。

倒是刘歆先提了，道："扬兄的《甘泉赋》都得到皇上的肯定了，我还没有机会拜读呢。"刘歆的话得体，既把话题牵了出来，又没有恭维的成分，显得大气。扬雄一脸诚恳，道："当时赶得紧，像交考卷似的，也没来得及请刘兄和先生教正。"刘向先生放下手中的书，眯着眼睛道："孔圣人说，三人行，必有我师焉。你对辞赋有专攻，是好事，没必要过谦。《甘泉赋》能够得到皇上的赞赏，是皇上心目中对辞赋的标准画了一条线，说明你写辞赋过了皇上这一关。心气高，眼界也要高，就匹配。怕就怕，眼高手低。记住一点，做学问也好，写诗作赋也罢，天赋与勤奋，缺一不可。"刘向先生说着，把眼睛睁开了，眨了眨，道："前些日子，皇上对博士的选用，也立了标准，那就是'古之立太学，将以传先王之业，流化于天下也。儒林之官，四海渊源，宜皆明于古今，温故知新，通达国体，故谓之博士。'既然标准都定了，知人善用才是关键。若是良莠不齐，那能不一团糟吗？"

"难道，难道博士之中也含有水分？"扬雄回过神来，惊诧地问。

"比博士水分更糟的事都有。想想王章先生，出生于儒学之家，少以文学入官，升谏大夫，官至京兆尹。他一直以耿直敢言深得口碑，许多大臣都敬重他。虽然，他曾经被打压过，却禀性难移，最后因日食的分歧而得罪了大将军王凤。谁知，王凤唆使尚书靳申上书弹劾王章，王章遭到诬陷，死于诏狱。一个人在大狱之中触柱身亡，那是多大的冤屈？什么是图谋不轨，什么是蛊惑圣听？完全是莫须有啊！"

"还有这样的事？"听刘向先生这么一说，扬雄真的吓了一跳。心想，京兆尹王章被打压过，好像是在汉成帝手上重新被任用的，那为何又遭到弹劾呢？如果仅仅是因为日食的分歧，那真的不值得。日食，只是天象而已，与人何干？往往，朝廷中的事件，真相都藏在背后。

刘向先生斜睨了扬雄一眼，没有说话。刘歆百感交集，道："父亲的话，你听了领会便是。问了，只能给他添堵。有些事，还是不说为好。你以后接触面广了，遇到的人和事多了，自然就明白了。"

扬雄还想说些什么，刘歆看到父亲合着眼在闭目养神，就向扬雄做了一个"嘘"的手势。

回到承明庐，扬雄还在细细回味刘向先生所说的话，心中五味杂陈。想想，刘向先生爱憎分明，对学问的严苛，对事业的情怀，果真是名不虚传。有一点，扬雄心里清楚，相比于成都石室与长安太学的学生，他们有名正言顺的身份，而自己称得上是没有来历的。时常，仿佛有一个影子蛰伏在身边，发出类似提醒的声音。扬雄试图与影子合在一起，可影子又在哪呢？还有，想到京兆尹王章的案子，心里不免发怵。说实在的，不是信得过的人，谁会去提及刚刚发生在朝廷之中的案子呢？

很多时候，扬雄心里是纠结的。

春天的阳光，绚烂、斑斓，天空一如水洗。扬雄面对阳光，久了，眼睛是花的，恍惚、眩晕。阳光从承明庐檐头投射在走廊上，拉开了一半的明暗光区。那光是透明的，移动缓慢，也感觉不到风，却有微尘在飞。索性，扬雄把烧茶的泥炉搬到了房门口，坐在台阶上喝起茶来。路过承明庐的人，一个个都踮起脚尖，伸着脖子看，目光里充满了探询与不解。慢慢地，扬雄回过神来，才知道招引目光的问题出在自己。他依然装着若无其事的样子，不慌不忙地把茶具一件件收拢起来。

## 9

尽管扬雄没有把候慕托付的事揽下来，但与杨庄聊天时，他还是把候慕的意思说了。杨庄不解地问：“他一个郫县县尉，两头不靠，与你我都不沾边，怎么会有如此想法？问题是，我一个值宿郎，想帮忙也无能为力呀。”扬雄琢磨着道：“看他英武的样子，应该身手不错。想必，他是觉得郫县空间小，没有施展的机会吧。当时时间紧，我没有来得及细问什么来由，又听到怎样的消息。不过，我的答复算是明确的。”杨庄略有所思，道：“值宿郎并不负责管卫士，卫士是卫士令负责管理的。皇上身边的侍卫武官，都是皇上的亲信。在都城长安，分南、北军，皇帝的禁军称南军，由中大夫令统御，卫士负责宫门禁以及宫内的巡察，北军则是负责京师的常驻部队，由执金吾统领。按照现在的编制管理，即便候慕精通武技，必须经过朝廷的选拔才有机会。”扬雄感慨：“在偏远地方,想找个展示自己的平台都不容易。"杨庄道:"不是不容易,是根本没有机会。"

其实,这样的困惑,杨庄和扬雄都曾经遇到,只不过,他们努力了,也遇到了伯乐。一个人生下来,没有定了谁就是做官的,谁就是卖苦力的,但投胎是决定因素。穷苦人家,连书都读不起,还想怎样?再努力,发展都有限,起点明显摆在那里。谚语所说的"龙生龙,凤生凤,老鼠的儿子会打洞",也就是说这个道理吧。

有例外的吗?有。

等杨庄知道候强在益州郡任录事掾史,扬雄已经随汉成帝祭祀后土和巡游归来。"候强是先在张禹府上做属吏,等于是过渡了一下,然后去了益州郡。"杨庄道。"呃,这就看不懂了。既然候强在长安,又是与我约好的,他为什么不来找我?"扬雄愣住了,很是疑惑。"我也不能确定是什么原因,想必是你们与约定的时间,相差甚远吧。说不准,都有擦肩而过的可能。"杨庄撇了下嘴,道。"即使,即使是这样,那候强对吴葭又怎么解释?他就这样无踪无影地消失了?但愿,他对吴葭不是填补一时的空虚。难道,他候强就不知道吴葭在苦苦等他?我就不相信,他候强能够在张禹府上待得安心。候强躲着,是个事吗?他躲得过初一,能躲得过十五?"扬雄越说越激动。"看得出,吴葭是个敏感的姑娘,而候强也不至于绝情吧。许多事,你我也是在这里瞎猜想,个中原因,只有当事人才知道。"杨庄吸了一口气,道。

思前想后,扬雄百感交集。在他的意识里,候强入仕,是候侃最大的愿望。候侃想为儿子入仕铺条路,无可厚非。至于他找了谁帮忙,是另外一回事。话又说回头,没有光禄大夫张禹出面,候强的差事能够办成吗?结果都是一个大大的问号。这下,候侃应该满意了。候强呢,除了对吴葭有理不清的情感关系,其他也无可指责。他听命于父亲,谋一份差事,是否有错?没有。或者说,他有拒绝的理由吗?也没有。偏执、散漫、挣扎、僵持、怨愤、追求、闯荡,扬雄想在这样的词语里去想象一个熟悉而又陌生的候强,引发的不只是一阵唏嘘。

明显,是回想定了格的,瞬间却又模糊了。

说起随成帝刘骜去河东郡汾阴县祭祀后土,扬雄还像做梦一般。成帝去甘泉宫,是为祭祀天帝,而去黄河之滨的汾阴后土祠,是为祭祀地皇——华夏始祖女娲氏。相传，女娲氏抟土造人，没有子嗣的成帝能不去祭祀吗？成帝表面平和，不像心中有焦虑的样子。问题是，随着年龄的增长，太后心里着急呀。想想，成帝从小是个孝子，十九岁继承皇位，对太后的话是言听计从。没有子嗣，不只是太后抱不到孙子的问题，那是事关今后皇位的继承啊！问题一发酵，最先坐不住的是太后，她一道口谕，成帝就启程了。在刘骜冷漠的脸上，扬雄还是看到了他飘忽的眼神，尽管是刹那间的，毕竟还是看到了。那一刻，皇上是怎样想的，扬雄想猜也猜不到。随成帝到了汾阳，扬雄看到汉武帝创建的万岁宫依在，他触景生情吟诵的《秋风辞》镌刻在一方石碑上：

秋风起兮白云飞，草木黄落兮雁南归。
兰有秀兮菊有芳，怀佳人兮不能忘。
泛楼船兮济汾河，横中流兮扬素波。
箫鼓鸣兮发棹歌，欢乐极兮哀情多。
少壮几时兮奈老何！

武帝刘彻是双面人物，一面是雄才大略，另一面却穷奢极欲。他有一个创举，把后宫嫔妃按照级别管理，分十四等，多达一万八千之众。武帝刘彻房中术了得，"能三日不食，不可一日无妇人"，那是何等的风流放荡？即便如此，他还是在《秋风辞》感叹："箫鼓鸣兮发棹歌，欢乐极兮哀情多。少壮几时兮奈老何！"

刘彻是西汉的第七位皇帝，他有六个儿子。当然，不是所有的皇帝都有刘彻那样的勇猛，到了成帝刘骜，后宫没变，情欲没变，问题却出现了——他与许皇后曾先后生下一子一女，可惜都夭折了，后来却一直没有了动静。祭祀后土，祈求赐子，是成帝刘骜此行的唯一目的。

皇帝有很多秘密，有些秘密却是隐瞒不住的，即便是床笫之欢，应该属于私生活了吧，但在文房内侍官面前都没有秘密。成帝刘骜的私生活，也照样回避不了，等于是暴露的。据说，刘骜不仅宠幸班婕妤、卫婕妤、赵婕妤、曹宫人（当然，文房内侍官记录的，远远不止这些），还有男宠张放，可谓生活混乱不堪，糜烂得一塌糊涂。皇上的嫔妃再多，也不算什么，主要是男宠张放的加入,是否说明刘骜的性取向出现了问题呢?更让太后感到不安的是,班婕妤也为皇上怀了孩子,产下后同样夭折了。许皇后生了两胎,班婕妤生了一胎,都没了,是巧合吗?显然不是。皇上是真命天子,他播下的可是龙种呀。谈论皇上,以及皇上的龙种都是禁忌,弄不好是会招来杀身之祸的。往往,在私底下嚼舌头的只是成帝刘骜身边的个别宦官。

阉过的公鸡都会性情大变,何况是被阉过的人呢?

扬雄作《河东赋》,心中可谓一波三折,从随驾出行到东渡黄河祭后土,继而游介山,登龙门,观盐池,上历山,望西岳,寻殷周遗迹,似乎皇上巡游的成分比祭祀的比重要大得多。如果说,祭祀后土是一种神秘的感召,那么,巡游呢,是皇恩浩荡吗?皇上君临天下,可以脚不沾地,甚至内心可以像长了翅膀似的,乘风而行,扬雄却不行,他的双脚是要站在大地之上的。毕竟,他要写的是御用文章,要在规则中行走,必须要把心中的一些想法和声音,以及不能接受的事实摆脱或者过滤掉,若非要表达不可,也只能是采取隐喻。在《河东赋》中,扬雄煞费苦心,他用晋文公发愤图强的故事,大禹凿山治水的精神,虞舜勤政爱民的事迹,还有前朝开创的盛世,来勉励皇上做一位令人敬仰的明君。不知成帝刘骜是读懂了《甘泉赋》《河东赋》,还是出于其他方面的考虑,他下诏将甘泉泰畤、汾阴后土祠的祭坛分别迁到长安南郊和北郊,次年就在新祭坛举行祭天、祭地仪式。

从渭河之滨到黄河之畔,从创作《甘泉赋》到创作《河东赋》,扬雄无时无刻都似乎感觉到自己只是一个艄公的角色而已——他还在两条河流上摆渡。

10

春天的空气里,似乎飘逸着淡淡的草木清香。刘向先生在天禄阁的案头没有清供,只有一摞一摞的竹简和层层叠起的典籍。

扬雄向刘向先生借阅了《仓颉篇》,他认为秦代丞相李斯编著的《仓颉篇》是小篆书体的样板,也是研究文字学史的样本。刘向先生点头道:"想那春秋战国时期,齐、楚、燕、韩、赵、魏、秦七国分立,文字异体,分了东方齐系、东北燕系、南方楚系、北方晋系和西方秦系。始皇帝统一六国,不仅开创了大一统的秦王朝,废除了分封制,代以郡县制,还统一了文字和度量衡。也就是在秦统一之初的那个时期,李斯丞相开始了小篆文字的定型。在汉初,《仓颉篇》是作为学童的教本。到汉宣帝时,因为秦时的《仓颉篇》多用古字,一般人根本读不了,还召集能够识古字的人到朝廷教读《仓颉篇》呢。"扬雄重重地点了下头,道:"《仓颉篇》是在《史籀篇》的基础上整理改定的,可惜《史籀篇》已经看不到了。按'秦三仓'的说法,在李斯的《仓颉》外,还有赵高的《爰历》,以及胡毋敬的《博学》。如果有机会能够存下心来研究,也是一件非常有意义的事。"刘向先生注视着扬雄,道:"'昔者仓颉作书,而天雨粟'是汉高祖刘邦的孙子刘安在《淮南子·本经训》中对仓颉家乡粟邑县的记载。相传仓颉造字功德感动天地,玉皇大帝便赐给当地一场谷子雨,粟邑才有了谷雨节的由来。据说,每年的谷雨时节,都是当地祭祀仓颉庙的日子。孔圣人也曾到粟邑,拜倒在仓颉墓冢前,痛哭流泪,长跪不起。粟邑距长安不算远,你有机会不妨去看看。"

刘歆拿着书走过来道:"粟邑,我也未曾去过,有机会我们一起去拜谒文祖。"扬雄故意问:"刘兄说的我们,是指刘先生和你我吗?那太好了。"刘向先生瞥了儿子一眼,叹道:"我是去过的,曾与王章先生去过。清楚地记得,那天是冬至,我和王章先生一起拜谒了仓颉墓冢。想不到,时过境迁,与故人已是阴阳两界了。"刘向先生慢慢啜饮了一口茶,心事重重地道,"连我都没有想到,出卖王章先生的竟然是王音。"扬雄与刘歆都以为听错了,这样的消息无异于是石破天惊:"不会吧?"刘向先生忧心忡忡,严肃冷峻地道:"我开始也这么认为,可事实就是如此。王音好交集,却不可不防。或者说,敬而远之吧。毕竟,人心隔着肚皮呀。你们也知道,王音是太后王政君的堂兄弟,王凤又是皇上的舅舅。王凤大权在握,他是大司马,掌管军队,辅佐朝政,而王章先生不满王凤专权,密奏了皇上。王音得到消息后,立即向王凤通风报信,于是就有了王章先生遭到诬陷的结果。对王章,王凤是下了毒手,贬谪与流放都没有他的份。王章先生一根筋,丢了功名利禄,还舍了身家性命。如今,王章先生死了,王音深得王凤的信任,擢升为御史大夫。在权势与道义之间,孰是孰非,后人自有定论。"扬雄望着刘向先生,转眼又看了刘歆一眼,惊诧道:"怎么会这样?

太意外了!"

　　王章先生和皇上之间的事,王音先生是怎么知道的——是隔墙有耳,还是他在皇上身边安插了密探?或者说,是王章先生和皇上在哪里出了纰漏?又或者,是王章先生不识时务,被人卖了,推向了风口浪尖,还是他想自己浴火重生?在扬雄看来,这些都是谜。王音先生对自己有知遇之恩,他不敢相信这样的事实。扬雄相信,有疑惑的远远不止他一人,为王章先生叫屈的也应不止刘向先生一人,而王音先生肯定听不到种种质疑的声音。然而,若是果真如此,想必处处险象环生,那真的是防不胜防啊!扬雄想想都不寒而栗。

　　那,不苟言笑的刘向先生,他此刻心中有着怎样的波澜呢?

　　其实,在人的内心深处,有的话题是不好去触碰的,一提起,就是一段伤心往事。譬如,在刘向先生面前谈到王章先生,好比是在刘先生的伤口上撒盐。上次在石渠阁,还是刘向先生自己说起王章先生被陷害的事件,他都沉郁了好几天。想必,这是刘向先生的一个心结。对于扬雄,何尝又不是呢?于情,王音先生有恩于自己;于理,发生这样的事却不能理解。况且,王音先生和王章先生同朝为官,平时关系不错。说穿了,他们是目标不同,各为其主。从势力层面上看,大司马王凤是股肱之臣,背后还有太后王政君,以及兄弟嫡系,而王章先生只是京兆尹,他对成帝刘骜寄予厚望,却死也不会想到,在王氏掌控的朝政,皇上真的成了"孤家寡人"。比较而言,王章与王凤的争斗,等于以卵击石。扬雄自己心里还疑惑着呢,根本不具备去疏导和解开刘向先生心结的能力。刘歆闷着不说话,说明他也没有去开导父亲的想法。扬雄没有接话,他给刘向先生的杯里续了茶汤,又翻开了《仓颉篇》。刘歆向来与父亲这个话题保持距离,他只有耐心听话的份,即便有什么疑惑,也只能让它烂在肚子里。

　　沉默,静寂,能够听到翻书的声音,以及彼此的呼吸声。刘歆望了望窗外,眉头一展,道:"阿爹,我与烧陶窑的张师傅约好了,下午要去拉坯。"刘向先生看了看扬雄,善解人意地点了点头,道:"你们一起去吧,有个照应。"

　　三个多月前,刘歆看到天冷,他想为父亲烧制一个烘手的暖炉,设想是既能放炭火,又看不到明火,还有便于携带。可是,未能如愿——出窑时,发现带孔的炉盖和炉身的口沿都有裂纹。配泥,成型,施釉,都没有问题,而煅烧是看不见摸不着的,完全凭感觉。张师傅经验足,他知道问题不仅仅出在煅烧上，但怎么出的，还是没有琢磨出来。

耙泥，提桶，注水，搅拌。刘歆重新和出了一桶沉泥在揉，和与揉的过程，完全是肢体与沉泥交流的过程。不一会儿，刘歆的额头就有了汗珠。扬雄想帮忙打个下手，刘歆谢绝了。这时，刘歆手脚并用，以脚踩带动辘轳转动，手腕与手指几次拖拉，终于把烘炉的炉身定型，直到捏出炉盖，才松了一口气。扬雄看到，刘歆拉的烘炉身上，分明留有他的掌纹。张师傅递上竹签，思索道："炉盖的签孔是关键，力度与分布要匀称。主要是抽出竹签的时候，不能带有毛边。也就是不能起皮。至于炉身的口沿，应该是上次拉坯的厚薄不均，煅烧时就受热不一。"刘歆用手背去擦额头的汗，额头上有了泥痕。他笑道："上次做的方法与步骤都可能有欠缺，我相信熟能生巧。实际上，成功与否，主动权是掌握在自己手里的。"经张师傅一开导，刘歆签孔更加聚精会神了，手势，动作，力度，有条不紊。为了签孔不起皮，他每签一次，把竹签在水里浸一下，再签下一个孔时，湿滑、光洁、畅快，效果特别好。刘歆做事，极有耐心，两只烘炉完工，已是傍晚时分了。

看到刘歆一脸的欢喜，张师傅笑道："还是那句话，由于器型的原因，温度很难控制，我可不能保证烘炉煅烧成功。"

刘歆点头道："那是当然。不过，我对师傅充满信心。话又说回来，现在都春天了，离冬天还远着呢。我就不信，今年冬天没有烘炉给阿爹暖手。"

扬雄笑道："刘兄的烘炉，很有想法，难道只是解决一位父亲的暖手问题吗？若是煅烧成功，那就不只是一位父亲能够享用的事了。依我看，烘炉的作用是烘手的，不如直接叫手炉好了。说不定，在不远的将来会为天下多少父母带来暖手暖心的事呢。"

"哦？还是扬兄有想法，眼界不一样。如果是这样，应是一种实质上的突破。而且，张师傅的陶窑，又多了一个品种，岂不两全其美？"刘歆"嘻"地笑了。

"你们的建议，我能够接受。"张师傅想了想，"看你们那得意扬扬的样子，好像烘炉已经成功端在手上似的。不过，这倒是一条发展的路子。一天做几只烘炉，也不算太费事。"

不料，扬雄为刘歆的烘炉找到了继续做下去的理由和答案，自己就陷入了内心的悲伤。好长时间，都没有触及父母的话题了，扬雄突然想起了去世的双亲。"扬兄，你怎么啦？"刘歆关切地问。

"没，没什么。"扬雄鼻子发酸，含糊其辞，他怕碰到刘歆与张师傅的目光，立即把脸转了过去。

离开张师傅的陶窑，扬雄已经泪流满面。

这一夜，扬雄心中尚未痊愈的伤口又拉开了，心中的疼痛立即升了上来。他苦坐在承明庐的房间里，寝不安席，眼巴巴地看着窗外的星月，模糊在泪影中。

一只夜鸟孤独的声音在回荡，一声比一声悠长。

## 11

后宫争宠，并不奇怪。嫔妃与嫔妃之间，嫔妃与皇后之间，都希望得到皇帝的宠幸。皇上宠了谁，又冷落了谁？争来争去，也就争昏了头。一旦，昏了头，意味着失去了客观的评价。实际上，她们好多时候只是在自欺欺人。然而，在成帝刘骜的后宫，许皇后与嫔妃们心中始终有一个事硌着，那就是皇上还喜欢男宠张放。

王太后见过张放，他皮肤白皙，长相姣好，一如女人的性感妩媚，尤其那双眼睛特别撩人，惹她恼火的是他竟然有时与皇上形影不离。王太后暗地里派人一查，发现张放还是皇亲国戚，曾祖父官拜大司马，母亲是公主之女，自己官居富平侯，还娶了皇后的侄女。比许皇后与嫔妃们心中硌得更慌的是王太后，皇上宠溺男宠，她既要顾及皇上的面子，对皇上的懊恼与失望，还不能表现在脸面上。有时，王政君作为皇上的母亲，她只能苦口婆心地劝告。更多的时候，她是小心翼翼地观察着。王太后知道，皇上沉溺于酒色，照如此发展下去，结果肯定是一团糟，抱不到孙子事小，误了江山社稷事大。无奈之下，她先把希望寄托在了御医身上，希望通过御医的丹药，可以妙手回春，促使皇上重振雄风，尽快让自己能够抱上孙子。而刘骜呢，是个容易走极端的人，他竟然开始每天服用了。他在服用丹药的同时，最大的副作用是准予施行的极刑有上千种。

一天，王太后发现刘骜又跟张放在一起，实在是忍无可忍了，严厉地道："皇上，作为一国之君，应该知道什么可为，什么不可为。难道，皇上后宫有佳丽三千，还不如一个男宠张放？听母后一句劝，皇上不仅不能与张放交往，更加不能在一起。长此以往，皇上有何脸面去见列祖列宗？"

"母后，孩儿与张放只是情同手足，心有灵犀，没有您想象的那么荒唐。"刘骜心里发虚，狡辩道。

"哦，是我想荒唐了不成，还是皇上行为不检点呢？"王太后阴着脸说，"皇上与张放究竟是一种什么关系，心里应该清楚。难道，皇上不理朝纲，要弄得朝廷乱七八糟乌烟瘴气的才过瘾？"

刘骜沉默了一会儿，利与弊像麻花辫一样在心里扭绞着，他语气软了下来："母后，孩儿懂了。"

惧于太后的威严，刘骜面上允诺不再与张放来往，可暗中还是藕断丝连。毕竟，纸还是包不住火，太后一怒之下，给张放套了个罪名流放了。她知道，要想皇上和张放一刀两断，只有把张放驱出长安。

谁知，张放被驱出长安，成帝对他依然深情款款。张放为什么被驱，王太后不说，成帝也心知肚明。刘骜哭丧着脸，深知自己的江山全是王氏一族在撑着——王凤为大司马大将军，王崇为安成侯，王谭为平阿侯，王商为成都侯，王立为红阳侯，王根为曲阳侯，王逢时为高平侯。这样的阵容，于权于势，一看便知。皇上的舅舅，就是国舅。这么多国舅，一人一句，皇上真的不知道听谁的好。得罪了太后和舅舅，肯定没有好果子吃。只是，刘骜从来没感到这样无助过。

传宗接代的事，在成帝刘骜身上成了一个老大难，为了汉家皇室的香火，舅舅王商怂恿刘骜广纳嫔妃，广种薄收。不料，王商这一说，竟然得到了其他几个舅舅的认可。于是，刘骜忘乎所以，就更加放纵了。

起先，成帝去许皇后那里还例行公事，自从迷恋上了温柔多情的赵飞燕，刘骜对许皇后，还有班婕妤完全失去了兴致。赵飞燕柳肩含胸，妩媚妖冶，能歌善舞，眉目传神，她的骨感与娇柔，是能够勾魂的。在成帝刘骜眼里，燕飞凤舞的赵飞燕，一如尤物，艳丽，白皙，嫩滑，娇羞欲滴。在尤物面前，刘骜是贪恋的，欲罢不能的，身体没有理由不充血，也没有理由不蔫。然而，刘骜的胃口特别好，他一边吃着丹药，一边消受肉欲，夜夜笙歌，赵飞燕呢，左右逢迎，上下暗合。一对欲火中烧的男女，像二条肉虫，在昭阳殿寝宫蠕动，夜夜销魂。

正当王太后与成帝进行较量，以及刘骜迷醉于赵飞燕的时候，扬雄依然我行我素，往返于承明庐与石渠阁、天禄阁之间，清静，安宁，朴实。当然，扬雄感受不到王太后与皇上之间的权势较量，更看不到皇上与赵飞燕肉欲膨胀的场景。他一直只想找一个机会，和刘歆去粟邑拜谒仓颉墓冢，却因为杂七杂八的原因，未能成行。刘向先生与刘歆忙不过来，他刚好做个援手。确切地说，扬雄在石渠阁与天禄阁读书的时光，是最为惬意的，深宫之中，远离尘嚣，既没人催，也没人扰，书籍分门别类，想读就读。细细回想，就读书而言，原来能够读到的书，真的是少得可怜。

三天两头见到刘歆，扬雄都没有机会和他探讨王章事件。后来，扬雄与杨庄在横门见面，忍不住把对王音先生的疑惑说了。

杨庄看了看身旁，小声道："风头刚过，这样的事还是少谈为好。从面上看，王章先生的出发点是为了皇上的江山社稷着想，而王音先生却是为了保全和巩固亲戚的权势，他们之中，到底是谁不仗义呢？再者说，他们的区别又在哪呢？有一个细节你必须明白，当年皇上赏识刘歆博学有才，准备封他为中常侍，就因王凤的意见搁浅了，足以说明王凤在朝中的势力。恐怕，这样的窘境皇上不是第一次遇到。细细去捋，也并不奇怪，王凤是王太后的弟弟，也就是皇上的舅舅，而王音是王太后从弟的儿子，即皇上的从舅。"听杨庄这样一说，扬雄似乎看到了满朝大臣惊愕的神情，他气咻咻地道："我不管王凤势力如何，又是怎样对待刘兄的，只是觉得一个人若是靠告密得到升迁，那真的是一种耻辱。"杨庄冷静地道："扬兄，你我所知的，都是传闻。王凤与皇上之间，是谁冒犯了谁，只有他们之间心照不宣。究竟是怎样的真相，你我也未必知晓。我们要有看法，是否只是从自己的精神道义出发去做出的判断呢？"

扬雄不置可否，点点头，又摇了摇头。一些人和事，置身未央宫，甚至站在皇上身边都看不清楚了，何况是天下人，那就更加扑朔迷离了。他想，一个人的道行，不是只用眼睛能够识别的。想必，王章先生执掌长安，他若是委曲求全，应是另一种人生吧。还有，扬雄似乎从来没有听刘向先生父子提起过王凤压制刘歆的事。杨庄看到扬雄还愣着，拍了拍他的肩膀，耳语道："听说，王凤现在病倒了，已经卧床不起，病入膏肓。"说完，就快步走了。

这天，长安街上落了许多银杏叶，满地都是金黄的一片。风一吹，银杏叶"呼啦啦"地飞。扬雄的心绪，也像落叶一样飘飞着。他弯腰捡了几片，准备画上太阳神鸟的图案，送给刘向先生作书签。

小寒前后，刘向先生得了风寒，好几天都没有出门。扬雄听说后，正准备去刘先生府上探望。就在这个节骨眼上，皇上有旨，扬雄随行羽猎。

"国之大事，在祀在戎。"祭祀、战争，在春秋时期，甚至更早就上升到国家层面的政事。而帝王们把狩猎作为锻炼和检阅军队的最好形式之一。无论是春蒐、夏苗，还是秋狝、冬狩，都能看到天子王侯按时间节点在上林苑围猎的身影。

上林苑，位于长安郊外，地域辽阔，岗峦起伏，水系发达，渭河、泾河、沣河、涝河、潏河、滈河、浐河、灞河川流其中，不仅建有御宿苑、宜春苑、长杨宫、五柞宫等宫殿，还豢养放逐狗熊、麋鹿、野猪、野兔等动物，以供皇家狩猎。而负责上林苑管制的是羽林军。

皇上狩猎，可谓国之盛事。

成帝刘骜狩猎，选择的坐骑是汉武帝赐名的"天马"。相传，所谓的天马就是张骞出使西域时，乌孙王献给汉武帝的乌孙马。俗话说，人靠衣装马靠鞍。文文弱弱的刘骜，骑上"天马"，头戴战盔，身穿铠甲，立即增添了几分威武。然而，成帝依然是逡巡在队伍中，等背着羽箭的将士开路，然后才跃马前行。尽管麋鹿生性机警，但将士们发现它的踪迹后，迅速在它的活动区域四周插满了旌旗，形成布袋口状，并奔跑哄赶，让皇上在布袋口准备射猎。箭搭弦上，麋鹿出现了，成帝的箭"嗖"地射了出去。看到麋鹿在地上垂死挣扎，刘骜拿弓的手颤抖了一下。刘骜是第一次如此近距离地看到头脸像马、角像鹿、颈像骆驼、尾像驴的麋鹿。难怪，羽林军中称麋鹿为"四不像"。

"皇上圣明！吾皇威武！"

"皇—上—圣—明！吾—皇—威—武！"

将士中，不知谁先欢呼，现场立即沸腾起来。成帝刘骜表情有些僵硬，挥了挥手，也没有吱声，他扯了一把"天马"的缰绳，"踢踏踢踏"地走了。在强悍骁勇的将士面前,在弓、弩、矛、戟的交错中,在猎犬猎鹰的辅助下,刘骜还是体验到了驰骋围猎的快感。

而扬雄是第一次骑马连续跑这么长的路,屁股都抖麻了。皇上的"天马"一走,他的马打着响鼻,"咴咴"地叫着。

感官上的刺激,远远不能满足成帝刘骜的欲望。休整的时候,赵飞燕的曼妙身姿在太液池上场了,随着她翩翩起舞,刘骜是以玉环轻叩作伴奏。此时,他心猿意马,急不可耐,已经把练兵与游行为一体的狩猎忘得一干二净,满脑子里都是赵飞燕的玲珑俏丽,摇曳生姿,以及抱着一团燃烧火焰的交欢。在成帝刘骜的眼里,对女人,还有寻欢作乐,好比是另一种形式的狩猎。

或许,这只是成帝刘骜在上林苑狩猎过程中一个插曲而已。

## 12

整个狩猎过程的铺张,让扬雄感到震惊!他的所见所闻,只是成帝刘骜身边一条渠道的内幕,而整个朝廷又是怎样的奢靡呢?震惊之余,心中引发的是更多的忧心忡忡,以及惴惴不安。既然狩猎是皇家盛事,谁敢去异议和反对?转念一想,扬雄心中又释然了。

久违了,承明庐。扬雄在房间里关门闭户,调动所有的情思,恍若再一次回到了上林苑触目惊心的狩猎场景,他迅速进入了狂热的创作状态。扬雄作赋,要献给的是当今皇上。这一点,他无从回避,更无路可遁。面对特殊的命题,他心中五味杂陈。扬雄清楚地记得,大约在一百年前,司马相如曾随汉武帝在上林苑狩猎,创作了《子虚赋》的姊妹篇——《上林赋》。再次与司马相如先生进行跨越时空的对接中,扬雄只读到恢宏巨丽的文学意象,以及盛世王朝的气象,通篇气势虽好,却感到似乎还缺失了什么。如果,此次随成帝刘骜狩猎的是司马相如先生,他又将会如何去表达呢?能够借鉴的,扬雄都借鉴了。面对世态百象,能够嵌入的是皇恩浩荡。

问天?问地?不如问心。

孔圣人说,良药苦口利于病,忠言逆耳利于行。扬雄觉得以他现在的处境,忠言怎么去表达，应是智慧与技巧问题。他给自己列一个限度，下足功夫，做足功课，在形容狩猎活动盛大壮观与对皇家歌功颂德的背后，隐藏着对奢侈与扰民行为"讽"的成分。《羽猎赋》初稿完成，扬雄没有急于交稿，而是静下心来，认真细致地进行了打磨。毕竟，写下的是白纸黑字，大意不得。一旦，良苦用心成为授人以柄，弄巧成拙不说，后果将不堪设想。于是，扬雄最终选择绵里藏针，来表达一位文人对国家和百姓的殷殷之情。他期许的皇上，是防止奢侈而改变了狩猎计划，担心穷苦百姓而开仓济贫，开放皇家苑囿而供百姓享用，以及心怀江山社稷，处处为黎民百姓着想的圣君。

如果说，扬雄作《甘泉赋》时梦见自己五脏六腑流了出来，那么作《羽猎赋》是掏出了一颗真挚的心。

说实在的，王章事件，一直在扬雄心里有一道抹不去的阴影。那阴影里，似乎有一股暗流，明争与暗斗，贪婪与豪夺，暴力与杀戮，充斥其中。有时，他觉得如履薄冰。这也是他在意气风发的同时，小心翼翼的缘由吧。《羽猎赋》呈上去之后，扬雄心中还是有些忐忑不安。本来，扬雄对创作的过程是一种享受，而现在成了什么感觉呢？

是想哭想笑，又哭笑不得。

"皇上有旨，宣待诏扬雄觐见！"宦官那尖锐的嗓音又一次传来。

扬雄知道，成帝刘骜此次召见的，都是嘉奖参加狩猎活动的有功之臣。没想到，高潮过去了，最后还会轮到他。在参见成帝之前，扬雄还不能判断是喜是忧。一般，能够从成帝脸色的晴朗与阴沉猜出他的喜怒，但也有失灵的时候，刘骜几次借题发挥，大发雷霆，以泄解心中在统治上的压抑。皇上要找人撒气，是分分钟的事。刘骜发起飙来，脸上阴冷，挺吓人的。到头来，倒霉的还不是朝中个别的朝臣？

在《羽猎赋》中，扬雄描绘了一个太平盛世。当然，盛世离不开圣君。出乎意料的是，所有的溢美之词，成帝接受得心安理得。往往，明眼人对溢美之词都会保持警惕，会怀疑它的真实性，只有成帝刘骜坐在宫殿之上照单全收。

还好，成帝刘骜没有仔细去研读，或者说他阅读的眼力有些问题，只看到了《羽猎赋》的表象，不能发现，更透视不了文字背后的隐秘。成帝大加赞赏《羽猎赋》的时候，扬雄在想，若是皇上真的读懂了《羽猎赋》，那该多好啊！

若是这样,皇上就不会被溢美之词蒙蔽了眼睛。

尽管,扬雄这样的想法是荒诞的,但他还是禁不住想了。换句话说,只是一厢情愿地去想而已。成帝真要是发现了《羽猎赋》中有"讽"的意味,扬雄还有退路吗?不仅退路没有,连后路都会被拦腰斩断。

直到成帝封扬雄为"黄门侍郎",扬雄才缓过神来,他急忙跪拜道:"多谢皇上恩典!"至此,扬雄从一名待诏,正式成为皇帝的文学侍从。

黄门侍郎,即给事于宫门之内的郎官,是皇帝的近侍之臣。尽管是虚职,扬雄连想都没有想过。众所周知,汉代承接的秦朝的官制,所有的官吏不设品级,设的是俸禄等级,以俸禄多少石来表示官级的大小,而石是谷物的计量单位。比如:将相级是一万石,郡国级二千石,县级六百石至一千石,乡亭级一百石以下,而扬雄为黄门侍郎,俸禄是四百石,说明他还不到县级的俸禄。说实话,在未央宫谋生,扬雄需要这样的名分。没有正式的名分,见人遇事都特别别扭,现实的境况就是如此。同样的地点,同样的人,却把扬雄从梦中拉回到了现实。起码,扬雄求个心安理得。原来,父母健在,扬雄似乎没有认真去考虑过这样的问题。父母在,他永远都是孩子。父母辞世了,他就成了家里的老大。前面的路怎么走,连个把关的人都没有了。虽然,他没有同妻子陈氏谈过类似的话题,但说不在乎,那是违心的假话。

是人,都要面对世俗生活的一面。扬雄也回避不了。

熬了这么多天,绷紧的神经终于松了下来。扬雄想,接下来应该静心读自己想读的书了。他午饭都顾不上吃,就去了天禄阁。不巧,不仅没有看到刘向先生,连刘歆兄也不在。

凛冽的风,继续吹。树,比风还招摇,在披头散发地狂舞。扬雄伫立在天禄阁门前,宛如一尊风中的雕像。

# 第六章　错位的爱

## 1

废了京兆尹王章，大司马王凤纯粹是杀鸡儆猴，做给朝中大臣看。进一步说，王凤也是给成帝刘骜施压，说明他的地位是不可动摇的。然而，王凤再怎么强势把持朝政，再怎么倚老卖老，还是没有时间消受。但，王凤有一个最好的结局，就是实现了自己的夙愿——他生前力荐王音接替自己的宝座。王凤病逝后，王音顺利坐上了炙手可热的位置，接任了大司马大将军领尚书事。

那么，王凤与王章之间的芥蒂从何而起呢？定陶王刘康是成帝刘骜同父异母的弟弟，有一年他到长安，入宫朝见皇上，兄弟之间交谈甚欢。想想，皇上是"孤家寡人"，能够与他推心置腹的几乎没有。于是，成帝动议刘康留在京都王府。一旦，刘康长期留在长安，王凤第一反应是必将会给自己构成威胁。王凤是个有心计的人，他趁着日食上奏："启奏皇上，天际浩瀚，日食天象，此乃阴盛阳衰的征兆。虽然定陶王是皇上的亲人，但他有自己的封国，应当回去谨守。若要留在京城，肯定违反了正道。"王凤瞄了一眼皇上，继续奏道，"启禀皇上，天象乃征兆，千万不可小觑，理当送定陶王回他的封国。"天象，无所不能。理由，环环入扣。面对王凤这样的奏请，即便是皇上，他也无法挽留自己的弟弟。满朝大臣，没有人察觉王凤奏请的动机，能够洞穿他心思的只有王章。本来，王章是密奏指斥王凤弄权，没想到得到的结果竟然是逆转——尚书靳申奏请弹劾王章。耿直，不畏强权，是王章的性格。实际上，王章早年还得到过王凤的提携，有些大臣把他归为王凤的羽翼。连王章都入狱了，谁还敢腹诽王凤呢？

刘向先生忆起当年的情景，还历历在目。当时，刘向先生闪过的一个念头就是，王凤在拿日食天象胁迫皇上。想想，王章触碰的不只是王凤一个人，而是包括太后王政君在内的王氏外戚集团的利益。天象，是一个神秘莫测的未知世界。外戚集团的势力，也是无处不在的。只是，刘向先生无法预知，事态会发展得如此严重。这也是导致刘向先生对朝中政事心灰意冷的主要原因。

皇权也好，王氏外戚集团的势力也罢，这都是以未央宫为中心向天下扩散的。由于王音、杨庄等人的推荐，还有皇上的倚重，刘向先生是看着扬雄一步步从外围走向中心区域的。虽然，扬雄是一位儒生，或者说是一位墨客，却不失文人的风骨。这一点，从《甘泉赋》《河东赋》《羽猎赋》中都可以隐约读出。恰恰，这也是刘向先生担心的地方。在权势面前，要想成为一位有风骨的文人墨客太难了。

惊蛰这天，刘向先生有意支开旁人，郑重其事地对扬雄道："孔圣人说，富贵不足以益，贫贱不足以损。对一个做学问的人来说，清贫与寂寞，兴许是一件好事。怕就怕守不住清贫，耐不住寂寞，误入歧途，为了取悦与封赏去做学问。当然，那样的东西，也不能称作学问。老子在《道德经》中说的'祸兮福之所倚，福兮祸之所伏'，也就是阐明对待顺境与逆境的道理。"扬雄听得出，刘向先生话里有话，在敲他的边鼓。他感激地望着刘向先生道："先生谆谆教诲，我将铭记在心。求荣华？求心安？我当然求后者。往往，欲壑难填，节制尤为重要。"刘向先生点头道："一个人难能可贵的是，能够认清自己与外界的分际，辨明名与利，以及荣与辱的界限。你能够这样想，我就放心了。明枪易躲，暗箭难防。本来，是想与你说说在宫中为人为文的事，看来是我过于担心了。"刘向先生踱着步，神情凝重，忧心忡忡，继续道，"本以为，眼不见将为净。偏偏，宫中许多为人不齿的事让我看到了。受人诟病的事，竟然有那么多的唱和者。宫中的局面，不容乐观啊！"

163

对刘向先生所说的宫中局面,扬雄不知道具体指什么事,也不好问。刘向先生说得如此含糊,又如此忧心,应是他无法逆转的大事。

"轰隆隆",天空的雷声,好像是从皇帝寝宫的方向传来的,引起了刘向先生一阵长吁短叹。

见扬雄不作声,刘向先生揉了揉眼睛道:"陈农特使收集书籍相当卖力,还动员了不少地方官吏参与到行动中来。听他说,在冀州、兖州、凉州一带,从民间收集了一些书籍,还发现了文本不同的《晏子》,品相都不错,明天一起去天禄阁看看。"一听新收了书籍,扬雄眼睛闪亮,连忙道:"好呀,好呀!我明天一早就过来。"刘向先生并没有去看扬雄,只顾着自己在案前摊开绢本的图集。

又是一阵滚地的雷鸣。雨的脚步,像是跟着雷鸣来的。扬雄与刘向先生被狂风暴雨困在了石渠阁。

## 2

生活的轨迹有了正常的延展,扬雄心里觉得踏实了许多。相比承明庐其他人,扬雄入宫时间不算长,名气却不小。平时,他稳重得体,寡言少语,很少与承明庐的人交往,习惯了独来独往,无形之中增加了神秘的色彩。

潜意识里,扬雄感到承明庐的人对他的态度发生了根本性的变化,虽然没有到大家一起嘻嘻哈哈的程度,但见面说话平和了,褪去了开始那种趾高气扬的腔调。想必,这是承明庐的人为人处世的路数吧。按扬雄的脾气性格,他倒是不以为然。他认为,一个人一旦喜欢端着摆着,那都是外在的,与出风头没有什么两样。而一个做学问的人,境界应是散淡的,刻苦的,锲而不舍的。最好是,能够像登山者一样去努力攀登,那无限的风光是在险峰。

而生活中的事,随心就好。

当然,也有为难的时候。王音先生的属吏在承明庐转了一大圈,才找到扬雄,说是请他后天去王府赴宴。扬雄一听,眉头就皱了起来,想王音先生现在位高权重,已经位列三公了,还派人到承明庐来邀请赴宴,远远不只喝酒吃饭这么简单。若是没有听说他和王章先生之间的事，扬雄肯定会去，但知道了，心里总有一个疙瘩。

"呵，请代我谢谢王音先生。不凑巧，撞着日子了，先前答应了朋友，已经有了安排。"扬雄尴尬地拱手道。话一出口，不知道王音先生的属吏察觉没有，扬雄自己都觉得一开口说谎就特别别扭。

王音先生的属吏"哦"了一声，拱拱手，转身回去复命了。

隔壁房间的张弛，嘴巴像上了弦似的，"啧啧"声不断。他羡慕道："天呐，扬兄好大面子，连大司马都出面宴请。以后呀，扬兄得多牵带兄弟才是。"张弛来自鲁县，"明经"入仕，成了皇帝身边的议郎，为光禄勋所属的郎官之一，比扬雄早进宫三年。

"小弟何德何能，那都是场面上不搭界的事，即便有时间去，那也是滥竽充数，让张兄见笑了。你我相处这么久，你又不是不了解我。同处一个屋檐下，还望兄长多关照。"扬雄拱手笑道。

"嗯，大司马宴请，有的人争着挤着都来不及了，不排除还有找机会笼络钻营的，扬兄倒好，推了。刚才我还以为听错了呢。"张弛浓眉大眼，性格开朗，心却细密。

扬雄拒绝去王府赴宴，第一想法是不想陷入一些人事的瓜葛，或者一些人事关系之中。扬雄觉得自己的想法，没有必要去和张弛说开，即便，他是扬雄在宫中接触较多的相同年龄段的人之一。弄不好，他会冒出一些稀奇古怪的话题，以及无缘无故的疑问。扬雄像突然恍悟过来："看我这记性，与朋友约好的事，一打岔，差点忘了。"

对于扬雄迅速跳开话题，张弛仿佛习以为常。况且，扬雄刚刚谢绝王府的属吏，也是同样的理由。这样说来，也没有什么不妥。扬雄意识到张弛心里是有疑惑的，他也想不出有更好应付的理由。看着张弛转身，他才松了一口气，不紧不慢地离开。

人与人之间，关系意味着距离，关系密的，就处得近，关系疏的，无疑就隔得远了。寻常过日子，几年不见面，关系如故的也有，但不多。趁着回郫县白鹤里探亲的机会，扬雄在成都拜访了李弘先生、刘祺夫妇，看望了雪梅姨。尤其，在平乐山见到君平先生，勾起了扬雄心里的一些旧事。那年，父母相继辞世，君平先生帮忙选墓地，他是没有回到平乐山，又折回白鹤里。当时，扬雄的脑中是空白的，他也没有心思与君平先生交流。丁忧守制过后，也没有能够上平乐山拜访君平先生。很明显，经过丧父丧母之痛，扬雄发觉自己心理年龄与实际年龄不成正比了。想想，心里都愧疚。好在，听说这么多年，君平先生隐居平乐山，气场还在，慕名上门听课的人络绎不绝。

"他们能够在平乐山听先生讲课，那真的是一件幸福的事。看到他们，不禁想起先生给我们授课的情景。"扬雄看了看堂前的儒生，崇拜地望着君平先生说。岁月似乎没有让君平先生的容颜发生变化，鹤发童颜，身上反而多了仙风道骨的味道。

"那是你的想法，但愿也是他们的想法。当然，也不排除个别人听了会懊恼，因为他的兴趣点根本不在这里。你的《甘泉赋》《河东赋》《羽猎赋》，我都认真读了，还是值得肯定的。然而，我要说的是，如果每一篇辞赋过分强调辞藻与修辞，内容就会受到掩饰，或者遮蔽，就会出现形式重于内容的现象，那是不是舍本逐末呢？创作辞赋与做学问一样，都是不断探究的过程，有时甚至要有勇气否定自己，只有不断否定自己，才能有超越自己的可能性。换句话说，只有超越自己，才能有脱胎换骨的机会。"君平先生啜着茶，慢条斯理地道。

创作《羽猎赋》之后，有很长一段时间，扬雄都在反思，这样的创作路子能否发生改变，是否在为赋而赋呢？当局者迷，旁观者清。君平先生一席话，彻底疏导了他心中的迷惑，让他真正明白了一个朴素的道理。扬雄道："先生的剖析，是为学生指点迷津了。"

"话又说回来，要想取得一点实质性的突破，不断来否定自己，那真的不是一件容易的事。关键，不仅不能强求，还要顺应人与自然的规律。既然不能强求，也就不必去苛求了。看得出，你用心良苦，在赋中藏着锋芒，想努力证明着什么，揭示什么，那又如何呢？而最终，能够解决那些问题的不是别人，是皇帝自己。想那元帝时期，刘奭对琅琊大儒贡禹委以重任。元帝召见，贡禹献计献策就从缩减皇家开支着手，没想到刘奭就采纳了，先后撤销了上林苑饲养观赏飞禽走兽的机构，直接把宜春苑的土地交给当地百姓耕作，还解散了甘泉宫的宿卫军。还有，以明经擢谏大夫的韦玄成，他针对不合乎礼制的郡国庙问题，联合朝中七十一名儒学官员联名上书，要求废除郡国庙制度，最终也被采纳。"君平先生端起杯，没有喝，而是在闻着氤氲的茶香，说，"相传成帝即位时，儒生出身的丞相匡衡，他就上书奏请要求罢废皇室的远亲陵寝，废掉景帝庙，增添元帝庙，以成儒家七庙之制，也得到了皇上的采纳。丞相匡衡的奏请，当时是巩固了贡禹的成果。至于后来在执行过程中出现了什么问题，就不得而知了。"

与百姓的疾苦相比，皇家的奢侈浪费是荒诞的。那种荒诞，似乎超过了荒诞本身。如果扬雄没有随成帝出行，他根本无法去想象那种奢华的程度。扬雄望着君平先生道："我懂先生的意思，也会谨记先生的教诲。许多问题，对象不同，选取解决问题的形式与途径也会不同。弯路走多了，总会找到捷径。"

堂前的儒生还在等着君平先生授课，扬雄没敢多留，起身告辞。君平先生道："候强在益州郡任录事掾史后，与他父亲一起到平乐山来看过。他患得患失的样子，好像性格变化好大。我一贯相信自己的直觉，总感觉到他是熟悉的，又是陌生的。纨绔？儒生？官吏？都沾边，又都不像。"扬雄苦笑了一下，道："先生还见过候强，我去长安之后，他是神出鬼没的，到现在还没机会见到他呢。可能，他有他的苦衷吧。"君平先生"哦"了一声，就不说话了。

平乐山的初夏，阳光任性，新叶勃发，山花烂漫，流水潺潺。尤其，那漫山遍野的板栗树，花期正盛，白白的，毛茸茸的，清香四溢。景色再好，也留不住扬雄的脚步，他急着赶去家中与妻子儿子团聚。

3

"爽儿，叫阿爹，叫呀！"陈氏笑吟吟地教儿子。

扬爽晃了晃脑袋，怯生生地看了扬雄一眼："阿——爹——阿爹！"

"哎！"扬雄与妻子的目光一同落到了儿子身上。他一把抱起儿子，"哟嗬""哟嗬"地欢呼着，旋转了一圈又一圈，直转得儿子"咯咯"大笑才罢休。

陈氏接过丈夫的包袱，扬雄就把儿子骑马叉似的骑在了自己的肩膀上。扬爽更兴奋了，叫着，嚷着，笑得前俯后仰。王婶看到扬雄一家的欢乐劲，情不自禁地流下了高兴的眼泪。扬雄看到王婶笑出了泪水，感谢之情溢于言表：

"婶，她们母子在家，爽儿当时正是嗷嗷待哺，让你费心了。"与王婶说话时，扬雄深情地瞥了妻子一眼。自父母去世后，家是陈氏支撑着，她既当爹，又当娘，确实不容易。王婶抹了一下眼角的眼泪，笑道："傻孩子，一家人不说两家话。看到你有出息，婶心里高兴还来不及呢。如果你父母在世，看到你们今天的样子，那嘴都会笑得合不拢。"陈氏扶着王婶，笑了笑，道："是呢，我是没心没肺的，稀里糊涂过日子。若不是王婶帮衬照应，这日子都不知道怎么熬过来。"王婶佯怒道："你们再说客气话，见外了不是，我真的生气了。"

到了家门口，王婶揉了揉太阳穴，叹道："唉！岁月不饶人。上了岁数了，辛苦一点，脑袋就经常发晕。改天，不，就明天晚上，婶做你喜欢吃的米糕，还有你喜欢吃的腊排骨，让老三回来陪你吃餐饭。我那老三呀，拖儿带女的，在郫县做点小买卖，也是忙得团团转。种田的人，靠天吃饭。做买卖的，靠人吃饭。记得不，就是与你从小一起长大的老三？"扬雄笑道："忘不了！想想，小时候的事都似乎在眼前呢。那时懵懂，一次在江安河的碣头捞鱼，我和老三都被水冲下了石碣，要不是在河边放牛的根伯，后果真的不堪设想。婶，还是身体要紧，你就别忙乎了，和老三过来吃吧。"

"那怎么行呢？嫌弃婶了吧。婶怎么说，你就怎么听，如何？"王婶瞄了陈氏一眼，嘀咕道："对了，老三和你不会有什么隔阂吧？好像一谈起你，厌烦着呢。"

扬雄愣住了，想了想，疑惑道："没有啊，是不是老三遇到了什么不顺心的事？要不，会不会是因为上次他让我帮忙引荐郫县的候慕给杨庄兄的事？我都当面跟他们说清楚了，应该不会不明事理呀。"

"死要面子的人，说不定呢。"王婶面上的笑容淡了下来，嘟囔着走了。

家里一下子多了一个人，扬爽显得莫名的兴奋，上蹿下跳，手脚都没停歇。也不知道过了多久，扬爽终于玩累了，一身汗津津地睡着了。"睡吧。"陈氏吐了两个字，很轻，就像她的体香一样飘逸。似乎，扬雄的气息都能够带动雁鱼铜灯火苗的舞蹈。火苗蹿了一下，又蹿了一下，扬雄索性吹灭了。

窗外，一阵阵的蛙鸣。

第二天下午，扬爽听说有好吃的，就早早地去了王婶家。

家乡味蕾的记忆，仿佛都集中在一碟水粉的米糕，以及一碟腊排骨上——

米糕软绵鲜香，腊排紧实味重。尤其那腊排骨沾肥肉边的部分，有了一丝丝的豞味，正好与排骨瘦肉的腊味相搭，称得上是绝味，仿佛由内而外散发着时间贮藏的味道。扬雄觉得，米糕与腊排的味道，不仅随时能够唤醒味蕾，还有家乡往事的记忆——味道里，是村庄的时节，是父老乡亲的亲情。想必，村庄"四时八节"最吸引人的，莫过于父母与长辈烹制的美食了。讲究礼数的人家，蒸出的第一锅米糕并不是家里人尝鲜的，而是端着往外送，送给长辈和邻居品尝。这样的米糕，既是特色小吃，亦可作为主食。在郫县，乃至成都一带，还有一种米糕是干粉做的糕点，便于携带和馈赠亲友。

许是老三没有到场，王婶心里不痛快，她数落了儿子几句，就坐在边上看扬雄一家吃。扬雄见王婶默不作声，搁下筷子道："婶，你不吃，我们也不吃了。"王婶眼圈红了，道："看着你们吃，婶心里香着。我说……"王婶欲言又止，转身去了灶台。陈氏道："你看着爽儿，我去搭把手。"

不一会儿，扬雄听到锅里爆油的"哔啪"声，还有王婶与陈氏的嘀咕声。

王婶家的黑狗年幼，据说不满一岁，头部偏小，毛色黑亮，却通人性。它趴在地上，目不转睛地盯着扬雄手中的骨头。扬雄拿了一块脆骨喂，黑狗快活地叫着，"咔嚓""咔嚓"，两口就下了肚。扬爽看到父亲喂骨头，就从碟子里拿了一块腊排骨直接递上，黑狗嗅了嗅，并不领情，它摇着尾巴，撒着欢，摇头晃脑地走了。扬爽下意识地看了看父亲，又望了望黑狗，一脸的迷惘，就把腊排骨塞进了自己的嘴里。扬雄心想，村庄的狗，不像上林苑豢养的狗，没有笼子关着，也没有绳系着，自由自在，多好。

王婶的菜还在锅里，白鹤里的乡亲听说扬雄衣锦还乡，都陆续来道贺，一个个有说有笑的，扬雄应接不暇。王婶呢，恨不得多长一张嘴，一个个打招呼。根伯咳了咳，扯着嗓子道："真的应了那句俗话，老来得子，必有神童。这不，雄儿读书都读到皇宫里去了，成了皇帝身边的读书人。这可不仅仅是扬家风光的事，也是村里有史以来破天荒的大事。"

根伯一番话，像一根引线，乡亲们纷纷应道：

"谁说不是呢，雄儿从小就会读书。"

"真的厉害，扬家祖上有德，祖坟冒烟呢。"

"有那么一天，雄儿功名成就，可别忘了造福桑梓。"

"在皇帝身边做事，认识的人多，门路广，有机会要多牵带家乡人呐。"

……

面对父老乡亲的说辞，扬雄都不知道怎样回话了，只有笑呵呵地拱手示礼。乡亲父老说得越多，他心里感到越不安。甚至，连老三是什么时候进屋的，他都没有发觉。扬雄投去征询的目光，老三好像若无其事，笑了一下，笑得有些勉强。扬雄怕老三因为候慕的事有什么不痛快，本想宽慰几句，想想他勉强的笑容，还是算了。

## 4

扬雄还没有回到未央宫，汉成帝身边已经乱成一锅粥了。起因是许皇后的姐姐私下里使用巫蛊之术，诅咒后宫有身孕的妃子。而抓到这一把柄进行告发的，是赵婕妤——赵飞燕。虽然，后宫一直没有平静过，但这无疑是"起火"的前奏。

从入宫做宫女，到皇上临幸封为婕妤，赵飞燕凭的是姿色，却还是一步步走得艰难。许皇后姐姐的把柄一旦落在了赵飞燕手里，她绝对不会错过这样巩固自己地位的机会。人生的关键时候，往往是前后一步之遥。对于赵飞燕来说，她除了身体的资本，其他没有一样可以输得起。成与败，对于双方来说，都是致命的。

王太后做梦都在想着抱孙子，而堂堂皇后的姐姐如此龌龊，竟然想让皇上"绝后"。"恶毒！变态！彻查到底！"王太后气得咬牙切齿，声音近乎吼叫。

放蛊诅咒，又与隐形的杀手有什么两样呢？

许皇后姐姐的荒唐举动，等于是在太岁爷头上动土，不仅引火烧身，还给许皇后种下了祸根。在这样以下犯上的事件中，知情与不知情已经不重要了，重要的是如何避免受到株连。然而，唇亡齿寒，太后下诏废掉了许皇后，打入长门宫，也就是所谓的"冷宫"。同时，许皇后家族在朝廷有一官半职的全部被罢免，并驱出长安。

一个显赫的家族，就这样彻底败落了。

这一次清查，充分显示了王太后超强的掌控能力。

而赵飞燕为了保住自己的资本，取悦于皇上，更是下了狠劲。她每天在昭阳殿吃秘制的丹药养颜催情。是药三分毒，赵飞燕万万没有想到，她每天吃秘制的丹药，竟然落下了不孕不育症。不能生育，皇上无后，问题的症结并没有解决。在关键的时候，在成帝身上，赵飞燕上了双保险，她把自己如花似玉的妹妹献给了皇上。

这是爱，是怂恿，还是算计呢？

赵飞燕妹妹的名字有些男性化——赵合德，人却长得貌美如花，一如出水芙蓉。与赵飞燕的骨感柔媚，能歌善舞相比，她却凹凸有致，水润嫩滑，而且善饮、娇柔，仿佛导入的是另一种波澜起伏的风光。同是姐妹，风情却殊异。成帝与赵合德颠鸾倒凤之后，春心荡漾，沉溺而不能自拔。

许皇后被废，给了赵飞燕千载难逢的机会。成帝正在兴头上，想封赵婕妤为皇后，可赵飞燕出身卑微，在王太后那里卡住了。刘骜进退两难的时候，卫尉淳于长出现了。掌管皇宫禁卫的淳于长，既是成帝的宠臣，也是王太后的外甥。他出面做中间人，从中斡旋，事情就有了转机。趁王太后松口的时机，淳于长给皇上出了一个主意——封赵飞燕父亲赵临为成阳侯，一下就把赵飞燕的身份问题解决了。果然，两个月后顺利封赵飞燕为皇后，赵合德为昭仪。

这一年，是永始元年，成帝刘骜已是三十五岁。

在宫里，最容易建立，也最容易失去的，应该是与皇上的肉体关系吧。刘骜有了赵合德，赵飞燕就随之被冷落了。刘骜为赵合德不惜血本，在昭阳宫中另辟寝宫，朱漆玉砌，镶铜描金，奢华无比。就在刘骜与赵合德耳鬓厮磨的时候，曹氏宫人为他产下了皇子。这一消息，对于赵氏姐妹来说，俨如晴天霹雳。若是皇子在，曹氏宫人直接威胁着她俩的地位。宫女生皇子，也不是曹氏先列，早在一百多年前，宫女就为惠帝刘盈生了六个儿子。赵氏姐妹心生歹意，不仅派人将曹宫人毒死，连她的奴婢也没有放过。皇上的骨肉呢，也不知所踪。

与刘骜提皇子的事，无异于羞辱皇上，况且，背后操纵的黑手是赵氏姐妹。谁提，还不是等于找死？

有一点可以肯定，曹氏宫人至死都不会抛弃自己的儿子，而皇子的失踪无疑成了赵氏姐妹的一块心病。活不见人，死不见尸。成帝与王太后，君临天下，天下一统，却在他们眼皮底下失去了骨肉。怨谁？怨曹氏宫人，她死了。怨奴婢，她们也死了。是侍卫失察？肯定脱不了干系。总不能把宫中侍卫的头都砍了吧。何况，负责皇宫禁卫的还是淳于长呢。其实，这个时候，刘骜最恨的有一个人，那就是他自己。

听到这些荒诞的事，扬雄心里不免吓住了。然而，他不知道是通过口耳相传，有了加工渲染的成分，或者传播过程中走了样，反正，听起来过于荒诞。无法理解与厘清的是，这些也算得上未央宫里的秘事了，在长安城怎么会传开呢？而且，时间、地点、人物，甚至过程都有板有眼，言之凿凿。

扬雄与杨庄一起喝茶，按捺不住说到了宫中的传闻。杨庄那疑惑的眼神，足以将扬雄困住。杨庄抿了一口茶汤，没有立即吞下去，而是长时间地含在嘴里，最后合上眼睛，再慢悠悠咽了下肚。杨庄仿佛刚刚醒来一样，道："人言为信。可有些时候，不可信的也是人言。因此，信的前提应是诚。若是说话听话的人没有诚心，还信什么呢？而有的时候，信与不信，不在别人怎么说，而在自己怎么听，怎么去判断。在《诗经·卫风》中，不是有'总角之宴，言笑晏晏。信誓旦旦，不思其反'吗？而那虚情假意的男子，也就是氓，他又是以怎样的信誓旦旦欺骗了温柔多情的女子呢？"扬雄苦笑了一下，道："杨兄的意思我懂。可是兄弟之间，没有必要这么深沉吧。按照这样下去，我真的拿你没辙了。"杨庄依然抿着喝茶，压着嗓子道："扬兄，许多事呀，懂与不懂，也是相对的。既然，那么多的宫中秘事都能够传出去，谁敢保证兄弟的谈话没有人听到呢？"扬雄盯了杨庄一眼，又看了看前后左右，觉得身上鸡皮疙瘩都起来了："莫非真有传说中的千里耳？那可不是隔墙有耳这么简单了，弄不好隔着宫殿都能够听到。"杨庄把茶杯放在案上，看了扬雄一眼，不以为然地道："能够知道这些秘事，而且能够传出来的，应该是口味重、有想法的人。你我是兄弟，谋生不易，冷暖自知。像这样的事，多说无益，少说无害。"

扬雄点头称是，出门撒了泡尿。等他回来，炭火灭了，剩下一炉灰烬。掀开壶盖，扬雄见还剩下小半壶茶汤，自嘲地笑了一下，并没有说话。杨庄好奇地问："笑什么呢？捡到笑料了？说来听听。"扬雄摇摇头，道："没什么。脑袋中，恍惚刚才的过程出现过。"杨庄望着扬雄，好像看不透的样子，道："或许吧，说明你有先知先觉。"扬雄右手提壶，左手掩着壶盖，均匀地续着茶，道：

"哪有这么玄乎,只是忽然之间的感觉罢了。"

壶中的茶汤喝光了,杨庄与扬雄的肚子也咕咕叫了。说话间,住隔壁房间的张弛走了过来,邀他俩一起去喝酒。扬雄微笑地望着杨庄,显得为难。杨庄道:"我就不去了,晚上还有事。"张弛嘻嘻一笑,不留商量的余地:"来了一位老乡,又不是特意的,只是聚一聚而已。就在横门附近的酒肆,误不了你的事。"如果再坚持不去,就显得不近人情小家子气了。扬雄连茶壶茶杯都来不及清洗,就和杨庄随张弛出门了。

张弛豪爽,酒量也好。第一次坐在一起喝酒,他礼貌酒敬过之后,就不勉强扬雄和杨庄了。而他的老乡刚到长安入太学,却频频举杯,再三表示敬意。要不是杨庄有事,真的没有拒绝的理由。想想,张弛与他老乡能够从鲁县走到长安,称得上是儒生中的骄子了。几杯酒下肚,没想到张弛的老乡在太学上学,也有不称心的事,说是教学的博士对学生有偏心,不会一碗水端平。甚至,在课外还有专门辅导的。同乡之间,话越说越多,酒也就越喝越多。张弛与老乡喝酒,都不用人劝,端杯,仰头,干了,再满上,称得上豪爽。杨庄、扬雄出于礼节,每人敬了一下表示意思,一看张弛,他连杯干,喝酒都能喝出侠气来。转眼看他同乡,已经有了酒兴。如果杨庄和扬雄掺和,这酒真的不知会喝出一个怎样的状态。

生活中,世俗的,繁杂的,若是能够消融在一杯酒里,那该多好。

## 5

废除皇后,曹氏宫人之死,皇子失踪,这一连串的事,对于成帝来说,无疑都是精神上高强度的刺激。是啊,若是一般人遇到类似的事,根本受不了,必定心急如焚,可刘骜倒好,还是老样子,照样吃喝玩乐。有时,连在未央宫宣室上朝,以及前殿朝会诸侯群臣都免了。从这一点看,他要么是冷血动物,要么是内心足够强大。一天少了感官上的刺激,刘骜就感觉有些腻着,好像提不起精神。原先,卫尉淳于长不时带着皇上乔装出宫,以游山玩水的名义去寻欢作乐。而如今,王太后像阴影一样在长乐宫罩着,很难走动了。不仅如此,赵氏姐妹相当敏感,噘着嘴,扭着身,与皇上撒娇,有一点风吹草动都纠缠不清。

当然,这些都是成帝暗地里的私下活动。也就是偷偷摸摸,见不得光的。而皇帝名义上的事,只要王太后不插手,他就肆无忌惮,谁也挡不住。卫尉淳于长从一出道,始终是贴着皇上走的,他最懂得刘骜的心思了。两人一拍即合,想出了一个让人瞠目结舌的"长杨观猎"活动。长杨观猎,等于是上林苑游猎的一个补充。长杨宫,原本是秦朝时的旧宫,到了汉代经过整修,成了皇家游猎的场所,专门设了"射熊馆"。在长杨宫圈定的范围内,有一片数百亩的杨树林,依山势而长,树高林密,溪流蜿蜒,人迹罕至,生态环境适合动物生养栖息。说是杨树林,中间也夹杂着槐树、椿树、榆钱、皂荚、合欢、柏树、青檀、五角枫。何为观猎呢?即观赏"人兽肉搏"。这种破天荒的事,也只有是皇上刘骜与卫尉淳于长想得出来。换了别人,这种劳民伤财的事连想都不敢想。

经过几次随皇上出行,扬雄看得出随行人员与活动安排都是模式化的,什么大臣陪同,侍卫多少,包括后勤保障,以及出行线路,都经过了周密的安排。扬雄感到欣慰的是,此次随行观猎,杨庄兄也位列其中。杨庄的身份没变,依然是皇帝的"值宿郎"。与他同期入仕的,都已升迁,被委以重任了。

去长杨宫时,正是秋收时节,绵延数百里一律停止收割。沿途百姓是敢怒不敢言,只有在暗地里骂娘。成帝身边,铁骑如桶,他根本感受不到百姓愤懑的情绪。春种秋收,百姓一年的收成,就因为皇上的观猎化成了泡影。人兽肉搏的选手是来自西域的斗士,而兽是皇家在长杨放养的猛兽,用槛车运载。似乎,远远地就能够感受到紧张血腥的气息。

来自西域参加人兽肉搏的斗士,毫无例外地赤着脚,裸着上身,他们集结一起,围着熊熊燃烧的篝火,唱着,跳着,最后是合掌祈祷着。他们嘴里念着的,是否是神灵,抑或他们先祖的名字呢?

"咚咚""咚咚咚",随着鼓声擂起,人兽肉搏拉开了帷幕。第一个上场的西域斗士身体壮实,脚下生根,他以静制动,面对凶猛而来的狗熊,飞腿挥拳。可狗熊身体粗壮,皮厚肉紧,似乎被斗士的拳脚激怒了,"嗷"的一声,脚掌尖利的爪钩立即把斗士的腿上撕开了口子,紧接着又起掌向他的面门劈了下去。在一阵惊呼声中,只见斗士一个侧闪,双手直接死死地抓住狗熊的前脚,一阵猛踢。最后，狗熊倒下了。

斗士一瘸一拐地离开现场的时候，身上还在流血。扬雄仿佛能够感觉到斗士伤口撕心裂肺的疼痛。

第二个上场的斗士，就没有先前的幸运了，一上场就被扑上来的棕熊撕裂了臂膀，他左躲右闪，拼死搏斗，还是倒在了血泊之中。场面极其残暴、惨烈，风中似乎飘着血的腥味。鼓声，呐喊声，还在助威，而一位位英勇的斗士依然在上场。扬雄对一位矮个子斗士印象深刻，他应是身怀绝技，内功深厚的，能够临危不乱，对着扑上来的棕熊脑袋飞身起掌，一掌毙命。而其他的，结局可想而知，必定是兽死人亡，或者两败俱伤。能够幸存的斗士，轻伤者成了熊猫眼，伤口流血不止，重伤的则皮开肉绽，缺胳膊少腿。那些惨败的斗士，血肉模糊，奄奄一息。带着栅栏的斗兽场，一如地狱。而成帝刘骜与卫尉淳于长，居高临下地俯视着，兴奋异常，忘乎所以。

以残暴、血腥为乐，完全颠覆了扬雄对观猎活动的认识。他根本琢磨不透皇上的脑中在想什么。是心理变态？扬雄被一闪而过的疑惑吓了一跳。这是犯大忌呀！如果，这点心思被皇上看穿了，那将引来的是杀身之祸。扬雄鞍前马后，累得够呛。他受不了现场血腥的场面，头有些晕眩。好几天，扬雄见不得红色和荤菜，一见就吐，连胆汁都吐了出来。出现的症状，比水土不服还严重，人像脱了水一样，头重脚轻，四肢无力。他知道，身体的紊乱，主要是来自心理的反应。从记事起，扬雄头一遭遇到类似的状况。同行的不说，他自己都觉得狼狈。

这一次观猎，等于要了扬雄半条人命。

杨庄忙前忙后照应着，又是叫人熬粥，又是送水果，每次总是来去匆匆。即便能够歇一会儿，也是一脸低沉，默不作声。

扬雄边喝粥边问："杨兄忧心忡忡的，是谨言慎行呢，还是心里有事？"

杨庄内心如潮翻滚，却能够保持一脸清静，道："不说也罢，扬兄心里应该比我更清楚。想想观猎之事，都会不寒而栗。"

扬雄感慨："是啊，没有想到观猎活动如此惨不忍睹，触目惊心。照此下去，先帝在百姓中树起的形象，将毁于一旦。"

杨庄看了扬雄一眼，皱起眉头道："没有必要把脖子放在刀口上，敏感的话题还是少说为好。弄不好，捅了窟窿都不知道。若是目光只看到当前，肯定会满脑子的郁闷。记住，我们要把目光放远，去向往未知的明天，还有未来，那才有意思。"

扬雄心里清楚，杨兄所担心和纠结的，也是自己焦虑与茫然的。毕竟，是在皇帝身边做事，每一个人都要绷紧每一根神经。对于在皇帝身边做事的人，有一句话是要铭记于心的，那就是"伴君如伴虎"。

明天，以及未来，愿景又在哪呢？

整个观猎的过程，扬雄心里憋了一肚子怨气。心里有怨气，忍气吞声，只能是越忍越胀。即便肚量再大，也有爆的时候。所谓真人不露相，那是对有智慧有实力的人而言。扬雄自认不是真人，但也不是唯唯诺诺的庸人。然而，他不能把怨气写在脸上，更不能找皇上直通通去说。一天上午，扬雄在承明殿遇见卫尉淳于长，他差点说漏了嘴，反应过来，倏地住了口。看上去淳于长斯斯文文的，却是皇上身边极有心计的人，跟他讲话，扬雄觉得脑袋还是过滤一遍好。与淳于长一说，他无疑会传到皇上的耳朵里。到那时，真的是哑巴吃黄连——有苦说不出。好在，淳于长好像没有听仔细，或者压根儿就没听，对扬雄戛然而止的话语，也没有觉得有什么不妥。

"盖闻圣主之养民也，仁沾而恩洽，动不为身……"扬雄在《长杨赋》中，设定了"子墨客卿"与"翰林主人"两个人物，并以对话的形式展开，旁征博引，列举了高祖的为民请命，文帝的勤俭守成，武帝的解除边患，进行颂古鉴今，尤其议论凌厉，讽谏齐下，还是在笔端吐露了他的忧愤之情。他耗尽心思，寄希望心目中的圣君，应是心怀天下，励精图治，文工武治，能够对黎民百姓普施恩泽的。

结果呢？在成帝刘骜眼里，扬雄的《长杨赋》，根本不及赵合德的一句耳边风，以及她身体的一次酬唱。

扬雄想安慰自己，却找不到安慰的方式。

## 6

这一年，长安的冬天有些漫长，好像入冬出冬脱离了节令时序。冻土拱起，冰雪持续，一派萧索。扬雄对创作辞赋的热情也降到了冰点。厌烦，抗拒，绝望。扬雄在准备放弃创作辞赋的过程中，情绪是交织的，忽然有窒息之感。曾经，他对能够创作一篇辞赋佳作感到荣耀。而如今，那种心理却荡然无存。甚至，有割裂感和愧疚感。那精神上支撑创作的神秘力量呢？完全退却消隐了。满腔的热忱，化为了灰烬。随之在心中泛起的，是无助，是悲凉。

有时，文字竟然如此无力。

刘向先生看得扬雄脸色煞青，吃惊地问："是不是冷着了，身体不舒服？"扬雄像幡然醒悟："活人也可以给尿憋死。想想自己，写辞赋有何用，讽谏又有何效果？这，与虚度年华又有什么两样？"刘向先生打量着扬雄，"哦"了一声，道："给你讲个故事吧。据说在武帝时，有一位名叫倪宽的人，少年就好学到带着经书锄禾的程度。他曾经在廷尉张汤的府上当差。业余时间，府吏都在饮酒作乐，唯独他在埋头读书。一次，武帝对张汤的奏折非常不满，弄得张汤与府吏一个个都一筹莫展，结果是倪宽重写奏章救了急。后来，武帝听说奏章是出自倪宽之手，召见一试，果真满腹经纶，才华出众。于是，武帝大喜，封倪宽为左内史，不久升任御史大夫，可他并没有去谋求仕途。尤其，武帝诏令倪宽主持修改历法，他潜下心来，与公孙卿、司马迁、落下闳等人共同推算，制定出了新的历法——《太初历》。"

"武帝知人善任，倪宽是遇到了明君。可……"扬雄像噎住了，顿了一下说，"先生也知道我的抱怨意味着什么，我也懂得先生所讲故事的用意，我会有所选择的。"

刘向先生叹道："唉，许多事，是不可逆转的，我们又何必去纠结于此呢？不如把纠结的时间省出来，去做我们应该做的事。鬼谷子说，谋定而后动。他的意思是做事一定要把握好时机，否则以后追悔莫及。像我，现在老觉得时间不够用，还有那么多典籍等着我去整理和叙录。"

"是啊，纠结有什么用呢？面对的事实总与想象的不一样，差异很大。期望越高，失望越大。总不能因为对某人某事的失望，而让自己颓废了吧。先生是精力旺盛的人，像您这样成天泡在书里，一般人哪能扛得住。"扬雄把案上的书放在了书架上。

刘向先生用双手食指揉了揉眼袋，又眨了眨眼睛，道："毕竟岁月不饶人，现在读书久了，眼睛都是花的。年龄真是个宝啊！打个比方，你们年轻人经常一起喝酒，不能因为醉了，就说酒不好吧。酒没有让你醉，让你醉的只有是你自己。"他把手中的书递给刘歆，告诉他不要把书码得太高，码高了不仅放与拿都吃力，还存有安全隐患。上一次，刘向先生拿书，就出了问题，一排书倒下来，像一堵墙倒塌似的，差点要了他的命。"哦，要不，在挨墙码上一排？"刘歆试探着问父亲。刘向先生眼皮都没抬："你看怎么方便，怎么放就是了。"二话没说，刘歆叫扬雄搭把手，把超高部分的书都一一取了下来，贴壁码了一层。说实在的，刘歆为天禄阁的书籍分类摆放，动了不少脑筋。可是，随着存书的量越来越多，不免也有顾此失彼的时候。又是搬书，又是码书，刘歆和扬雄忙得不亦乐乎。而刘向先生依然正襟危坐在看他的书，旁若无人。

离开天禄阁，寒风一吹，扬雄感觉脑袋清爽了许多。望着白茫茫的积雪，他忽然打了一个喷嚏。偏偏，扬雄想打下一个哈欠的时候，止住了，任凭他仰着脸，哈欠还是撤了回去。没办法，扬雄欲转移注意力，踢了几脚积雪。那积雪纷纷扬扬地飞起，一如洁白的花屑。他还是觉得意犹未尽，不禁捧起雪，直往脸上扑，直扑得满脸通红才歇手。

天上还有雪花在飘，零零散散的。屋檐的瓦沟口，吊着长长的冰凌。对于扬雄，这一天算是具有仪式感的特别日子，他跪在承明庐房门口的雪地上，像祭祀时烧冥纸一样，把创作的所有辞赋都烧了。火苗卷起的舌头，很快就把一行行的文字吞噬了。那随着火苗飘起的灰烬，比雪花还大片，如蝶在舞。所有的困惑、悲愤，也将灰飞烟灭。

这一刻，扬雄是泪流满面。他想以此向辞赋创作做一个告别。

张弛在旁边小心翼翼地看着，他没有作声。火光映着扬雄眼里闪着泪花的时候，他无法想象扬雄内心有着怎样的悲伤。借着火苗的光亮，当看到是一张张扬雄创作的辞赋文稿，张弛的心像被针扎了一下。他知道，此时对扬雄最好的安慰，就是不去打扰他。在承明庐，张弛与扬雄不仅是邻居，也是走得最近的一个。

雪夜的承明庐，寂静无声。扬雄一上床榻，就早早地进入了梦乡。他的梦，随着火苗，随着如蝶的灰烬在飞翔。忽然，那神秘的太阳神鸟又在梦中出现了。是太阳神鸟在引领着他飞翔，翩然，温暖。

人犯迷糊的时候，像进入不了深度的睡眠，懒懒的，头脑不是很清醒；又好像是，恍惚的，手上拿着毛笔，还在莫名其妙地找毛笔。猛然醒来，自己都不禁摇头，发觉好笑。连续几天，扬雄都是魂不守舍，颠三倒四的。刘歆看到他失魂落魄的样子，想到早年自己被王凤压制后，也曾出现类似的状态。他心领神会，道："扬兄，你不妨休息几天，出去透透气吧。"扬雄憋屈地苦笑了一下，算是作答。当他转身看到伏案的刘向先生时，还是回头对刘歆笑了笑，道："不，读书多好。"

封笔不再创作辞赋了，扬雄需要找到存在感，以及存在的价值。然而，他的存在感，还有存在的价值又在哪呢？

## 7

吴葭的死，对候强的打击很大。吴葭被光禄大夫张禹的属吏诱奸，冤情得不到伸张，她一怒之下，带着身孕投入了渭河之中。这些，都是候强去益州郡任职后，千方百计找到吴渭才了解到的。

吴渭把六合巷的房屋卖了之后，带着母亲搬到了渭河边的三家村定居。候强好不容易找到吴渭，他漠然地看了候强一眼，一拳打在了他的鼻梁上。候强猝不及防，鲜血直接从鼻孔中流了出来。候强没有还手，只是不停地追问吴葭的下落。

"死了！"吴渭的话，是从舌头与牙齿之间挤出来的，比拳还冷。当时，他欲阉了候强的心都有。

对于吴渭的话，候强根本不信。直到在山边看见吴葭的墓地，他后退了几步，才流下了眼泪。之后，候强像失语了似的，一句话也没说。

谈起这些，候强还是陷入深深的自责之中。他脸色铁青，言行举止真的像变了一个人。是的，正如君平先生说的，既熟悉，又陌生。

候强从洞庭湖回到长安，他没有等到扬雄，却等来了他父亲。候侃通过关系，为候强在丞相张禹府上谋到了属吏的差事。出乎意料的是，好事多磨，候强一进张府，就病倒了。候侃看到儿子一直低烧不退，卧床不起，病急乱投医，先后找了三位岐黄家把脉，才得以痊愈。在朝中，张禹是有后台的人，位高权重，身份特殊，他曾经与郑宽中一起当过成帝刘骜的老师。当时，张禹已经从光禄大夫，加官给事中，统领尚书事，代替王商，升任丞相。张禹一看候强刚来就患了怪病，不敢留在府上，伺机把他推到了益州郡。

阴差阳错的是，吴葭竟然尾随候侃父子，到了丞相张禹的府第门口。

候强把事情的经过，讲得简洁、沉重，连一句废话都没有。他流着眼泪，哽咽道："我一直把吴葭当成小妹妹，也跟她明确过，没想到她如此痴心，如此无知，竟然走上了绝路……"候强耸了一下鼻子，道："不瞒兄弟，这件事我曾妄想放下，可越想放下，就越压在心里。有时，真的被压得喘不过气来。这，与我间接害了吴葭又有什么两样呢？尤其，当看到吴葭奶奶绝望的表情，我的精神都差点崩溃了。"

"哦，是吗？"扬雄冷不丁接了一句。

这是一个初春的下午，地点是杨庄的居所。候强是通过王音先生的属吏找到扬雄和杨庄的。杨庄房屋边的香樟都换了新叶，桐花却开得从容。树上的鸟儿，早就回来了，只是杨庄没有发觉而已。扬雄笑道："杨兄有伴，有这么多鸟陪着。"杨庄莞尔，道："问题是，我寂寞的时候，它们都不见了。"居所门口，有一个水凼。雨点落在水凼里，冒着泡，瞬间又破灭了。

见面时，王音先生的属吏就转达了王音先生的意思，晚上在府上安排了家宴，邀请三个人一并参加。本来，通过王章事件之后，扬雄想疏远，或者淡忘王音先生，看来又不可能。若是拒绝参加，即便杨庄能够理解，候强会怎么看？再说了，上次王音先生相邀，他就推了，若是这次还不去，他会怎么想呢？俗话说，官大一级压死人。何况，他与王音先生还不仅仅是场面上的关系。弄不好，还会落个不识好歹的名声。

下雨天，天暗得早。候强声音沙哑，道："既然王音先生盛情，还是提早点去，万一迟到了不太好。"杨庄看着扬雄，点了点头，嘀咕道："早去晚去，都是要去。那就走吧。"

到了王音府邸才知道，应邀参加晚宴的除了候强、扬雄、杨庄，还有一位长者——丞相张禹。看神情，扬雄就能判断张禹先生是个强势的人，只是年岁的原因，他的眼袋松弛，腿脚不太利索。因为吴葭之死，候强的情绪低到了极点。他看到张禹，心里总是觉得他偏袒了属吏，正堵得慌。出乎大家意料的是，候强翻了下眼，连和张禹先生招呼都没打。是候强的脑袋短路了，还是失忆了？不管怎么说，张禹是候强的推荐人啊！杨庄站在候强身边，他轻轻扯了扯候强的袖子，意思叫他注意自己的情绪。这样的尴尬，恐怕张禹先生是第一次遇到，他"哼"了一声，明显带着不屑，更加漠视了。王音先生一看，似乎就明白了怎么回事，笑着圆场道："有些事，你们之间恐怕有点误会。换句话说，你们都不是当事人，或许还是第一次见面。这是在我家里，这个面子就算给了我吧。大家难得一聚，何必心里弄得不痛快呢。人，总是要往前看，过去了的，就让它过去。这，算是今天的一个小插曲吧。"本来，张禹先生脸上挂不住了，听王音先生这么一说，勉强笑了笑。候强虽然有时一根筋，但还算是个明白人，他年纪轻，就先拱手向张禹先生施礼问候。好在，两个人都听王音先生劝，不然，非冷场了不可。至于，他们心里是怎么想的，那又是另外一回事了。

　　王音先生家的木案已换了楠木的，案上，有烛台，点起了蜡烛。盛酒的酒壶酒杯也换了鸟篆文铜壶与合卺杯，壶与杯，无一例外都是错金，嵌绿松石装饰，烛光之中，显得高贵、华美。酒是长安酒坊的米酒，菜呢，简洁而不简单，也称不上珍馐，每人一碟烤羊排，一瓯竹荪汤。有王音和张禹在场说话，扬雄、杨庄，还有候强，只有凝神静听的份。扬雄忽然觉得，几个很少来往的人，在一天的时间里能够聚在一起寒暄，真的有些滑稽。

　　王音先生提杯，示意敬酒，一一按照礼节进行，在座的纷纷响应。几巡酒过后，张禹先生脸色酡红，眼神像刚刚睡醒似的，他笑道："你们几个，青年才俊，都有大好前程。但在场面上，还是愣头青。年轻人，就得有年轻人的样子，年轻人就得有年轻人的闯劲。我嘛，人老嘴多，话你们得听着，难得大司马如此器重，以后要好自为之，好自为之呀！"王音先生瞟了张禹一眼，又用余光扫了扬雄几个，笑了笑，道："张先生当过皇上的老师，德高望重，应是我辈学习的楷模。有不到之处，还请先生海涵。"张禹先生"哦"了一声，拱手笑道："青出于蓝而胜于蓝。再说了，我老啰，毕竟年岁不饶人。不过，以后大司马对犬子还得多多关照，多多关照啊！"王音先生笑道："这，从何说起呀？在朝中，谁不知道张先生位高权重。若先生再这样说，就是说笑了。这样，我敬先生一杯！"

听了王音先生的话，张禹先生端杯，哈哈笑了，笑得眼神迷离，咳嗽不断。从他们的谈话中，可以得知张禹先生有四个儿子，个个才华出众，都已步入仕途。王音先生如今位列三公，张禹先生请求对儿子进行关照，也是情理之中。可是，扬雄有一点想不明白，科场与官场都是势利的，而王音先生位高权重，他出面宴请几位年轻人是何用意呢？如果只是为了消解候强心中的怨恨，他有必要从中斡旋吗？扬雄越想，越觉得问题多。他没有理由怀疑王音先生的身份，只是觉得有关王章先生事件，他更需要的是漂白。至于张禹先生那些故弄玄虚的话，不知道杨庄与候强听进去没有，扬雄是一句也没有听进去。

宴席还没有结束，张禹先生的马车已经在王音先生府邸门口等了。王音先生把张禹先生送到门口，看着他被属吏扶上马车。上马车前，张禹先生伏在王音先生耳边，耳语了一句。具体说了什么，只有他们两个人知道。出于礼貌，扬雄、杨庄、候强一起随王音先生，送张禹先生到门口，不过，他们隔着一步之遥。他们陪王音先生站着，直到马车载着张禹先生"吱吱呀呀"地远去。

许多事，来不及拒绝，就已经开始了。扬雄喝了酒，晕乎乎的，觉得这一天过得疲惫。他没有听到杨庄和候强感慨，也不知道他们在想什么。此刻，他唯一的想法，就是回去好好睡一觉。

世事难料。不久，王音先生突然去世了。

# 8

想起失踪的皇子，成帝刘骜不禁打了个寒战。毕竟，那还是襁褓中的婴儿，就像在未央宫蒸发了一样。他一直勒令追查幕后杀手，却一直毫无结果。问题出在哪？刘骜心里比谁都清楚。曹氏宫人生皇子的事，只有他和王太后，以及赵氏姐妹知道。他不敢相信这样的事是真的，却在身边发生了。刘骜当时感到震惊的程度，不亚于获悉铁官徒起义。实际上，发生在后宫的血案，根本没有追查下去的意义。很可能，赵氏姐妹比他还考虑得更多，见招拆招的水平更强。没有人，密谋一件事是想功亏一篑的。一旦，证据确凿，那是十恶不赦的死罪。从一开始，刘骜就知道目标在哪，只是剑拔弩张，他无心把箭射出去而已。

在骨肉血脉面前，刘骜还是让身体的欲望占了上风。

然而，皇后赵飞燕不能生育也就罢了，昭仪赵合德竟然也只能满足他生理上的需求，多次努力，都以失败告终。没有子嗣，意味着后继无人，这是刘骜心头最大的重负。

难道，这是宿命吗？

那可是"家天下"的专制时代啊！

正当成帝刘骜在宣室一筹莫展的时候，也就是他纳谏立太子的当口，刘欣与刘兴同时入朝。刘欣是元帝刘奭的孙子，定陶王刘康之子，也就是成帝的侄子。而刘兴呢，元帝刘奭的三儿子，为中山王，他是刘欣的叔叔。立太子，等于册立储君，是国之大事。刘骜身边的近臣，一个个互相张望，不敢说话。想呀，这明摆着是折腾人的事。弄不好，得罪了人，自己还不知事。换句话说，就是看好谁，也不好面谀。问题是，不知道其他权贵肚子里卖什么药。有时，不做恶人，好人也不好当。人与人之间，关系的近与疏，不是一两句话就能够考量的。况且，还是在皇上面前呢。看皇上一脸严肃的样子，也无非是想试探一下近臣的心思，或者走个过场。细想，立太子的事，只有皇上说了算。能够左右皇上的人，真的是凤毛麟角。

"启禀皇上，历史上商王无子嗣，采取的是兄终弟相继。而中山王刘兴，他是元帝之子，应当立为太子。"御史大夫孔光进谏道。孔光系孔子的十四世孙，他在朝中讲话还是有一定的分量。

然而，刘骜听后，认为他与中山王刘兴虽然是兄弟关系，但刘兴确实没有多少才干。再说，从长远考虑，若是中山王即位，他就不能入太庙了。刘骜虽然没有说话，但心里已经把孔光的建议给否了。

大司马骠骑将军王根见无人说话，进谏道："启禀皇上，册立储君，当以'立长、立嫡、立贤'为原则。微臣以为，立定陶王刘欣合适。"

成帝怔了一下，也没有表态。

过了一会儿，成帝问："众爱卿，还有什么要说的吗？"他希望看到近臣之中有人站出来抬杠，哪怕是附和几句。然而，还是没有。

这时，大臣们一个个像条件反射似的，面面相觑。

四平八稳，没有担当。这是刘骜心里想到的八个字。他没有说出来，也没有心情与近臣们较真。他开始厌恶这样乏味的话题继续进行下去。

"朕今天累了，都下去歇着吧。"成帝刘骜随手挥了一下宽袖道。

近臣们纷纷跪安。

问题来了，既然御史大夫孔光提出来了，建议立中山王刘兴为太子，为什么没了动向，而最后册封的是定陶王刘欣为太子呢？刘兴觉得自己输给了侄子，脸面上太难堪了。他哪里会想到，傅太后，也就是元帝刘奭的嫔妃，刘欣的祖母出面，背后给昭仪赵合德，以及成帝的舅舅——骠骑将军王根，分别做了工作，请求他们支持立刘欣为太子。傅太后为了孙子的事业，存箱底的都拿了出来——她把元帝赏赐的珍宝，分别送给了赵合德与王根。赵合德与王根呢，他们看出了成帝器重刘欣，不仅收了傅太后的贿赂，还想事先巴结刘欣，为以后自己的荣华富贵做铺垫。

昭仪赵合德这一关通过了，等于皇上也通过了。而骠骑将军王根表示赞成，太后王政君也不会反对。

作为皇上，刘骜还有其他的人选可以选择吗？

没有！

绥和元年（前8年）二月，成帝刘骜册封定陶王刘欣为太子，诏曰：

> 朕承太祖鸿业，奉宗庙二十五年，德不能绥理宇内，百姓怨恨者众。不蒙天晁，至今未有继嗣，天下无所系心。观于往古近事之戒，祸乱之萌，皆由斯焉。定陶王欣于朕为子，慈仁孝顺，可以承天序，继祭祀。其立欣为皇太子。封中山王舅谏大夫冯参为宜乡侯，益中山国三万户，以慰其意。赐诸侯王、列侯金，天下当为父后者爵，三老、孝弟、力田帛，各有差。

读一读成帝诏告天下的诏文，扬雄感觉也是蛮有意思的事。居然，成帝刘骜在摆平衡，册封了定陶王刘欣为太子，还要安慰中山王刘兴，封他舅舅冯参为宜乡侯，增加万户世禄的田邑。只是，谁也没有想到，册封刘欣为太子不久，刘兴抑郁而终。即便有再多的赏赐，他也无福消受。照说，傅太后贿赂赵合德与王根，应该是做得很隐秘的，还是传到了刘兴的耳朵里。偏偏，这是一件有怨气，又无处伸张的事。上了岁数，就是老脸皮了，脸面上的事尤其重要啊！本来，刘兴就想不通，一肚子伤感与委屈，听说有贿赂之事，更是郁郁寡欢了。也难怪，刘兴怎么不抑郁呢，本以为是朗朗乾坤，可堂堂的傅太后竟然会贿赂，而赵合德与王根居然也敢收！

唉！人本是役物的，有的人却让物役了心！

还有一个在打王根主意的是卫尉淳于长。王根辅政朝中，由于身体欠安，已经向皇上提出请辞。淳于长觊觎王根的职位已久，却贪得无厌，居然与打入长门宫的许皇后姐姐私通，诱骗许废后的钱财，信誓旦旦，许诺帮她谋立"左皇后"。然而，他的大逆不道，还是被表兄弟王莽告发了。王莽任光禄大夫侍中，是皇帝身边的侍卫近臣，他秘密收集了一大堆淳于长收受贿赂的证据。王莽讲话瓮声瓮气的，心却细如秋毫，为人谦恭，称得上是王氏外戚中口碑最好的一个。王根听后，感到震惊，没想到即将退隐了，还遇到有人挖墙脚，不光火才怪呢。他立即禀告了皇上。

之前，淳于长由于倚仗皇上的关系，招权纳赂，大肆敛财，已经被朝廷查处免职，遣回封国，以儆效尤。没有判处入狱，皇上对他已是网开一面了。没想到，他居然变本加厉，触犯大忌。

皇上在宣室一听禀告，大发雷霆："蠢货！罪不可赦，斩立决！"

这一次，淳于长彻底栽了。贪腐清单列出来，罪大恶极，罄竹难书。

官场上的博弈，成与败却是天壤之别。扳倒了淳于长，王莽不仅少了一个强有力的竞争对手，也深得了王根的信任。王根抱病期间，极力向皇上推荐了王莽。于是，王莽顺利坐上了王根的宝座。

从进入未央宫的那天起，扬雄的命运就和皇宫连在一起，可成帝册封太子，以及淳于长"大逆"之罪的种种传闻，似乎与成天泡在天禄阁的扬雄隔得很远。刘向先生对皇上的遭遇，还有立储君的事，不褒不贬，甚至很少谈及。而对淳于长的胆大包天，悖逆人伦，好像也是意料之中的事。

恐怕，刘向先生、扬雄、刘歆，还有杨庄，算是未央宫中极少数没有被宫中传闻蹂躏过的人了。

## 9

不管别人怎么想,十八岁的刘欣以太子的身份入宫了。他一进未央宫,见礼序森严,多少有些不适应。

可刘欣还是有些小性子,他要傅太后一起入宫,想给祖母一份宽慰。刘欣与傅太后的感情不一样,他从小就是她带大的。问题是,正常册封的太子多为皇帝的儿子,可刘欣只是成帝刘骜的侄子,算得上是特例了。一旦,刘欣成了刘骜的继承人,就有了监国的权力,他与成帝,还有王太后之间的关系,就变得微妙与复杂起来。许多事,他必须尊重和听从成帝和王太后的意见。傅太后入宫的事,成帝没有点头,就搁浅了下来。

疑惑,感伤,无奈。这是刘欣的想法行不通时出现的情绪。扪心自问,入宫了,怎么连孝敬祖母都成了难题呢?若是这点事都办不成,想其他事也是空的。想想,祖母太不容易了,她儿子定陶王刘康,女儿平都公主刘氏都不在了,只有一个孙子还不能陪伴左右,这叫什么事呀!刘欣还是不甘心,又一次向成帝提了出来,直接把话说透了。再谨慎,总不能连祖母的事都不管不顾吧。皇上在宣室上朝,也拿出来议了,近臣们讨论来讨论去,结果出人意料,一大半的近臣都持反对意见。意思是说,傅太后一入宫,关系就变得越来越复杂了。况且,其他的不说,如何摆正王太后与傅太后之间的位置,都是大问题。

在这一点上,王太后真的显得大度。她认为,刘欣是傅太后一手带大的,并且抚养成人,她入宫也是情理之中。既然,王太后松口了,成帝也做出了姿态。

"这还差不多。"刘欣嘀咕道。

刘骜不满地瞪了刘欣一眼,似乎在说,刚入宫,进入角色、摆正位置这才是最重要的。刘欣不会去想那么多,他心里只在想一个问题:王太后与他祖母岁数相差无几,也是祖母辈的,她心中应该比常人多几分慈爱吧。说实话,刘欣回过头想,不免对那些振振有词,反对傅太后入宫的那些大臣,充满了鄙夷。

谁说不是呢?亏他们枉读了那么多经书。

春天，是万物复苏的季节。刘欣感觉到，王太后，以及皇上的恩典，应是一个良好的开端吧。

杨宣是什么时候攀上骠骑将军王根的，又是什么时候通过王根介绍给太子刘欣的？像绕一个大弯，绕来老去，绕大了。这些重要吗？要去分析一个人，当然就重要了。扬雄在想，杨宣见了面，怎么会装着像不认识似的，害得他从什邡去杨宣家拜访开始，到未央宫门前向他打听消息，再到未央宫中的碰面，整个过程都在脑袋里过滤了一遍，没有发现有失礼，或者对不住他的地方。

"扬兄有所不知，杨宣还是任谏大夫时，他是第一个上书劝成帝立定陶王刘欣为太子的。得到皇上赏识后，现已任交州牧。据说，杨宣出道不算早，不显山，不露水，暗地里使劲，在仕途上一路走来，都走得顺利，已经挤掉几个对手了。"杨庄听了扬雄的疑惑，左手托着下巴，眨了眨眼睛道。

"哦，嫉妒了吧？"扬雄故意问。

"喊，嫉妒他？给我省省吧。自从上次你提到过后，我有留心，听他的故事耳朵都起茧了。有传他对天文、图谶研究精深的，有传他擅长预言灾异的，更多的是说他夤缘攀附。在宫中这么多年，明示的，暗示的，多了去。我如果是顺杆爬的人，至于到今天还是混个值宿郎？你知道别人怎么说我们这种人，木头人，死心眼。"杨庄没好气地答。

"嘴巴长在别人身上，管人家怎么说。我是觉得杨宣有那个必要吗？他过他的阳关道，我走我的独木桥，互不搭界的事。我招呼他，他居然装聋作哑，弄得我像热脸皮要去贴人家的冷屁股似的，真难为情，边上的人问我，我无言以对。我只是奇怪，为什么会变得如此陌生，没有人情味，而关键的问题出在哪？"扬雄欢喜较真的劲头，又上来了。

"你呀，巴谷多神山都见过，一张冷脸皮算得了什么。难道，人家给你一张虚假的笑脸，就心满意足了？想想也不奇怪，人以类聚，物以群分嘛。或许，杨宣把你划入了某一个人的圈子，或者某个阵营的人，而那个人，那个阵营，与他又是形同陌路的。还是那句话，好多事，兄弟之间说说可以。即使有些事看到了，还要睁一只眼闭一只眼呢。"杨庄端起茶，笑了笑道。

扬雄摇摇头，一脸认真地道："没想到，真的没想到，连杨兄也变得如此世故与圆滑了。这么说，对杨宣的种种行为，就不难理解了。孔圣人说，富而可求也；虽执鞭之士，吾亦为之。如不可求，从吾所好。那，要说升官发财的事，是不是这个理呢？"

杨庄"扑哧"一笑，道："算我服了你，我的扬兄。要羞辱人，还夹馅呢。不管怎么说，等候强来，我们喝一次痛快，免得他患得患失的。许多事，他有可能陷进去了，其实，退一步海阔天空。"

"嗯，是呢。他的脑袋，比你我都好用，怕就怕在什么地方拧上了。你这个想法好，有什么话不隐不藏，兄弟是一辈子的。到时候，别忘了叫上刘歆兄。"扬雄点头，笑了笑道。

杨庄走后，扬雄发觉自己对杨宣的信息一下子难以消化。了解杨宣吗？笼统地说，仅仅是听君平先生和李弘先生说过，以及在什邡拜访过，而杨庄的信息来源，也是从别人嘴里传来的。细想，自己对杨宣的冷漠会觉得简直不可思议，说不定在他人眼里，杨宣却是另一种形象——有学问，会跟人，神通广大。很多人，很多事，当然也不排除有多种可能性。这样想，是否将杨宣的简单复杂化了，抑或将他的复杂简单化了？许是，兼而有之吧。不过，有一点扬雄是佩服杨宣的，他能够理直气壮地对熟悉的人假装不认识。起码，自己做不到。

阳光和煦，暖风徐徐，空气中飘着淡淡的草木清香。而槐树呢，在阳光下抖落了一地的碎影。应是一个人在承明庐的房间里待太久的缘故吧，扬雄对室外的感觉特别明显。犹豫了一会儿，扬雄把茶壶茶瓯洗好，在走廊走了一圈，转身去了天禄阁。

刘欣突然视察天禄阁，给刘向先生来了个措手不及。毕竟，刘欣是太子，一切礼节都要按宫中的规矩办事。当刘欣走进天禄阁，刘向先生与扬雄还蹲在地上翻书。路的中间，堆着刚从民间收来还没有来得及整理的书籍，逼仄，拥挤。刘向先生是蹲久了，腿有些麻痹，站起来咧嘴伸了下脚，现场显得有些窘迫。刘欣一表人才，眼神锐利，说话慢条斯理，看去不是拘泥于小节的人。刘向先生对刘欣的兴趣爱好不是很了解，边走边向他介绍天禄阁、石渠阁、麒麟阁的基本概况。刘欣听后，随手在书架上拿了一本书，翻了翻，向刘向先生询问有关音乐与农业方面的问题。

"禀告殿下，汉承秦制，在武帝时就从秦朝延续下来专业的音乐机构——太乐和乐府，总管太乐的是太乐令，而掌管乐府的是协律都尉。前者的职责主要是负责雅乐,也就是宫廷音乐,后者是负责所谓的俗乐,也就是采集和改编民间音乐作品,并创作新的音乐作品。比如,宫中祭祀、仪仗、表演等活动的作品,均出自太乐和乐府。为此,也就衍生了乐宴、汉舞、鼓吹等。"刘向先生抬头,看了刘欣一眼,道,"至于农业,武帝时期成国渠、灵轵渠等灌溉渠的修建,对关中西部渭北地区农业发展起到了至关重要的作用。而同期在关中建设的苑囿,不仅大量迁移民众,也圈占了大批土地,其中不少是良田,无疑是影响了渭河、秦岭之间的农业生产。结果呢,皇家苑囿最后变成了有亭台楼阁的动植物园,利用率极其低下。"

"在音乐方面,是否有代表人物?"刘欣瞥了刘向先生一眼,问。

"有。比如熟知雅乐声律的制氏,以改编创作为主的李夫人,以及音乐律学博士京房等,他们都是在音乐方面有建树的人物。"刘向先生回答得很节制。

有了距离,刘向先生与刘欣的谈话内容,扬雄是听不到了,他看到刘欣偶尔也点下头,就把翻书的动作停了。或许,典籍是一种答案,又或者,刘向先生解读的心得是一种答案。

扬雄发现,刘向先生在讲述的过程中,刘欣的脸始终是带着微微笑意的,而且神态一直没变。他主要以听为主,很少插话。离开天禄阁时,刘欣轻描淡写地冒了一句:"看来,陈农求遗书于天下,还是有效果的。"刘向先生领着刘歆与扬雄面带微笑,以施礼作答。

刘欣离开了,随从的侍卫也撤了。天禄阁又恢复了原来的安静与散淡。不过,想想刘欣,二岁袭封定陶王,十八岁册封太子,传闻他做事没个正经,欢喜花天酒地,看来也是谣言。他能够想到来天禄阁,真的是一件有意思的事,刘向先生心里还是挺欣慰的。至少,在刘欣眼里,还有天禄阁。

## 10

"骜者,千里马也。"宣帝为嫡皇孙取名的时候,是多么疼爱,并且寄予厚望。而元帝呢,下令太子可以直接穿越驰道,又是何等看重。

孔圣人说:"君子食色性也,好色而不淫。"而刘骜称得上是既好色而又淫。

一旦，进入宫闱花天酒地，刘骜早就把宣帝、元帝的期望抛到了九霄云外。

很多时候，未央宫正殿宣室，以及未央宫前殿都是空空荡荡的，没有大臣奏请，没有大臣上朝。

寝宫里，幔帐装饰的色彩是桃红的，不仅泛着淫靡的色调，还飘逸着鲜花香气与西域花粉香味混合的气息。

汤沐。侍寝。

成帝刘骜早已被赵合德一颦一笑，还有那汤沐的水声，撩得神魂颠倒了。同样是女人的身体，可每一个女人所带来的感觉是不一样的。即便是姐妹，感觉都不同——那是不同的秘境，仿佛每一次在宽衣解带之间，就有火星迸发，随时能够点燃熊熊大火，恣意，猛烈。明明，刘骜知道烈火会将自己化为灰烬，却还是贪婪而不能自拔，他要的就是欲火中烧，肉欲欢欣。相比赵飞燕，赵合德善饮，身体一如峰峦起伏，水草丰美。刘骜吃了御医配的丹药，像喝了鸡血似的，脸上红彤彤的，仿佛有一股热流在身体里沸腾。尤其，刘骜喜欢赵合德床笫之欢时那一如黄鹂的叫声。赵合德正在发情的时候，刘骜已经气喘吁吁了。长期依赖丹药的刘骜，再也经不住暴风骤雨了。而赵合德呢，像喝酒只喝了几口，酒兴上来，她一个鱼跃，换了上位。一旦，赵合德像深水鱼跃到了水面，那是游弋欢畅，水花四溅。刘骜喘气的样子，也像一条鱼，只不过是一条缺氧的鱼。赵合德摇臀晃乳，全身绯红，声线宛如猫的叫春——那声音是急促的，拖尾的，吸附的，仿佛带有磁性。她压根儿没有发觉皇上煞白的脸色，以及筋疲力尽，奄奄一息。

"啊！"赵合德裸着身子的尖叫声，像针，能够刺破皇后赵飞燕与宦官们的耳膜。

再好的御医，也没有回天之力。最终，成帝刘骜只是一只扑火的蛾子。

绥和二年三月的一天，四十五岁的成帝刘骜快乐中风，倒在赵合德的肚皮上再也没有爬起来。

于是，引起了更多惊恐的声嘶力竭的声音：

"皇……上……"

"圣上驭龙宾天！"

……

"太蹊跷了，是否有诈？皇上好端端的，怎么就突然驾崩了呢？"太后王政君心中有太多的疑团。她召见大司马王莽等人，一起去追问皇上发病的经过以及细节。赵合德闻讯，深知在劫难逃，畏罪自杀了。红颜祸水，她能不死吗？事情也闹得太大了，真的是活腻了呀。只有死，才是一了百了。

而在一个月前，太后王政君有一个真相没有去戳破，那就是丞相翟方进的自杀。当时，刚刚册封太子不久，天上的火星失去了光亮，各地频发山崩、洪水等灾害，以及日食等异乎寻常的天象，让成帝惴惴不安。于是，一位自称善于观测星相的郎官——贲丽，自称有破解之法。在迷信于天象异说的时代，类似贲丽的人很多。偏偏，刘骜居然深信不疑。他立即召见丞相翟方进，无来由地发了一通脾气，狠话连篇。翟方进有一种不祥的预感，他前脚刚进丞相府，诏书好比是跟着他屁股后面来的，直指他不称职，以致政事紊乱、天灾不断……"谢主隆恩！"翟方进一下子懵了，他不知道惹了谁。这一条道，他算是走到头了。惊愕，惶惑，无奈。那一瞬间，翟方进还是被恐惧彻底笼罩了。尽管有一肚子冤屈，满腔的愤懑，他到哪去说？既然，皇上都如此绝情，他说了又有何用呢？回顾自己一生，二十三岁时举明经入仕，从博士到刺史、京兆尹，政绩突出，是成帝时期真正以儒生出身担任丞相的人员之一。一代名儒，辅佐成帝十年，就这样陨落了。

君要臣死，臣不得不死。然而，翟方进死得一点也不悲壮。

那，成帝刘骜呢，他以为有翟方进垫底，天象灾星就破解了，却怎么也想不到，自己会到黄泉路上去追赶翟方进。一位是丞相，一位是皇上，就这样让谗言和迷信毁了。若是太后王政君及时把丞相翟方进自杀的真相揭开了，或许就不会有皇上执迷不悟的折腾以及暴毙了。至少，不会在这样的节骨眼上出事，而且如此之快。难道不是吗？事不到自己头上，就不会考虑这么多，也警觉不起来。而成帝的驾崩，确实给太后王政君一记致命的打击。包括王莽在内，王氏外戚的高层都劝王太后安歇，可连续出了这么大的事，她安歇得了吗？

冷不丁冒出这么多事，王太后的心都寒了。

第一个不相信"丞相暴亡"的是刘歆。因为，刘歆与翟方进互为师友，常常在一起。翟方进自杀的头一天，两个人还在一起探讨《左氏传》及天文星相，以及有关《左氏春秋》的释疑问题。据刘歆回忆，翟方进心情很好，没有任何想不通的情绪，或者欲走上绝路的迹象。刘歆流着泪对扬雄道："天象多变，与翟丞相何干？反正，我绝对不会相信翟丞相会暴亡。想必，是他谏言谏书太多，应是被人害死的。以他的性情，如果心浮气躁，或者压抑忧郁，还能够与我谈《左氏传》《左氏春秋》？没想到他博学多识，通晓法律，能够以儒学正道修饰法律，却落到如此下场。从前去吊唁的人看，有的完全是猫哭耗子。""哦？也许，这就是所谓的天上掉下来的祸吧。有些事，信如何，不信又如何？"扬雄与翟方进只是见过而已，没有交往，也不知道他具体的为人，没法去接刘歆的话，但，心里多了几分疑惑。

尽管承明庐与赵合德的寝宫，隔着很远的距离，扬雄还是感到有一种莫名的凄凉：先是成帝过量服用丹药壮阳，暴崩；后是赵合德服毒自杀，吐血身亡。似乎，那朱漆描金的寝宫中飘荡着死亡的气息。

绥和二年四月初四，十九岁的刘欣登上了正殿宣室，即皇帝位，是为哀帝。刘欣在走向未央宫核心地带的时候，他的脚步迟疑了一下。就那么一瞬间，都被细心的朝臣察觉到了。

想到成帝刘骜的驾崩，扬雄突然想到了一个词语——极限。极限，虽然对身体是一种挑战，但不可逾越。换句话说，身体透支了，亏空了，要想补上就困难了。甚至，到头来，身体不会给你机会。皇上贵为天子，其实与庶民一样，也是十月怀胎，身体是血肉，同样经不住透支、亏空。一个人，出生在不同的家庭，命运是有差异的。而死，公平吗？《礼记》中说，天子的死叫"崩"，诸侯的死叫"薨"，大夫的死叫"卒"，士的死叫"不禄"，而庶人的死，叫"死"。这是否是死的等级区别呢？

还有，儒家不是讲究节欲吗？"七十而从心所欲，不逾矩。"孔圣人所说的是，七十岁以后达到一种随心所欲而又不违离规范的境界。孟子可以舍生取义："生，亦我所欲也；义，亦我所欲也。二者不可得兼，舍生而取义者也。"他们不仅有才，有心，主要是有格局。

而成帝刘骜爱读经书，推崇儒学，他为何在行为上又背道而驰？

以圣人之言，去比对成帝刘骜的行为，本身是否就是一件荒唐的事呢？扬雄心想。

## 11

扬雄入住承明庐后,与刘向先生、刘歆、杨庄等人在一起,如沐春风。不然,未央宫接二连三出了这么多惊天动地的事,他真的不知道日子会怎么过好。如此纷繁复杂,仿佛把人都悬空了,你每天周遭都是戴着面具,或者戴着镣铐的人。又好像,每天走在悬崖边,抑或攀缘在崖壁上,手里能够攥着的只有一根稻草搓的绳子。稍微想一想,都会感到茫然无措。

石渠阁四周的渠水,一年四季都是差不多的水位。如果仔细看,还是发现有变化的,春夏季节的水位,要比秋冬季节高些。那流水,明显带着水响,甚是悦耳。天上的晚霞,红了半边天,映在水面上,宛如云霞在淌。云霞与石渠衔接的地方,俨如幻境,回廊披檐,龙爪槐匍匐,紫藤缠绕,小桥流水,假山荷塘,以及葳蕤的花木。那斑斓的光影下,应有时间的痕迹,比如:廊檐下,小桥上,花树中,石渠边。石缝里,长出了绿中偏红的石韦。银杏、侧柏,或者紫薇树上,蝉在嘶鸣。扬雄吸了一口气,道:"这渠水里,好像流淌着一股鲜花的香味。"刘向先生抽了下鼻翼,茫然道:"是吗,我怎么闻不到呢?"扬雄看了刘向先生一眼,道:"应是空气中弥漫的。许是风一吹,就散了。"刘向先生"哦"了一声,道:"人一老,鼻子也不灵了。"扬雄道:"怎么会呢,再远再潮,先生都能够闻到书香。"刘向先生吟吟地笑了,道:"那倒也是。人一痴迷,就不可救药啰。"

进了石渠阁,刘向先生要找的是成都的手绘本图籍,他想让扬雄帮忙一起分析武帝时改筑成都城池的变化。扬雄指着图籍的第一页道:"最初,应是少城的部分,后来在原少城的基础上筑了南小城,而与之相对的蜀王城,则被称为北小城,再加上锦官城,就是三城连接的成都城了。"刘向先生点头道:"在外人眼里,这些都是容易混淆的,主要是时间节点不明晰。换句话说,还是比较笼统,缺乏具体的标记。与之相关的人和大事记,都有待去发掘和追记。"扬雄略有所思:"先生所言极是。这些事,看似都与我们无关,却是息息相关。"刘向先生深有感触:"是啊,就一本成都图籍,够我们研究一年,甚至十年。这就要看，我们是要研究到什么程度了。说到底，要想做学问，就离不开历史人文，还有地理。"

说着，刘向先生又抽出一本薄薄的成都手绘本图籍给扬雄，道："这个版本的更早，记得还是陈农去年什么时候收上来的。"说实话，两个版本的成都图籍扬雄还是第一次看到。他想不通的是，这样的图籍，为什么成都石室都没有呢？

"有件事，歆儿不好意思开口，还是我来说吧。他想让儿子拜你为师，你看如何？"刘向先生的话让扬雄一愣，脑袋有些发懵，觉得话题太突然了："啊，怎么，怎么会呢？先生不好拿我开玩笑。"刘向先生话语恳切："是这样的，我那个孙子特别调皮，歆儿基本上管不住。再说了，你看我，哪有时间去管孙子的学习呢？我看你人品不错，是个做学问的人，又对古文奇字有研究，歆儿一说，我立马赞成。我最近神经衰弱，脚也有些肿，精力不济，真的是老啦。这件事，算是老朽拜托了。"刘向先生这样一说，扬雄无从推脱，咬着嘴唇应道："那，那好吧。"

说实在的，扬雄对带学生，心里有些发怵。首先，是没有任何经验。尤其，像刘歆的儿子，既聪慧又古灵精怪。他对林闾先生当年带候强的情景，还记忆犹新。

或许，是扬雄多虑了。第二天与刘棻一见面，只要扬雄开口讲授古文奇字，刘棻表现出少有的安静。所谓古文，即用篆文书写的先秦残存的古籍，奇字呢，便是一些奇字异字的写法。扬雄给刘棻讲授古文奇字，完全是引导性的，关键是引发他的兴趣，而占用扬雄的时间也不多。刘棻有一个习惯，遇事爱揣摩，尤其对不懂的，会冒出一下稀奇古怪的想法。几次接触下来，扬雄发现，刘棻不仅比同龄人要成熟得多，而且掌握的知识面，也应是同龄人中的佼佼者。总体来说，扬雄与刘棻之间，还没有出现刘向先生父子所担心的尴尬场面。

然而，刘向先生也有看走眼的时候。许是对哀帝刘欣期望过高，过于乐观了。而刘欣呢，即位几个月来，似乎走的是成帝刘骜的路子，无心治国理政，却热衷于掷骰子喝酒，寻欢作乐。还有暧昧的，与刘骜极其相似——心仪男色。他甚至有时能够将后宫佳丽视若无睹，独宠董贤一人，两个人像糯米糖一样，整天黏在一起。董贤是御史董恭的儿子，男身女相，白皙，柔美，妩媚，俊俏。哀帝刘欣还是太子时，他就曾当过太子舍人。刘欣即位，就命他随身侍候，对他宠爱有加，同辇而坐，同车而乘，同床而眠。宫廷之中嘛，无所事事的人不免八卦，传得最多最快的，莫过于后宫之事与官场之事了。刘向先生听后，感到无语，他摇摇头，深深地叹了口气。他回顾了一下，哀帝刘欣有一段时间与太乐的人打得火热，认为乐府的音乐是旁门左道，结果是把乐府的人几乎都裁减掉了，直接导致一大半的乐工失业。多半，有人罩着的，沾亲带故的，留下了。

近臣之中，没有一个对此事做出回应。

刘向先生双颊绷得紧紧的，偶尔叹息一声，更多的时候，他是沉默的。好几次，扬雄发现刘向先生欲言又止。他便悄悄地问刘歆："先生都一天没说话了，不会有什么事吧？"刘歆抬头看了扬雄一眼，又瞄了一下父亲，摇头道："可能是累着了，劝他休息又不听。"这时，刘向先生没头没尾地嘀咕了一句莫名其妙的话："嘚瑟！整天魂不守舍的，也不知道会嘚瑟成个什么样子。"弄得扬雄与刘歆面面相觑不知所措。扬雄想问话的来路，话到嘴边，还是忍住了。刘向先生察觉到了扬雄神情的变化，犹豫了片刻，意味深长地道："还是讲个故事吧。春秋时期的某一天，成就了齐桓公霸业的管仲病倒了，这可急坏了齐桓公。他在病榻前问管仲，谁可以接替他任齐国相国的职位，并提出了三个人选：其一是易牙，名厨，能够为了齐桓公品尝童子的滋味，竟然把自己的儿子杀了烹好献给他；其二是卫国公子开方，他追随齐桓公多年，连父母去世都没有回家奔丧；其三便是竖刁，他为了帮助齐桓公管理后宫，把自己阉了。你们想想，管仲怎么回齐桓公的？易牙连他儿子都不爱，开方连父母都不爱，竖刁连他自己的身体都不爱，他心中怎么会有爱，又怎么会去爱你呢？"刘向先生喝了口茶，润了润嗓子，道，"然而，管仲去世后，齐桓公还是启用了这三个人。齐桓公一去世，他们就露出了本来的面目，开方割出大片土地给卫国，而易牙与竖刁合谋，杀戮官吏，逼走太子，扶立新君。"经刘向先生这么一说，扬雄与刘歆便心知肚明。

对于历史上这样的人物，他们所谓的忠诚有多少可信度？或者说，他们所谓的忠诚是蓄意的，有预谋的，甚至一开始就是有欺骗性质的。而最终，是为了更好地背叛。扬雄听到刘向先生讲的故事，想去理一理，可内里太复杂了，涉及人性的欲望、尊严，还有耻辱。所有人性的疯狂，最后导向的应是绝望的归途吧？

还好，扬雄狠狠地掐了自己一把，疼！

而回到现实当中，类似此例的错爱又何止这些呢。

第二天一早，刘向先生、刘歆，还有扬雄，像约好了似的，都早早地到了天禄阁。刘歆与扬雄整理了两个多时辰的书，腰都伸不直了。

"噗！"刘向先生手上的书，像砖头一样掉在地上。扬雄与刘歆扭头看了刘向先生一眼，见他趴在书案上，以为他累了，要靠着休息一会儿。平日里，已入古稀的刘向先生就是这样瞌睡的。到了中午，刘向先生还是趴在书案上，像睡着了似的，任凭刘歆与扬雄怎么叫，就没有醒过来。

刘歆脸色苍白，嘴巴蠕动，却一句字也发不出音。此刻，窗外的鸟鸣也噤声了。悲伤与孤寂，仿佛能够将人窒息。这个时候，希望有风，有雨，哪怕是一个霹雳也好，可都没有。唯独，夜色漫了过来，把所有的悲伤与孤寂都掩盖了。身体一凉，手脚都硬了，很难弯得过来，想扳直就更不容易。刘歆双眼泪汪汪的，慢慢地给父亲摁着，一点点，小心翼翼地摁，生怕弄疼了父亲。

长安，并非刘向先生的故土。刘歆把父亲的骨骸送回了沛丰邑。

不是挑选，也不容他挑选。本身，刘向先生的生命就是与天禄阁融为一体的，他在天禄阁整理五经秘书、诸子诗赋有二十年左右，一门心思从事古籍的整理保存，撰著《别录》《洪范五行传》《新序》《说苑》《战国策》《列女传》《九叹》《五经通义》等。刘向先生离开了吗？没有！天禄阁在，刘向先生就在。有汉字在，刘向先生就在。扬雄想，称刘向先生光禄大夫、中垒校尉，这些都是虚名，他其实就是一位隐士——大隐隐于朝的隐士。

# 第七章　深陷旋涡

## 1

刘向辞世后，哀帝下令他儿子刘歆子承父业，把皇家藏书加以校勘、分类、编目后写成定本。沉浸在悲痛之中的刘歆，上疏奏请皇上，要求把扬雄调入天禄阁，更加利于开展藏书整理、文献研究，以及辞赋创作。哀帝不置可否。扬雄则一直处于微妙的角色，心中还是有一种莫名的伤感。他天天跑天禄阁，只是兴趣使然，等于工作性质并没有发生变化。

而承明庐的人，对扬雄每天泡在天禄阁莫衷一是。

早上，扬雄刚出门，就被张弛堵住了："你知道承明庐的人，是怎么议论你的吗？偏执，高傲，沽名钓誉！说来说去，不就是跟着王音和刘向，仗着他们的势，也就写几篇歌功颂德的辞赋哄哄人。"闲话，俨如暗器，有时可以说得人心烦意乱，而有时，可以如刀刃刮得人遍体鳞伤，甚至毙命。好在，扬雄软硬不吃，他只怔了一下，警惕地扫了张弛一眼，并没有作声。怎么说呢，别人怎么看，怎么说，都是别人的事，眼睛嘴巴都长在别人身上。这样想来，心中豁然。张弛性格耿直，也是出于一份好心。想想，有人这样看，也正常。只要说闲话的人，不觉得庸俗乏味就好。不然，扬雄总觉得亏欠了别人似的。人以类聚，物以群分。这些年来，承明庐的面孔换了又换，有的人从入承明庐到升迁，没有搭讪过的都有。细想起来，扬雄还是感觉不寒而栗。其实，别人说什么都不重要，重要的是内心要有一分操守。

见扬雄不作声，张弛忍不住说了一句："扬兄，不是我说你，你这人很可怕，一句话不说，更可怕。看看我身边，哪有你这样沉得住气的。"扬雄认真地看着张弛道："别，别人怎么说我，我管不着。难道，你要我去堵住他们的嘴，或者揪住他们吵一架？那，未必是个好办法。话又说回头，都这样乱七八糟了，你这隔壁邻居可不能幸灾乐祸。"张弛松了一口气，笑道："我还以为你闷着呢，就你这心态，说不定天塌下来也就这样。"扬雄示意了一下手中的书，边走边说："没空与张兄闲扯了，还得去天禄阁还书呢。"

潜意识里，扬雄觉得刘向先生还在自己身边踱步，沉思。记忆可以复苏，人却不见了。有时，看到书中的一个疑点，需要一个诠释，扬雄情不自禁地望一眼刘向先生的书案，却是空空如也。老子在《道德经》中说："以其不自生，故能长生。"换句话说，肉身不能承载了，留下的著作与思想还可以继续承载与流传。是的，历史与文明留下了那么多的痕迹，何不趁着能够进入天禄阁和石渠阁的机会，多读书多考察多著述呢？

"天禄阁的事，一年两年很难看到成果。你说做了多少事，事做得多好，怎么识别，又怎么评判？说朝廷如何重视，有时只是说说而已。我想向皇上要个人，皇上都没答应。"刘歆从里间出来，见到扬雄，就摊着手诉起苦来。"哦？刘兄新官上任，就想到做政绩了，境界非同一般。要我说呀，天禄阁这地方与世隔绝了才好呢，读书不就图个清静嘛。索性，我来当你助手得了。"扬雄抱着一叠书，慢吞吞地道。"喊，你以为我不想压榨压榨你。可惜呀，让扬兄屈才的事，没有人答应。"刘歆没好气地摇头道。"怎么会呢，我现在是闲人一个。谁不答应，我就啐谁。"扬雄没心没肺地道。"好啊，你去啐下试试。"刘歆看了看左右，用手做了一个抹脖子的动作。

明眼人一看，都知道刘歆的动作意味着什么。扬雄腾出手，拱了拱，道："刘兄这是给我挖坑呀，现在头皮还发麻呢。"刘歆无奈地道："你以为，就你知道安逸，我都不甘心。"刘歆与扬雄的谈话，彼此都心照不宣。他俩心里都清楚，有些事还是没必要说透，弄不好心里反而会百无聊赖。

不畏权势，又要避开权势的运行，以免转入其中，这在未央宫是很难做到的。毕竟，未央宫的每一个角落，都是权势笼罩与渗透的地方。等级、特权，已经成为一些朝臣在官场上的追求。还有比在天禄阁以整理皇家藏书的名义，更好隐身的方式吗？恐怕没有。进一步说，即便是站在未央宫的大殿中，也未必能够将权势的运行看得真切。何况，未央宫中是皇权推出的朝政，而局势的发展又是如此之快。

一朝天子一朝臣。有人在场，必定有人就要退场。哀帝继位，他祖母傅太后的三个堂兄弟分别加官晋爵：傅喜封高武侯，傅晏封孔乡侯，均官至"三公"之一的大司马，而傅商也封了汝昌侯，官至大将军。还有，与傅太后同母异父的郑氏，以及哀帝母亲丁氏的二位兄弟全部得到了赐封。母以子贵。于是，尊祖母傅太后为恭皇太后，母亲丁姬为恭皇后。

从傅氏取代王氏的那天起，王莽就意识到自己将被压制。王莽是属于喜欢虑事的人，他察觉到变化后，不免有些心慌意乱。可时局的发展，已经到了他，甚至王太后都无法逆转的地步。不知不觉，他转过麒麟阁，到了天禄阁。刘歆与王莽同朝为官，关系不错，他见到王莽心事重重的样子，心里一沉，不知会有什么事情发生。王莽可是辅佐朝政的大臣，虽然没有官架子，但谁敢得罪他？刘歆赶忙上前施礼，笑脸相迎，问君侯有何指令。王莽摆摆手，笑道："刚好路过，就进来看望一下。你和扬雄都是博学多才之人，却能够屈尊纡贵，埋下身子整理书籍，实在是难能可贵。"王莽这么一说，刘歆心里更加没底了，道："君侯过奖了，我和扬兄实在是不敢当！在下所做的，也是分内之事。"王莽道："这两天，我正好有空，不如约个时间，你和扬雄一起去府上一叙。"刘歆愣了一下，左右为难，道："扬兄今天不在，而我又服丧在身，多有不便。君侯的情意，我和扬兄先领了。"王莽道："既然如此，那就后会有期。"

在天禄阁绕了一圈，王莽就走了。

果然，如王莽所料，王氏外戚集团的权势一泻而下，先是曲阳侯、大司马王根被免职，紧接着是成都侯王况被罢免，而他的职位也没有留住，由左将军师丹代替了。师丹开始担任大司马，辅佐朝政。

刘欣还是太子时，师丹博士是太子太傅，深得太子信任。哀帝即位，没有理由不重用他。然而，师丹多年目睹了朝廷政治的腐败，尤其高官贵族，以及富商大贾倚仗权势，疯狂兼并土地，甚至强占民田，弄得民不聊生。既然皇上如此器重，为皇上分忧是职责所在。他先向哀帝提出了"限田限奴"的建议，然后联合丞相孔光、大司空何武等人，制定出台了具体的规定：诸侯王、列侯、公主、吏民占田不得超过三十顷，诸侯王的奴婢以二百人为限，列侯、公主一百人，吏民三十人；商人不得占有土地，不许做官。超过以上限量的，田畜奴婢一律没收。

　　诸如此类的政策，直接触犯了高官贵族和商人的切身利益。师丹等于在一湖见不着底的深潭里，掀起了轩然大波。正在师丹为皇上殚精竭虑推行新政的时候，源自恭皇后、恭皇太后的外戚阻力，像一座座大山一样横亘在他面前。而皇上却开始迷醉于宫闱酒色，宠幸郎官董贤。喜欢掷骰子的皇上，又掷出了一枚枚骰子——一次赏赐董贤两千顷土地；任命杨宣为河内太守……

　　大暑的前一天，杨庄邀扬雄、刘歆一起喝茶。三个人，你一言我一语，还是绕到了朝政的变化上。杨庄续了茶，道："在朝中，大司马师丹廉正守道，受人尊重。问题是，他在冲锋陷阵，推行新政，皇上的态度却一点都不明朗。"扬雄沉默了一会儿，道："朝政的事，我是一窍不通。师丹最初是因举孝廉而任郎官。不管怎么说，他能够胜任太子太傅，说明他的确有过人之处。偏偏，皇上在师丹推行限田限奴婢的时候，他赏赐董贤两千顷土地，其用意是明摆着的。再说，那杨宣是抬头望着天的人，他去河内弄不好也是去镀下金，打个转罢了。"如果说，在此前刘歆还对皇上抱有希望，而此刻，他心里已是心灰意冷了。刘歆扫了杨庄与扬雄一眼，道："这才是好戏，只不过是刚刚开场。好戏不缺配角，主角戏份不足，观众的目光自然会转移。师丹这么做，完全是在冒险。你们说说，是不是这个理呢？"扬雄与杨庄偏过头，互相看了一眼，都没有作答。

## 2

　　长期生活在未央宫，或者长安，人的视角是有局限的。你看到的，或许只有权势之间的扑朔迷离、尔虞我诈，以及闹市之中的琳琅满目、熙熙攘攘。当然，还有充斥其中的杀戮与欺诈。然而，京都之外频发的水灾、旱灾、瘟疫，以及与匈奴人的争战，都可能是未知的。偶尔，也只能听到一些传闻而已。

显然，长安所有的人和事，都带着皇城的意味。扬雄心想，就在未央宫中，想必戴着面具生活的人比比皆是。回想起来，都是近乎荒诞的事。

比这些更加意外的，是扬爽的死。当时，扬雄正在准备着手写《太玄》一书。

都说男儿有泪不轻弹。扬雄却为儿子扬爽的死，流了无数的眼泪。扬爽十七岁了，正是英姿勃发的时候，却像一棵长得茂盛的树，突然枯死了。扬雄马不停蹄回到郫县白鹤里，他的情绪、言语，几乎都失控了，脑子里全是儿子圆圆脸、胖乎乎的身影。他不相信，完全不相信——扬爽会死！

生命如此脆弱，脆弱得连风寒都挡不住。说是风寒，症状就多了，咳嗽，发烧，头痛，流鼻涕，舌苔显白。喝了几天用姜葱山楂一起煎的姜汤，也不见好。母子之间最后的日子，居然是在求医问药的煎熬中度过的。扬雄根据妻子陈氏的说法，儿子符合风寒出现的症状，可风寒至于让爽儿丧命吗？迷惘，疑虑，无助。埋葬了儿子扬爽，扬雄不禁与妻子陈氏抱头痛哭。小儿子扬乌看到父母亲哭了，他也"哇"的一声哭了出来。扬乌一哭，就止不住了，一家人哭得天昏地暗。

扬雄在村口遇见老三，他也是刚送走母亲不久，孝服还穿在身上。想到王婶，扬雄鼻子一酸，一股悲凉之情涌上心头：为什么，曾经生养自己的村庄大地，却成了埋葬亲人的地方？

祖居屋漏雨，屋檐头的几根木椽也朽了。陈氏叫扬雄去找个匠人翻漏，顺便把木椽换了。老三道："这点小事，找什么匠人，我来修缮一下就是了。"扬雄惊讶："不会吧，你翻漏也会？"老三道："在家里，如果什么事都请人，哪能请得完呢。"虽然，老三在郫县做生意多年，做起手艺活来，手脚还是利索。他从家里扛来几根杉木，拿起斧头"噼噼啪啪"就动手了，扬雄只能在一边打个下手。天，正热，阳光炙烤。屋后的香樟树，树龄要比祖居屋长好几倍，一根枝丫直接伸到了屋顶上。那香樟树粗大的树身，表皮像是皱裂的，不，是树身长粗后直接胀裂的，表皮的缝隙如蛇行状，一条一条地向树梢爬行。攀缘在树干上的藤蔓，攀缘得再高，还是无法企及的高度。而藏在树上的蝉，却叫得声嘶力竭。扬雄热得有些扛不住了，衣服全部让汗水湿透了，浑身上下都是汗馊味，老三却打着赤膊，蹲在屋顶上翻漏，像没事似的。挨边傍晚，太阳西下，暑气渐消，老三换木椽，包括翻漏，也都全部结束了。

村里人表示关心，陆陆续续有人过来打招呼，问长问短。面对父老乡亲，扬雄心里惶然，他不想村里人再提到扬爽，缘由是有人提一次，陈氏就哭一次，他怕一次次刺痛妻子的心。陈氏哭多了，会出现短暂的意识模糊，甚至身体抽搐。扬雄为妻子能够恢复过来，已经费了九牛二虎之力。看着妻子憔悴的样子，扬雄的心是揪起的疼，他说话越发小心翼翼了，生怕说漏了嘴。

王婶"满七"那天，扬雄和妻子带着扬乌，与老三一家去了墓地……

扬雄劝妻子去长安住一段时间，散散心，陈氏只是一个劲摇头。他问妻子不想去的理由，她也不回答，暗自流泪。看到妻子脸色苍白，一声不吭，差点昏厥过去，扬雄立即住了口。尽管，天气炎热，扬雄还是打了个寒噤。

考虑，哦，不！应该说是挣扎了许久，陈氏还是没有成行。

"家里有什么事？扬兄心里可别闷着。"刘歆看到扬雄眉头一直锁着，眼圈都是红的，眼睛里布满了血丝，劝道。"嗯，没事。"扬雄摇头道。"你瞒得了别人，也瞒不了我。不当我是兄弟，就别说好了。"刘歆的语气，没有商量的余地。"我，我儿子扬爽没了，他才十七岁。主要是爽儿出生后，都是她母亲一手带着长大的。扪心自问，我连完完整整的一天都没有带过他，根本没有尽到一位父亲的责任。我听说，爽儿很叛逆，对不喜欢吃的东西也不说，就偷偷去倒掉，弄得母子之间经常闹矛盾。好在，爽儿脑袋灵活，读书刻苦，他母亲也就不跟他计较这些。此前，李弘先生还告诉我，爽儿明年就可以入成都石室就读了。我也想把这些忘了，却根本做不到。"扬雄痛心疾首，他想忍住，不让泪水流下来，泪水还是不争气地流了出来。"什么，竟有如此变故？难怪，棻儿说好长时间没有见到你了。"刘歆简直不敢相信自己的耳朵。他起身，拍了拍扬雄的肩膀，沉重地道："既然遇到了，躲不过去，这就是命吧。往往，我们在失去亲人的时候痛不欲生，可这是亲人想看到的吗？不是！"刘歆话还没有说完，也流下了泪水。其实，他的丧父之痛，一直藏在心里。

本来，是刘歆想安慰扬雄的。扬雄见到刘歆流泪，心里反而更不好受了，他想安慰刘歆，却不知从何说起。其实，再坚强的男人，他的内心与女人一样，有柔软脆弱的一面,伤感也是经不住碰的。一旦,碰到了,眼泪也是一种宣泄的出口。于是,两个人泪如雨下,泣不成声。

天气燥热,茶汤滚烫。刘歆与扬雄聊着,喝着,几杯茶下肚,汗就退了,感觉心中的痛苦与沉郁也慢慢开始消散。靠窗,案前,还是三个茶杯。似乎,刘向先生清癯飘逸的身影刚刚离开。扬雄总陷入这样的错觉。刘歆的心里何尝又不是如此呢?好几次他斟茶时,都在空杯前停顿了一下。

"啊……嚏!"刘歆打了一个喷嚏,把扬雄的思绪拉回到了现实当中。一束阳光,从窗户外透射进来,室内瞬间明亮了。扬雄从光影中跨了过去。没有人欣赏,这样的光也是孤独的。

沐浴,更衣,焚香。扬雄选择立秋这天开始一部书的写作——《太玄》,而且极具仪式感。《太玄》书名的灵感,源自《老子》的"玄之又玄"。在谋篇布局中,《太玄》由《经》《传》两大部分构成,主题是将源于老子之道的"玄"作为最高范畴,并在构筑宇宙生成图式中去探索事物发展规律。而写作的目标是对儒家的"仁政""礼乐""伦常"等系列主张的合理性做出阐释,为儒家主张的人类社会等级制度寻找理论依据。平时的阅读、知识的积累,还有自己的感悟都将流于笔端。

按照原先的商定,扬雄每隔五天去刘歆府上为刘棻辅导一次。因为家里的事,已经耽搁了好长一段时间了,扬雄心里不免有些愧疚。这天,扬雄去得比往常都早。刘歆府上的属吏,一见是扬雄,似乎有些意外。刘棻见到先生来了,尖叫着跑到扬雄身前,搂住他不放。刘棻抬着头问:"是不是学生做错了什么,惹先生不高兴了?"扬雄拍着刘棻的肩膀,摇头道:"没有!你这么听话的学生,哪会呢。我知道棻儿想先生了,可上次的古文奇字研习得怎样了?"刘棻看到扬雄先生正注视着自己,赶紧去书房拿出了一沓习字稿。在扬雄浏览习字稿时,刘棻还端上了茶汤。

无疑,刘棻这天的所有言行举止都是与平时相异的,他乖巧的表现似乎有些不正常。扬雄越往后看,表情越严肃。他严厉地盯着刘棻问:"你就拿这么一堆东西哄先生是吧?"刘棻低下头,喃喃道:"前边,前半部分是我的,后半部分是让我弟弟刘泳抄写的。"扬雄没好气地道:"嚆,你都会差人帮忙了,了不起,真的了不起。好呀,是我错看你的能力了。我本以为,你比以前大有改观了,没想到都是改在面上的,居然拿这么一堆东西来糊弄我。我可以明确地告诉你,就这样的学习态度,我罚你十次都不为过。"扬雄呷了一口茶,继续瞪着眼睛道:"我是受你爷爷所托,如果这样的事都不说出来,能心安吗?这与伪饰、欺骗有什么两样?万事都不能作,一作就出问题。小时候是小问题,长大了,就成了大问题。你若是这样玩,就让你玩去,我来跟你阿爹说。你给我记住了,学习没有捷径可走,只有认认真真踏踏实实地学,才是正道。"

咦,真的是莫名其妙。扬雄心想,就刘棻一点小事,自己怎么会引发这么多责备与期待的话呢?他自己也觉得懵了。唉!刘棻年龄虽然比扬爽小点,身高应该差不多吧。而刘棻与刚才判若两人,他满脸羞愧,噘着嘴,像木头一样站着,任凭扬雄先生气咻咻地数落,眼睛却始终盯着父亲书房的门口。

此时,刘歆正在书房里。扬雄与刘棻的对话,听得他脸色都起了变化,一阵红一阵白的。刘歆爱面子,这个时候他更不可能出来了。如果让扬雄和儿子看到自己的窘相,那真的是颜面尽失。在三儿一女当中,刘棻虽然是次子,却最为调皮捣蛋,刘歆是知道的。他曾经粗暴地打过他,但效果不大,蔫头耷脑一下子,转眼又是吊儿郎当的"捣蛋鬼"。后来,刘棻开始跟着扬雄学习,似乎有了转变。没想到,这次竟然如此偷懒。而扬雄的话,就像一根小小的鱼刺,鲠在刘歆的喉咙口,既吐不出来,又咽不下去。


## 3


炉上的茶汤都煮沸了,杨庄还是没有说话。扬雄道:"杨兄什么时候也变得扭扭捏捏了,有话不妨直说。"杨庄端茶杯的手,像被烫着了似的,缩了一下,压低嗓子道:"嗯,不瞒扬兄,我今天确实是受人所托,是来做说客的,大司马师丹想你能够加盟他的队伍,一起助力他推行新政。你想,他昨天晚上跟我说的事,我一刻也不敢耽误,早上就赶过来了。当下,正是需要用人之际,应是一个发展的机会。"扬雄感到十分诧异:"哦?我想不通的是,大司马要用人,皇上直接下旨就是了,何必费这些周折。"杨庄感慨道:"或许,这就是他与其他人用人的区别吧。从这一点看,他就是一个认真做事的人,想做大事的人。

这，你还不相信。你想想，他能够通过我来找你，说明他对你了解得透彻。不然，他为什么要找你呢？"扬雄好像被茶汤呛着了，他咳了咳，道："我，我不是不相信他。问题是，现在连皇上态度都不明朗，他再怎么努力，等于是在船舱里用力，也是枉然。老子在《道德经》中说，'为学者日益，为道者日损。'可现在有多少人能够做到？面对如此境况，又是否是逞才的时候呢？再说了，我现在正在写《太玄》，对其他的事都没有兴趣。我觉得，能够静下心来，做到心无旁骛，才是一个做学问的人必须具备的前提。"杨庄"咝"地吸了一口气："这倒也是。不过，问题来了，我总不能这样回他，是你写书没有时间吧？"

扬雄为杨庄的茶杯续上茶，思索了片刻，道："是啊，这倒是一个伤脑筋的事。想躲，也躲不过去。你不妨告诉他，我因为家庭的接连不幸，已经心力交瘁，很难安心干事了。"杨庄点点头，道："嗯，即便他知道了，也会明白你是善意的。"

杨庄与扬雄商议了半天，最后达成共识，各人还是做各人的事，将谢绝大司马师丹的好意。扬雄沉吟道："在官场，捭风缉缝的人比比皆是。然而，杨兄是性情中人，有时候不可因为我的想法而误了前程。"杨庄拱手笑道："我要投隙抵巇，还是今天这样吗？兄长再说，就见外了。"

埋头专心写作《太玄》，扬雄把辅导刘棻的事都忘了。刘歆找到承明庐，疑惑地问："是不是棻儿不懂事，气着扬兄了？你总不能与孩子一般见识吧。"扬雄揉了揉眼睛："我，我还以为刘兄是好心来看我的，没想到是来挖苦我的。你看我，忙得晕头转向的，居然把这事忘了。"

"哦，是吗？"刘歆瞄了扬雄一眼，嗓子哑潮潮的，说，"如果扬兄不方便，你就跟我说一声，免得棻儿吵着嚷着还不知道怎么回事。扬兄呀，伤自尊呢。"

扬雄暗暗叫苦，道："都怪我，都怪我呀。在孩子的事面前，说任何的借口都是苍白的。我自愿受罚，晚上请刘兄喝一杯，如何？"刘歆幽幽地道："这样说，岂不乏味，好像我来敲诈扬兄似的。若是我不来催促，扬兄应还是忘之脑后吧？"

"笃笃！"张弛的敲门声，打断了他俩的谈话。张弛拱手的动作幅度有些大，像习武人士的抱拳。他犹豫了一下，道："据说，你那两位兄弟要高就了。"扬雄一愣："此话怎讲？"张弛道："杨庄与候强都将归于大司马师丹门下。"刘歆

205

睥睨着张弛，转而问扬雄："扬兄怎么没去？不瞒你说，师丹先生还让我举荐过。"看来，事情远远比自己想的还复杂。扬雄泰然："你们消息都比我灵通，我近期都在承明庐打转，耳朵都成摆设了，可以说是孤陋寡闻，孤陋寡闻啊。你们所知的，应是我想问的才是。"

室内安静。偶尔，茶壶与茶杯磕到的声音，轻而清脆。

屏息。啜茶。舒气。凝神。品茶的过程，感受到的又岂止是一杯茶的清香呢？

扬雄心想，别人想告诉你的事，自然会说，不想说的事，你问了也是白问。每一个人的心里，都应会藏有不想说，或者不屑于说的事。这些，都取决于个人的性格与情感。不是与杨庄说得好好的，他为什么还是去了呢？还有，候强是否是师丹点名的呢？

杯里的茶汤，斟满了，又浅了下去。扬雄想把炉火捅旺，却发现簸箕里的木炭用完了。炭灰很轻，一阵风从门口经过，炉灰就盈盈地飞了起来。看到扬雄无奈地摊了摊手，张弛道："我那还有，我去拿。"刘歆摆摆手，笑道："屋里闷闷的，外面有风，还要凉快些。茶也喝得差不多了，散了吧。"

外戚的阻力，给师丹推行"限田限奴"造成了没完没了的麻烦。许多不可预见的困难都冒了出来，弄得他焦头烂额。无奈之下，师丹向皇上递交了辞呈，可皇上不予理睬。既然师丹递交了辞呈，他所选的人也就搁下了。师丹是重臣，他的奏章切中时弊，却屡次不被采纳，结果可想而知。切中时弊，等于戳到了皇上的痛处，皇上能不发怒吗？而傅太后呢，为师丹反对她"议尊号"的事一直耿耿于怀，正好借机新账老账一起清算。其实，在朝中反对傅太后"议尊号"的也不止师丹一人，傅太后却把怨气撒在了师丹一个人头上。想想，皇上大发雷霆，傅太后发难，还有师丹的好日子吗？做事天地良心，还是不如皇上和太后一句话。于是，师丹遭弹劾，废除爵位，免为庶民。

再次见到杨庄，看不出他有任何的沮丧。扬雄没有问杨庄为何又要去师丹先生那里，杨庄也没有透露半点信息。两个人之间，好像这件事情没有发生过一样。是张弛误传，还是杨庄没有意识到？照理，杨庄应该不会这样去做。扬雄记得，还是在成都石室就读的时候，他和杨庄觊觎石室的一卷《诗经》，正在合谋就被君平先生发觉了，这是扬雄和杨庄之间烂在肚子里的秘密。到目前为止，扬雄还没有听到有人提过，说明杨庄还是一个信守诺言的人。扬雄在心里假设，如果杨庄背着他去找师丹先生了，他为有这样的兄弟感到羞愧。不是吗？兄弟之间说好了的，要反悔，可以明说嘛。再者说，兄弟之间玩心机，还有意思吗？至少，扬雄不能容忍。可这样的事，猜是猜不透的。话又说回头，如果兄弟之间去计较这些，那等于是自寻烦恼。

应该不至于如此吧。

"扬兄执着，令我钦佩！即便著书立说，也不能没了兄弟吧？"

"想，想哪去了，书到用时方恨少啊！有时候，书不尽言，言不尽意，那种滋味是很难受的。"

杨庄一抬眼，道："这话从你嘴里说出来，没人信。谁不知道扬兄学富五车，过于谦虚了。"

扬雄转了转显得僵硬的颈脖，故作沉重的样子："信不信由你。反正，我这牛角尖是钻进去了。"

"埋怨给谁看呢，自找的。寂寞的时候，想想留名青史，就不一样了。"杨庄故意寡着脸道。

"胡说什么呢？越说越不靠谱。"

扬雄心中的矛盾，杨庄没有看出来。他看到扬雄冥思苦想的表情，话也懒得说，便拱了下手——告辞！

杨庄照样做他的"值宿郎"，扬雄还是做他的"黄门侍郎"。相对而言，扬雄日常生活的变化还是挺大的，房间里的案头、床榻的一头都堆满了书籍。关上房门，扬雄开始沉浸在一个人与一部书的世界。他每天都躲在房间里，写他的《太玄》。扬雄在《太玄》中《经》部的写作结构，与当时通行的《太初历》是相对应的，将模仿《周易》的体例，分一玄、三方、九州、二十七部、八十一家、七百二十九赞；而《传》部，则由《玄首》《玄冲》《玄错》《玄测》《玄摘》《玄莹》《玄数》《玄文》《玄掜》《玄图》《玄告》构成。"天、地、人合一"，将是扬雄贯穿其中的哲学命题。

心中有这样的交融与修炼，扬雄还会寂寞吗？

当然不会。

## 4

也不知是谁传出来的消息，说王莽将重新回到朝廷任职。消息不胫而走，传得沸沸扬扬。这天，扬雄从房间出来，准备去找刘歆要些纸墨，看到承明庐的人围在一起议论着什么。有人一见到他，就咳了一声，几个人都闭了嘴，哼哼哈哈地打着哑谜。背对着扬雄的，没有缓过神来，道："接话接茬，听话听音，又没外人……"许是发现了旁边异样的眼神，他也收住了嘴，一见是扬雄，便装糊涂道："又没外人，请一次客还会穷了你？"边上的人附和道："就是嘛。俗话说，吃不穷，穿不穷，打算不好一辈子穷。"他们怎么一唱一和，扬雄全当耳边风，一笑了之，更不会去辨别内容的真伪。他走开了，身后还是嘀嘀咕咕的声音。

唉，所谓俚语"咸吃腌菜淡操心"，好像就是指承明庐这些整天无所事事、闲得发慌的人吧。哀帝登基后，承明庐中大部分人不是在琢磨事，而是热衷于琢磨人。扬雄摇了摇头，脸上露出一丝苦笑。

凑巧，在天禄阁碰到了张禹先生，他在成帝手上就已经从丞相的位置上退了下来。虽然，张禹先生退了，但因为当过成帝的老师，享受特殊待遇，他仍住在长安的府第，按列侯朝见。看去，张禹脸色不太好，像病后初愈似的，脸上长满了老人斑。扬雄拱手施礼，主动上前打招呼。张禹先生显得热情，问这问那，他年事已高，说话也没有以前那么强势，记性却出奇的好，上次叫弟子戴崇去承明庐请扬雄赴宴的事还记得一清二楚。旧事重提，由于候强与吴葭的事，本来对他就没有多少好感，况且，那次是扬雄有意躲避的，心里就更加别扭了。扬雄红着脸，不知道怎样应对才好。好在，刘歆岔开了话题："扬兄以后有这样的好事，分身无术，我去代替就是了。君侯设家宴，你怎么能够爽约呢？"扬雄瞥了刘歆一眼，道："刘兄就别落井下石了，我有什么不到之处，抑或怠慢的地方，还请君侯和刘兄多担待。"刘歆笑道："不如这样吧，君侯很少来天禄阁，今天晚上我做东，请君侯喝一杯。"张禹先生显得为难，道："今晚恐怕不行，真的有事。话就不瞒你们了，下午王太后约了王莽，让我过去有事商议。王莽也算是故交，他卸职后一直隐居在新都，没想到他的二儿子王获杀死家奴。你们猜猜，他是怎样责罚儿子的？他硬是逼着王获去自杀。在朝廷中，他呼声很高，许多朝臣都要求他复出。弄得哀帝很被动，已经下旨重新征召王莽回京城侍奉王太后。"刘歆一怔，道："既然君侯有正事，那就改天，君侯可要赏脸。"张禹先生话说长了，气喘吁吁，他缓了缓道："从心里说，我始终看好你们两位的才华，还有杨庄的为人。《易经》中有一句是怎么说的，二人同心，其利断金；同心之言，其臭如兰。你们想想，是否是这个理呢？"刘歆与扬雄互相看了一眼，不禁点头称是。刘歆道："君侯精通经学，又通音律，以后还请多点拨才是。"张禹先生笑道："对别人拎不清，我们几个还是拎得清的。相识多年，算是故交了吧。"

送走了张禹，刘歆去拿了厚厚的一摞纸，递给扬雄。

先是刘欣，后是王莽、张禹，接下来还有谁会出现在天禄阁？而他们的到来，对天禄阁，或者是刘歆又意味着什么？他们是见到了的，是否还有没有见到的呢？扬雄的思维像一根触须，敏感地感觉到了新的状况。这，不是巧合，也不是平白无故的，而往深层次想，又想不出所以然。如果换作刘歆，他是怎么想的，他是否更接近于真实的状况呢？只是，刘歆的眼神越来越淡漠了。

"奇怪了，像是轮班呢。"扬雄像在自言自语。

"轮什么班？心不在焉的，在跟谁说话？"刘歆好奇地问。

"说一件事，也不知道感觉对不对。比如王莽、张禹，他们到天禄阁，不只是路过这么简单吧？"扬雄提醒道。

"哦？具体的也说不好。但有一点是可以肯定的，他们是在物色、招募人才，或者是帮权贵物色、招募人才，扩大自己的势力。有个别的，八竿子都打不着，让人找着问着了，特别别扭，简直是不知道怎么办才好。本质上，他们与师丹的选人是不同的。在未央宫，这样的事无论搁在谁头上，都是不正常的，根本上不了台面。更有甚者，直接踩着别人的肩膀，摊牌说谁与谁不和，将来肯定合不到一块去。意思明摆着，他那是火坑，能去吗？"刘歆坦然。

"是吗？"扬雄疑惑，"他们秘密招揽，主要是颠覆了一部分人对朝廷用人走向的认知。这与拉帮结派各立山头有什么区别？弄不好会惹大麻烦的。"

刘歆讲话的口吻不容置疑："谁入了谁门下，谁跟着谁，还去张榜公布不成?一个比一个精明,后果自负嘛。实际上,你我讨论这样的话题,毫无意义。"

是的,又不去巴结谁,也没有兴趣去入谁的伙,说这些真的毫无意义。只是,这些在扬雄眼里都是不可思议的。况且,在天子脚下当朝臣都如此,那未央宫之外的官员又是如何呢?掌握了权势,就等于掌握了利益。臣要有臣节,而他们的节操都在哪?难怪,师丹要进行"限田限奴"。不然,任其发展,权势集中的人,就把大部分利益,甚至是国家的利益,牢牢地掌控在个人的手中。他们与王太后的王氏外戚集团,傅太后的傅氏集团相比,只是一个小团体而已。反过来说,师丹却成了朝臣的焦点,被一些权贵痛恨的怒火烤煳了。

一位倡导改革的忠臣,最后成了一名罪臣。

看来,能够透过现象看到本质的,只有师丹、孔光、何武几个吗?远远不止。然而,保持缄默,以及失语的众多。至于,在缄默与失语中,他们是否只守着自己的一亩三分地,抑或是否藏有一己私利,就不得而知了。想想这些,都是一件件令人后怕的事。然而,这是否是吃自己的饭,操别人的心呢?有这样的成分,却不全是。这样一想,扬雄觉得自己的周围是混沌的,甚至是污浊的。作为旁观者,扬雄已经感到无所适从。

西汉王朝的神秘面纱,就这样在扬雄的思绪中一层层地剥开了。

扬雄抱着一摞纸回到承明庐的住处,发现刘歆竟然把墨忘给他了。在未央宫,官员用墨是朝廷赐的,每人每月大小各一块墨。而天禄阁用墨用纸,都是直接申报领用的。扬雄正投入《太玄》的创作,他的墨根本不够用。没有墨了,他就找刘歆要。兄弟之间,刘歆要是这一点忙都不帮,恐怕说不过去吧。打开摞着的纸,扬雄发现里面夹着一张名单,刘歆、杨庄、张弛,以及自己的名字,居然与张禹先生的弟子彭宣、戴崇,还有杨宣等排在一起。名单上的字,分明是刘向先生的笔迹,而毫不搭界的名字为何排在一起,却成了一个永远的谜团。

恍惚是黄昏时分,许多蛀虫像蝗虫一样铺天盖地飞来,未央宫前殿的梁柱,正在被蜂蚁似的蛀虫疯狂地侵蚀着。张禹与王莽呢,全身都长满了褥疮,散发着像死鱼的腥臭味。他们无一例外,都拿着马鞭,一起在追赶着扬雄。前殿坍塌的时候,扬雄一脚踩空,跌入了无底的深渊。噩梦惊醒,扬雄依稀记得梦境。他惊诧的是,为什么这一次梦中没有出现太阳神鸟。

扬雄蜷缩在床上，忍不住再一次去回想刚才的梦境，还是没有发现太阳神鸟的踪影。他摸索着走到窗前，窗外黑漆漆一片，看不到半点光亮。隐隐约约地，扬雄听到了隔壁房间传来"咯吱咯吱"的声音，分明又是张弛在睡梦中磨牙了，他有严重的磨牙症。前些日子，扬雄写作睡晚了，好几次都听到张弛的磨牙声睡不着觉，恨不得去敲门叫醒他。终于，找到一次机会问张弛了，他矢口否认，白了一眼，质疑扬雄听错了。反过来，扬雄觉得不好意思了，像误会了他似的。

有的事，就这样，明明是存在的，发生了的，却被认为是幻觉的，甚至是错怪了的。而事实，永远是事实。

## 5

一曲终了，一曲还在重演。今天的兴与废，到了明天，都会成为历史。

即便年事已高的张禹，在利益的驱动下也没有死心，他想抓得更多，最后抓不住的是时间的沙漏。张禹奄奄一息的时候，还有不明真相的人到他府邸前排队。而张禹留给四个儿子的钱财与田产，他们几辈子都花不完。

张禹入土了，他的事还没有消停下来。有的人送了重金，张禹因为身体原因没有把事办好，当事人肠都悔青了。偏偏，这样的事死无对证，又不好明说。总不能到处去宣传，说自己送了张禹多少多少，而他却没有把某件事办成吧？问题是，张禹的四个儿子都在官场任职——他的长子张宏继承父爵，官至太常，位列九卿。其余三个儿子，分别是校尉、散骑、诸曹，也是得罪不起的。去谴责，或者讨要，等于自找麻烦。于是，就有了许多版本关于含沙射影张禹收受贿赂的传闻。往往，传闻说得有鼻子有眼的，完全可以对号入座。一传十，十传百，添油加醋的肯定有，越传越难听，越传越玄乎。张宏听到后，翻脸不认人，恨不得把说传闻的人杀了。

真的是作孽啊，张禹死了都不得安宁。

数日后，张宏找到刘歆与扬雄。张宏的年龄与刘歆一般大，身高体重却比刘歆有优势，长得细皮白肉的，像没有见过阳光似的。而带路的那位，好像还是曾经与他父亲同来的属吏。刘歆、扬雄与张禹先生少有交往,也不知他曾经在儿子面前说过什么,而张宏找他俩到底用意何在。张宏绕来绕去,只是想探听父亲到天禄阁说了什么。还有一层意思很明显,在问他父亲的随从,或者弟子,是否有直接或间接接收过财物。许是张宏平时讲话飞扬跋扈惯了,即便问话,也不注意方式。听得出,刘歆非常反感张宏问话的口气,容不得他细问,道:"我们无意与令尊发生任何纠葛,无可奉告!"刘歆一句话,就把张宏堵死了。如果不是刘歆回得决绝,应对张宏这样的人真的费劲。张宏脸都气青了,又不好发作。明显,他心有不甘,却很是无奈。看张宏想死缠烂打的架势,扬雄说得比较委婉:"张禹先生尸骨未寒,张兄何必拘泥于一些无用功之事呢,还是请回吧。"张宏这才喋了声,等于借着扬雄的话给自己下了台阶。

想必,张宏是头一遭遇到刘歆这样的态度,回去之后,崩溃的心都有。

无论张宏出于何种荒唐的想法,他的做法都是让人匪夷所思的。张禹先生退位后,交往过的人数都数不过来,你总不能一个个去问吧?凭他的方式,能够问出一个什么结果呢?既然,传闻张禹先生贪得无厌,他这样一本正经地去问,不等于是脱裤子放屁吗?都是上不了台面的事,却非要拿出来求证,与把张禹先生的所作所为拎出来示众有什么两样?刘歆愤然:"见过愚昧的,从来没有见过如此愚昧的。若是张禹先生躺在地下知道儿子的蠢相,说不定会气得从棺椁中爬出来,扇他几个巴掌。"扬雄道:"人啊,脸皮厚都不要紧,就是怕自尊与羞耻都没有。张禹不在了,一些人还在念叨着,还有个别的是在咬牙切齿地恨他。与张宏这样的人较劲,就更加没有必要了。"

好奇。是的,通过这次面对面的接触,扬雄对张宏多了几分好奇。原先,随成帝去甘泉时,扬雄就见过张宏,只是面目没有看得这么清晰,也没有留下什么特别的印象。扬雄一直想知道,凭张宏这样的智商,他是怎么坐上太常的位置的。当然,有权有势的父亲,无疑是首要因素。再呢,那就无从谈起了。用这样的人,去掌管西汉王朝的宗庙礼仪,简直是一种蔑祖与不敬。进一步说,除了官场上同流合污者,谁不憎恨特权与腐败呢?

很长一段时间,未央宫的宣室殿、前殿,都没有廷议与昭告,而皇上案头上的奏折却堆积如山,他也不去批阅。皇上去哪了?他哪也没去,正沉迷于后宫,把青春的能量消耗在酒色和骰子上。显然,一位欢喜掷骰子的人,是赌性十足，而又心存侥幸的。天将降大任于斯人。而刘欣却将江山社稷置于脑后。

"以我多年占卜的经验，未来，或许不会太久，局势会发生改变。改变的是人，而且是西汉王朝的主人。"君平先生在玄都坛斋堂掐着指头，对杨庄和扬雄如是说。

扬雄意识到，君平先生的话并非空穴来风。

君平先生云游到长安，他并没有入长安城，而是到了终南山子午峪的玄都坛。子午峪的玄都坛，从汉文帝时期开始就是道教圣地，也是君平先生千里迢迢云游长安的首选。杨庄与扬雄能够在子午峪玄都坛见到君平先生，过程也不算复杂，是李弘先生预先透露给杨庄的消息，他们敲定日期，就奔着君平先生来了。然而，到了子午峪却费了一番周折，君平先生与玄都坛的张道长进山了。玄都坛的"山门"是石筑的，并不雄伟，在某种意义上说，入了山门就意味着避开市井尘俗了。幸好，在玄都坛的"山门"前只等了半天，就等到了君平先生。一见先生执杖走来，扬雄、杨庄急忙躬身稽首。君平先生银发飘飘，一脸淡然："一生二，二生三，三生万物，地法天，天法道，道法自然。子午峪云淡风轻，古木参天，高峡深谷，此乃清修问道之地。"君平先生的话，既像是对他的学生说的，又像是对张道长的一份感恩。张道长双手结太极阴阳印，举在胸前，立而不俯，含笑道："无量观。"

玄都坛，立于山崖之巅，乃洞天福地。在山巅平台上，抬头就能看到高天流云，放眼就能见到沟壑深涧，似乎与天地之间只隔着一片云。玄都坛的建筑规模虽小，却已经具备了道观的雏形，布局以子午线为中轴，坐北朝南，那飞檐似是直抵云端。在建筑与周围环境的融合上，俨如留出了大片空白的写意。玄都坛边上，有山径，有绝壁。一块巨石俨如天上飞来似的，嵌在山崖与山崖之间。长安的夏天，天气已经开始闷热了，而终南山子午峪则不然，玄都坛吹来的山风还带着些许的凉爽。扬雄心想，真是避世绝俗的好地方，只有清逸高邈的人，才配在这样的环境中归隐。多半时候，君平先生边走边听扬雄、杨庄讲过往和长安逸事，不惊不喜，最多也就淡然一笑。他那淡然的笑，分明是对扬雄与杨庄的一种安慰，还有赞许。即便，他慢条斯理地说上一句，也是纯粹的鼓励。

奇异的是，没有见到君平先生之前，心是悬着的，一旦见了面，就安然了。一路上的焦虑与疲乏，也就烟消云散了。与君平先生在一起的时间太短，扬雄本想请教写作《太玄》中遇到"阴阳五行"方面的疑惑，也没有机会。在张道长的眼里，扬雄与杨庄虽然是君平先生的学生，但仍是俗人，按照规矩，他俩是不能在玄都坛中留宿的。他连半句客气与敷衍的话都没有。这一刻，轮到扬雄与杨庄发懵了。如果不是君平先生与张道长在场，他们肯定会叫起来——这也太过分了吧，大老远专门赶来，一点客面都没有。看到张道长与君平先生漫不经心的样子，似乎一切都是情理之中，他俩急躁的情绪也随之安宁了下来。想必，这是修道之人简朴隐逸的生活，拒绝外人的打扰吧。扬雄、杨庄，与君平先生一起在斋堂食过素斋后，就不得不与君平先生告辞了。

"路上小心。"君平先生只叮嘱了四个字。

"先生保重！多多保重！"尽管依依不舍，杨庄、扬雄还是一前一后上路了。

转过山崖，上一程，下一程，前方约莫五里之外的地方，有两间草庐，方便的话，可在住山人家借住。再往前，方圆数十里都人烟稀少。然而，一路上夜鸟都开始归林了，天很快就要暗下来。冒着暮色，扬雄与杨庄深一脚浅一脚地在山径上走。令人心生恐惧的是，远处偶尔会传来一两声猛兽的吼叫。这样的叫声，是飘忽的，忽而似在远山，忽而像在深涧，忽而又像是山谷中的回音，远近不一，有时会令人头皮发麻。除了猛兽的吼叫声，还有暗中的"沙沙"声，俨如跟在身后，如影随形。在这样的山里，被野兽咬死，或者叼走，都不是什么稀奇的事。显然，杨庄比扬雄怕暗，他喘着气道："天暗下来，什么也看不见，遇到危险也不知道。若是一个人走这样的夜路，尿都会吓出来，这猛兽的声音太惊悚了。"扬雄嘘了一声，道："在蜀中游学的时候，我一个人不是照样走了过来？心中无恶念，就走得安稳。"杨庄问："宽慰人的话，谁都会说。关键是，你就没有怕过？"扬雄答："不瞒你说，我最为孤独的时候，就是一个人走这样的夜路了。现在前方还知道有人家，我当时根本不知道前方到底有什么在等我。"

在终南山子午峪行走，最好的状态就是随遇而安。

# 6

局势的发展，真的难以预料。

扬雄与杨庄离开未央宫，只去了一趟终南山子午峪，顺道去粟邑拜谒了"文字始祖"仓颉的墓冢，等他俩回到未央宫时，丞相王嘉已被处死了。听到这样的消息，杨庄、扬雄的心都"咯噔咯噔"地跳，差不多都要从心口蹦出来了。

没去粟邑，粟邑与仓颉都是久存于心的符号，只是仓颉与粟邑的分量不同。到了粟邑，看到高耸的银杏、虬盘的龙柏，拜谒了"文祖"仓颉墓冢，观赏了鸟兽的足迹雕纹，才会感知到当地人对仓颉的虔敬。墓碑上的字已经风化得不成样子了，根本无法辨认。面对"文祖"仓颉墓冢，扬雄、杨庄没有理由不膜拜。而仓颉在道家心目中，被尊为"文字之神"，那鸟兽的足迹雕纹，何尝不是华夏文明的一种图腾呢？

在粟邑敬奉的三炷烟香已经消散，还是说王嘉先生吧。他最初以明经射策甲科为郎，先后任光禄掾、京兆尹、御史大夫、他为人刚直，正义感强，以敢于直谏令人敬重。一位儒生，能够有这样的仕途，已经是翘楚了。哀帝即位时，还是看重王嘉在朝廷大臣中的威望，升迁他做了丞相。偏偏，王嘉并不因为皇上升了他的职务，就依附于他了。只要皇上有不检点或乱用皇权的地方，王嘉秉性使然，照谏不误。就连不同意皇上宠幸董贤，他也直言不讳。连熟悉王嘉的人都感到愕然，他长相清癯，内心竟藏有如此大的能量。

而此前，皇上宠幸董贤已经到了什么程度呢？

董贤受宠后，一路扶摇直上，不仅从舍人、郎官，升任驸马都尉侍中，皇上出门、入寝都陪伴君侧，仅一个月得到的赏赐就是一万万钱。更为荒唐的是，皇上意气用事，封董贤为高安侯，封他妹妹为昭仪。正所谓"一人得道，鸡犬升天"。董贤的父亲、岳父，以及小舅子都得到了皇上的封赐。正当皇上准备封董贤为大司马时，丞相王嘉再一次站了出来，他毅然决然，表示坚决反对。

王嘉等来的不是皇上的体恤，更不是皇上的恩典，而是皇上冷冰冰的两个字——赐死！

在皇上发威之时，即便有异议的大臣，也只能忍气吞声了。丞相王嘉都能够被赐死，谁还敢直谏，那不是拿自己的身家性命开玩笑吗？一位敢于直谏的重臣被封住了嘴巴，一如锁住了满朝大臣的咽喉。王嘉的死，在崇儒的西汉王朝，无疑是官场的耻辱。

于是，二十出头的董贤凭着长相容貌，登上了大司马的宝座，位列三公。

而他的前任，是大司马丁明。丁明能够任大司马，也绝非一般的人物，他是刘欣生母丁姬的弟弟，也就是皇上的舅舅。皇上之所以要免去丁明的大司马之职，主要是因为他帮王嘉求过情。想想，你帮王嘉求情，那与反对皇上的旨意有何区别？朝着这样的思路去想，皇上不免丁明才怪呢。此后，满朝官员的奏请，都要经过董贤的手才能转呈皇上。

　　王嘉的结局，是朝中很多朝臣都没有想到的。是的，一些朝臣私底下都说王嘉不值得，也有的在感叹世态炎凉。若是其他人，这事说过去就过去了，未央宫中发生类似的事，也不是他第一个。问题是，王嘉是扬雄熟悉的，两个人称得上是相谈甚欢的书友。扬雄与杨庄去终南山子午峪前，他与王嘉还有过联系。在扬雄眼里，王嘉先生是当朝大臣中对学问有研究的人，对五经、书画都有很深的造诣。他去天禄阁只为借书。得闲，也坐下来与扬雄、刘歆讨论经书要义。

　　印象深刻的是，"收书使者"陈农见王嘉嗜书如命，有一次在天禄阁把自己收藏的一套《论语》帛书赠给他。王嘉先生婉拒了，他只给陈农讲了一个"子罕弗受玉"的典故——相传在春秋时期，宋国人得到一块美玉，献给重臣子罕，谁知子罕并不接受。献玉人怕子罕不识货，如实告诉他，玉已经让玉工看过，确实是宝物。子罕淡然一笑，告诉献玉人说，我把不贪视为宝物，你把美玉视为宝物，如果你把宝物送给了我，那我们两个都失去了宝物，这又是何苦呢？性情相似，陈农也算得上是王嘉的好友，没想到，王嘉竟然误会了陈农的诚意。陈农用手摩挲着帛书，只是尴尬地笑笑，既不介意，也不解释。他若有送礼的想法，也不会当着扬雄与刘歆的面了。从这一点看，无论陈农的秉性，还是王嘉的本质，一位是看得开，一位是求清廉。

　　没有心中的儒气，怎会有如此雅事？这一说，已是一年前的事了。

　　或许是天意吧，在王嘉生死的节骨眼上，扬雄居然不在未央宫。即便在宫里，扬雄又能怎样？扬雄地位卑微，以他的身份，恐怕那天廷议连上朝的机会都没有，更不用说帮忙说话了。

　　正如刘歆说的，王嘉先生的结局，是个定数。为什么？因为他敢讲真话，眼睛里容不得沙子。至少，他有两点是皇上不能容忍的，一是挑战皇权；二是轻视皇上的宠臣。

扬雄听出了刘歆话里的弦外之音。正直、明理、大义，决定了王嘉的人生结局。唯独，他只有侍从一位明君，才有不一样的人生。然而，他有这样选择的自由吗？

往往，人生的选择，你只能选择自我，而很难选择他人。

刘歆在家中设宴，为扬雄、杨庄接风洗尘。刘歆的府邸，扬雄与杨庄都熟门熟路，甚至客厅、书房的布局摆设都一清二楚。刘歆的儿子刘棻、刘泳不仅长得帅气，也比以前懂事了，看到扬雄、杨庄，一一问候之后，转身就走了。几杯酒下肚，刘歆的话就多了起来："王嘉先生是有骨气的，反正是一死，皇上赐了鸩酒，他根本没喝。打入天牢后，便绝食。想我西汉王朝，如此铮铮铁骨者，是少之又少。"杨庄动容，道："在成帝时，王嘉先生就与张禹先生有过分歧，一次刚刚退出前殿，就吵得不可开交。从那个时候起，张禹先生就对他不满了，可他还是挺了过来。如今倒好，有人饮鸩止渴，有人卸磨杀驴，有人如愿以偿。"刘歆沉吟道："凭大司马丁明的资历与人脉，都会因为王嘉先生的事免职，这事还真不好说，怕就怕没完没了地追查，株连无辜。"扬雄红着眼，听刘歆与杨庄说话，自斟自饮，心中的郁闷像天上黑压压的云团一样逼近。心想，王嘉先生可谓一代良才，竟然落得如此下场，怎不会人人自危，谁还敢讲真话、献箴言，而皇上今后又向谁去问策呢？

扬雄在悲伤中鼻翼翕动，哽咽着，一句话也说不出来。而他的心，仿佛正被卷入汹涌的漩涡里，陷入一种无边的绝境。此时的扬雄，食不甘味，他拿出埙吹奏起来，那埙声低沉、悲切，一如他的呜咽。刘歆、杨庄呢，受了扬雄埙声的感染，也放下了杯与箸，一言不发，双眼含泪。灯火如豆，显得室内更加静谧。刘歆与杨庄再看扬雄，他已放下了埙，而如泣如诉的埙声，似乎还在缭绕。

埙声散了，客厅里刹那间陷入了沉寂。那沉寂，一如从屋瓦、房梁上落下的，带着重量，压得人喘不过气来。刘歆清了清嗓子，道："兄弟难得相聚，喝个痛快，一醉方休！"三个人之间，扬雄酒量最差，他没有推辞，也举杯随杨庄干了。酒一酣，三个人的状态恍惚是水面上的浮萍。

217

## 第八章　给皇上发帖

### 1

　　烦心的事，一件接着一件。

　　候强居然把张宏给打了。对于张禹府上，因为吴霞的死，候强本身就有难言之隐，心中一直窝着一团怒火。张宏找到候强核查他父亲的随从、弟子是否有直接或间接接收过财物，无疑给候强火上浇油。俗话说，人怕伤心，树怕剥皮。张宏侮辱人的话，句句刺伤候强的心。人一伤心，内心就容易失去分寸。三句话还没有说完，候强抡起拳头就是迎面一击。别看张宏长得人高马大，却经不住打，一拳就被放倒了。候强这一拳，张宏就纠缠不清了，他怎么会放过候强呢？而候强不等于自毁前程吗？想想，候强是以下犯上，打的是朝廷大臣。按"十宗罪"，至少可以对上二宗：一是"不义"；二呢，是"大不敬"。凭这二宗，完全可以把候强往死里整。张宏一天不松口不让步，扬雄与杨庄的心就始终悬着。

　　实在是没有办法，杨庄、扬雄硬着头皮，分头去找了光禄大夫孔光与御史大夫朱博，请他们出面斡旋。众所周知，朱博先生与孔光先生能力都强，两个人却是不合的，朱博曾经弹劾过孔光。对于张宏，他们没敢拍着胸脯说话，因为都知道张宏讲话阴阳怪气的,是个举棋不定而又见风使舵的人。托人帮忙的事,不好去催,扬雄与杨庄只好耐心地等,等着他们回复。

事情闹大了,候强也后悔。可当时在气头上,他根本没有经过大脑去思考,也就没有想到会出现这样的后果。"不义"、"大不敬",都是被人戳脊梁骨和唾骂的事,候强熬住了,可他父亲候侃弯着腰做人,还是抬不起头,一病不起。孔光先生是孔子的十四世孙,在宫中称得上是"三朝元老",他通经学,从最初推举为议郎开始,到谏大夫、博士、大夫,再升迁大将军、丞相,可谓一路坎坷。想当年,孔光先生直谏无忌,惹祸上身,在元帝、成帝时都被贬过。后来,他说话办事风格变了,欢喜按常理出牌,言之利弊。杨庄是如何说服孔光先生出面帮忙的,他没说,扬雄也没好意思问。然而,张宏真不是什么善主,他对孔光的好言相劝,根本不买账。孔光先生失了面子,摇摇头,一声叹息,走了。

朱博先生则不同,他从家乡的亭长做起,先后在刺史、太守、光禄大夫、廷尉、后将军、京兆尹、大司空岗位上历练,做事讲究策略。扬雄面子薄,怕求人,可为了候强,他还是豁出去了。说实话,扬雄去请朱博先生出面,确实是动了脑筋的。扬雄用最精练的语言,把候强与张禹父子的纠葛,以及恩怨摆了出来。朱博先生打量着扬雄,问:"即使,你所说的都成立,我凭什么要出面施以援手?是同情,还是伸张正义?"扬雄愣了,没想到朱博先生问得如此直白。他恭谨而不气馁:"先生,先生一向整肃贪腐,匡扶正义,令人钦佩。如果因为候强一时冲动,而毁了一生,那与其说是毁于张宏之手,又何尝不是毁于权势之手呢?想必,先生现在了解了此事,也不会袖手旁观。"看到朱博先生不动声色,毫无反应,扬雄趁机递上了一块玉佩——这块玉佩,是父亲扬凯传给扬雄的,阴线勾勒,雕有竹节纹,寓意君子气节。扬雄道:"人在,情在。孔圣人说,玉之美,有如君子之德。而君子呢,是成人之美,不成人之恶。"朱博先生瞥了扬雄一眼,淡然道:"依我看,你刚才为兄弟是拿得起的,现在却为兄弟放不下了。你若想放得下,必须先心安。"急切、窘迫。扬雄把玉佩放在了朱博先生的书案上,欲言又止。

第二天,朱博先生直接令下属去把张宏请到御史府。张宏一进门,朱博先生半句寒暄的话也没有,直接盯着他看,看得他心里发毛。张宏迟疑:"莫非出门匆忙,衣冠有何不整?"朱博先生捋着胡子,绕着弯道:"张太常想查清楚令尊的随从、弟子，是否有直接或间接接收过财物，何必亲力亲为呢？花了那么多精力，还是传闻四起。其实，这个事很简单，我让手下去查，直接从候强查起，凡是令尊推荐过的人，一个个都去查，即便挖地三尺，也要查个水落石出，一定还令尊一个清白。到时候，说不定他们一个个磕头都来不及。"张宏听出朱博话里有话，预感来头不对，他扫了朱博一眼，看到他脸无表情，心中立即"咯噔"了一下，瞬间就虚了。御史大夫朱博，可是得罪不起的人物，只要他手下一介入，进去的朝臣都难过鬼门关。只要是御史府盯上的，有哪位官员经得起查？一查，一个准。张宏想着，脸都吓得煞白了，茫然道："岂敢劳烦御史大驾，本来就是家事。家事，也就在家里说说。我的初衷，是想惩前毖后，没想到事与愿违。我保证，此后不会有任何杂音。"朱博一声冷笑，道："就这样放过候强，那岂不便宜了他？"此时，张宏很难去衡量朱博的话中有多少分量是向着候强的，他肚子里恨得咬牙切齿，脸上却露着微笑，道："是啊，人不教人，事会教人。我只是教训教训他，并无恶意。以后丢人现眼的事，随他去。"朱博先生的话冷冷的，像是牙缝里挤出来："知道就好。"

　　候强算是躲过了一劫，而他父亲候侃到生命的最后一刻，眼皮都没合上。

　　悲伤，自责，交合在一起，候强的身体里像有一只怪兽在吞噬着他。候强怀揣着极度的不安与烦躁，他想把怪兽逼出体外。然而，他努力多次，均以失败告终。候强带着悔意，想给扬雄、杨庄做出解释。当然，他主要是想表示谢意。谁知，他话说到一半，就让杨庄摆手打断了："候兄的心情，能够理解。过去的事，老记在心上，有意义吗？你不累，我们都嫌累。一些人得罪不起，躲得起。若要认真去计较，真的计较不完。其实，说这些都不重要了，重要的是你命中得贵人。你想想，没有扬兄去请朱博先生出面，恐怕你想说句感谢的话，都没有机会。"候强听了杨庄的话，头点得像鸡啄米一般。

　　扬雄认为，这么多年来，候强所做的许多事，都是个性使然。如果套用成功与失败去画线，成功的概率很少，少到微不足道。也就是说，一个人去做一件事，成败与个性有着很大的关系。"好了，担心的事都过去了。不过，以后再也不能意气用事了。反过来，如果当作人生的一次经历，就会丰富自我了。有一个事理，我们必须明白，与文字打交道还可以，要去与人扯关系啊，连门都难以摸着。是察言观色，还是投其所好？一些权贵为人处世的方式，让我们绞尽脑汁也想象不出来。不可思议的是，他们处理事情的方式本来是肮脏的，却变得如此体面。不瞒你俩说，面对这些人的时候，我的情绪是厌恶的，心是撕扯着的。不，准确地说，内心是撕裂的。"扬雄感叹道。事实既是如此，想起来，内心还是五味杂陈。他看着候强后悔莫及的神情，想笑，可又笑不出来："这件事就到此为止，以后谁也不准提。我们几个也没有大富大贵的命，还是安安稳稳过平平淡淡的日子吧。"

这是一个闷热而慵懒的下午。扬雄悻悻的，一点也提不起精神。杨庄想去天禄阁叫上刘歆，四个人一起聚聚，都让扬雄阻止了。

## 2

未央宫的信息，向来在宫中传播得很快。即便是捕风捉影的事，甚至是谣言，有时也传得像真的一样。能够进入未央宫的人，都知道信谣传谣是宫中的大忌，但有的场合还是管不住自己的嘴巴。有的时候，传闻言之凿凿，有名有姓。这几天疯传，说是朱博先生将招募候强入御史府。在承明庐，张弛消息灵通，他在路上截住扬雄，探问候强入御史府的事。扬雄因妻子患病，心事重重，他扫了张弛一眼，没好气地反诘道："你问我，我问谁去？"

扬雄想，这样的传闻不外乎来自两个途径：一是张宏；另外一个就是朱博先生。问题是，这样的传闻对他俩有何实际意义呢？见张弛一脸茫然的样子，扬雄拱拱手，径直走了。

是真的吗？如果是，那张宏或朱博先生的用意何在？问的人多了，扬雄心里也不禁问自己。有这样的好事，对于候强当然是个千载难逢的机会，怕就怕传得沸沸扬扬，最后还是一场空。

许是近期宿醉，抑或贪凉的缘故，扬雄觉得脖子僵硬，他耐不住一下又一下地拍打后脖子。似乎，拍打还是不过瘾，就不停地摇头晃脑。然而，刺眼的阳光，让他喷嚏一个接着一个。"呸"，扬雄吐了一口痰之后，又忍不住骂了一句老家的粗话，喷嚏才止住。

扬雄再次见到候强，发现他像一个落魄者一样，神情萎靡，蔫蔫的，似乎他骨子里的桀骜不羁全部消磨了。候强无助地道："传闻者什么意图？分明是故意的，一定是。他们无非是想把我推向风口浪尖，最后毁了我。我现在等于是砧板上的肉，随便什么人切割都一样。"扬雄安慰道："我倒不这样认为。既然有人拿你说事，说明有人在乎你，或是需要你。面对传闻，你不应该悲观，更没有必要耿耿于怀。你又没有做什么见不得人的事，嘴巴是生在别人身上的，有人要闲着没事，就让他说去吧。"候强抬头，望着扬雄道："通过张宏这件事，以及引起的传闻，我只是觉得生活得累，甚至很乏味。现在细细想来，做一个平庸的人，多好！"

冷嘲也好，热讽也罢，无论别人怎么说，日子还得照样过。候强心灰意冷，他感到一个明显的变化，就是许多人都跟他保持距离了。疑惑，焦虑，沮丧，还有屈辱，交织在一起，候强的内心更纠结了。正当候强一筹莫展的时候，传闻竟然变成了现实，朱博先生把他调入了御史府。候强不敢相信，如此滑稽的事，会发生在自己身上。他忍不住掐了自己一把又一把，疼得直咧嘴才罢休。

候强懵懂地入了御史府，他与朱博先生还是第一次见面。看到朱博先生不苟言笑，他在路上想得滚瓜烂熟的几句话，一句也没说，全忘了。候强话没说，呼吸就变得急促起来，一脸的疲惫更加明显。"看你这垂头丧气的样子，不像是能够动拳头的人嘛。怎么，到御史府不满意？"朱博先生盯着候强问。"满意，非常满意！先生的栽培，学生将没齿难忘。"候强连忙道。"好！既然这样，那就安下心来，先熟悉下环境，往后要踏踏实实做事才是。"朱博先生捋着胡须道。"遵命！学生唯先生马首是瞻。"候强拱手道。

尽快从阴影中走出来，进入新的角色，对候强来说也是一种考验。御史府等于是中央监察机构，负责纠察、弹劾官员，肃正纲纪。候强作为侍御史，需要懂得许多专业知识，才能进入角色。候强心想，这些年为生计基本把学习都荒废了，是该静下心来好好读些书了。毕竟，候强骨子里崇尚与追求的还是一卷书的高度。

入了御史府，朱博先生与候强是上下级关系，候强在他面前讲话自然不能随意，话语是越简单越好。在旁人眼里，羡慕的，嫉妒的，都有。候强后来才明白，由于自己打了张宏的事，本可能身陷囹圄，是扬雄请朱博先生摆平的。而朱博先生呢，干脆人情做到底，把候强调到了身边。这，既是朱博先生的强势与气度，也是比张宏做人做事棋高一着的所在。朱博先生出面，把张宏要对付的候强调入麾下，等于给张宏一种警示，又不落下任何口实。

扬雄刚出房门，准备去给刘菜做辅导，又被张弛堵上了。张弛看了看左右，道："扬兄是不是对我不放心，保密工作做得如此之好。果不其然，候兄进入了御史府吧。"扬雄噎了一下，道："不管你信不信，我真的还不知道这葫芦里卖什么药。具体是怎么一回事，我也是一头雾水。"张弛疑惑道："不会吧？都说请朱博先生是你出的面。"扬雄茫然地摇头道："事情桥归桥，路归路，彼此不能混为一谈。我不能因为与张兄住隔壁，就能够代替你吧。"张弛摇摇头，叹道："那是候兄因祸得福了。"听张弛这么一说，扬雄感到无语。然而，他不得不说："我们都是兄弟，也没有什么想法，谈这样毫无意义的事，是不是很无趣呢？"

见扬雄表情严肃，张弛苦笑了一下，转身进了自己的房间。实际上，张弛心里闲得发慌。他与扬雄一样，一直在原位没有挪动过。张弛不想高官厚禄，但也不甘心冷水浸牛皮，他几乎对自己的仕途失去了信心。

不可否认，西汉王朝自武帝打败匈奴后，元帝采取的和亲政策（最为典型的例子是，元帝能够将王昭君公主远嫁呼韩邪单于），进一步密切了汉朝与匈奴之间的关系，促进了民族的融合与和睦。

哀帝建平四年冬，单于（匈奴部落联盟首领）上书朝廷，愿意在次年春天来长安朝见皇帝。当时，哀帝身体正患有疾病。朝议时，有大臣禀告，单于从上游来，会带来携有巫术的人，说不定就有不吉利的事情发生。在宣帝、元帝时期，朝廷就曾遇到类似的事情。哀帝一听，左右为难，就让朝中的大臣讨论，意见还是不能统一。

而结果呢，哀帝还是以"虚费府帑"为由，拒绝了单于。

经费不足，拿不出赏钱。这样的理由，显然是不成立的。扬雄发现苗头不对，趁单于派来的使者还没有离开长安，急就上书——《谏匈奴单于朝贡书》。扬雄认为，匈奴作为骁勇善战的游牧民族，千万不可小视。如今单于派出特使，请求来长安朝见皇帝，陛下没有答应，婉言谢绝，汉朝与匈奴之间因此将会产生裂痕。若是发生变故，将是祸患无穷。他以秦朝为例，旁征博引，从"治国之道，贵于未乱；兵家之胜，贵于未战"，谈到睦邻友好的重要性，希望陛下以大局为重，在未乱未战之前，能够阻止祸患的发生。

《谏匈奴单于朝贡书》呈了上去，扬雄心里反而忐忑了。但愿，不会石沉大海。就在扬雄不抱希望的时候，终于有了音信。哀帝经过一番权衡利弊，觉得扬雄的谏言不无道理。问题是，自己的话又说了出去了。最后，他还是硬着头皮，采取了一个折中的办法，准许单于推迟一年来朝。

听到这样的结果，扬雄还是有些恍惚。

## 3

卧箜篌，与琴、瑟相像，而最初的雏形就是九弦琴。相传，九弦琴系黄帝乐师师延发明。他弹奏起来，可引得百花争艳，万兽来朝。一次偶然的机会，哀帝听了后宫嫔妃弹奏卧箜篌，居然痴迷起来。是否能够弹奏卧箜篌，也成了衡量嫔妃才艺的标志。谁的卧箜篌弹奏得好，皇上听愉悦了，马上赏赐。

皇上一痴迷，就不仅仅是弹奏卧箜篌一个节目了。皇上玩起来称得上是五花八门，有酒，有歌，有舞，有投壶，有击鼓传花，还有一样是必不可少的，那就是掷骰子。皇上掷骰子花样翻新，分一枚、三枚、六枚掷法，象牙骰子到了他手里，就像变戏法一样——掷的力度，骰子旋转的圈数，甚至出面的点数，似乎都是可控的。玩法倒简单，猜大猜小，抑或猜精确到点数，一局定输赢，输了罚酒。当然，皇上总是赢多输少，除非出了纰漏。无论是谁，第一次跟皇上掷骰子的人，手都是哆嗦的，手心后背都是冷汗。犹豫的，胆怯的，迟疑的，多的是。想想也是，谁有底气与皇上玩呢？越是没有对手，皇上就越玩得得心应手，就越是狂热。

其实，皇上心里也有痛苦。他有痛苦无处诉说，只借酒麻醉自己。刘欣即位的第二年，母亲丁姬就病逝了。而祖母傅氏呢，也于元寿元年辞世。尊恭皇后、恭皇太后有何用？再要强，再如何较劲，也较不过命。

扬雄的《谏匈奴单于朝贡书》，得到了皇上的赞许，作为赏赐，他受邀参加了活动。"肆筵设席，鼓瑟吹笙。"扬雄只读过《诗经》中描写的周王室贵族与家族成员一起吃喝玩乐的生活，没想到哀帝的生活比他们歌舞升平的场面奢华多了。扬雄不敢吱声，他只是远远地看着，被整个过程，以及混乱的场面惊呆了，仿佛空气中弥漫的都是酒的味道，还有充满欲望的笑声。这是皇上一个人的狂欢，还是集体的狂欢？好像都是，又好像都不是。而皇上呢，完全失去了皇上的威仪，由内而外都是纨绔的做派，他总是觉得不够刺激，便加大了罚酒的数量。皇上霸着庄，喝倒一个就马上换人。一个个嫔妃，以及大臣，输给皇上，是再正常不过的现象。在掷骰子的时候，皇上近乎发狂的状态——他坐于榻上，一边掷骰子，一边喝酒，还不忘与身边的嫔妃侍女调情，谁要是招惹他，自然是死路一条。谁敢与皇上过不去呢？

于是，宫中酒池肉林，笙歌不绝。

只有在这样的场景，皇上才是忘记宠臣董贤的。

扬雄准备针对朝廷有爵位有封邑的大臣拉帮结派、贪污受贿、卖官鬻爵的现象，上奏皇上，谏言整饬吏治，但刘欣没有给扬雄机会。身体的积蓄，也是有限的，无休止的透支，对身体无疑是一种亏空。而哀帝刘欣身体的亏空，症状到了下肢痿痹的程度，即便御医也无能为力。元寿二年六月初三，哀帝驾崩——他英年早逝，只有二十五岁。

问题来了，刘欣的妻子傅氏，也就是祖母傅氏的侄女，没有留下子嗣。他驾崩当天，太皇太后王政君就把传国玉玺收回了。

经过王政君的精心安排，蛰伏宫中的王莽再次登场，变得顺理成章了：她迅速下诏给三公九卿，要求他们推举大司马人选。这就像房头立雀，明摆着的事。于是，朝中大臣会意，纷纷举荐王莽。大权在握的王政君，绝对不会放过重组王氏外戚集团的机会，她诏命王莽任大司马，录尚书事，兼管军事令及禁军。

从亲戚的角度去看，这场戏的主角只有两个人：一位是姑姑王政君；一位是侄子王莽。这一切安排妥当，王政君长长地吁了一口气。她在吁气的时候，似是呛了一下，引起了连续的咳嗽。毕竟，年岁不饶人。王政君实在太累了。然而，她看到自己亲手拉开的局面，似乎精力又得到了恢复。

极富戏剧性的是，王莽出来主持朝政，一个月后立年仅九岁的刘衎为帝，即平帝。想当年，中山孝王刘兴没有实现的理想，如今却在儿子刘衎身上实现了。至于，九岁的刘衎怎样去当皇帝，似乎没有人去考虑这样的事。形成的局面是太皇太后王政君临朝听政，而大司马王莽秉政。然而，王政君已是古稀的老人了，她哪里还有精力去听政呢？朝中大事几乎是王莽说了算。

在朝中，王莽是个聪明低调的人，俭朴，内敛，有心计，即便心中有狠劲，也不随便外露。王莽出任大司马，需要人捧场，他找到了"三朝元老"孔光，而把矛头直接指向董贤。这，也是王政君重新启用王氏外戚独揽朝权的一步杀棋。这时，王莽想要弹劾董贤，已经易如反掌。董贤知道自己大祸临头，已经走投无路，惶惶不可终日。"间者以来，阴阳不调，灾害并臻，元元蒙辜。夫三公，鼎足之辅也，高安侯贤未更事理，为大司马不合众心，非所以折冲绥远也。其收大司马印绶，罢归第。"王莽指使谒者，以太皇太后的名义下诏罢免董贤大司马职务之时，便是董贤自杀之日。

二十二岁，董贤风华正茂，他却与年轻貌美的妻子一起走上了绝路。

小试牛刀，王莽就拿下了董贤。于是，他开始杀入一个群体——像当年王氏外戚集体退场一样，又一个轮回开始了——傅氏、丁氏在朝中的官员全部被罢免，并驱逐回原籍。拔出树桩带出泥，所有沾亲带故的官员全部削掉。同时，遭到贬黜的还有皇太后赵飞燕。

走马换将，罢免官职，落马自杀，在未央宫已是权势运行的常态，对于扬雄是见怪不怪的事。他想，从寄生到执政，所有的外戚走的都是血缘关系。同样，弊端与羁绊也在于此。放大开来，外戚的存在却是周期性的，而他们存在周期的长短，并不取决于自己，是取决于"得道"的主人。这个得道的主人，便是"天子"。但愿，这样的循环，不是恶性的。面对朝中官员的前仆后继，以及人人自危，扬雄的心头又一次蒙上阴霾。他回顾哀帝在位七年的政绩，大多都是模糊的，只有两件事印象深刻：一是命令大将军霍照领兵十万，征讨边疆，得胜而归；二呢，黄门侍郎李寻上奏章，揭露王凤迫害王章的罪行，奏请为王章平反昭雪。哀帝采纳了奏议，昭告天下，为王章平反，谥忠烈侯。至于"限田、限奴令"，以及"废除任子令"和"诽谤欺诋法"，最后都成了一纸空文。

对于王莽，扬雄不知道他是否会因为没有对手，而感到失落，抑或孤独。他甚至开始怀疑王莽俭朴与内敛的真实性。一个人的光明磊落，是无法遮蔽的。那一个人的阴谋诡计呢？也很难藏住，只不过是时间长短而已。

## 4

　　幼子扬乌的死，让扬雄痛彻骨髓。

　　堂前的光影，飘移，恍惚。扬雄觉得仿佛时光在倒流，他看到了九岁的乌儿，六岁的乌儿，三岁的乌儿，赤脚光屁股牙牙学语的乌儿……扬雄的双眼被泪水模糊了。九岁，还处总角，正是少不更事，正是朝气蓬勃，竟然夭折了?!按照民间的说法，扬乌头上长有两个旋涡，脾气性格都应倔强，命硬。偏偏，他的命却薄如纸。两年前，妻子陈氏去世时，扬雄想把扬乌带在身边，可小姨子婚后一直没有生育，她一家都喜欢扬乌，坚持要把他当养子。就这样，扬乌没有跟着父亲入长安。若是人生分陷落期，那步入知天命的年龄，之于扬雄，这是深渊，看不见底的深渊——丧妻、丧子。命运如此悲惨——真的是叫天天不应，叫地地不灵。再往前数，先后送走了父母，还有儿子扬爽。这样的人生，真的是生之磨难。若是人与人去比，扬雄连比的勇气都没有。九岁的刘衎都当皇上了，而九岁的扬乌——扬雄唯一的亲人——却死了。人生就是如此，有些事还没有抓住，就不得不松手了。

　　如果痛苦与煎熬能够随泪水流走，扬雄的泪腺也干涸了。无法去想，别人家是开枝散叶，子孙满堂，而自己却遭受绝嗣之痛，这真是要命的事啊! 还有，真正算起来，自己与妻子相知相惜相濡以沫的日子又有多少时日? 简直少之又少，少得可怜。若是自己当年不去长安，留在白鹤里采桑扶犁，会是这样的结果吗? 人生无常，是否真的有个定数? 哆嗦，颤抖，战栗，晕眩。扬雄不能自已，像溺水者一样，身体变得沉重，根本透不过气来，仿佛面临窒息的危险。

　　小姨子一家，内心都陷入深深的愧疚之中。小姨子、小姨夫都强撑着，想安慰姐夫，却无从开口。凭良心讲，对扬乌，他们视如己出。照应扬乌，他们平时也是格外小心。一起生活两年了，几乎没有闪失。可扬乌一次莫名的高烧，却死了。其他，身体上没有发现任何病灶。这是一次例外。生死攸关的事，还有例外吗? 若是外人，即便有十张嘴，也解释不清楚。越是这样想，心里就越懊恼，越后悔，越难受。真的悔不当初，他们生怕自己每一句话都是一种伤害，会直接或者间接地伤害到扬雄。他们知道，自己的姐夫陷在颓败之中，再也经不住任何伤害了。

诡异的是，一只黑猫缠在扬雄脚下，"喵喵"地叫着，叫得他心烦意乱。这只黑猫一如鬼魅，尤其那双眼睛，透出绿色的幽光，令人毛骨悚然。是的，那猫恐怖的眼神可以钻进心里，想忽略都忽略不掉。扬雄想赶也赶不走，实在是烦透了，他一脚把黑猫踢飞了。猫"扑通"地落在地上。扬雄下意识地看了，黑猫没死，它打了个滚，又"喵喵"地叫了起来，声音更为凄厉。突然，扬雄把黑猫与扬乌联想到了一起，扬乌与黑猫的身影重叠着，晃来晃去，他脑袋立即"嗡"的一声，像要炸开似的。是幻象，还是幻觉？扬雄真的不敢想了，他强迫自己闭上了双眼。据说，猫有九条命。唉！人还不如猫，连一只畜生都不如啊。扬雄难以置信，自己竟然会对一只猫如此残忍，那个瞬间像失去了人性似的。

"胖娃儿胖嘟嘟，骑马上成都。成都又好耍，胖娃儿骑白马。白马跳得高，胖娃儿耍弯刀。弯刀耍得圆，胖娃儿当状元。"一坐下来，扬雄满脑子都是念童谣的扬乌。儿子那胖乎乎的调皮可爱的样子，用双手手指掰着嘴角眼角做怪脸的样子，以及噘着嘴缠着要捉迷藏的样子，总是在眼前晃来晃去。

这一夜，扬雄夜不能寐，他把埙声吹奏得愁肠寸断。扬雄像在梦游一样，恍惚妻子陈氏在迎面走来，他泪流满面，哼道："上邪！我欲与君相知，长命无绝。山无陵，江水为竭，冬雷震震，夏雨雪，天地合，乃敢与君绝！"

翌日的上午，老三来看望扬雄。扬雄心灰意冷，隔着门口的光影差点没有把他认出来。仿佛一阵风，都能够将老三吹倒。

"怎么啦，你的身体竟然会变成如此状况？"扬雄赶紧起身去扶老三，惊诧地问。

老三的背微驼，一直不停地咳着，嘴唇不仅干涩，还有些泛紫。他"呼呼"地喘气道："说是一天天累积的缘故，肺部出了毛病，一直不见好。都一把年纪了，也就这样，听天由命吧。"

"哦？那请郎中把脉号诊没有？去求医问药没有？身体还是要紧的。"扬雄关切地问。

老三的胸腔里仿佛藏着风箱，道："唉，药吃了上百帖都有，没见什么效果。有时，好像胸中有东西堵住，一口气扯不上来。郎中说，不怕吐痰一大片，就怕痰中带红线。有时，痰中还带着血丝呢。"

"那是咳多了，咳虚了，千万莫要瞎想。医养结合，应该会好些。还有，身体虚弱，食补很重要。"扬雄看着老三面黄肌瘦的脸，安慰道。

老三倒是善解人意："有扬兄这句话，我就好多了。没有什么的，与我在郫县一起开店铺的，比我还小，前年患病，半个月左右就走了。想想，我现在还在，我等于活一天赚一天呢。"

"那你郫县的店铺还在打理？"扬雄递了一杯茶给老三。

老三呷了一口，缓了缓气道："我前年就回白鹤里了，店里的事让儿子在打理。现在要我从郫县走到白鹤里，恐怕都够呛。想当年，只要一稍气工夫，脚底可以生风。哦，对了，说了这么多，倒是把来的正事都忘了。不过，这是我的想法，说错了你莫怪。"

"你我是从小一起长大的兄弟，有什么怪不怪的。况且，王婶一直把我当儿子看待。你要是这么说，就见外了。"扬雄眼眶都红了。

老三像鼓足了勇气，郑重地道："我不是有两个儿子嘛，想高攀一下，过继一个给你。"

"我，我知道兄长的好意。可，我何德何能……"扬雄哽咽着，他一把抱住老三道。

"我知道你喜欢小孩，你不能没有儿子。不能！我的儿子就是你的儿子，怎样，说话呀？"老三哆嗦着，哭了。他的诚恳，他的真挚，更多地引发了扬雄的感伤。尽管，扬雄的眼眶是红的，却流不出泪来："嗯，你是知道的，在这个节骨眼上，我根本无心去考虑这样的大事。倘若我一口答应了你，是不是不够慎重呢？我们两家，本身就有家庭之缘，王婶不就把我当干儿子吗？"

扬雄知道，这件事与老三再说下去，也很难有个结果，便谎称上午有事，要出去一趟，婉转地拒绝了老三的好意。实际上，他当时的心情乱糟糟的，像一团扭结的麻，没有任何头绪。进一步说，扬雄心里也是两难的，答应与不答应，似乎都显得勉强。他怕自己辜负了老三一片真情。而老三呢，完全是出于情义，想极力填补扬雄精神上的虚空，可他自己也经不起任何折腾了。送老三出门，他家的黄狗一直趴在门口等他。见了老三，黄狗轻轻地吠了一声，摇着尾巴,"呜呜"地叫着,特别亲热。扬雄一个人出了村口,鬼使神差地走到了父母的墓地。他三叩九拜之后,在墓前坐了一会儿,一句话都没说。扬雄要与父母说的话,都在守墓的那三年说完了。再说,仿佛是对父母的一种打扰。墓周长满了荆棘与茅草,扬雄撅着屁股一棵棵去拔,手掌手心立即被茅草割破了。他根本不觉得疼,也没有半点恐惧,依然是一棵棵去拔,拔得满手都是伤口,还有血泡。扬雄用双手捧着,一把一把地给父母的坟头上了新土。随后,他去了妻子陈氏的墓地,只是想在那里静静地站着,仿佛走这么一段路,就是为了在墓地停留片刻。扬雄的心实在太累了,疲惫、孤独、无助集结在一起,心里就像翻江倒海一般,仿佛心中的血液已经到了将要决堤的险境,说不定什么时候,就会昏厥、窒息。扬雄只是想借父母与妻子的墓地静一静,让自己一点点地平静下来。然后,扬雄加快了脚步,向着郫县的"龙脊"走去,那是他少年时去找过太阳神鸟的地方。一路上,他脑海里想着的都是那朝着太阳飞翔的太阳神鸟。是的,那朝着太阳飞翔的神鸟,曾经无数次在扬雄笑着的梦境中出现过,亦无数次在他哭着的梦境中出现过。如今,扬雄记不清自己在梦境中为何哭与笑了,而太阳神鸟的记忆却一如烙印。

江安河还是那样奔涌,充满气象,而扬雄身体里的河床已经千疮百孔,满目疮痍。

## 5

祖居屋边的香樟树上,麻雀站满了树丫,"叽叽喳喳"地叫个不停。集群飞进飞出的时候,那是黑压压的一片。黑猫侧卧在树荫下,幽深的目光里充满了警觉。

扬雄从"龙脊"回来,已是傍晚时分。他一进家门,就昏睡了过去。准确地说,扬雄昏睡了两夜一天。这可把小姨子吓坏了,她担心姐夫有什么闪失,急得哭了起来。许是听到小姨子的哭声,黑猫从窗户迅速蹿到了房间,"喵"的一声尖叫,就把扬雄唤醒了。

扬雄睁开眼睛,看到小姨子已经哭成泪人了。他想起身站起来,脑袋晕乎乎的，脚底虚软。一碗粥下肚，仿佛体力才得到缓冲。对着铜镜，扬雄怎么也不敢相信，自己的神情像是大病初愈的样子，两鬓一夜之间全白了。小姨子好像也是刚注意到，她"咦"了一声，连忙捂住嘴，不吱声了。

傍晚，厨房灶台上飘来了小姨子炒菜的油烟。听声音，小姨夫也来了，他在帮妻子打下手。夜，还在一点点地吞噬着光。扬雄一个人坐在幽暗的房间里，俨如躲在一个幽冥的洞穴里。小姨子叫扬雄吃饭时，他没有起身，说话的声音是沙哑的，一点胃口都没有。

夏夜，漆黑，闷热，地上连虫豸都懒得叫了，天上的星星也躲了起来。这时，有一只夜鸟在祖居屋边的香樟树上"咕咕"地叫着。虽然，扬雄不知道夜鸟的名字，却听出它的声音是孤独的。像是某种感应，黑猫也"喵"地叫了起来。扬雄看不到黑猫的身影，却不由想起了黑猫那双幽深的眼睛。夜鸟与黑猫，都是生灵，它们只是藏在夜色里，夜晚并没有将它们吞没。夜里生灵的叫声，应是夜晚孤独的一个切口，而它们是否找到了孤独的回声呢？

邻居议论纷纷，说老三和扬雄都是怪人，一个要送儿子，一个不愿意接受。扬雄隐隐觉得其中有蹊跷，当时老三说起继儿子的事，只有他和老三在场，那邻居是怎么知道的呢？老三不会说，自己更不会去说了。难道，真的是隔墙有耳？扬雄觉得，这样的事不能理解，还没有做决定呢，村里就传得沸沸扬扬了。从情感上说，邻居应是一片好心，想促成此事吧。但，扬雄怎么听，邻居的好心就像点到了扬雄的痛处。

好几天了，扬雄无法面对自己"断后"的现实，满脑子还是扬鸟念童谣的身影。

扬雄准备离开成都，已经是午后。李弘先生招待扬雄在琴台巷当垆酒铺吃中饭。当垆酒铺的店招还在，只是店主已经换人了。酒铺的客人很少，店主和他朋友在喝茶打发时光。看酒铺的摆设，一切都是那么熟悉，仿佛时间是静止的。对于李弘先生与扬雄二位客人，店主一个人招呼着已是游刃有余。

此前，扬雄特意去了郫县，看了老三的店铺。店铺的门脸，好像比以前缩水了，店里也显得逼仄。扬雄瞟了一眼，没有见到老三儿子，只有一位女人在看店。扬雄只探头望了一眼，没问，转身就走了。扬雄要赶着去平乐山，可惜也没有见到君平先生，倒是看到了一片云海。云海的蒸腾与散去，远远比扬雄的脚步要快。换一步，云海的景象就不同。再壮观的云海，也不能满足扬雄的愿望。他从郫县出发，在平乐山没有见到君平先生，又从平乐山返回郫县，他没有去白鹤里，而是从郫县到了成都。好在，到成都与李弘先生见面了。不然，这一趟，都是空跑。

"既然到了成都，何不为石室学生讲一课呢？我都替你想好了，讲一讲你写的《太玄》。"李弘先生问。

扬雄摇摇头，拱手道："谢谢先生好意！是先生抬举学生了，争取下次吧。不瞒先生说，学生现在心里是堵的，堵得死死的，什么都提不起兴趣。"

"呃，本来我是想让你交流一下，散散心。既然这样，还是下次吧。"李弘先生淡淡地道。

扬雄拱手道："让先生费心了！先生什么时候去长安，给学生一个机会。"

"哦？你不说，我倒忘了。你是否记得候慕，就是原先郫县的县尉，他现在也去了长安，在禁军当差。他上次来成都，我也介绍了你和杨庄。毕竟是家乡人，有机会见见面，这个人还仗义。"李弘先生注视着扬雄道。

扬雄点头："记得，怎么会不记得呢。当年，他还找过我，要我介绍杨庄给他认识。不过，在长安还没见过。平时，我都在承明庐，或者天禄阁，也很少有机会出门。禁军？太笼统了。在长安，禁军分南军、北军。南军常侍皇上身边，比如'羽林骑'等；而北军则复杂了，有'八禁兵'，由校尉统领。除非有机缘，一般很难有机会见面。"

"那倒也是。我要去，也是去太学，未央宫不是我想去就能够去的。"李弘先生苦笑了一下，显得很无奈。

李弘先生的话，触动了扬雄的许多回忆。他沉浸道："现在想想，还是最怀念住在姑父、姑母家的那段时光，那时的生活状态，真的是无忧无虑。好多年没见姑父、姑母了，他们可还康健？"

"妹夫已经去世了。妹妹呢，最近身体也不太好。没什么的，是人就有忧愁、疾病、疼痛，以及生离死别。这些，是我们能够看到的，只怕无人看见的是以强凌弱、百姓疾苦，甚至生灵涂炭。"李弘先生喃喃道。

扬雄听出了李弘先生话里的沉重，这也是内心困顿与迷惑的地方。他点点头道："嗯，只要有良知的人，没有人会省心。有些事，不是先生和我能够理会的。关键是，当下不可思议的事太多了。"

上菜了，店主自己端盘。一碟炒青菜，一盘红烧豆腐，一碗香菇肉片汤。显然，店主与李弘先生熟悉，他笑了笑道："请先生慢用！"转身又去与朋友喝茶了。李弘先生神情有些憔悴，他很少动箸，吃得也少，只喝了几口汤。扬雄的胃口也不是很好，他只要了一瓯米饭，尽量多吃了些菜。两个人边吃边谈，话题主要集中在君平先生云游的事。李弘先生担心君平先生年纪大了，路上无人照顾。扬雄安慰李弘先生，道："前不久，我在终南山子午峪见过君平先生，他一点老相都没有，腰杆子还硬朗着呢。"李弘先生喝了一口汤，叹道："君平先生在平乐山写完《老子注》和《道德真经指归》，就出去云游了。毕竟，岁月不饶人啊！"

站在琴台巷巷口，扬雄执意要李弘先生先走。李弘先生走得很慢，步履已是蹒跚。他走了几步反过身来，看到扬雄仍然站在原地，又挥了挥手。扬雄没有告诉李弘先生，他下午将留下来，去看望雪梅姨与李斓姑母之后，再启程去长安。扬雄庆幸见到了李弘先生，不然，他又会错过了去见李斓姑母的机会。直觉告诉他，姑母的身体状况应该不是很好。

# 6

从刘衎即位的那天开始，刘家的天下实际上已经变成了王家的天下。刘衎还是一个九岁的孩子，他即便坐上了皇上的宝座，也是王政君与王莽操控的傀儡。

若是说，瑞兽是一个祥瑞的符号，那么王莽在朝廷也可以称得上是一个权势的代号。然而，他一方面在运作权势，一方面又在礼贤下士，韬光养晦。实际上，王莽已经是一人之下，万人之上了，但好多人还是看不清楚他到底是个什么样的人。

扬雄回到未央宫，刘歆直截了当地告诉他，说王莽又到了天禄阁，目的很明显：一是表示关心；二呢，想让你去作辞作赋。"凭什么，写什么辞赋？真的是莫名其妙。"扬雄吃惊地问。"喊，这都不明白。有人无事献殷勤，有的人歌功颂德。"刘歆懒洋洋地道。"那,那刘兄是怎么说的?"扬雄问。"你想我会怎么说?先嘛,应景敷衍几句,再就实话实说了,说你家中发生了变故,回郫县去了。"看扬雄不放心的样子,刘歆心中有点不愉快。但,转念一想,许是扬雄心情还没转换过来吧。"哦?刘兄有进步,都会应景了。问题是,王莽那么精明的人,难道看不出你是眼面上敷衍他?"扬雄一脸惊讶。"罢了,罢了,扬兄又开始钻牛角尖了。他怎么去想,是他的事,与我何干。"刘歆愣了一下,沉吟道。扬雄心里总觉得不踏实,以王莽的行事风格,如果这事就这样过去了,他就不是王莽了。

其实,扬雄并没有真正与王莽正面接触过,许多事都是听宫里人说的。看王莽的言行举止,真的挑不出半点毛病——他以儒生自居,穿着朴素,言语谦和,为人低调。心想,就王莽现在在朝廷的位置,是个大人物,别的人想黏上都来不及呢。况且,他还来天禄阁两次。这些,对扬雄来说,都无关紧要。其一,他对王莽不是真正了解;还有,自己早就对写辞赋失去了兴趣。若是要把这些都摆开来说,也没什么好说的。凭一点,扬雄就想离王莽远些,不管他当时如何考虑,他能够告发亲人,毅然决然地逼迫作奸犯科的儿子谢罪自杀,说明他可以把事情做得很绝。

只要稍加留意,一位朝廷大臣的身世根本没有什么秘密可言。像王莽,能够重新上台辅佐朝政,更是人们关注的焦点。王莽的父亲是王曼,也就是王政君的弟弟。王曼去世早,没有赶上成帝封侯,王莽就没有机会成为侯家子弟。王莽在家里,依然是过着普通人的日子,但他喜欢儒学,对《礼记》更是情有独钟。随着哥哥的去世,王莽挑起了家庭的重担。大司马王凤是王莽的伯父,他病重期间,由于子女娇生惯养,根本不知道如何服侍,是王莽在精心照料。王凤去世前,向成帝和皇太后力荐了王莽,他才有机会入宫做了"黄门侍郎"。在王氏外戚集团中,先后有九人封侯,五人担任大司马,成了"五侯当朝"的局面。而王莽作为王氏外戚成员之一,在亲人眼里,他既谨慎、谦逊,又孝顺,叔叔们没有理由不喜欢他。于是,他在朝中是如鱼得水。到了永始元年,大司马王商上书成帝,奏请封王莽为列侯,得到了皇上的恩准——"封为新都侯,置封国于南阳郡。"既然封了侯,仕途也就飙升了,王莽位至光禄大夫,成了朝廷重臣。后来,王莽抓住淳于长与许皇后姐姐的暧昧关系,扳倒淳于长,排除了自己仕途上的竞争对手，也就顺理成章地接替了他叔叔王根，坐上了大司马、大将军的位置。这一年，是绥和元年，王莽只有三十八岁。随着刘欣的即位和局势的变化，傅氏、丁氏上位，王氏外戚的权势不断削弱，王莽被罢免也在情理之中。然而，王政君把王莽从封国召回宫，重新上位，可见王莽在王政君心目中的位置是何等重要……

若是把王莽的家世一一抖搂出来，与把他的隐私暴露在光天化日之下有什么区别呢？想想看，许多人和事，心知肚明就可以了。如果一层层去剥开，会剥得赤裸裸的，非原形毕露不可。说实话，自从刘歆告诉说王莽要找自己去写辞赋的事，扬雄心里郁闷了好几天，他总觉得与王莽有一种格格不入的感觉。一个人内心的冷酷是看不到的，但能够感受得到。在扬雄心目中，王莽就是一个冷酷的人。成天与一个冷酷的人打交道，何苦呢？扬雄想。心情不好，扬雄走路的步履都显得沉重，写作也没有激情。本来，他想把《训纂篇》作为《仓颉篇》的续篇，进行纂修，只是列了纲目，也就搁下了。

真的不出扬雄所料，秋分这天的上午，王莽找到了承明庐。扬雄上次在天禄阁见到王莽，他处在卸任期，可这次王莽是在任上，但他的衣着并没有变化，神情也没有什么异样。一见面，王莽就称兄道弟，嘘寒问暖："扬兄，人生无常，也不要太难过了。近日事务缠身，也没有及时过来探望，不到之处，还望海涵！"如果扬雄没有听过王莽的传闻，说不定会被他的神情和态度所感染。退一步说，若把传闻打个折扣，还是觉得不容易相处。毕竟心里有一层隔膜，只好连忙拱手应道："岂敢，岂敢！"王莽笑道："先帝们倡导儒学治国，我们理应尽绵薄之力。扬兄博学多才，文思过人，字字珠玉，而当下国家有忧患，人心涣散，称得上是非常时期，正需要兄台丹青妙笔，以辞赋来鼓舞人心。"扬雄听了王莽的话，苦笑了一下，感觉到他话里有话。扬雄不好明着得罪王莽，只能委婉地道："君侯过誉了，让我诚惶诚恐，真的是折煞我了。君侯有所不知，我正在紧锣密鼓纂修《训纂篇》。而《训纂篇》，我是作为蒙学课本来纂修的，一心不能二用。到时，恐怕误了大事，那就担当不起了。"王莽依然和颜悦色："好了，好了。扬兄应该看得出我的真诚，这也不是随口一说的事。当然，作辞写赋只是一个起始，只要你我达成共识，许多事将会水到渠成。"听话听音，王莽的话里已经有了封官许愿的意思。而扬雄却神情凝重地道："君侯，君侯应该是知道的，我家庭遭遇如此大的变故，已是心灰意冷，无处疗伤。而陷入孤独者，最容易失语，也说不定会变成话痨。我怕的是，如果把自己逼急了，恐怕会适得其反，就像掌中的沙，越想抓紧，越漏得快。想必，能够医治我的，只有时间了。君侯所说的，是朝廷政治，那是大事，大事容不得半点差池。只有踌躇满志与激流勇进的人，方可担此重任。"

王莽没有接话，而是扫了一眼扬雄的房间，道："扬兄住这里多年了吧？这也太简陋了。让兄台受委屈了，回头我叫人给你另外安排居所。"扬雄瞥了一眼王莽，笑嘻嘻地道："哦，岂敢，岂敢，多谢君侯关心！我住这里很好，已经习惯了承明庐的安静。还有，从承明庐去石渠阁、天禄阁都便利。君侯如此关照，我心有不安。"王莽脸上笑容可掬，不紧不慢地道："既然扬兄图个清静，那我就不再打扰了，后会有期！"扬雄拱手附和："恭送君侯，后会有期，后会有期！"

王莽迟疑了一下，径直走了。

在旁人看来，扬雄不仅是不开窍，简直就是不知好歹。要不，就是脑袋让驴给踢了，宁愿生活苟且，有前途的事也不去做。

## 7

王莽如此谦逊，恐怕扬雄说出去都很少有人相信。毕竟，他位高权重。有一点，王莽与扬雄极为相似的，他们被举荐起步时都是"黄门侍郎"。然而，今非昔比。兜底说，你扬雄不就一个辞赋作者吗，值得王莽如此"礼贤下士"吗？只能说，王莽不仅职位高，情商、智商也高。他做的每一件事，都是以仁义道德的名义，而每一件事的背后又藏有多少个人的欲望与卑劣呢？不管怎样逾越，以及别人怎么看，王莽能够走到今天的位置，确实有他的过人之处。

有些事，不是眼睛瞪大了，就能够看得清楚的。

想当年，傅氏、丁氏入宫专权，几乎把王氏一网打尽。刘衎即位后，王莽生怕重蹈覆辙，就多了一个心眼，千方百计阻止平帝的母亲卫氏进入未央宫，让她继续留在封国——中山国。然而，刘衎年纪尚小，又是第一次离开母亲，他只能是哭着闹着要见母亲。卫氏呢，思念儿子心切，日夜啼哭，几乎把眼睛都哭瞎了。如此硬生生地把母子拆散的事，也只有王莽能够想得出来，且做得如此残忍。

抛开权势，从家庭角度去说，王莽要比成帝刘骜、哀帝刘欣幸福得多，他家人丁兴旺，子女成群，他一膝之下有六子六女。然而，王莽并不只是满足于家庭的人，在权欲面前，即便是家庭成员的羁绊，他也绝不留情。都说是"虎毒不食子"，而王莽却是例外。在王莽被傅氏、丁氏逼着离开长安，回到封国南阳郡的时候，发生了一件意想不到的事情——次子王获谋杀奴婢，他为了避免受到牵连，逼迫儿子自杀谢罪。重新回到长安，王莽又遇到了类似的问题，长子王宇对卫氏思念儿子的悲情动了恻隐之心，他多次替卫氏向父亲求情，惹得王莽恼羞成怒，竟然一怒之下杀了王宇。至于卫氏家族，也遭到流放。

在通往权势道路上，王莽不能存在任何的障碍，即便是儿子，也要清除。他连续的举动，不仅把家人震惊了，也把满朝文武震惊了。如果说，次子王获谋杀奴婢有罪，王莽当时正处于人生低谷，生怕朝廷派驻的侯国相监管，而引火烧身，只能逼迫他自杀，那长子王宇的情形就大不相同了，王莽现在是辅佐朝政，大权在握，儿子只是与他意见相左，充其量只是屁股坐歪了，帮外人在说话，怎么能说杀就杀了呢？

一家人伤心欲绝，内心都蒙上了阴影。王莽却依然我行我素，迷恋着权势的运作，他已经隐隐约约地看到了人生所要达到的巅峰。

到了元始元年，即公元1年，似乎朝中大臣每次奏请都与对王莽的封赏有关。而王莽呢，每次都上书表示推辞。这时，任何的封赏对王莽来说，根本不重要了，甚至于不屑。王莽在精心谋划一个局，他授意"益州郡塞外蛮夷进献白雉"，这与儒家典籍记载周公辅佐周成王时期，西南蛮夷进献白雉是惊人的一致，那他辅佐年幼的刘衎皇帝就成了"天命"。王莽把自己对应西周初期的"元圣"——周公，即姬旦，他是周文王姬昌的儿子，曾两次辅佐周武王东伐纣王，并制作礼乐。因其"采邑在周"，故称周公。既然，满朝大臣上书王莽是"受命于天"，那王政君直接下诏封他为"安汉公"也是顺合"天意"——

> 大司马新都侯莽三世为三公，典周公之职，建万世策，功德为忠臣宗，化流海内，远人慕义，越裳氏重译献白雉。其以召陵，新息二

县户二万八千益封莽,复其后嗣,畴其爵邑,封功如萧相国。以莽为
太傅,干四辅之事,号曰安汉公。

此时的王莽,已经享受到了站在巅峰的快感,他与其三大亲信升任"四辅"之位:王莽为太傅,领"四辅"之事;孔光为太师,王舜为太保,甄丰为少傅,位居"三公"之上。"四辅"大权独揽,除封爵之事外,其余政事皆由"安汉公、四辅平决"。

而这一切,似乎都是王莽按照自己的设想探取的囊中之物。

扬雄觉得,王莽的官衔级别和待遇,似乎在西汉王朝是未曾出现过的。王莽不仅在爵位上要刷新,他在国家制度上也准备刷新。实际上,此时的王莽已经掌握了国家大权,只是那个称号没有出现而已。更加出乎扬雄意料的是,控制了朝政的王莽开始推行国家制度改革,以获取朝中儒学官员的支持和汇集天下英才,他第一个提拔重用的是刘歆——任命刘歆为右曹太中大夫。像"益州郡塞外蛮夷进献白雉"一样,王莽急需从儒家典籍中去寻找,甚至是去暗合他所做的每一件事,并赋予特殊的意义。无疑,刘歆的资历与学养,都是王莽看中的最佳人选。

听到这一消息,扬雄没有跑去天禄阁问刘歆。只是觉得,消息像一根鱼刺,刺在了自己的喉咙口。他不知道应该为刘歆从光禄大夫升任右曹太中大夫——相当于朝廷分管文化教育的最高官员——而感到荣幸,还是应感到悲哀。刘歆应为这样的抉择,下了很大的决心。尽管,他一直没说,但从王莽到天禄阁的那天起,他每天都在犹豫。入仕以来,往事一如泥潭,他想拔腿而出。对于这样的现实,扬雄只能是默默地接受。不然,他又能怎样呢?

随之带来的变化也是明显的。扬雄几乎把自己闭在承明庐的房间里,专心纂修《训纂篇》。刘歆去向明了,天禄阁之于扬雄,好像有了缺失。这天,刘歆步履匆匆,他在承明殿前遇到了扬雄。扬雄先示礼问候,猜想刘歆会对荣升一事做出解释,谁知他也是拱手问候了一声,并没有停留,就匆匆地离开了。如果有铜镜,扬雄肯定会看到自己当时一脸的窘相。"喊!"扬雄嘴里挤出了一个字,像不屑,又像自嘲。

承明庐的秋天一凉,扬雄忽然发觉有一天早上室外的草木有了白霜。

## 第九章 波诡云谲

### 1

人与人之间的情感,如若缺乏沟通、交流,说不定什么时候就会出现一条裂痕,有的是隐蔽的,有的是显现的。这样的裂痕,是尴尬,是距离,还有彼此间慢慢的疏远。

扬雄与刘歆之间就处于这样的状态。

而他们还是各人忙各人的,好像也无暇顾及这些。

刘歆正在借助政权的力量,忙于制度改革的顶层设计:各级官府设立官稷和官学——官稷即祭祀农神的机构;所谓官学是建立系统的地方教育机构,在郡国置学,在县邑置校,在乡聚置庠、序,由朝廷派驻教官和老师。而在民间呢,当然与生活习俗息息相关,推行婚礼制度和车服制度改革。

实话实说,看到刘歆消遁一段时间之后,能有这样的新政出台,扬雄心里既感到欣慰,又有些担心。一旦,改变旧的制度,推行新政,最先触动的是人。想想,春秋时期管仲改革"相地而衰征"、战国时期的魏国"李悝变法"、楚国"吴起变法"、赵武灵王"胡服骑射",还有秦国"商鞅变法"等,哪一次不是触目惊心,甚至是以生命为代价。扬雄觉得,自己有书可读,有书可著,还奢求什么呢？两耳不闻窗外事，乐得清静。一旦，情感有了寄寓，文字与典籍就成了扬雄心中的憩园。了然于心的，可以是儒家学说，可以是山水田园，可以是神明生灵，可以是天地宇宙，以及精神图腾。

读书，著说，扬雄的日子挺自在的。住在承明庐的人却不自在了，他们议论纷纷，说同样是在天禄阁看书，刘歆就噌噌上去了，位置如此显赫，而扬雄还是冷水浸牛皮，不起不发。议论多了，扬雄偶尔也有听到的时候，他只能佯装没有听见。况且，他本身就对官场没有兴趣，也就没有把听到的闲言碎语当真。然而，承明庐的人，一个个神秘兮兮的，嘴巴越来越碎，话头也多。或许，有的人本意是想赞赏刘歆吧，却怎么听起来都像在贬低扬雄。想必，他们不仅处于迷途之中，而且迷途难返。

"人与人之间，目标不一样，目的不一样，结果当然也不一样。一个天上，一个地下，有什么好奇怪的。"

"这个刘歆也是，只顾着自己飞黄腾达，都不知道提携扬雄一把。什么兄弟情谊，谁信？"

"这是刘歆提携的事吗？背后还得有人。再说了，兄弟之间还不知道是谁负谁呢。"

"那是，那是。扬雄是承明庐的翘楚，连君侯都请不动，那不是冥顽不灵吗？换作我，感激涕零，早去了。"

"嘿，你倒是有想法，可君侯看不上你呀，奈何？那，你赶紧跟着刘歆，只有去做梦了。"

即使扬雄不竖起耳朵，有的人这样毫不避讳，直呼其名的议论还是传到了他的耳朵里。最为扯淡的，还有人当面问扬雄，你怎么没跟刘歆去呀？扬雄一听就烦了，谁有兴趣谁去。凭我，想拦都拦不住呢。

去责备他们，或者找他们发脾气？

没有必要吧。

按资历，扬雄在承明庐算是最老的了。只要有些不对劲的时候，扬雄生怕别人说他摆老资格，为人处世都是小心翼翼的。再说了，能够到承明庐的，都不是省油的灯——要么自己有一技之长，要么朝堂有人举荐。从面上看，人事关系说简单也简单，说复杂也复杂，至于幕后水有多深，也很难说得清楚。去与他们理论,等于吃饱了撑的,何必呢?

这天晚上,扬雄像往常一样,独自喝了几杯酒,一脸的红晕。是什么时候开始有酒瘾的,具体时间他都忘了。扬雄酒量不大,却喜欢喝酒之后那种晕乎乎的感觉。只有在这种状态下,他才会把心中的痛苦忘掉。扬雄喝酒,主要是排解夜里失眠的恐惧——那失眠带来的恐惧,真的是痛苦不堪。暗夜,是有重量的,无比的沉重,会压得他喘不过气来。而自己呢,有时在夜里是脆弱如灰,一吹即散。回到长安,杨庄、候强、张弛都请扬雄喝酒,扬雄一喝就醉。尤其,杨庄请的那次,扬雄是喝得烂醉如泥。一开始,扬雄见酒是皱着眉头的,喝着喝着就顺口了。然而,谈起过往,谈起刘歆,扬雄还是感到有些生涩。醉过几次之后,扬雄开始贪恋酒后的迷醉了。于是,扬雄慢慢开始有了酒瘾。

对承明庐有些人的议论,扬雄心想,知道他品行的还好,若是不知道的,真的会误会他生官瘾呢。与其让人嚼舌头,不如自己坦坦荡荡亮个相。于是,扬雄一气呵成,以赋《解嘲》,抒发了自己的愤懑之情与落拓之志:"客嘲扬子曰:'吾闻上世之士,人纲人纪,不生则已,生则上尊人君,下荣父母,析人之珪,儋人之爵,怀人之符,分人之禄,纡青拖紫,朱丹其毂……然而位不过侍郎,擢才给事黄门'……当今县令不请士,郡守不迎师,群卿不揖客,将相不俛眉;言奇者见疑,行殊者得辟,是以欲谈者宛舌而固声,欲行者拟足而投迹。向使上世之士处乎今,策非甲科,行非孝廉,举非方正,独可抗疏,时道是非,高得待诏,下触闻罢,又安得青紫?……"

扬雄只是在解嘲自己吗?不,他是对历史上的人物和事件,以及当下的官吏进行审视,同时也表明了自己淡泊名利,不会去趋炎附势的态度。流言暗箭,随时都可以伤人,甚至可以置人于死地。扬雄想,这样白纸黑字写出来,让众人皆知,若是再有人妄加议论,那就与自己无关了。

人的内心,还是要有自己的判断和坚守的。

扬雄躺下,已是深夜了。他披了披被褥,脑中又一幕一幕地闪现祖居屋边树冠巍峨的香樟,波光潋滟的江安河,还有繁星闪烁的夜空,人就一下子安静了下来。约莫过了一炷香的工夫,屋内响起了起伏的鼾声。

## 2

张弛很有意思,既豪爽侠义,又细致入微。扬雄与杨庄几位一起喝酒,喝得醉醺醺的,讲话舌头都短了。张弛扶着扬雄摇摇晃晃回到承明庐,他已是醉得一塌糊涂。看到扬雄醉得凶,张弛只好守着扬雄到天亮。张弛酒量再好,他也是喝了酒的人,能够做到如此,一般人根本做不到。

早上醒来,扬雄见张弛坐在床榻前,甚是惊讶,转念一想,就知道是怎么回事了,歉疚地道:"我这酒一喝,不仅让自己醉了,还让张兄遭罪,心里过意不去呀。"许是一夜未眠,张弛的声音有些沙哑,他笑道:"扬兄见外了,小事一桩。酒醒了就好。其他人想这样的机会,都不一定有。我呀,是从心底里敬仰兄长的才华与气度。"扬雄用中指揉了揉太阳穴,又用双手搓了搓脸,仿佛紧绷绷的脸舒展了一下,他振作精神道:"你我兄弟,不说客套话。什么叫醒了就好,出了什么事?还有,才华能够代表什么?用你,是才华;不用你,什么都不是。"张弛年纪虽然比扬雄小,额头也有了沟壑。他沉默了一会儿,道:"记得兄长以前说我,喝酒是灌下去的,你昨晚也喝出了这种豪劲。不过,醉苦了,脸红额烫,身体痉挛,我真的怕出现什么状况呢。"扬雄"哦"了一声,用手拍了拍前额,一脸无辜地道:"难怪,现在还觉得一身酸痛。这事呀,与你和杨庄几位都有直接的关系,不是你们敬酒,我就不会喝这么多。看你,一点事都没有,怎么就那么能喝呢?"张弛讪笑道:"你是兄长,说什么都在理。看得出,兄是真性情,一点都不敷衍。"

推开门,扬雄才知道昨夜刮了一夜的风,地上都是落下的银杏叶,金黄的一片。风一吹,又"呼呼"随风飘散。扬雄伸了伸胳膊,道:"张兄熬了一夜,还是去眯一会儿。不然,我都过意不去。"张弛不好意思地道:"兄长一说,我的眼皮就开始打架了。不碍事的,我一贴枕头,就睡得安稳踏实,叫都叫不醒。"扬雄右手做了个请的手势:"我就羡慕你能睡,快去吧。"张弛一拱手,侧过身子去了房间。

张弛的话一点都不假,扬雄烧茶的炉火还没有点燃,他的鼾声就起了——

难以置信的鼾声,起伏,迅疾,一如呼啸。泥炉刚刚冒烟,风又刮了起来,烟雾直接往房间里飘。通常,到了这个辰光,承明庐的人都陆续起床了,许是天气突然变冷,一个个还赖在床榻上,不愿起床。

这天开始,太阳就像失踪了一样,天空昏昏沉沉的,风一阵一阵地刮,偶尔也下起细细密密的小雨。天,越来越冷了。花,树叶,都经不住寒风,吹着吹着就凋萎了,大部分枝干上都是空荡荡的。

到了午后,扬雄才想起刘歆昨天派下属到承明庐约过,说是今天上午有事商议。当时,扬雄有些好奇,不知道刘歆所谓的"有事"是何事,关键是地点在天禄阁。要是在此前,刘歆讲半句,扬雄一猜一个准,两个人之间,一点一个透。而现在,刘歆地位变了,情况也就复杂了。何况,他下属只是个传声筒,一问三不知。要命的是,扬雄醉酒把约好的时间给忘了。刘歆是否还在天禄阁?扬雄心里根本没底。不管怎样,扬雄还是急匆匆地去了。心想,错过了约定的时间是一回事,出于兄弟朋友的情谊去不去又是一回事。去了,还能不能够见面呢?扬雄心里更没底。出乎意料,扬雄一进天禄阁,就看到了刘歆熟悉的身影。扬雄揉了揉双眼,以为眼花了。

"扬兄也有脱不开身的时候?我是难得偷闲,来到这里心就安了。"刘歆扫了扬雄一眼,道。"对刘兄,我也没什么好隐瞒的,昨晚醉酒,把正事忘了。到现在,我还没有缓过劲来。还是刘兄说得对,既来之,则安之。心安就好,心安就好。"扬雄拱手,心里还是有几分歉疚。"扬兄迟到了,对我未必是坏事,已经好长时间没有这样看书了。"刘歆说着,眼睛却在竹简上浏览。"哦,如果我全忘了,或者索性不来呢?"扬雄觉得刘歆的话有些不真实,疑惑道。"不至于吧,咫尺的距离。不管出于怎样的考虑,这样说就生分了。我找你来,是有重要的事要商量。"刘歆轻轻地卷起竹简,内心感到有些纠结。

天禄阁出奇的安静,铜壶里的水在泥炉上"噗噜噗噜"地叫着。刘歆的随从斟好茶,端上,就退到边上去了。刘歆沉吟片刻,道:"刘泳的奶娘,兄是见过的,聪明,贤惠。我想保个媒,搭个鹊桥,不知道兄意下如何?"扬雄愣了一下,等反应过来,脸都红了:"照理,照理说,我现在孤身一人,纳个妾也有个照应,但在这方面,我心已死。不过,还是要谢谢兄的好意。"刘歆瞥了扬雄一眼,问:"你是怕她拖累你?"扬雄平静地道:"就我这本事,只够自己糊口。而就我这岁数呢，不想折腾，也怕连累别人了。"刘歆眉头拧成了一个"川"字，道："既然你这样想，续弦的事可以慢慢考虑。但有一件事等不了，那就是过来帮我。兄有所不知，推出新政，已无退路。我需要你这样有才干，又靠得住的人。"听了刘歆的话，扬雄愕然："刘兄言重了。人都有俗的一面，听多了夸奖，说不定会沾沾自喜，沽名钓誉。我是黄土都快拥到胸口的人，这辈子不敢有其他想法了。说实话，若不是乌儿的事，上次君侯来找，我也动过心，但只是那么一刹那的事，就过去了。至于新政，不脱一层皮，又怎么能够长出新肉呢？想脱胎换骨，难上加难。"刘歆面无表情："兄是何苦？君侯早已放出话来，只要是跟着他的仕途都会有发展。这，还不说得明白吗？那我给兄一句忠告，你这样一意孤行，是很危险的，想想，现在是君侯当权，他的话不能不听。你搓反手索，弄不好搓着搓着就搓出横祸来。"扬雄抿了口茶，冷冷地应道："那，我也不怕冒犯刘兄了。目前你我有什么事，只是兄弟之间的分歧，都是颜面上的事，都是小事。若是到了朝堂，掐着扭着，那是大事。至于君侯，你我都讳莫如深，也没必要谈。听兄说到新政，倒让我想起一个人来，前将军何武，也就是我的郫县同乡，他早年得到王音的推举，后来与师丹、孔光一起推行'限田限奴'新政，最终还是由于吕宽、王宇事件选择了自杀。我不想折腾了，还是做个闲人自在。"

刘歆摆摆手，他第一次与扬雄不欢而散。

### 3

也不知道候强从什么地方听说的，说是紧挨着长安的华阴有华山，其高五千仞，风光奇绝，他邀扬雄一起去观光。说起华山，扬雄依稀记得在石渠阁看过图志名录，后来在《尔雅·释山》中也有涉猎。据记载，早期因平王东迁，华山在东周王国之西，故称"西岳"。而到了秦国时期建都咸阳，西汉建都长安，都在华山之西，因此华山不再称为"西岳"了。只可惜，扬雄一直没有机会去游览。

迥然有异的是，候强比以前不爱说话了，心事重重的样子。"候兄一路上沉默寡言,是否有心事?"扬雄关切地问。"没,没什么。我只是在反思,觉得这些年遇到这么多的事,仿佛都是在被别人主宰着,面对人生的局面都是一团迷雾。有时候困惑至极,往往,得势得利者,不一定与努力勤奋成正比。"候强一脸的惆怅。"是啊,世事难料,而官场更是人心叵测,只要把心放平了,人就平和了。"扬雄做了一个深呼吸,道。"嗯。不瞒扬兄,我曾不止一次去猜想今后自己的路怎么走,自己未来又是一个什么样子,却是找不到头绪的,甚至是渺茫的。最近在御史府,碰到了一连串的问题,有的人使出的狠招都超乎了想象。"候强边走边道。"哦?进了御史府,地位特殊,握有重权,若是没有清正刚直,疾恶如仇的品质,肯定难以胜任。还要记住一点,不怕事,不惹事,不多事。尽管我不知道你所指的是什么,但相信你扛得住。改一句俗话送你,常在河边走,就是不湿鞋。记得老子有言,福兮祸所伏,祸兮福所倚。既然福与祸都能相互依存,互相转化,还有什么事是放不下的呢?"扬雄站着,边喘气边说,并指着天边的闲云让候强看。"不知道怎么回事,有那么一瞬间,我的心里也动摇了,甚至疯狂了。这,与旧事没有任何瓜葛,这里疼啊!"候强用手指戳了戳自己的胸口,道。

到了华山脚下才知道,上华山根本没有路,只有采药人攀爬的山径,而且是断断续续。候强找了山中一位采药人带路,准备了绳索,还是攀爬得极其艰难。初夏,华山的天气时晴时雨,处于云遮雾罩之中。那雨与雾,都是斜斜地飘来的。只要是有雨雾,根本看不到路径,能见度低得可怜,但有鸟声此起彼伏,婉转,动听。而风一吹,雨雾又散了,脚下即是峭壁与深渊。猛然一看,腿都不禁发软。随采药人攀爬了两天,似乎还是没有到达山腰的位置,再往上,山峰高耸入云,而前方一如天堑,远处呢,是千岩万壑。花岗岩的缝隙里,长着奇形怪状的油松、白皮松、栓皮栎,以及藤蔓与蕨类。

华山的高与险,对于攀爬的人来说,都是一道心理上的障碍。三人同行,扬雄与候强是心里发虚的,只有做向导的采药人是无所畏惧的。采药人的年纪是三十左右的样子,长得纰瘰稀瘦,似乎额头都有棱角,他的脚有点跛,看去走路一瘸一拐的,却脚底生风,而攀爬起来也异常灵活,像猴子似的。几天下来,采药人还是老样子,反而候强与扬雄的脚变成跛脚了。到底已经攀爬了多少台阶?扬雄与候强根本计不出数。扬雄忍不住问了采药人。他抖了抖肩上的绳索，淡然地笑道："没多少。"采药人说"没多少"的意思，即"没有计算过"。而介绍起山上的中药材，却如数家珍：苍术、远志、五味子、柴胡、血灵子、沙参、细辛、山地、连翘等，数不胜数。越过一道飞瀑流泉，雨雾更浓密了，风一吹，不仅攀爬出的一身汗，瞬间就止了，还有些凉意。扬雄与候强的体力都明显透支，仿佛虚脱了似的，气喘吁吁，腿脚也肿胀得厉害。

候强一脸的局促与焦虑，他伸了伸脚，嘀咕道："要是知道这样，真的不应该邀扬兄来吃这个苦。"扬雄喘着粗气，笑道："你是故意整我，成心和我过不去呢。不过，面对这样的山，心中多了敬畏，少了虚妄，分明华山是有神性和灵气的。据我所知，秦始皇在山脚首祭华山，而汉武帝还在黄莆峪口敕修集灵宫。至于黄帝、虞舜曾来华山巡狩，我觉得那是不可思议的事。"听扬雄这么一说，采药人回头一笑，情不自禁地竖起了大拇指。

突然，扬雄耳朵里有了"嗡嗡"的声音，他用手指在双耳的耳道转了一下，又扯了扯耳垂，踮起脚尖跳了跳，不仅没有消除，脑袋还发闷。他立即停了下来，敛声屏息。采药人发现扬雄神情不对，迅速把扬雄攥住了。扬雄缓了下神，不好意思地道："饿，累。"转眼，采药人像变戏法似的，手里抓了一把茅根，递给扬雄和候强，道："放在嘴里嚼一嚼，会好些。"一路上，比采药人预计的时间耽搁了两天。再上，那种陡是令人绝望的陡，陡得无法攀登。而脚底，便是深不可测的深渊，看着心里都发虚。飞禽走兽都难，何况是人呢。没路，没人烟，最大的问题是准备的干粮见底了。无奈，懊丧，一下子涌上了心头。扬雄与候强的脚，也到了无法迈开的地步，他俩只能望山兴叹了。

沉思，迷惘。候强干脆趴在花岗岩岩体上歇下了。他应是脚挪不开，懒得走了。扬雄看着候强，也没有说破。"如果当年武帝要上山，想必凿也要凿出一条上山的路来。"候强似乎是自言自语。扬雄倚在巨石边，汗珠从额头滚落到脸上。他用手擦了擦脸上的汗，笑道："即使武帝敕修集灵宫开始凿路，他也不一定等得住。凿这样一条上山的路，与凿天梯又有什么两样呢。"候强与采药人诧异地看着扬雄，连连点头："那是，那是。"

油松倔强，只有树根钻在岩缝里。一群鸟，就站在油松的树丫上，有的在互相啄着鸟喙，有的在抖着翎羽，有的在翘着尾巴，见人也不生分，只是"叽叽喳喳"地叫个不停。远处，云彩一层一层地叠着，天空蓝白相间。蓦然，山雾飘来，白茫茫的一片。回头一看，雾霭缠绕蒸腾着的华山之巅，显得那么高耸，那么缥缈。高耸入云的华山之巅，是什么样子的，又是否有人见过它的容貌呢？扬雄一路被这样的问题纠缠着。采药人耸了耸肩膀上的绳索，笑道："只要先生登临，我随时可以带你去。"扬雄拱手致谢。

## 4

上林苑延寿门至未央宫前殿，一路张灯结彩，喜气洋洋。喜堂之中，红烛高照。处处彰显着皇家气派，以及仪式感。

王莽将大女儿王嬺许给了皇上刘衎。迎娶的时候，是元始四年二月初的一天，刘衎只有十二岁，而王嬺呢，更小，只有八岁，地地道道的一对金童玉女。

大司徒马宫、大司空甄丰、左将军孙建、右将军甄邯、右曹太中大夫刘歆，他们一同到王莽府邸迎娶王氏，可见规格之高。礼乐之中，马宫与刘歆先后呈上了皇后的印玺、绶带。

这时，笑得最为开心的是王莽。他挺着胸，频频拱手，向贺喜的朝臣，以及亲朋好友致意。

与刘歆的忙碌，还有遇事斟酌相比，扬雄虽然也进入了迎娶人员名录，却算是一个闲人，相当于走过场看热闹的角色。再说，临时来帮忙的人多了，有的还生怕插不上手。不过，扬雄与其他人一样，赏赐也是见者有份的。至于大赦天下，增加秩禄，都是与他不沾边的事。

扬雄心里坦然，说吃就吃，说喝就喝，无所顾忌。但，他看到一些朝臣阿谀奉承，趋炎附势的样子，心里不是滋味。心想，一个人有没有软肋，有没有骨气，根本不用去看他的脸，看腰挺不挺得起来就够了。在扬雄的眼里，这场迎娶，就像一场经过精心彩排的戏，各种角色全部到位。然而，群臣之中又有多少人在关心国事朝局与天下子民呢？

况且，有的人是要面子就不要脸了。

青铜的带有纹饰的尊、爵，依次摆开，尽显觥筹交错的尊贵。喝了酒，扬雄也不说话，只是死死地盯着身边的人脸上看。边上的人发现了，被看得心里发毛，就借故躲开。扬雄呢，只"嘿嘿"一笑，也不言语，身边的人更是摸不着头脑了。在扬雄的斜对面，坐席的是杨宣。扬雄早就看见了，也装作不认识似的。杨宣发现扬雄在盯着自己看，只好冲他笑了一下。没想到，这一笑惹麻烦了，扬雄端着爵，公然起身走了过去，极富挑衅地盯着杨宣看，眼光冷而刺人。杨宣站起身，谄笑道："好久不见，我敬扬兄一杯！"谁知，扬雄抬起左手一挡，杨宣爵中的酒就洒了一半。扬雄吭都没有吭一声，双眼继续盯着杨宣的脸上看，好像越看越不对劲似的，盯得他脸上青一阵白一阵。杨宣不由摸了摸发髻，又摸了摸脸，没觉得有什么不妥。说实话，杨宣这时是胆怵的，他怕扬雄喝了酒有什么过激的言辞举动，主要是要保全自己的面子。扬雄挡了杨宣的敬酒，又不说话，等于对杨宣是一种羞辱，无声的羞辱。刘歆见了，走过来，面无表情地道："扬兄，喝酒要看场合，岂能失态。再说，做任何事，天时、地利、人和，缺一不可。想必，这样的道理你比我更清楚。还有，兄长在未央宫这么多年，这点规矩应该懂吧。"按照常理，刘歆说到这个份儿上，已经足够了。谁知，扬雄并不买账，他歪过头，晃了晃手中的爵，盯着刘歆大声道："哦，是吗？承蒙君侯厚爱，请大家来喝喜酒，就是要让大家喝得高兴，是吧？要不，刘兄先陪我喝一杯，然后再敬各位同人？"在这一刹那，所有的人都僵住了，把目光全部集中在了刘歆和扬雄身上。扬雄这一出，是刘歆万万没有想到的，他只愣了一下，然后，摇摇头，转身走了。

这时，杨宣才缓过神来，他尴尬地笑了一下。他是第一次在众目睽睽之下被扬雄戏弄了。想必，这是扬雄对当年在未央宫门口遭遇冷落的报复。这么多年了，说明在扬雄心目中那点阴影一直没有抹去。想到这些，杨宣心里一如打翻了五味瓶。

扬雄照样不当一回事。也就是说，他喝着酒，还是冷眼扫来扫去。实际上，扬雄刚才喝了酒，并没有想生事，更不会发飙，只是心里有一种念头在作怪——想试一试这些头面人物心里究竟有多虚。没想到，一试一个爽。是的，一试一个爽。从这一点上，扬雄就看轻了他们。穿戴整齐有个屁用，人心不齐啊！或许，在他们心中，只有共同的利益体——有了共同的利益体，就有了彼此的观照。扬雄打着酒嗝，摇摇晃晃地离场，引起身后一阵阵的嘲笑。不用看，扬雄也知道，他的身后跟着一双双势力刻薄的眼睛。说不定，杨宣咒他死的心都有。

其实，扬雄的酒未曾过量。他心里清楚，以女配帝，倒不是王莽先例。也就是从西汉皇家往前数四代的事。麒麟阁功臣霍光，就曾把自己的女儿霍氏嫁给了汉宣帝。霍光是大司马霍去病同父异母的弟弟，他任辅政大臣，却功高盖主。问题是，哪一个皇上不忌惮功高震主的人呢？而能够到场参加迎娶的人，起码都是在官场摸爬滚打的，谁会不知道这样的典故？扬雄参加迎娶，最大的遗憾就是没看到一个八岁女孩出嫁的眼神。王嬺比扬乌还小一岁，命运却是天差地别。

"育而不苗者，吾家之童乌乎？"扬雄喃喃自语。

王莽的处心积虑，孔光都看在眼里。反过来说，从某种程度上，王政君与刘衎倒成了王莽意志的执行者。这时，孔光心里对朝局难测感到了惧怕，他称自己年高多病，向王政君提出了请辞。不料，王政君以"帝幼少，宜置师傅"，而封孔光为太傅，位四辅。孔光更加坐不住了，再次上书提出告老还乡，王政君又升孔光为太师，赐"太师灵寿杖"，特令不用上朝。孔光知道，虽然皇上刘衎临朝，太皇太后王政君听政，却都是王莽的意思。他是三朝元老，阅人无数，看也看多了，岂能看不明白呢。王莽目前正是大刀阔斧的时候，他要总揽全局，想利用孔光的知名度与声望。一旦，没有利用的价值了，让他一脚踢开，就为时晚矣。换句话说，即便自己不为利谋，不为利往，而推荐了那么多的博士、儒生，不敢保证他们一个个都这么想。万一，给人钻了空子，那都是晚节不保的事。弄不好，自己与王莽同朝，到时背一个黑锅，那就惹祸上身了。越是这样想，孔光心里越恐慌，心神越是不得安宁。与其让人以后攥在手心，还不如自己尽早脱身。还有比抱病在身更好的理由吗？孔光战战兢兢地退出了王莽的如意棋盘。

孔光的悄然退隐，给朝臣留下了太多的未知，还有猜测。问题是，在朝臣眼里，孔光与王莽相处得好好的，他为何要再三请辞呢？他们之间到底发生了什么事，或者有什么纠葛，只有他们自己知道。

"往往，职务与权力最是让人琢磨不透的。大多数朝臣，会为此慢慢失去理智。还有一个通病，一旦掌握了权势，就想方设法排除异己。"杨庄呷了一口茶，如是说。扬雄与杨庄的看法不同，他认为孔光的退隐，是明智之举："孔先生能够做到急流勇退，他是不想眼睁睁地看着王莽肆意妄为，更不想自己卷入朝堂的是非之中。换句话说,他只能是明哲保身,并不能也无力去改变当下的根本格局。他的退,与勇气无关,是一种做人的智慧。孔先生这一退,分明是在向王莽摊牌,他不想干了。"杨庄给扬雄续了茶,道:"其实,我们来谈论这些,都是近乎荒谬的。该来的与不该来的,还是要来,该走的与不该走的,还是要走,岂是你我能够揣测的呢。本来嘛,孔先生不用上朝,可以安逸了。偏偏,他还是闷闷不乐的,一段时间没见,他脸色不太好,见人也不太说话。"扬雄的目光深邃而凝重,他望着窗外道:"是啊,不敢妄言,乌云低垂,风雨欲来。"杨庄瞄了窗口一眼,又迷惑地看了看扬雄,他没有接扬雄的话题。

看得出,扬雄一直被云翳一样的情绪笼罩着。他喝酒不需要理由,却上瘾了。是的,扬雄开始有了酒瘾。或许,他是需要酒后的兴奋,抑或需要酒后忘却更多。不可回避的是,扬雄家里并不富裕,接二连三的丧葬,让他还欠了债务。在长安生活,一出门就得花钱,消费相对成都就贵了。偏偏,加上他收入有限,多少年俸禄还是一贯制,手头不免拮据,捉襟见肘也是常有的事。现实就是如此,一位在皇帝身边的"黄门侍郎",职位俸禄是四百石,扬雄要省吃俭用还债,连酒都喝不好。而他喝的酒,基本上是杨庄和候强供应的。相对来说,扬雄是封闭的,他一天除了读书写作,几乎没有什么交际。能够走动的范围,也就在几个朋友之间。兄弟之间,口无遮拦,酒后甚是。一次,扬雄酒兴上来了,他在杨庄面前也承认,在喝酒这事上,他是有些放任了。

杨庄不想这样沉闷下去,端起茶杯向扬雄示意:"这茶汤不错,壶里还有呢。"扬雄瞥了杨庄一眼:"莫转移话题,一杯茶就想滑过去,恐怕不容易,杨兄还欠我酒一壶。"杨庄一听,笑了:"茶要喝,酒也要喝。我少不了兄长的,候强更少不了兄长的。"扬雄看着案上的茶杯道:"大凡舞文弄墨的,没有几个不寒酸的。兄弟的这份情,我都一一记着呢。人生啊,又何尝不是醉梦一场呢。"

5

只有承明庐的存在,才显得承明殿的壮丽威严。虽然,承明庐周围相对空旷,也少有侍卫巡逻,而扬雄在这里生活了这么多年,还是觉得有宫院深深的味道。仿佛，脑中自然而然就有一种无形的禁锢。这里的夜，是紧闭的，除了张弛若有若无的鼾声，似乎就无其他的声息了。而天上的星光在闪，在窥视着未央宫，以及大地上的梦境。

夜，收去了光，也把声音覆盖了。是的，夜收走的是那些诡异的无法触摸的光，还有隐秘的声音。夜色深沉，烛光摇曳。扬雄揉了揉肿胀的双眼，重新读了一遍新著《法言》的开篇——《法言义疏一》。按照自己撰写这部书的初衷，扬雄是想模仿《论语》而写。所谓法言，即是作为准则而对事情的是非给予评判之言。写《法言》这部书，扬雄已经酝酿了好些日子，今天忽然有了感觉，进入也快，一动笔就成章了。

夜与星光，都应是属于神明的吧。这一夜，扬雄睡得特别安稳。

第二天上午，扬雄按约定的时间去刘歆的府邸，为他儿子刘棻、刘泳做辅导。远远地，扬雄就看到刘棻与刘泳站在门口迎接了。可以想见，刘棻、刘泳每一次等候扬雄的崇敬之情。这，也是让扬雄伤脑筋的地方。本来，扬雄觉得刘歆职务发生了变化，就想把辅导的事辞了，可看到刘棻与刘泳的懂事好学，他又没法开口。尤其，扬乌死后，他从心里更加喜欢刘棻与刘泳。扬雄所讲授的，依然是篆文，也就是所谓的"古文奇字"。若是篆文讲不好，会是枯燥无味，他却讲得绘声绘色。按照惯例，扬雄总结了上午讲授的要点，布置了抄写的内容，就返回承明庐。

这天，刘棻与刘泳送扬雄到门口，每人手里多了一坛米酒。刘棻小心翼翼地道："先生，这是阿爹早上特意交代，让我和弟弟转交先生的，请收下。"扬雄感到有些意外。不管怎么说，抑或出于怎样的考虑，他觉得刘歆两坛酒通过儿子转交，欠妥。他婉转地拒绝了："哦？你们代我谢谢你阿爹。我还要出去办些事，总不能提着两坛酒到处走吧。"

"那，那怎么办？"刘泳睁大眼睛，像在问刘棻，又像在自语，语气里有不谙世事的好奇。"先生不拿走，阿爹回来会责怪发脾气的。"刘棻嗫嚅道。刘棻与刘泳当然不知道扬雄与刘歆之间现在所处的微妙关系，以及扬雄拒绝的理由。扬雄伸出手，拍了拍刘棻与刘泳的肩膀，安慰道："不会的，应该不会。"扬雄不接酒，刘棻与刘泳一左一右，不依不饶的。扬雄板起面孔瞪着眼，他俩还是磨磨蹭蹭不想转身。扬雄觉得再说什么，都会烦心，没作声就走了。

扬雄并没有回承明庐,而是去了太学边的"槐市"。所谓槐市,是以街边的槐树命名,每月的初一、十五,均有太学的学生在街边槐树下聚会,互相交换或买卖经书,称得上是最早的书市了。到了太学门口,扬雄没想到人流如潮。但,相比而言,没有东市、西市那样喧闹。心想,自汉武帝三次策问董仲舒,并采纳"愿陛下兴太学,置明师,以养天下之士"的建议,在京师长安设立太学以来,太学作为国家的最高学府,发展壮大还是过快了,据说已经拥有学生近万名的办学规模。如果有三分之一的学生进入槐市,那拥挤的程度可想而知。

看到槐市实际的情况是,街道规整,好生热闹,学生多,经书偏少,有竹简、帛书、纸书,虽然是不同年代的,却是同一种版本的,且都有不同程度的残缺,能够进入交换买卖的经书就更少了。扬雄一打听,价格偏贵,不是一般家庭的学生能够承受的。然而,扬雄所想的是,朝廷为什么不能刻印些经书进入槐市,或者更多的地方呢?说到对太学、儒生的重视,都言之凿凿,而太学学生与儒生能够读到的书,却是如此奇缺。这一点,扬雄进了天禄阁和石渠阁,体会更深。

围着太学慢慢转悠了半条街,扬雄也没有看到一本感兴趣的经书。好不容易看到一本《论语》的帛书,可以说是他看到的最为齐全的版本,品相不错。这样说,一点都不夸张,扬雄在天禄阁都没有见过品相这么好的帛书。扬雄凭什么这样说?就凭他在天禄阁看过来自各地上十个版本的《论语》。恐怕孔圣人,以及他的弟子都不会想到有这样的结果。至于,孔圣人的后裔孔光先生怎么看,扬雄已经永远失去了与他交流的机会。扬雄简直是爱不释手,他一问,吓一跳,贵得离谱。扬雄正在模仿《论语》写《法言》,他还是有些动心了,却苦于囊中羞涩。扬雄一打量,发现卖书的是位中年男子,不像是太学的学生,长相倒与吴渭有几分相似,细看,却又觉得不像,他试探性地问:"抱歉,我身上没有带现钱,可我就住在太学附近,你可否跟我去拿钱呢?"中年男子逡巡不前,压低声音道:"倘若不是家中急等着用钱,我才不舍得把书卖了。价,你可以讲,但钱必须现付。"扬雄与中年男子面对面攀谈起来,询问书的来历:"这书是你的?据我看,这书可不是寻常人家能够有的。"中年男子一听,立即把脸冷了下来,也不吱声。扬雄转眼的一瞬间,他包起书就挤入了人流中。扬雄心里琢磨,卖书的中年男子心中是否会有什么猫腻?不然,他卖书为何这般躲躲闪闪呢,难道有什么见不得人的勾当?

扬雄试图做些努力,想把书买到手。他追了一段路,看到一个背影有点像卖书的中年男子,正要赶上去,猝不及防地被人撞倒了。不知谁尖叫了一声,似乎被撞倒的不是扬雄,而是尖叫的人。随着这叫声,行人向扬雄围拢过来,弄得扬雄一脸的狼狈。等他爬起来拍了拍身上的尘土,发现撞他的人与卖书的中年男子都不见了身影。扬雄在槐市往返两次,留意身边所有的行人和卖书人,就是没有见到卖书的中年男子。

槐树的身高,早已超过了街边的房屋。虽然,槐树还没有到花期,却满树盈盈绿意,罩得一地浓荫。转来转去,扬雄没有追到卖书的中年男子,却累得够呛,索性,他一屁股坐在了槐树的树荫下。抬头一看,阳光从树叶间滤下,忽闪忽闪的,一如投射的光斑,虚幻中折射着美丽清新的影子。唉,若是没有这么多人,三五好友一起在树荫下散步,或者喝茶聊天,那真是别有一番情趣。扬雄在长安很少有熟人,即便多年前刘歆带他到太学拜访过几位博士,他们后来都步入仕途了。扬雄心想,如果卖书的中年男子是一位家庭落入窘境的儒生,自己与他又有什么两样呢?起码,有一点是相同的,都是为了谋生。刚才那猛烈的一撞,明显是故意的,虽然没有造成伤害,但心里还是有些不安。这样一想,他觉得书的来路有问题了。

不过,扬雄心里怀有几分警惕,几分欣喜。警惕的是,生怕再次被人撞倒。而欣喜的呢,在槐市还是看到了品相最好的帛书。再说,坐了这么长时间,站在槐树上的鸟儿,也没有把鸟屎拉在他身上。扬雄支起身子,感到双脚发麻,差点打了个趔趄,便踮起脚尖跺了跺脚,然后才去拍屁股上的尘土。快快地离开槐市时,扬雄还是两手空空。

# 6

元始五年的正月,天空阴沉,风依然凛冽。零度左右的气温,寒风格外刺骨。

上了年纪的朝臣,出门都习惯裹着身子,好像裹紧一点,绷紧一点,身体会暖和一些。一旦在明堂前集结，参加岁首的朝会，一个个都哈着气，不得不昂首挺胸。老朋新友见面，有的一脸兴奋，有的神情诧异。于是，都客客气气地互相拱手示礼，寒暄几句，结伴并肩而行。

可以说，这是满朝文武到得最齐的一次。

隆重的朝会，即将在新落成的明堂举行，这是规格最高的朝仪。朝会的名义是百官朝见天子，而王莽却仿佛成了主角。在刘歆列出参加朝会的名录上，扬雄看到诸侯王二十八人，列侯一百二十多人，刘氏宗亲更是数不胜数。群臣从夸张的表情到窃窃私语，也是转瞬的事。在他们之中，肯定有喜欢表情夸张的，也有不喜欢表情夸张的，却无一例外附加了夸张的成分。而平时桀骜狂放的，却反而收敛了，尽量把自我藏起来，好像藏得越深越好。极个别的，还在调侃与戏谑。同朝为官，都知己知彼，心知肚明，只不过是各人的城府深浅不一而已。

随着王莽的出现，私语声倏地止了。看到满堂朝臣一个个向自己施礼，王莽感觉心里很爽，脸上却仅止于微笑。王莽希望，也需要这样盛大的场面进行亮相，宣扬礼乐教化，无疑，他做到了。不过，扬雄看到朝臣向王莽帖耳俯首的神情，还是超过了他的想象。在扬雄看来，这一切是多么的无趣。他皱着眉，把目光移向了明堂阴沉的上空。

"吾皇万岁，万岁，万万岁！"皇上刘衎升殿坐定，群臣行三跪九叩礼。

"众爱卿平身。"刘衎眉宇间有了英气，他只说了一句话之后，却把场面交给了王莽。

于是，鸣鼓、奏乐。王莽率领群臣举行了祭祀天地仪式。天地哺育众生，是人们心目中最高的神。历来，都是由天子主持祭祀天地仪式的，以祈求皇天上帝保佑国泰民安。儒家祭祀的对象，是天地君亲师，祭了天地之后，还要祭祖、祭圣贤。而皇上刘衎的这一举动，对王莽是最好的隐喻。偏偏，王莽也不避嫌，反而觉得心安理得。

能够集合到明堂的朝臣，包括刘氏宗亲，都知道其中的缘由。他们心里都懂，也不想迁就，却一个个都莫名其妙地顺从了。也许，这是大多数朝臣的奴性使然。类似于扬雄这样的，有自己的想法，又看不惯如此德行的，已是凤毛麟角了。

往往，在这样的环境中，扬雄是孤独的。而在朝臣们眼里，刘歆已是炙手可热的人物。无形之中，扬雄和刘歆就越来越疏远了。

四月初的一天，刘歆惊闻孔光先生去世，他的心里好像突然被抽空了。不久前，他还去孔光先生府邸拜访，请他为设置皇家祭祀场所，设立明堂、辟雍、灵台出主意。尽管，孔光先生面露难色，还是一一点拨了他。刘歆不得不佩服，孔光先生对儒学经典的精确把握与理解，而这些，都不是他能够企及的。若是没有孔光先生的指点，刘歆在王莽的再三催促下，肯定会乱了阵脚。然而，刘歆一天天忙不迭地筹备明堂的朝会，连孔光先生病重，都没有去探望，心里不免歉疚。

有时，刘歆也在自我反省，他不知道自己忙忙碌碌得到了什么，却能够感觉到自己正在失去什么。他知道，拒绝是需要勇气的，也想说服自己。可这个时候，似乎有一种无形的力量在裹挟着他。还有一点，刘歆觉得扬雄似是在暗中较劲。其实，扬雄根本没有这方面的意思。况且，他与刘歆在朝堂不在一个层面上，拿什么去较劲？

刘歆一个人到了承明庐，他想邀扬雄一起去吊唁孔光先生。扬雄听到敲门声，拉看房门左右看了看，一脸的惊诧："刘兄，这么早？是来私访呢，还是兴师问罪？"刘歆揶揄道："问什么罪？扬兄不当面责怪我，就谢天谢地了。"扬雄欲请刘歆进屋喝茶，刘歆摇摇手："免了，免了。我今天来也没打算在你这儿喝茶，还是改天吧。"刘歆见扬雄愣着，郑重其事地道："孔光先生辞世了，我想邀兄一起去吊唁，不知意下如何？"扬雄一怔："哦？让兄弟费心了。孔先生是一代名儒，理应是我陪兄长去才是。"

这些天，扬雄写《法言》已进入状态，他案头都顾不得收拾整理，就随刘歆离开了承明庐。

实际上，扬雄的脑子里是乱糟糟的，他总觉得孔先生是借年老多病而退隐，没想到他这么快就辞世了。前两年，为了候强与张宏的纠葛，杨庄还去请孔光先生出面帮忙。还有，刘歆能够来邀他一起去吊唁，也是出乎意料的。扬雄下意识地瞥了刘歆一眼，见他也是一脸的茫然。

灵堂内外，公卿百官排队吊唁，而孔光先生一门之下的博士、儒生，更是如丧考妣。白绫，还有白绫折叠的绫花，一条条一朵朵地在灵堂披挂着。扬雄多次经历过吊唁的情景，心还是猝不及防地刺痛了一下。看到长跪不起的孔光先生家眷，以及负责司仪的博士，扬雄的眼泪顷刻滚落了下来。

在特定的场景，眼泪是感染人的，包括刘歆在内，灵堂里的人一个个都泪流满面。扬雄发觉，自己的嘴唇在翕动，声音却噎住了，一句话也说不出来。"人死不能复生，请节哀顺变！"刘歆抹了泪，安慰着孔先生的家眷，并在灵柩前上了三炷香。

吊唁结束，扬雄喟然长叹。心想，孔光先生是三朝元老，去世后，他儿子孔放能够承袭博山侯，也算是对孔先生的一种告慰吧。

一路上，刘歆好像都没有缓过神来。他对扬雄道："看到孔放，就想起自己。失去父亲，像暗无天日，是看不到光明与最为无助的时候。"扬雄嘘了一口气，道："何尝不是呢。我是失去家人故旧的人，体会更深。看到那矗起的灵牌，就想到了生死的界碑。"走到街口，刘歆犹豫了，脚步也是迟疑的。扬雄疑惑地停了下来，漫不经心地问："我去槐市，刘兄呢？"刘歆没有吭声，他望了望街口，皱着眉，像突然想起了什么："哦，兄长去吧，我还有事，就失陪了。"刘歆转身，脚步匆忙，一下子就踅出了街口。扬雄却还站在原地，迟迟没有迈开脚步。

# 7

刘衎从九岁即位那天开始，注定要饮下一杯人生的苦酒。他的懵懂与知事，年龄是个分野。刘衎做梦也不会想到，迫害母亲卫氏一家的幕后黑手竟然是辅佐朝政的王莽，也就是他的岳父。十四岁的平帝刘衎开始对王莽的专权不满，他在努力挣扎，想摆脱任人摆布的日子。

说起来，恐怕都没有人相信，刘衎是皇上，王莽是辅佐朝政的重臣，王莽连正眼都没有看过刘衎。善良与邪恶，都是人的天性。逆来顺受的刘衎，还是太年轻，他皇位都没有坐稳，竟然冒冒失失地与王莽顶了起来。麦芒对针尖，结果可想而知。这个时候，谁去碰王莽，等于自寻死路，刘衎也不例外。

众所周知，汉高祖刘邦从汉中出兵攻打项羽时，大将军韩信曾明修栈道，暗度陈仓，最后以奇制度胜。而王莽呢，他正是要做名声的时候，他明的是位极人臣辅佐朝政，暗地里却不择手段，完全把皇上，还有太皇太后都架空了。本来，王莽没把刘衎即位当一回事，既然刘衎要开始把自己当皇上看了，留下肯定是个祸根。颐指气使的王莽，最忌讳别人跟他唱反调，那他还能够留刘衎吗？

最高级别的争斗，是无声的诛戮。平帝连摊牌的机会都没有，直接毙命于一杯鸩酒——"砰"的一声，随着手中的玉杯掉落在地上，刘衎已经入口封喉，吐血而亡。鸩酒，是最毒的毒酒，无药可解。相传鸩是一种猛禽，羽毛有剧毒。只要用鸩的羽毛在酒中浸一下，酒就成了剧毒的鸩酒。是谁指使的，又是谁下的毒？这一切，都成了谜团。

出了这么大的乱子，未央宫是红紫乱朱，负责皇上日常事务的少府仿佛炸开了锅，而平帝身边的人更是惶惶不可终日。一个无以名状而又惊恐的阴影，迅速在宫中蔓延开来。先是平帝身边的内侍自缢，再是太官手下的奴婢投湖，似乎处处都有阴魂不散的恐惧。

刘衎驾崩，王莽更是无所顾忌了。朝堂之上，阿谀奉承的大有人在，一味地报喜不报忧，什么"风俗齐整，官无狱讼"，什么"邑无盗贼，野无饥民"，都是盛世盛景，都回避了兵戈扰攘。即使极个别朝臣知道实情，看不惯做派，也是敢怒不敢言。刘歆为皇上的暴亡感到恐惧，他觉得自己陷在一个深不见底的潭水之中，仿佛有一种疲惫与无力感。甚至，感到朝堂中人与人之间关系的复杂，一如纵横交错的网。这时，他才明白扬雄说过所谓的乱世与世道。细细去想，不免觉得如履薄冰。他心里很沮丧，却苦于找不到一个人去把心里的沮丧吐出来。刘歆能够感觉得到，他随王莽之后，自己耽溺其中，与扬雄之间已经有了隔阂，而这种隔阂是道不清说不明的。

正是刘歆一个人在苦闷的时候，候强邀他与扬雄、杨庄一起喝酒，时间是第二天的中午。刘歆几乎没有考虑，就一口答应了。候强入职御史府晚，与前辈相比，只能算是初来乍到。至于御史府水有多深，他更是不知底细了。好在，候强是朱博先生亲自选中的，做人又不卑不亢，御史府的人都会另眼相看。然而，候强居住的房子还是自己租的，虽然面积不大，却是单门独户，还有一篱小院。唯一的缺陷就是距御史府较远——未央宫偏于西南侧，而他租的房子偏北。候强在长安的熟人也就几位同窗好友。相对来说,杨庄叫上他喝酒的机会多。偶尔,候强也邀上杨庄、扬雄几个一起聚聚。临近午时,刘歆赶去时,扬雄与杨庄都到了。许是熬夜的缘故,候强的眼皮有点肿,他举杯道:"难得一聚,尤其刘兄能够赏光,真是难得,我敬各位兄长一杯!"刘歆举杯向大家示意:"候兄客气,能够相聚,实乃荣幸。平时有不到之处,还请海涵。"扬雄与杨庄互相看了一眼,对候强、刘歆笑了笑,举杯一饮而尽。

酒过三巡,候强道:"不瞒各位,我到现在脑中还是一片空白的。皇上的案子,不仅落到了掌诉讼断案与平决诏狱的廷尉,也落到了专门负责监察的御史,要求两家联合办案,让我们去查。这样的案子,一点蛛丝马迹都没有,怎么查?"刘歆看着扬雄沉思的样子,他也没说话。杨庄道:"既然是案子,再狡猾的凶手,百密总有一疏。一个个去排查,是狐狸,总要露出尾巴。"刘歆扫了杨庄一眼,道:"在宫中,负责皇上膳食的主要是太官、汤官和导官。而太官令下设有七丞,还有负责各地进献食物的太官献丞、管理日常饮食的大官丞和大官中丞等。仅太官和汤官,各拥有奴婢上千人。要一个个去排查,想必要排查到猴年马月。伺候人的事,本身就复杂,去查伺候人的事,就更复杂了。"候强一听,端酒杯的手好像定住了:"有的事,经不住联想,一联想就睡不着觉。比如皇上的暴毙,以及内侍与奴婢的死。问题是,廷尉与御史负责查案,都是秘密进行的,是谁走漏了风声都扯不清楚。"杨庄蹙着眉,道:"按你们这么说,我隐约感到这是一个黑洞,一个看不见的黑洞。若是廷尉与御史不介入此案,或许内侍与奴婢不会死。是恐吓、威慑,还是别有用心?或许是,或许都不是。再谈下去,我连自己都觉得龌龊了。说不定,再查下去,死的人会还不止这些。"

四个人当中,唯独扬雄对探讨皇上案子的话题好像置若罔闻。或者说,他根本不屑于探讨皇上案子的话题。他似是沉浸在品酒的乐趣之中,一小口,一小口地品,然后,闭上眼,慢慢回味。只有在有人敬酒的时候,他才从沉浸中回过神来,提杯即干,非常爽快。

酒劲一上来,话题都转到了酒上,敬酒喝酒的速度也就加快了。正在兴头上,刘歆第一个退出,说还有要事要办,不能再喝了。候强刚想端杯的手僵了一下,很快就自如了,他话语谦和:"刘兄公务繁忙,只是淡酒粗菜,有失敬意。按理,刘兄在朝廷职位显赫,我都不应称兄道弟的。"刘歆拱手道:"候兄这样说,就见外了。这是在兄弟家里,莫去讲究那么多,兄就是兄,弟就是弟。各位,我先告辞。"候强没有异议,杨庄与扬雄更不会勉强了。

送走刘歆,扬雄吃呛了。他连续咳,咳得眼泪都出来了。候强赶紧递上茶汤,扬雄"咕噜咕噜"地猛喝了两口,总算止住了咳嗽。于是,候强撤了酒壶酒杯,换了茶壶茶杯。

扬雄与杨庄向候强告辞,已近傍晚。

"兄弟之间,没必要绕着弯子说话。还是送兄一句话吧。"扬雄打了个饱嗝,拍着候强的肩膀道,"有一点必须明白,你只不过是办案人员中的一员,怎么说也赖不着你。没有结果,就是最好的结果。"

扬雄的话,虽然轻描淡写,分明心里是在替候强担心的。碰到这样棘手的案子,杨庄也为候强捏把汗。别看扬兄喝酒没说话,其实他看得比谁都透彻。杨庄道:"嗯,也是。"在扬雄听来,候强的话,说了与没说差不多。天气,有几分闷热,扬雄看到候强打了个寒噤。

血红,是天空刹那间显现的颜色,流动,飘忽,变化无常。此时,天上的云霞是血色的,一片云像太阳烧开的大窟窿。而窟窿的周围,还有罅隙透出血红的天光。这样的天光,随时都可以刺激人的眼睛。血色的云霞在慢慢飘移,似乎有一大片在变化扩散成黑色。那黑色的云团,压得很低,还在以墨状不断扩散,俨如天空张开的虎口,仿佛随时都有将血色的云霞,以及天光吞没的可能。不,是漏斗,庞然的漏斗,刚吞进去,又吐出来,只是一进一出,颜色全然变了。约莫过了半个时辰,天很快黑了下来。风,"呼呼"地刮着,街边的树冠都顺着风的方向倾斜。风一吹,一叠瓦,抑或一根树丫砸下来,都是要命的事。沿街所有人家都关门闭户,看不见灯火,俨如一条空街,一片死寂。

扬雄喘着气道:"不走快点,就摸黑呢。"杨庄擦了一把额头的汗,甩了甩手,道:"摸黑是小事,说不定还要淋个落汤鸡。"扬雄吁了一口气,叹道:"这鬼天气,怎么说变就变!"风刮猛了,天漆黑一片。扬雄与杨庄逆着风,加快了脚步。

# 第十章 走在刀刃上

## 1

所有的秘密没有揭开之前，都是神秘莫测的。一旦有了真相，或者有了结论，有的就像瞒天过海的谎言。尤其，那些故弄玄虚，神乎其神的祥瑞，从一开始就是一场骗局。

祥瑞，即符瑞，征兆，是人们冥想之中的天助神力。天象、天书、瑞兽、植物，以及石头等，都可以成为祥瑞。皇上可以通过祥瑞衬托自己的盛世，实现自己的意愿；朝廷群臣可以通过祥瑞谋求晋升；而黎民百姓也可以通过祥瑞带来心理上的安慰。可谓是，各取所需。明明，知道祥瑞是编造出来的，为何还有人乐此不疲呢？想必，所谓发现祥瑞的人，比那些整天围着说恭维话讨好的更会来事。按理说，一个有正常思维的人，对这样造假的事都有思辨能力。然而，王莽只要有利于自己，却是照单全收。想想，大凡王朝更替，均以天命的方式呈现，而最能够体现天命的即是祥瑞。已经掌握了汉室大权的王莽，依然不满足自己的野心，他最终的目的是要登上皇帝的宝座。

"告安汉公莽为皇帝。"这是在关中平原腹地的武功县挖井时发现的一块白色石头，上圆下方，石头上出现的字是红色的。而武功县是安汉公采邑，即王莽的封邑。王莽一听到祥瑞之石上的谶言，抑制不住内心的兴奋，立即到长乐宫向太皇太后王政君禀报。王莽的意思很明显，他称帝，是天意难违。万万没有想到的是，王政君听后，不但不高兴，反而向他迎面泼了一盆冷水："仅凭一块石头和一句谶言，就能够施行天下？普天之下，莫非王土，四海之内，皆是王臣。切记，切记！"王莽道："启禀太皇太后，谶言，即谶纬之学。实际上，在西周时期，甚至更早就有了谶言出现，只不过没有传入朝堂而已。"见王莽如此固执，王政君明显不悦，道："谶言，与妖言惑众有何区别？从君侯一进来，孤怎么看，都觉得少了谦恭，多了戾气。汉高祖有一句话是怎么说来着？非刘氏而王者，天下共击之。"

王政君的话没有松口，王莽欲言又止，不好再说下去了。

王莽狐疑地看了王政君一眼，他猜到了她所顾虑的是症结所在。王政君默然，还没等他告退，就转身留下了一声长长的叹息。可以说，她这么多年为王氏几乎耗尽了全部的精力。况且，她能够把太皇太后的位置坐稳坐实，已是不易了。

其实，王政君是一肚子心事。平帝暴毙后，案子没有任何进展，国却不可一日无君。而王莽等于是自己一手带大的侄子，他封赏诸侯百官，恩惠救济民众，开通子午道，以及禀报祥瑞，处处作铺垫，目的昭然若揭。还有，大司徒司直陈崇与张竦合撰的《安汉公功德颂》，完全是在赞颂王莽安定天下的功德才能。种种表明，都是功高盖主。一个人，有想法，是好事。可王莽的想法，让她睡在梦中都要惊醒。此时，王政君感到王莽是陌生的，与那曾经简朴谦和的侄子判若两人。也就在这个时候，她感到自己作为一位迟暮女人的落寞与孤独。但她脸上没有丝毫的流露，依然是一脸的端庄与从容。实际上，王莽已是朝权在握，说穿了，他要的也是一个名分。王政君回想一下，她摸了摸额头的褶子，头皮感到一阵发麻。问题是，西汉王朝从二百多年前刘邦称帝以来，一直是刘家的天下。形成外戚集团，只是权势的一种分配。然而，改朝换代的事，她连想都不敢想。即便借她十个胆子，也不敢冒天下之大不韪。

"忤逆！"声音像在耳边炸响，王政君却不知道声音的来源。突如其来的声音，仿佛悬在空中，一直没有散去。她只能用手捂住耳朵，想把声音隔绝。惊恐、慌乱，等她镇定下来，放下双手，声音消失了。许是急火攻心，王政君身体抽搐,昏厥了过去。这下子,把她身边的奴婢吓坏了,一个个脸色铁青,手,脚,还有身体都在打战。王莽不慌不忙,让王政君贴身的奴婢掐她人中,等王政君一醒过来,他连请安都省略了,就急匆匆地离开了长乐宫。

王莽精明,第二天就有了折中的办法。他与太皇太后王政君商议,从宣帝刘询的玄孙中挑选刘婴立为皇太子,作为储君。刘婴是广戚侯刘显的儿子,才两岁。皇太子刘婴年幼,不能即皇帝位,怎么办?王莽自然而然成了"摄皇帝"。从太后到太皇太后摄政,再到外戚摄政,王莽已经撩开了登上皇位的帷幕。

若在以前,扬雄就祥瑞之石上的谶言非上书谏言不可。在朝堂,一些朝臣研究图谶,是为了攀炎附势,类似于杨宣的人大有人在。关键是,如今向谁去谏言,是摄皇帝王莽,还是太皇太后王政君?或许,向他们上书谏言,不仅枉费精力,还会埋下祸根。

敷衍人的事,敷衍人的话,扬雄都觉得没有任何意义。起码,这是做人的厚道。他心里憋得慌,他换了一身白色的直裾禅衣,就去找杨庄聊天喝酒。杨庄见扬雄主动过来,一脸的沮丧,想必有事,就把身边的人支开了。

"所谓人在做,天在看。武功县发现祥瑞之石上的谶言,明眼人一看都知道怎么回事。偏偏,有人却信以为真。"扬雄气咻咻地道。"兄长有所不知,何止是武功县,近期禀报上来发现祥瑞的层出不穷,齐郡有新井祥瑞,巴郡有石牛祥瑞,扶风有雍石祥瑞等。所有这些祥瑞征象只有一个,那就是王莽称帝。还有更为可笑的,是临淄县昌兴亭的亭长辛当,言之凿凿,说他连续做了几个梦,都是同一个内容,那就是上天使者告诉他'摄皇帝当为真皇帝'。"杨庄的眼里分明有一团雾。"哦?明摆着就是投其所好嘛。就算有机缘巧合,怎么就有那么多的祥瑞出现呢?看来,从一开始就不是填空的事,配角成为主角已经是不争的事实。"扬雄说话的表情很严肃。"那又怎样?还有比《安汉公功德颂》更能标榜的吗?"杨庄气不打一处来。"陈崇是王莽的心腹,《安汉公功德颂》是他,或者背后高人出的题目。他当时找过我,要我来执笔,说有重赏,我直接拒绝了。话又说回来,对于天下子民,刘婴的即位与王莽的即位有何区别?不管王莽出于什么目的,他能够一如既往恩惠救济民众,那他就成功了一半。照此发展,王莽称帝是迟早的事。反之,祥瑞之石上的谶言,就是一个掩人耳目的谎言。"扬雄慢条斯理地道。"嘀,只有扬兄恃才傲物,狂放不羁,还错过了扬名立万的好机会。"杨庄脸上有一丝坏笑,揶揄道。"喊,连杨兄都学会笑话人了,我当刮目相看。我拿了赏金,心里能够踏实吗?读书人穷,却穷得有骨气。"杨庄从扬雄脸上看到了真诚,他实话实说:"不为权势与赏金而赋,不是常人能够做到的。想必,在未央宫很难找到第二个了。"

  扬雄欲言又止,酒菜已经上席了。

  几杯酒下肚,两个人边聊边喝,心里也就宽慰了许多。

  罢了,扬雄还是觉得写书喝酒有意思。扬雄喝酒讲心情,随着心情的转变,举杯"吱溜"一声,喝得有滋有味。他告诉杨庄,下一步要撰写的书将是《方言》。而《方言》只是口头交流的书名简称,实际的书名是《輶轩使者绝代语释别国方言》。所谓别国方言,即指不同邦国的方言。在那遥远的周朝与秦朝,朝廷在每年的八月都会派"輶轩使者"去民间收集方言、民歌、习俗等第一手资料。编撰《方言》,就是建立在这些资料和自己研究的基础之上。"不妨想想,方言在各地都是母语,我能做的就是把各地有特色的母语汇集在一起,这是一件多么有趣而有意义的事。比方说,刚来长安找到吴渭,他说的方言,我听来就不知所云。若是现在让我听,起码能够听懂八九分。还有,在我们蜀西南人的方言中,是把我们平时喝的茶叫作蔎的。"

  扬雄说得兴起,滔滔不绝。杨庄坐在他边上,静静地听着。扬雄认为,著书的意义,在于为后世留下自己对历史人文,以及风俗的认知,还有观照。

## 2

  果然不出扬雄所料,王莽在公元六年改年号为"居摄",等于告诉天下子民是他在居皇帝位摄政,并且到长乐宫要挟太皇太后,让她交出传国玉玺。王莽的这一行为,彻底惹怒了王政君,她道:"孤已经秉承群臣之意,让你代理天子朝政,你还想怎样?你既然要建立新朝,还要汉朝的玉玺何用?"王政君知道,凭自己已经无法阻止王莽称帝的野心,话音一落,她就把玉玺摔在了地上。王莽怎么也不会想到,王政君竟然会当面摔了传国玉玺,他脸上依然挤出微笑,道："种种符谶都在昭示，天命难违。"碰到王莽这样有野心的人，王政君实在是无计可施了。想想，王莽已经羽翼丰满，已经不用她庇护了，他还会把她放在眼里吗？

许多朝臣都在盼望王莽即位的那一刻，仿佛王莽称帝之后，就能够给自己带来官运亨通，加官晋爵。反对的也有，却屈指能数，也就几个倚老卖老，好像没把王莽当一回事。偶尔，也发发牢骚。然而，都有告密者传到了王莽耳朵里。王莽听说后，只阴了一下脸，转瞬又笑了。这一笑，弄得告密者捉摸不透，心虚，背脊发凉。王莽神情严肃，盯着告密者问："还有吗？"问得告密者措手不及："没，没有了。"王莽不吭声，更没有赏赐的意思，告密者自觉无趣，先行告退了。王莽呢，对几位老臣没有立即发难，而是采取冷处理，既不应对，也不惊扰。他想，安众侯刘崇与东郡太守翟义先后反叛，都能够平定剿灭，难道还怕几位老臣作乱？量他们，也就在背后发发牢骚而已。

亘古未有的事，怎么会落在王莽头上呢？无疑，王莽除了依靠王氏外戚起家，在朝堂的经营与把控上还有他的过人之处。

就在王莽为自己即位扫除一切障碍的时候，巴蜀的梓潼郡发现了两卷策书，其中一卷明确写着汉高祖要把天下传给王莽。策书是用铜匮装的，发现人是当地的哀章。他发现后，立即把策书交给了负责高祖庙的官员。王莽听到报告，率领百官马不停蹄地赶到高祖庙前，恭迎策书。王莽又跪又拜，他表现出的虔诚，是前所未有的。然后，昭告天下，他是受命于天，将择黄道吉日登基。

刘歆随王莽恭迎策书回未央宫，他专程到承明庐，告诉扬雄发现与恭迎策书的过程。刘歆越说得激动，越说得神秘，扬雄就觉得越不靠谱，越虚幻。刘歆盯着扬雄道："扬兄这次是没有去高祖庙现场，那铜匮正面写着'天帝行玺金匮图'，背面写着'赤帝行玺某传予黄帝金策书'。策书上一卷是写着汉高祖要把天下传给王莽，而另一卷则是新朝重臣'四辅三公四将'的名录。如此翔实，你没理由不相信了吧？"扬雄瞥了刘歆一眼，道："我信不信不重要，重要的是君侯要信，朝臣要信，天下子民要信。"扬雄这么一说，刘歆觉得他真的是老鼠钻进了牛角尖，脸上流露出了不满，道："策书，汉高祖颁发的文书，谁敢不信？王莽能够平息内忧外患，就说明他有建立新朝的能力。扬兄应该明白我给你讲这事的意思，不然，枉费我专程来一趟了。"扬雄侧过身子道："一些事，刘兄应该比我更清楚,汉高祖是否能够在二百年前算到这一辈朝臣,又是否会颁发这样的文书呢?"刘歆觉得扬雄的话简直是不可思议,道:"类似这样的话,扬兄也只能给我说说。换作别人,说不定就会惹祸上身。你有勇气说,我都没心思听。我是左耳进右耳出,你具体说了什么,我已经忘了。这么说,兄长应该明白我的意思了。"扬雄沉吟道:"刘兄所说的,我懂。放心,我又不是吃饱了撑的,去谈这些乱七八糟的事。若不是兄长主动谈起,我才懒得说呢。记得先儒孟子说过,得道者多助,失道者寡助。如果,所谓的祥瑞策书只是一张画皮,那么刘兄作为重臣,是否会去戳穿呢?"

刘歆心里想,扬雄就像骆驼生的驴子——怪胎。然而,他并没有说出口。本来,刘歆设想是扬雄听了策书之后,会有所激动,他再鼓动扬雄创作《策书赋》,也好借机在王莽面前提一提重用扬雄的事。结果呢,扬雄潜意识里搓的都是反手索,好在,没有把话语讲明,不然,又会造成新的误会。

扬雄送刘歆出门时,刘歆的神情不免尴尬。他向扬雄拱手,静默不语。然后,转身走了。扬雄并没有回屋,他独自到了石渠阁的池塘边散步。池塘里,残荷立于水面上,叶、莲蓬,都是枯萎的,仅剩一根茎。暮色起,风一吹,影影绰绰。

## 3

初始元年十二月,王莽终于如愿以偿,他在长乐宫逼迫王政君交出了传国玉玺,接受刘婴禅让后称帝,并入高祖庙拜受,即天子位,改国号为"新",称年号为"始建国元年"。这一年,王莽早过了知天命的年龄,他在五十四岁的时候,成了中国历史上第一个通过禅让即皇帝位的人。王莽改了国号为"新",他即新朝开国皇帝。

想必,王莽作为新朝的开国皇帝,他改长安为常安,应是心态的一种体现吧。

江山易主,王朝更替。这样天翻地覆的事,竟然就在身边发生了。在迎来王莽登基大典的时候,扬雄的心里震惊了。许多事,都是这样,说着说着并不经意，一旦验证了，心里还是不免惊诧，或者失落。何况，王莽即位是昭告天下的大事呢。奇怪的是，扬雄那天在登基大典远远地看着戴着冕、身穿深衣黄袍的王莽——黄色，是他钦点的新朝服色，以及经过读策文与授玺礼的过程，心里反而平静了。而他，不可能猜到王莽站在殿上，透过冕旒看到群臣伏拜高呼万岁，还有诏令大赦天下时是怎样的心境。

隆重而盛大的登基大典落幕，王莽就早早地进入了梦乡。王莽二十四岁开始入中枢为官，起起落落，费尽心机，到五十四岁称帝，用了整整三十年。而付出的代价呢，他儿子王宇杀死家奴获罪，入狱被迫自杀，女儿王嬿少不知事，嫁给平帝刘衍成了寡妇，更多的是诬陷同僚，诛杀外戚人员。只有他自己知道，夜里噩梦中会不会惊醒。恰恰，刘歆这一夜是夜不能寐，他要遵照新帝王莽的旨意，革故鼎新，首先要在最短的时间内拿出新朝官员职衔的名称，以彻底废弃汉朝原有的官员职衔名称。刘歆心里没谱，又不好找其他人。他绞尽脑汁，还是一筹莫展。

而在深夜的长乐宫，还亮着一盏孤独的灯火，那是王政君的寝宫。登基大典一过，王政君的寝宫就更加冷落了。在这个时候，王政君不得不承认，人是势利的，人心是叵测的。且这样的势利与叵测，夹带着一种烦心蚀骨的冷，或者人性的悲凉。她越发觉得自己陷入孤独的绝境之中，不能自拔。

只有无法安眠的人，才知道长夜漫漫。

翌日早上，刘歆只好硬着头皮去找扬雄商议。刘歆相信，尽管他与扬雄之间有些观点产生分歧，甚至心中多多少少还有点隔阂，但对儒学的至诚是一致的，扬雄还不至于让自己吃闭门羹，抑或置之不理。然而，他走到承明庐却踟蹰了，不知道见了扬雄怎么启口。

张弛看到刘歆在廊间徘徊，立即行礼请安。扬雄听到门口的声音，开门一见刘歆，还是愣住了。他打量着刘歆，目光里多了几分惊讶与好奇。张弛看到两个称兄道弟的人沉默不语，他疑惑，却识趣，立即告退。

相处了这么多年，对于刘歆的性格，扬雄是清楚的，机敏、谨慎、沉着。在为人处世上，他与父亲刘向先生大体相似，可以说是饱经世故。扬雄嘀咕："刘兄来这么早，想必是有事吧。"刘歆咧嘴一笑："知我者，非扬兄莫属。我今天来打扰，确实是遇到了难题，想请兄长指点。"扬雄"嘤"了一声，上身前倾，右手手心向上，在腰间的位置做了一个"请"的手势，邀请刘歆到房间里叙谈。

刚落席，刘歆开门见山，就把遇到的难题一股脑地倒了出来。

扬雄思忖片刻，道："西汉官制是继秦朝的，而秦朝三公九卿的中央官制，又是秦王嬴政接受丞相李斯的建议所制。在景帝、武帝时，曾对部分官员职衔做过修改。归根结底，所有的做法都是为了突出皇权。"刘歆道："秦朝与汉朝官职的来龙去脉，我也做了梳理。问题是，现在新朝官员职衔怎么称？"扬雄笑道："刘兄许是忙晕了。王莽立帝，国号为新，他要的是新。旧制新政，怎么新？秦朝与汉朝也好，新朝也罢，出发点与结果都是一样的，那就是突出皇权。换句话说，谁当皇帝，都是皇帝，只是名字不同而已。新帝从小熟读儒家经典，开口闭口都是强调儒家学说，你我都崇尚儒学，何不从儒家经典中去汲取，又还原到儒学中去呢？"刘歆目光一亮，心中释然，他起身拱手，道："听兄一点拨，豁然开朗。我先告退，改日再约兄长小聚。"扬雄拱手还礼道："岂敢，刘兄客气！"

像瞄准了时机，刘歆前脚走，张弛后脚就迈进了门。

张弛神神秘秘地问："国师是否上门求贤？扬兄这个机会就不能错过了。"扬雄没有反应过来："谁是国师？"张弛认真地望着扬雄，右手摸了摸胡髭，疑惑道："不会吧？难道刘歆马上要升迁新朝国师，兄长都不知道？不对，未央宫都传遍了，兄长肯定在蒙我。"张弛这么一说，扬雄更是云里雾里："新朝没有昭告，张兄不可乱说。"张弛道："扬兄对策书的事，总该听说了吧。既然新帝承认策书，那刘歆升迁新朝国师就是板上钉钉子——稳打稳的事。那个发现策书的哀章，他也位列四铺。"

尽管张弛说得有鼻子有眼，扬雄还是不置可否。

果不其然，在随后新帝敕封功臣的诏书中，扬雄看到刘歆与哀章的名字赫然在"四铺"之中，刘歆为国师，哀章为国将，而列他们之前的是太师王舜，太傅平晏。此外，还有大司马甄邯、大司徒王寻、大司空王邑，以及更始将军甄丰、卫将军王心、立国将军孙建、前将军王盛。在"四铺三公四将"中，扬雄数了数，王氏就占了五位。说实在的，扬雄看到这样的名录如鲠在喉。本来，王莽重用刘歆，扬雄以为他会任人唯贤，没想到结果还是任人唯亲。而巴蜀梓潼郡的哀章，称得上平步青云，位居刘歆之后，他从低处边缘一步跨到上流中心，所扮演的角色也太突兀了。王兴与王盛，更是一步登天。在新帝没有敕封他俩卫将军、前将军之前，王兴只是负责城门守卫的小头目，王盛却是在长安城的商贾。还有一个是甄寻，他是西汉更始将军甄丰之子，官居侍中、京兆尹，如果往前挪一步，就算顺理成章提拔重用了。偏偏，新帝王莽破格提拔了虚职"太保"的甄邯。虽然，甄邯是甄寻的叔父，甄寻心里还是愤愤然，一肚子的怨气。

无疑，这样的班底是王莽组阁的。

这些底细，朝廷对外是讳莫如深。刘歆更是秘而不宣，守口如瓶。然而，在未央宫的人，未必都看得清楚。即便，有的人看清楚了，也会烂在肚子里。显然，没有得到升迁的官员，背后不知有多少觊觎着高一级的职衔。有人加官晋爵，就有人镀金镶玉，阿谀奉承还来不及呢，哪有像扬雄这样想东想西，另眼相看的。本来，这是神秘的，混沌的，然而，看清了官员的事实与真相，与看到了他们的赤身裸体有什么两样？

对于新帝王莽敕封的重臣，扬雄觉得经不起细想。一细想，就会觉得是一种套路，不免会有一种冒犯。显然，这种冒犯是不合时宜的。不想嘛，心里困惑，情绪忧郁，说出来，又极其敏感，触及权势，如履薄冰。若是言行上有稍微的冲动，都有潜在的危险。

至于其他的官员职衔，诸如大司农改为义和，大鸿胪改为典乐，大理改为作士等，都应是刘歆根据《周礼》《尚书》而脱胎的。或许，是自己的馊主意难为刘歆了。既然朝廷官员职衔改了，那地方官员职衔也要改吧，改官员职衔就够刘歆忙一阵子了。扬雄想。

紧接着，随之而来的是皇上身边的侍卫秘密换防，杨庄从值宿郎调任南宫卫士令，等于是提拔进了守卫未央宫的部队——南军，俸禄从原来的四百石提高到六百石。杨庄与北宫卫士令、宫掖门司马一起，主管宫门守卫。杨庄并没有因为自己的调动升迁而感到惊喜，他淡淡地告诉扬雄，随着年龄的变化，换个环境会舒心些，仅此而已。至少，不用每一刻去看皇上的脸色，不用去揣摩皇上每一句话的意思了。扬雄何尝不知杨庄所说的"换个环境"的意思，也就是说他从皇上身边的内卫换作外卫了。扬雄没有去妄测新帝换防侍卫的真实意图,但处处都可以感觉到王莽心思之缜密。

"噢——噢——"扬雄长长地吼了一声。似乎,这一吼,就把心中的大部分郁闷吼了出来。

## 4

随着偿还旧欠和嗜酒成瘾,扬雄的日子过得紧巴巴的,越发显得寒酸。刘歆六十寿辰,在府邸举行寿宴,他提前邀请了扬雄,扬雄也答应参加了。然而,寿辰这天,庆贺的亲朋好友都到场了,唯独扬雄迟迟不见身影。

刘棻望着门口的大街,急切地问:"先生怎么还没到?"

刘歆收回目光,无奈地摇摇头,道:"许是临时有事,脱不开身吧。"

对于扬雄的爽约,刘歆感到十分诧异。

第二天,刘歆嘱咐儿子拿了两坛酒和果品去看望扬雄。刘棻十分乐意,他还叫了弟弟刘泳一同前往。刘棻与刘泳到承明庐,却吃了闭门羹。

刘棻左等右等,没有等到先生,只好去敲张弛的门:"请问兄长,是否知道隔壁的扬先生去哪了?"

张弛打量了刘棻一下,漫不经心地道:"你找扬先生何事?好像他这两天都早出晚归,我也没见着人。"

走近了,刘棻才发现张弛并不比父亲年轻多少,只好将错就错。他告诉了张弛来访的意思,并把酒和果品请他进行转交。

"哟,原来是刘公子,失敬,失敬!"张弛一愣,起身拱手道。

"兄长不必客气,拜托了。"刘棻拱手还礼。

"要不这样,你们先进屋喝杯茶,等扬兄回来,再一起去喝一杯。"张弛诚心留刘氏兄弟。

"谢兄长,还有事要办,就不叨扰了。"刘棻望了弟弟一眼,羞赧地告辞。

谁也不会想到,扬雄此时正在槐市,他想把自己收藏的简牍版《礼记》卖了。昨天刘歆的寿辰,扬雄是记在心里的,既然是去庆贺寿辰,就要送寿礼,可临行前才发现囊中羞涩。他本想向张弛去借,都走到张弛门口了,又退了回来，实在是难以启口。想来想去，还是下决心去槐市把《礼记》卖了。扬雄怕被人看见，用包袱把书籍包得严严实实的。到了槐市，才敢拿出来。人来人往，连一个向他问询的都没有，更别说卖书了。始料未及的是，扬雄站了一个上午都没有把书卖出去。刘歆是大臣，他的府邸在北厥外的甲第区，距槐市较远，即便扬雄空手赶去，也晚了。索性，不去了。他磨磨蹭蹭半天，最终还是难为情地回到了承明庐。扬雄是一根筋的人，他就不信在太学边上没有学子对《礼记》感兴趣。这不，今天一早又来了槐市，结果呢，站了一个上午，还是无人问津。《礼记》，可是记载先秦礼制，体现先秦儒家思想的经典书籍啊，为何在太学学子人来人往的槐市，连一个问询的人都没有？贵也好，便宜也罢，连物色问询的人都没有，怎么卖？总不能去吆喝，或者缠着人卖吧。扬雄左顾右盼，看到太学的学子鱼贯而入，而在槐市人群之中，去找与自己年龄相仿或者交叉的人，都很难找到。何况，还是从承明庐跑到槐市来卖书的呢。扬雄感到莫名的自卑，甚至荒诞，还有些耻辱。

毕竟，自己已近花甲，还是宫中的黄门侍郎。而现实的窘境，就是他真实的生活处境。不知道底细的人，还不知有多少在歆羡他呢。

槐市街边的槐花正开，一串串的，白净，素雅，空气中还飘逸着淡淡的幽香。扬雄根本无心欣赏槐花景色，他的情绪低落到了极点。他低着头，看到树根，还有墙基上长着绿莹莹的苔藓。抬头的瞬间，扬雄看到了远处刘棻兄弟熟悉的身影，心里咯噔一下。他赶紧卷起简牍版《礼记》，用包袱包好，仓皇而逃。眨眼间，扬雄就消失在摩肩接踵的人流之中。许是肚子饿了，还有走快的缘故，扬雄感到有些气力不支，一阵晕眩。他不得不靠着槐树歇了一会儿，等缓过劲来，才离开槐市。

扬雄沿着民居稠密的街道，回到未央宫宣平门，已是午后。他正准备入宫，被一位带郫县口音的声音叫住了。转身一看，见是一位侍卫装束的中年人，仿佛认识，却一下子记不起来在哪里见过："你是？"中年人眼睛睁得圆圆的，急切地道："我是候慕，郫县的。"扬雄拍了下额头："哦，原来是你呀，看我老眼昏花，一下子都没敢认出来。不是听成都石室的李弘先生说，你入禁军吗？"候慕点点头，道："我正想进宫去找先生，正好遇上了。事情是这样的，郫县来人报讣，君平先生仙逝了……"候慕的话还没有说完，扬雄"啊"的一声，突然晕了过去。候慕眼明手快,一把拽住扬雄,才没有让他跌倒在地上。否则,后果不堪设想。

候慕单膝跪地,一手扶住扬雄,一手掐住他人中。等扬雄苏醒过来,候慕才松了一口气。

"怎么,怎么会这样,怎么会这样?君平先生怎么能够走呢?呜呼哀哉!"扬雄醒过来后,额头是汗,背脊是汗,深衣湿了一片,人感觉就像虚脱了一样,但情绪依然激动,泪水滚落了下来。"节哀顺变!据说是益州牧李强在主持君平先生的后事,报讣的人还在客栈……"扬雄打断了候慕的话,叹道:"我知道了,你随我去承明庐吧。"

临邛庄府:

> 惊闻先生乘鸾西去,悲苦莫名。忆昔杖履追随,训诲谆谆。而今雄羁勒长安,灵守无由,诚可悲矣!若天怜子云,异日当重谒云亭,再瞻蜀帐,以尽孝情。呜呼痛哉。

唁文很短,小篆,只有七十八个字。扬雄写下每一个字,心里都仿佛在泣血。他把唁文叠好,交给候慕,让他转交报讣的人。候慕刚出门,扬雄再也忍不住了,号啕大哭起来。想想,君平先生已过耄耋之年,算是罕见的高寿了,而他妻子李氏却早早辞世,膝下又无儿无女,而作为先生的弟子,却不能去尽孝。斯人已逝,能不悲痛吗?俗话说,人生七十古来稀。何况,君平先生是九十一岁高龄,又何况他是一位卓越的道家学者,他的乘鹤西去,想必在郫县,乃至巴蜀都是一件令人关注的大事。益州牧李强,可以称得上是一方诸侯了,他能够出面主持君平先生的丧事,可见先生生前的为人与风范,以及留给后世的人格魅力。扬雄朝着郫县的方向,燃起香烛,然后,双脚跪下,叩了三个响头,他只能是远远地哀悼。

"在道家的眼里,去世是天地人三魂离体,却不是真正的死去。"扬雄清楚地记得,这是父母辞世时君平先生劝慰他的话。

但愿如此!

这一夜,承明庐埙声绕梁。如泣如诉的埙声,是从扬雄的心里流出来的,悲怆，苍凉，像秋风中一声声长叹的连缀。张弛听不出扬雄吹奏的曲牌，却能感知到他曲调中的悲凉，还有内心的孤独。这样的夜，无疑是漫长的，漫长到似乎等不来晨光。

## 5

刘歆一天忙得焦头烂额，他开始羡慕扬雄自由自在的生活了。常常，刘歆一个人的时候，就陷入深思：新帝王莽大刀阔斧推行"将天下田改为王田，以王田代替私田""奴婢改为私属，与王田均不能买卖"，以及"盐铁官营""改革币制"等一系列新政改制，有的就像官员职衔一样，只是一种名目上的改变，有的完全是在强硬地推行。而这样的新政，是否能够全面推开，又能够走多远呢？

在实施推行的过程中，刘歆反而觉得自己不能掌控了，完全是新帝王莽在牵着鼻子走，来自各方面的压力也是可想而知的。没有办法，许多事情都是硬着头皮去做。他夜里想一次，心就抽紧一次，震颤一次，很难睡得安稳。许多问题与事情，妄图压住，抑或遮蔽，都没有可能——这边压下去了，那边在翘起来，这里遮蔽了，那边又露出来，像跷跷板。

最初认识扬雄，刘歆只把他当兄弟。然而，随着扬雄才华的显露，以及父亲的去世，刘歆还把扬雄当过对手，强有力的对手。问题是，不管扬雄有意识，还是无意识，从来没有给过刘歆交锋的机会。记得还是几年前的一天，刘歆在天禄阁编纂《三统历谱》完稿，不免有些兴奋与得意，就拿给扬雄看，并说了请兄长台鉴之类的话。出乎意料的是，扬雄真的拿回去认真读了。后来，扬雄让刘棻把书稿还回来时，刘歆发现多夹了两页纸——扬雄对书稿模棱两可，以及有差错的部分进行了点校、勘误。刘歆逐字逐行比照，从心底敬佩扬雄的认真与才学。反过来，心里对当初那么一点点虚荣的炫耀，不免感到羞愧。刘歆知道，扬雄不当面还上书稿，是避免他脸上难堪。刘歆总能感觉到，扬雄的不温不火中蕴含着读书人的自傲和正气，而与正气的人同事，是可以辟去许多邪气的。于是，从天禄阁开始换岗位的那天起，刘歆一直想扬雄能够做自己的帮手。

最终，扬雄还是没有松口。

好几次，刘歆也试图与扬雄敞开心扉，说说心里话，但话到嘴边，还是忍住了。刘歆想，扬雄书生意气，会不会有类似的想头呢？机会，稍纵即逝。况且，刘歆忙于推行新政，与扬雄见面的机会都很少。而能够一起坐下来，喝茶谈赋的日子是一去不复返了。

众所周知，到西汉末年，全国的行政区域划分是十二州，一百零三郡国。可在新帝王莽眼里，这样的区划不合乎礼法。在他的理想王国的规划里，首先实行"两都制"，即更名长安为"新室西都"，洛阳为"新室东都"，并以洛阳为新都城。他将要按照《尚书·禹贡》中的自然地理标示，重新划分九州，增加二十五部，另将一百零三郡国拆分为一百二十五郡国，每部监察五郡，从而形成州、部、郡、县的四级行政建制。新帝王莽的革故鼎新，是想从儒家经典，以及历史的记忆中去寻找体制上的借鉴，还是找回士大夫的精神气质？都不明朗。刘歆身为国师，也只能在心里去揣测新帝王莽的用意。久而久之，刘歆觉得自己的意识中，与新帝王莽有许多不合拍的地方。尽管，这样的不合拍没有显现出来，却蛰伏在心里，每时每刻都是潜在的。有时，朝臣有不同意见，或者有相互抵触的问题禀报刘歆，他尽量护着，担着，甚至摆平，不去增加新帝王莽半点负担。他心想，新帝王莽要驾驭的是整个新朝新政，作为臣子多为皇上分忧是分内之事。不过，刘歆开始怀疑新帝王莽交办过，又长时间没有过问和催促的事，是否有续办的必要。

这是对新帝王莽推行新政的理性与期望上出现了疑义吗？也许是，也许又不是。这样的心理变化是微妙的，以前根本不曾有过，照此下去，刘歆怕心理上的彷徨与挣扎，终将会撕裂自己。

而在朝臣与家人面前，刘歆连一句抱怨的话都没有。

是呀，抱怨什么呢？走这样的路，是自己选的。人生的轨迹一旦发生变化，就再也回不到从前了。想当初，自己与扬雄在天禄阁读书编书的日子，那是多么的逍遥自在。显然，扬雄就是看中了这样的生活状态。话又说回来，自己是否只是在不寻常中看到了寻常？应不只是这么简单吧。

自讨苦吃！刘歆自嘲地苦笑了一下，他现在才明白扬雄的睿智，以及比自己高明的所在。他用手捶了捶颈椎，又揉了揉太阳穴，不得不把拟好的上封事搁下。一阵风，从窗外钻进来，把书案上的烛火扑灭了。

## 6

冀、兖、青、徐、扬、荆、豫、梁、雍，系《尚书·禹贡》中划定的九州。而位列九州之首的冀州，在新莽始建三年黄河在魏郡元城以上，也就是现在的河北大名县、临漳县一带决口，久堵无果，洪水滔滔，泛滥于山东、河南等地。

这次去魏郡元城，不是扬雄愿不愿意的问题，是必须要去。想必，是黄河决口出了大问题。不然，朝廷不会连黄门侍郎扬雄都抽调去勘灾。扬雄猜得没错，灾情发生后，新朝朝臣一个个都生怕担责，竟然无人敢去勘灾赈济。稍微懂得历史的人都知道，黄河河道最早的载记见于《尚书·禹贡》中，此前在其两次大的改道和无数次的决口中，前去治水与勘灾赈济的官员，能够立功受奖者凤毛麟角，入狱砍头者倒是不少。新帝王莽气急，向全国发出招贤榜，广征治水人才，结果应者还是寥寥。

出乎他意料的是，应者中讲空话套话的多，有实战经验的少。新帝王莽气不打一处来，发飙道："看看你们，能够像几年前大司马史张戎那样，提出治理黄河，以水刷沙主张的，一个都没有。你们一个个都说说，朕要你们作甚，要你们作甚，啊？"满堂朝臣一个个低着头，默不作声，都生怕自己有什么举动，让皇上注意到，就要领旨去勘灾赈灾。

无奈之下，新帝王莽只有派出勘灾、赈济、治水三组钦差，分赴魏郡元城等地。

扬雄、张弛，是随国师刘歆去魏郡元城的。去调查核实灾情，刘歆一切从简，侍卫都没带。而另外两个组是分头出发，分别由国将哀章与太师王舜率领。一路上，天灰蒙蒙的，像隔了一层雾，很不清爽，首先扑面而来的是腥臭的味道，还有远处传来隐隐约约的啼哭声。而令人作呕的腥臭味，是不需要去嗅的，到处都在弥漫。路边，牲畜的尸体已经发胀。天空中，鹰在盘旋，叫声凄厉。那些芦苇遍野的堤岸呢，已经变成了泥沙、瓦砾，以及沟壑。在元城城门迎接刘歆一行的，有县令、县尉、亭长等地方官员。以往，每年汛期之前，都要维修加固堤坝，偏偏今年不但没有维修加固，还遇上了大汛，遭殃的只能是黎民百姓了。看到灾后满目疮痍，灾民流离失所的惨状，以及地方官员的昏庸，刘歆的脸阴了下来，满眼哀伤。而扬雄与张弛呢，也是忧心忡忡，义愤填膺。刘歆每问一个问题，地方官员都是支支吾吾的，没有一个讲话利索。扬雄就纳闷了，一个地方官员连辖地的灾情都不清楚，他还配掌管这个地方吗？《礼记·大学》中说："乐之君子，民之父母。民之所好好之，民之所恶恶之，此之谓民之父母。"而像魏郡的地方官员，真的是枉为父母官了。

张弛实在是憋不住了，他趁刘歆与地方官员谈话的机会，拉着扬雄道："如果他们的父母与家人也在受灾之列，会是这样的情形吗？在这样的大灾大难面前，一个个还是浑浑噩噩，平时的样子更是不可思议了。"扬雄故意激张弛道："你是钦差，你说了算，就说怎么处置吧。"张弛涨红了脸："倒不是这样说，扬兄不可笑话我呀。"说着，张弛用手指点了点前面的刘歆，意思是告诉扬雄，钦差在那。扬雄还想激激张弛，道："那不就得了。"谁知，张弛抿着嘴，不说话了，他"啪"的一脚把地上的石子踢飞了，差点击中了刘歆。张弛望着扬雄，张大嘴巴，迟迟没有合拢。

越往后，越离谱。看到刘歆一行严肃的表情，心事重重的样子，陪同的地方官员额头已渗出了汗珠。刘歆眉头紧锁，一声不吭。扬雄与张弛更是无语了。当地官员连村庄地名、户数都答不上来，那之前报告灾情的真实性也就可想而知了。"滚！"刘歆忍无可忍，一怒之下，连一句训诫的话都不想说，就把地方官员轰走了。元城县令嘟囔了一句，声音太轻，具体说了什么，刘歆没听清楚。扬雄隔得远些，好像只看到元城县令的嘴巴动了一下。经过几天的接触，扬雄对元城县令就没有好印象，为官不为，怨天尤人，遇到灾情问题总是往下推，整天转着贼溜溜的眼睛，不知道在想什么。"君侯息怒！据说魏郡元城，是太皇太后王政君与新帝王莽的家乡，说不定在这些人中还有皇亲国戚呢。"张弛善意提醒道。"那又如何？就能够致灾民水深火热于不顾，就可以纵容他们欺上瞒下、营私纳贿了？要他们在一起，岂不是添堵闹心。"刘歆怒气未消，愤然道。

在魏郡元城决口的下游，当一位长须银发，双眼布满血丝的毕姓族长，带着幸存者纷纷跪在刘歆面前，口口声声要为洪灾中无辜死去的族人申冤招魂时，他也"扑通"地向他们跪下了。刘歆的膝下曾经跪过父母,跪过师长,跪过皇上,他今天却向素不相识的灾民跪下了。"刘某奉旨勘灾,目睹各地灾情肆虐,灾民流离失所。核查灾情,如实禀报,是职责所在。接下来,接下来朝廷将进行救灾赈济,施粥散米,减免徭役赋税……"刘歆话音震颤,不能自已。

这一刻,扬雄看到刘歆流泪了。

绕着魏郡元城灾区走了一遍,他们的心都凉了——地方官员连灾区现场都没有到过,他们上报的灾情、受灾人数,以及死亡人数有几个是真的呢?没有地方官员在场,灾民纷纷告发官员相互勾结,贪腐严重。"这是天灾,亦有人祸。关键是,天灾肆虐,怕就怕大灾之后有大疫呀。不能再拖了,我们必须尽早回去奏报皇上。"刘歆心急如焚。扬雄擦了一把额头的汗,点了点头。他忽然觉得,此时的刘歆,是他希望看到的朝廷大臣的样子。

扬雄诧异,他竟然在元城灾区看到了一大片蜀黍,不过是洪水冲泡后倒伏的——那茎叶,还有穗,都残留着泥浆的痕迹。"哇,有蛇!"张弛的叫喊,惊动了前方一条带着虎斑纹的游蛇,只见蛇身躯尾摆动,正在快速向蜀黍地深处行进。刘歆皱着眉道:"这,应是水患留下的,也算是幸存者吧。"扬雄点头道:"一般情况下,洪水过后,蛇出没较多。天色渐晚,要注意安全才是。"

到达魏郡元城的第三个晚上,刘歆让张弛去找一家客栈住下。其实,元城有供传递官府文书的差役,以及官员食宿的驿站,刘歆怕促驿张罗接待,就没有去驿站。心想,三十里一驿,能够当上促驿的,大多是一方富户。虽然,促驿不是什么官衔,没有位份品级,但也是朝廷任命的。地方不同,称呼也不同,有的地方称促驿,有的地方叫驿将,他们掌管着驿丁、驿舍、文书报送,以及官员来往的接待。当下勘灾是非常时期,多一事不如少一事。张弛好不容易找到一家客栈,规模很小,楼上楼下只有五间房。他只订了楼上的二间房,一左一右,只隔着一层板壁。先把刘歆安顿下来,扬雄、张弛就回了房间。从早到晚,一直在灾区走,汗流浃背,没有歇气,扬雄这时感到十分疲惫,眼皮已经开始打架了。"怎么啦,年轻就是年轻,一天这么跑都不累?"扬雄见张弛翻来覆去睡不着,问道。"这一路看来,睡不着呀。不瞒兄长,我还小的时候,家乡就遭受了十年一遇的水灾,到处浊浪滔天。我母亲,还有妹妹,都是在那次洪灾中丧生的。后来,后来才知道,如果郡守不从治水工程中贪腐,河坝就不至于垮塌，河坝不垮塌，我母亲、妹妹就不会死……"张弛哽咽着，抹了一把泪。"原来是触景生情，难怪闷闷不乐的。事情都过去这么多年了，莫再难过了，明天还要早起赶路呢。"扬雄劝慰道。

刚模模糊糊睡去，刘歆就被钻进房间的蒙面访客惊醒了，没等他叫出声，嘴巴就被堵上了。如果不是张弛听到有异样的响动，身手敏捷，还不知是一个怎样的结果。蒙面人一闪，趁机逃脱。张弛想追出去，刘歆心有惊悸，生怕有诈，引发节外生枝，立即阻止了。遇到这样的事，扬雄也不敢睡了，他和张弛一起陪着刘歆。

"应该不是什么盗贼，行李都没有动过的痕迹。"刘歆惊魂未定，拿着包袱道。"如果不是盗贼，那三更半夜蒙着面钻进来做什么？"张弛将信将疑。"谁知道呢。既然蒙着面，就是生怕被人认出来，应是图谋不轨吧。反正，在这样的地方让人惦记着，肯定不是什么好事。"刘歆说着，把包袱放在了席枕上。"依我看，恐怕不是盗贼这么简单。想想，刘兄现在是朝廷重臣，又是调查核实灾情的钦差，虽然把地方官员都打发走了，他们还不至于把你忘了。问题是，灾情你我都有目共睹，回去怎么向皇上禀报却在于你。结果如何，真的难以预料。"扬雄沉吟道。

刘歆"嚯"了一声，开始注意到手臂上火辣辣的痛，像撕破了一层皮似的。分明，这是刚才被蒙面人抓伤的，现在精神松懈了，才反应过来。他缓缓地抬了一下手臂，还好，没有伤到骨头。刘歆闭上眼睛，想养下神，他劝扬雄与张弛先回房间休息。然而，在这种特殊的情况下，扬雄与张弛不是刘歆一二句话能够说得动的。毕竟，安全第一。扬雄不放心，让张弛把房门窗户全部闩上。

半夜，室外是漆黑一片。若是没有烛光，黑暗瞬间就能够将人淹没。远处，有狗在"喔喔"地叫着。过了许久，好像是客栈楼梯上有了"吱吱呀呀"的响动，恍惚是移动的脚步。扬雄与张弛贴着门，侧耳细听，似乎声音很快就消失了。而鼻子里闻到的是彼此的口气，还有身上的汗酸味。听力一集中，彼此短促的呼吸声都是那么清晰。如果长时间这样弓着身子听下去，扬雄会感到晕眩，甚至胸闷，他伸了一下僵硬的脖子，干脆背对着房门，坐在地上闭目养神。烛火在闪动，烛油流在木案上，瞬间就凝固了。刘歆起身，凑着微弱的烛火，重新点燃了一支蜡烛。之后，屋外是一片死寂，静得有些恐怖。

翌日上午，等元城县令和魏郡郡守赶到客栈，刘歆一行已经坐马车离开了元城。

## 7

开仓赈灾，发放救济款的捷报，以及欺上瞒下的不同声音，完全把刘歆的奏书遮蔽了。刘歆不邀功，不逞能，只是说实话，摆问题，把肆虐的灾情与地方官员的所作所为，还有预防瘟疫的举措，一并写入了奏书。出乎意料的是，新帝王莽只对刘歆预防瘟疫的举措给予了肯定，称赞他未雨绸缪，想灾民所想，话中给足了刘歆面子。而对他奏书的其他内容，竟然只字未提。

既然皇上都不提，朝臣更是讳莫如深。

刘歆突然意识到，是不是因为奏书所写的牵涉到皇上家乡的人和事，捅了娄子，自己还蒙在鼓里呢？其实，这本身不是自己尴尬不尴尬的事，而是心里下不去。心想，若是不为魏郡元城灾民请命，揭露地方官员贪腐，岂不失职？何况，身为钦差大臣，更是有负皇恩。

"天灾肆虐，赈济不力，官员贪腐，事实就摆在眼前。若是朝臣都缄口不语，那与祸害于民、助纣为虐有何区别？皇上为何不议，他究竟出于怎样的想法，我们不得而知。但，就此时上奏，肯定没错。依我看，与其放在心里憋着，不如以文相谏，一起联名上书，我和张弛去找人签名。"扬雄见刘歆从宣室殿出来，一直闷闷不乐，将自己的想法告诉了他。

刘歆对扬雄主动请缨，甚是感动。无论其他人怎么看，刘歆眼里的扬雄书生意气，清高、孤傲，对朝堂中的事，没有主动参与过。没想到，扬雄去了一趟灾区，心劲却上来了，这就是他的秉性使然。然而，刘歆却没有正面回应扬雄的话，道："从魏郡元城回长安，我都在思考一个问题，数十万灾民的生产生活怎么办？尤其，一入冬，灾民的日子更没法过了，饥寒交迫，无异于雪上加霜。那些被冲毁了房屋的灾民，又将寄生何处？不瞒扬兄，我在现场面对灾民总有一种无助感，始终有一种想帮却帮不上的感觉。即便朝廷赈济，也是杯水车薪。若是像秦朝那样发动捐纳，按捐纳谋取官位，加官晋爵，弄不好会引发更多官员的贪腐。只有采取朝廷赈济、民间襄助，以及组织生产自救相结合，才会事半功倍吧。听得出，皇上的言外之意，既然修堤筑坝与赈济中有水分有问题，那就挤呗查呗，至于派谁去挤，派谁去查，就没了后话。"

没有不透风的墙。扬雄牵头联名上书的事，迅速在未央宫传开了。然而，除了扬雄、张弛的朋友，几乎没有朝臣加入签名上书的行列。就连到了灾区现场的国将哀章与太师王舜，都无动于衷。这是出乎扬雄与刘歆意料的。难道，口口声声为民做主为民谋福祉的朝臣，都是如此麻木不仁吗？

绝非如此，他们主要是在观察新帝王莽的脸色。

"唉！朝堂之上，看似一团和气，其实都各怀心思。只不过，有的放在肚子里，有的念在嘴上。一旦，涉及自己的名利，有的连本职都忘得一干二净。相对于灾民，你我受点委屈，也是小委屈，而灾民心中的疾苦，他们是向天诉向地诉都得不到响应啊！"再次与扬雄见面，刘歆的话里明显带着伤感。扬雄认真地看着刘歆道："私下里，我还是觉得称兄长顺口。毕竟，称了这么多年。冒昧地说一句，如果说错了，莫见怪。你想想，那些整天围着你打转的朝臣，有几个是贴心贴骨的？推诿的，拒绝的，都有。好不容易碰到有两个签名的，也是碍于兄长的面子硬着头皮签的。问题是，水灾、饥荒、欺隐、贪腐，都是不能掩盖的事实，一个个竟然熟视无睹？"刘歆沉吟道："扬兄既然说到这个份儿上了，我也不妨兜底说。明眼人都知道，当初河道、河坝竣工，都有朝臣巡查验收，怎么会一涨水就垮塌了呢？魏郡郡守、元城县令难辞其咎。往深处看，朝廷大司农总管全国水利，太常、内史、中尉等属下有都水，水衡都尉有水司空等，还有在大江大河的地方，独立于地方都水的陂官、湖官，可谓机构健全。一旦，管理了水利，有的官员就从外行转了内行，而大多数是外行领导内行。这只是面上的事，内里就更复杂了，修堤筑坝，救灾赈济，所有涉及的都是钱财物资，每一次都是上苍的考验与人性的考验同在。"刘歆顿了一下，继续道，"看来，人性要比修堤筑坝复杂得多。问题的关键在于，这些大大小小的官员，是谁在监管，又为谁在监管？想必，有一个人比你我都想得更透彻——那就是皇上，他应该清楚年年修堤筑坝，还是连年险象环生、灾荒不断的症结在哪。这次魏郡元城决口，灾情严重，皇上何尝不知，要查要杀都是他一句话的事。若是皇上的家乡出了贪腐案，他的脸面往哪搁？况且，其中的贪腐，有谁举证？

皇上一门心思要推行新政，可朝廷体制上的沉疴与积弊，他也很难触及，要想刮骨疗毒，绝非一日之功。皇上心怀的是天下，绝不会拘泥于一事，而要清除沉疴与积弊，他需要的是时间。"

经刘歆怎么一说，扬雄觉得自己的想法过于简单了。就像刘歆所说，皇上心怀天下，那他要做决定的事，还在乎你多少人签名吗？若是皇上不想触及的人和事，想必再多的人签名也无济于事。往深处想，若是皇上因为脸面，而放弃查魏郡元城上下的贪腐，势必会失去民心。

老子在《道德经》中所说的"圣人无常心，以百姓心为心"，讲的圣人之心与百姓之心，实际上就是讲君、民之间的关系与道理。如果皇上失去了民心，那么，还有谁来拥戴他呢？若是长此以往，天怒人怨，民不聊生，那结果将不堪设想。

准确地说，扬雄与张弛随刘歆勘灾回到长安的十天后，新帝的一道圣旨与扬雄有了关联——封他为中散大夫。这个官名是新朝才有的，属于文官官职，职责说简单也简单，说复杂也复杂，即去天禄阁负责整理书籍。实际上，自刘歆升迁后，天禄阁掌管的位置一直是空缺的。与黄门侍郎相比，扬雄任中散大夫是提拔了，俸禄也从原来的四百石提高到了六百石。可这一天对于扬雄来说，似乎来得太晚了。还有比扬雄在黄门侍郎岗位上待得更久的人吗？

然而，刘歆执掌天禄阁时，官至中垒校尉，地位只稍低于九卿，俸禄是二千石，他还兼掌着北军营业垒。这些，都是张弛告诉扬雄的，他根本没有想到这上面去。平心而论，扬雄觉得在熟悉的环境，能够做自己喜欢做的事，这就很开心了。是的，扬雄挺容易满足的，能够拿着俸禄，想读书就读书，想著书就著书，这是多好的事呀！至于其他，似乎都无关紧要了。

在未央宫，扬雄的淡泊名利与乐古好道都是出了名的。约莫一个月后，扬雄应新帝王莽之约，从对新朝的认识出发，作了《剧秦美新》一文，言辞之中表达了他对新朝的赞扬与祈愿。出乎意料的是，一篇例行公事的应景之作，竟然就成了数以万计的颂莽之作中的代表作，广为传抄。这，应与盲目的追捧不无关系吧。懊恼的是，文章传开后，扬雄发现许多人都误读了他的文字。至少，他没有听到有解读到位的声音。

一天，刘歆找到扬雄道："《剧秦美新》不错，新帝非常喜欢，就新帝与新朝还有文章可写。"扬雄打量着刘歆道:"我不想成为朝堂上下的笑柄,还想图个清闲自在。其他事都好说,可这件事恕不能从命。"很明显,刘歆的话,也不是他自己的本意,而扬雄的话根本没有商量的余地。"唉!"刘歆一声叹息,摇摇头,悻悻地走了。

## 8

有些人,不相交还好,见一两次面,感觉也过得去。然而,随着交往的深入,发觉人就越来越浅了,会大打折扣。在扬雄心目中,甄寻就是这样的人。甄寻是甄丰之子,而甄丰是王莽手下的更始将军,曾与刘歆、王舜一起成为新帝的心腹。然而,甄寻在长相与性格上似乎都没有遗传多少父亲的基因——甄丰身材魁梧,性格豪爽;甄寻呢,瘦骨嶙峋,性格上往往自以为是,称得上刁钻古怪。

早先,甄寻是刘棻介绍给扬雄认识的。那天,刘棻、刘泳,还有甄寻,他们在一起谈论秦国战将蒙恬与秦始皇长子扶苏的情谊,以及蒙恬后来因为扶苏的含冤而死。扬雄觉得甄寻谈吐还不错,拿起案头的毛笔补充道:"你们可能只知道战功显赫的蒙恬,却不知他的另一面。相传,这毛笔就是蒙恬发明的,所以后人尊他为笔祖。"对于蒙恬的一生,扬雄称得上是谙熟于心,他几天前在著《法言》时还写道:"或问:'蒙恬忠而被诛,忠奚可为也?'曰:'壍山,堙谷,起临洮,击辽水,力不足而尸有余,忠不足相也。'"甄寻仰慕扬雄的才华,逐渐有了交往。在年龄上,扬雄与甄丰差不多,可以说是甄寻的父辈了。这个年龄差距,相当于是两代人,交往起来是比较尴尬的,可甄寻不觉得,他比刘棻大四岁,随着刘棻刘泳叫,照样称扬雄为先生。虽然,他们年纪轻,但因为父亲的缘故,甄寻已经受封茂德侯,兼京兆伊,而刘棻、刘泳也跻身于权贵——刘棻任侍中、东通灵将,封隆威侯,刘泳任右曹长水校尉,封伐房侯。还有,刘歆的长子刘叠,也封了伊休侯。他们的官职,都在扬雄之上。在甄寻同辈的年轻人中,能够有这样的官职,已是相当了得。扬雄没有好为人师的意思,然甄寻黏着叫着,总不能不搭理吧。照常说,读书明理,可甄寻书也读了不少,却好像越读越不明事理，有时讲话根本不着调，虚妄得很。有时，他还不分场合，吃自己的饭，操别人的心。

好几次，甄寻约扬雄去喝酒，扬雄都以身体小恙婉拒了。他怕酒兴上来了，控制不住，会不留情面地指责甄寻的种种毛病。当然，也不排除觥筹交错之间，一时兴起，把想说的都忘了。

扬雄估摸着，甄寻见了面还会说起联名上书的事。果不其然，甄寻走进天禄阁，就道："先生上次要求签名的事，我二话没说，够朋友了吧？你我是同僚，都清楚有些事不是你我能够决定的，至于结果，是另外一回事了。"类似的话，甄寻已讲过多次，扬雄实在是不愿意听了。他敷衍道："那是，那是。"甄寻瞥了扬雄一眼，忧郁道："我阿爹，先生是知道的，他明显是吃了脾气的亏。不然，大司马怎么会轮到我叔父甄邯呢。现实是明摆着的，我也跟着阿爹吃亏了。"听得出，甄寻一直对新帝封臣的事耿耿于怀。而扬雄对甄氏家族与朝廷之间的纠葛，以及盘根错节的关系，更不感兴趣。他冷冷地道："打住，打住！朝廷上官场之事，一介书生就不好妄议了。"甄寻自顾自地道："以先生的才学，在朝臣中也是屈指可数，却一直怀才不遇，我是敬佩有加。这也没有什么好奇怪的，从秦朝以来，朝堂之上嫉贤妒能的事多了。哦，对了，先生对祥瑞之事怎么看？对先生，我也没必要藏着掖着，近来都在钻心研学图谶和纬书，也就是人们热议的符命，还望先生多多指教才好。"讲这些话的时候，甄寻凑得很近，扬雄闻到了他嘴里呼出的酒气。扬雄"嗯"了一声，便闭上眼睛，假装打起了瞌睡。甄寻并没有因为扬雄的不搭腔而终止话题，他厚着脸几乎贴着扬雄的耳朵轻声道："他哀章凭什么升为国将？不就是策书嘛，他是撞到大运了。然而，有人揣测是新帝的主意。"甄寻连这样的话都敢说，扬雄隐约觉得他心里是想倒腾什么事，绝对没有研学探讨谶纬这么简单。祸从口出的道理，甄寻应是懂的吧。到头来，他万一倒腾个什么事出来，就麻烦了。扬雄还是闭着眼，叭了下嘴，一声不吭。

甄寻的目光在扬雄身上溜了一遍，怀疑他是否真的睡着了。脸上多褶皱，背微驼，胡须黄中泛白，扬雄衰老的样子，甄寻似乎还没有在父亲身上看到。至少，没有如此明显。

扬雄不接甄寻的话，他等于在自言自语，再说也就自讨没趣了。甄寻来的目的，是想听一听扬雄对"符命"的看法，没想到他一点兴趣都没有。实际上，扬雄不止一次想过，谶纬也好，祥瑞也罢，暂且不论是否是"天意"、"神迹"，或者"符命"，就如此频繁地出现，又是否正常呢？而这些，只有发现或被发现的人心知肚明。甄寻走出天禄阁，扬雄立即睁开了眼睛，嘀咕道："扯东扯西，没有一句着调，白白耽搁了一杯热茶。"

本来，这件事就像是扬雄生活中的一个小插曲，权当消遣，说过就过了。意想不到的是，甄寻真的在"符命"上弄出了响动。不，应该说是震动，且得到了新帝的首肯——新朝又一次因为祥瑞封臣：更始将军甄丰为右伯，太傅平晏为左伯。

而接到新帝圣旨的封赠时，甄丰蒙了，心中直纳闷：这天上掉馅饼的事，怎么会轮到自己呢？甄丰原来官至大司马，新帝即位，任更始将军，应是被贬了，可这又为何获得封赠，他心里没谱。

实际上，甄寻制造的"符命"，并不高明，他只是依葫芦画瓢，相当于改头换面而已。一出手就得逞，甄寻也没想到"符命"操作起来这么轻而易举。如此简单，只要敢想敢做，一切都将成为可能。这，只是甄寻在新帝面前探路的一个信号，他真正的目的是在觊觎"黄皇室主"——王嬿，也就是新帝王莽的女儿，平帝的皇后。王嬿正是豆蔻年华，何况她嫁给平帝时还没开始发育呢。

"故汉氏平帝后，当为甄寻妻。"甄寻故伎重演，荒唐杜撰，又抛出了第二道"符命"。所谓人心不足蛇吞象，正当甄寻一脸得意，吹着口哨，坐等去做乘龙快婿时，新帝看到呈上的"符命"却勃然大怒，大发雷霆。或许，甄寻忘了《吕氏春秋》中所言"全则必缺，极则必反"的道理。也不想想，王莽即位后，"符命"的出现等于是点到了他的穴位。在朝臣看来，皇上封赐甄丰与平晏，也是情理之中的事。偏偏，王莽却另有想法——甄丰跟随王莽多年，有耿直的一面，也有莽撞的一面，最忌讳的是甄丰对看不惯的事，根本不买账。王莽身边需要的是对他绝对忠诚与俯首帖耳的人，他正好趁此机会封甄丰一个名号，明封暗贬，让他离开身边。然而，甄寻却不识时务，异想天开，竟然把主意打到了王嬿的身上。

王莽的怒气，表明了他"是可忍，孰不可忍"的意思。什么谶纬？什么符命？好比是王莽玩玩不要的游戏，甄寻再去拾起来玩。是的，甄寻拾起一个俗套，套在了自己的脖子上，被皇上一把勒住了。况且，甄寻垂涎的是王嬺，那不等于是太岁头上动土，逼着皇上对他下手吗？

当刘歆匆匆赶到天禄阁，告知扬雄这一消息时，扬雄心中"咯噔"了一下，眉头紧锁，陷入了沉默，他觉得不管如何，甄寻有这样的想法就很龌龊。比扬雄眉头锁得更紧的是刘歆，他是面对面看到新帝发怒的，隐隐感到王莽身上藏着的一股杀气。

# 第十一章　在孤独中永生

## 1

甄寻机警，他看到大队人马蜂拥而至，官兵团团围住甄府，马上意识到自己闯了大祸了。甄寻一刻也没有停留，立即汇入人流中，蒙混出了长安城。

然而，甄府还是被围得水泄不通。正在整理行装准备去西域的甄丰，见一队官兵直接闯入府中，他火冒三丈，大声呵斥道："真是胆大包天，也不看看这是什么地方，是你们想进就进的？啊？"甄丰的话刚落音，他一见圣旨，立即蔫了，"扑通"一声跪在地上。应该说，甄寻的所作所为，甄丰是不知情的。问题是，这可是欺君罔上的罪名啊，朝廷在缉拿甄寻，他交不出儿子。心想，甄寻的事，出在自己要去往西域的关口，虽说蹊跷，但到了这个时候，罪状是板上钉钉了。不然，皇上怎么会下旨呢？怪只怪儿子聪明过了头，直接把脑袋往皇上的刀口上放。若是能够找到儿子，绑他入宫向皇上谢罪，或许还有一线生机。然而，自己连儿子在哪都不知道。甄丰跟随王莽多年，深知他的脾性，出了这样的事，想摆脱是不可能的事——养不教，父之过。王莽连儿子王获杀死家奴，他都能够逼他自杀，何况是甄寻呢？对于一个为了自己，情感上可以隔绝的人，抱有任何的侥幸心理，都是幻想。再说，抓不到甄寻，官兵就不能回去复命，怎么办？

甄丰在院子里来回踱着步,感到心中一阵一阵地刺痛。这个时候,甄丰没有看到一个官兵的脸色是好看的——一个个神情冷漠,眼睛都是逼视着,好像闯祸的不是他儿子,而是他了。心想,这么多年,他不争名不争利,一直都是在王莽身边处于陪衬的角色,也乐在其中。当许多朝臣都看好王莽的走势,想与王莽攀上关系的时候,他却不动声色地渐渐疏远了。不是因为别的,他受不了王莽的戾气。若是这样僵持下去,能有结果吗?甄丰知道,一旦皇上下旨要缉拿的人,肯定是在劫难逃。若是交不出儿子,自己别说去西域,恐怕连门口都出不了。这样的事传出去,今后有何颜面见人?"孽子!"甄丰咬牙切齿地吐出了两个字,他越走越快,转身去了客厅。没等官兵反应过来,甄丰已经服毒,开始七窍流血。本来,家眷惊魂未定,看到甄丰服毒身亡,更是六神无主,丧魂落魄。

服毒自杀?甄丰的死,在官场上还是引起了不小的震动。

甄丰的死,是宿命吗?连左伯平晏都在问自己。

当杨庄给扬雄讲述搜捕甄寻的整个过程时,刘歆也来了。这时,炉上的火焰从壶底舔到了壶壁,壶里的水就"滋滋"地响了。

刘歆急切地问:"甄寻还没有抓到?"杨庄摇摇头:"没有,整个甄府与长安城都搜遍了,连影子都没有找到。"扬雄沉吟道:"甄丰以死谢罪,照理新帝可以消怒了,也可以画上句号了,未必。听杨兄说,朝廷还在通缉甄寻,说明此事还没有结束的迹象。"刘歆看了看左右,一脸忧戚道:"所谓的祥瑞、策书、图纬、符命,谁的心里都明白究竟是怎么回事。在这方面,皇上既是高手,而最为忌讳的也是他。想必,皇上要拿甄寻开刀,是杀鸡儆猴,树立皇威,看谁以后还敢拿祥瑞与符命说事。"杨庄点头,道:"是这个理。听皇上的旨意,好像没有松懈的意思。"

说罢,杨庄喝了一口茶,起身告辞了。扬雄要送,杨庄拦住了。给刘歆续了茶,扬雄道:"皇上这么做,未免过火了。只能说,皇上到底是皇上啊,他要驾驭的是新朝的朝廷,还有他想掌控的天下。"刘歆抿了一口茶,闭上眼睛,好像沉浸在茶汤的回味之中。然后,他慢慢睁开眼,道:"何尝不是呢!如今,在前殿,在宣室殿,没有一个朝臣敢说符命的事。即便哀章,也只字不提。皇上所推行与审视的,已经不是你我能够揣测的了。"

一壶茶见底，刘歆才离开天禄阁。

甄寻销声匿迹了吗？没有！

一个锦衣玉食的人亡命天涯，那滋味也只有他自己知道了。

甄寻一路乔装打扮，逃到了华山，还是没有逃出皇上的手掌心。甄寻被押回长安那天，扬雄正好在宣平门街头遇见了，领队的主官应是御史中丞。看去，甄寻像变了一个人似的，衣衫褴褛，满脸污垢，眼神慌乱而惊恐。在大庭广众之下，甄寻低下头，努力让乱发把自己的脸遮住。他的脸本身不大，乱发一遮，果真把脸都遮住了一大半。话又说回来，甄寻身陷囹圄，落难成这般模样，扬雄都感到心寒。若是甄寻知道自己的父亲已经服毒自杀，一家人均已被打入天牢，家产也没收充了公，甄府大门都已贴了封条，他还会如此顾及脸面吗？扬雄想。

"这是谁呀，值得朝廷如此兴师动众？"

"京兆伊甄寻，就是更始将军甄丰之子。唉，甄丰刚封赠右伯，就因为儿子的事，服毒自杀了。"

"哦，原来是他呀，谋反还是忤逆？"

"听说，我也是听说的，应是大不敬，他用符命冒犯了新朝皇室的尊严。这可是重罪，要杀头的。"

"唉，为官者，什么都敢要，这是最要命的事。"

"不值呀，为了做乘龙快婿，把父亲的命都搭进去了。"

"他一个人做的事，却连累了全家，作孽啊！"

街边驻足的人群中，有人在窃窃私语。扬雄左右看看，竟然没有一个是他认识的。押解甄寻的队伍行进缓慢，那马蹄的声音与木车轮子的声音交织在一起，有"嘀嗒"声，有"嘎吱"声，低沉而有节奏，似乎能够把街上的砖石都碾碎。费了好大的劲，扬雄才挤出看热闹的人群，疾步而去。

一路上，扬雄接连打了三个喷嚏。

# 2

忐忑，恐惧，惶惶不安。甄寻与刘棻是好友，关系密切，几乎是三天两头见，他的"符命事件"是否会成为刘棻的羁绊？扬雄与刘歆最为担心的事，还是出现了——皇上下旨，要追查甄寻同党。

刘歆能够感觉到，这是新帝在未央宫掀起的一场飓风，风眼越小，威力越大——他的主要目的是以一儆百，整肃朝纲。问题是，照这样查下去，甄寻已经不是刘棻的什么羁绊了，一旦列入同党的名单，那后果不堪设想。

"其他的流言，我都不信，可同僚透露给我的信息，我不能不信，说是新帝查处甄寻同党的矛头直指棻儿。我怀疑，皇上是否被蒙蔽了。"刘歆一脸的疑虑，道。"刘兄，在这个时候，恐怕等你去跟新帝探讨符命的源流利弊是不可能的事了。想想，新帝推行改革官制、爵制、货币制，以及改井田制为王田，奴婢不能买卖等，哪一件不是反反复复，弄得焦头烂额？所有这些，推行不顺，或者梗阻的原因在哪？是地方官吏的抵制与拖延，还有官商勾结，从中牟利？说这些，好像与查处甄寻，以及同党没有瓜葛，但整肃朝纲需要由头。由头，懂吗？再说，新帝正在气头上，以他的脾性，也未必给你这个机会。若是把刘棻列入同党，恐怕是凶多吉少。"扬雄盯着刘歆道。"道理，我都懂。然而，棻儿只是与甄寻经常在一起玩玩而已，若他是同党，总得有个迹象吧。甄寻是求乘龙快婿，那棻儿求什么？既然已经拿甄寻开刀，又何必牵扯到棻儿呢？现在许多同僚都忌惮我，很少在我面前提查处甄寻同党的事。而且，这两天一点动静都没有，静得让人不安啊！"扬雄察觉到，刘歆讲话时端茶杯的手都在抖。

人际关系就是如此。刘歆当年从天禄阁走马上任右曹太中大夫，再到国师，许多同僚生怕被忽略了，经常想方设法找机会接近。尤其，刘歆把女儿刘愔嫁给王莽的儿子王临，结为亲家，他更是同僚心目中在新帝面前的红人了。现在呢，还是儿子沾点事，有的就开始躲了，好像怕被牵连似的。略微走得近一点的，顶多敷衍几句，都有意无意地疏远了。像剥笋壳一样，人的虚伪也是可以一层层剥开的。一些人的面目，本来就是包裹着的，但终归有亮相的时候，哪怕是剥开的虚伪。这，也正合刘歆的意，看清了，心里就有谱了，省得见面多句解释，且一二句还说不清楚。

然而，刘歆还是陷入了两难的境地，他只能把矛盾与焦虑埋在心里。刘歆既希望新帝有个明确的说法，又想同僚多些建议，可一个个都像商量好似的，谁也不谈，半句口风都没有。更不用说，有人在新帝面前仗义执言了。看来，新帝要查处甄寻同党的事，远远比刘歆担心的还要复杂得多。

　　第二天上午，新帝召刘歆入宣室殿议事。然而，当刘歆赶到宣室殿门口时，左等右等，不仅看不到一位同僚，连皇上也没有出现。风，轻拂。刘歆闻到了随风而来的一股香气。这香气，分明是宣室殿的香炉里传来的。王莽喜欢焚香，只要他在，鎏金的香炉里便有炭火烤着的香球，以及袅袅的迷离的香烟。约莫一个时辰之后，宦官才出来告诉刘歆，皇上将改期议事。宦官退下去时，刘歆恨不得一把揪住他。然而，揪住宦官就能见到皇上了吗？不能！本来，刘歆指望见到新帝，好好解释刘棻涉及甄寻同党嫌疑的事，无疑是落空了。猛然间，刘歆的心里"咯噔"一下，他有种不祥的预感——家里出事了！

　　果然，刘歆的次子刘棻、三子刘泳，以及门人丁隆等，都作为甄寻的同党被官兵一举抓捕。即便打死刘歆，他也不敢相信事情竟然会发展到如此地步。这时，刘歆的妻子已经哭成了泪人，泣不成声。刘歆顾不上安慰妻子，想捋出个头绪，却越捋心里越堵得慌，接着是钻心的刺痛。懊恼，气愤，拿在手上想摔的茶杯，还是忍住了。一呼一吸，然后竭力吐了两口气，刘歆想尽快让自己平静下来，背脊还是在直冒冷汗。

　　昔日宾客临门的刘府，陷入了一片冷寂悲凉之中。

　　这一夜，刘歆满脑子闪现的都是儿子在天牢绝望的眼神，他们从小是在糖水里长大的，没有经历过大的挫折，想必是要吓坏了。如此荒谬的事，无端地牵扯到了儿子和门人，怎么想，刘歆都不能释然，而且越想心里越发怵。尤其，在伤心欲绝的妻子面前，还要尽最大努力保持笃定。摊上这样的事，去找谁能够帮上忙呢？想来想去，似乎都找不到合适的人选。愿意出面的，又不具备这样的能力。事关重大，这是直接与一个人的命运浮沉发生关联的大事。人命关天，容不得半点差池。这时，刘歆的脑中毫无征兆地闪现了新帝的面孔。这么多年，刘歆是第一次觉得王莽的面孔如此陌生，如此狰狞。哦，刘歆恍然大悟，关键的问题还是出在皇上身上。俗话说，解铃还须系铃人。想起今天应召觐见未果的情形，去找系铃人解铃，是不可能的事了。再往深处想，刘歆不禁打了个冷战。

　　但愿，这是一场噩梦，能够尽快醒来。

## 3

　　一夜没睡,刘歆的气色不太好,一脸倦怠。清早,刘歆就叮嘱家人与奴婢,让他好好静下心,不要打扰他。没过一会儿,门口就响起了不依不饶的敲门声。听到奴婢通报是扬雄先生,刘歆还是松了口。

　　刘歆亲自开门迎接,反而把扬雄愣住了。

　　扬雄能够一大早从承明庐赶来探望,刘歆心里挺感动的。朋友,是在患难与低谷的时候见真情,而同僚,只能是同甘,不能共苦。这,就是朋友与同僚之间的区别。见刘歆一脸憔悴、心不在焉的样子,扬雄环视了一下客厅,道:"甄寻忽悠皇上,注定是要输得一败涂地。可刘棻刘泳不同,他们只不过是与甄寻一起玩的伙伴而已。刘兄也不必过于担心,刘棻他们只不过是打入天牢了,这还不是最后的通牒。兴许,以兄长的身份,想想办法,就过去了。"

　　"过去?"刘歆望着扬雄问,"怎么过去?你以为国师有多大的权力,在皇上眼里只是一枚棋子,一个虚职。你没听说过呀,新朝所有的大权,全部是皇上一手掌控着的。"

　　"不会吧,兄长一心辅佐皇上,若是豁出老脸去找他,他应该不会不买账。再者说,你们又是亲家,唇亡齿寒的道理,想必他比你我会理解得更深刻。"扬雄道。

　　刘歆摇摇头,把拳头攥得更紧了,沉重地道:"在这个问题上,我不会懦弱,一点都不会。如果皇上能够松口,别说豁出老脸,我宁愿拿自己的老命去换两个儿子。说起来都难以置信,皇上昨天不仅有意调开我,还有意躲着我。"

　　扬雄眨了眨眼睛,似乎眼里进了异物,他揉了揉,怔怔地看着刘歆道:"若,若是这样,依我看就不光是甄寻一案的事了。刘兄与甄丰应是角色上没有找准,或者是角色上出了问题。是否有自恃功高的嫌疑呢?你应该比我清楚。至少,有些事是你们忽略了的,而皇上一直耿耿于怀。不然,皇上不会跟你们这样的重臣较劲。想想,皇上一心推行新政,他更要讲律例与法度。刘棻刘泳都是朝臣,想必皇上要处置也会慎重。吉人自有天相。要不,先缓一缓,等避过风头再从中斡旋。"

"嗯,扬兄说的不无道理。但,皇上的想法,又岂是我能够猜度的。现在,只有走一步看一步了。不然,又能怎样呢?"刘歆眼神黯淡、迷茫,无精打采地道。他一手拿着茶壶,连茶都忘了给扬雄斟。

这时,杨庄急匆匆地赶了过来,他接过刘歆手里的茶壶,自己斟了一杯"咕咕"地喝了。没等刘歆与扬雄开口,杨庄急切地道:"我听张弛说,你一早就离开了承明庐,猜想是到刘府来了。是这样的,候强出事了。"扬雄愕然:"一大早,不要一惊一乍的,候强出了何事,你说清楚点好不好?"杨庄缓了一口气道:"据说,候强大费周章,不仅查到了负责平帝刘衍膳食的太官,还查到了提供鸩酒的幕后指使线索。然而,有人一直在干扰和要挟候强,让他点到为止,好自为之。可候强呢,在御史府是出了名的犟脾气,越要挟他,他越查得起劲。结果,元凶不仅没有查到,反而把自己搭进了天牢。"刘歆的嗓子发哑,问:"候强是御史府的人,抓他总要有理由吧?"杨庄道:"我也是听说的,候强牵涉到宫中一起命案。"扬雄听了杨庄和刘歆的话,气不打一处来,道:"要,要彻查毒酒一案,可以有一万条理由,而诬陷候强,有一起命案就足够了。关键是,不是候强一根筋,是他触碰到了最为敏感的一根神经。看来,候强这次是凶多吉少。但愿,但愿他能够逢凶化吉。"杨庄的嘴巴张着,一个"啊"字又吞了回去。刘歆愤愤地道:"纵观历史,无论哪一个皇上,实际上都是家天下的,而朝臣就是帮助皇上看家的人。从一定程度上讲,御史府的每一位,不管什么职衔,都是监察朝臣的官,职权重,且是按旨意可以弹劾官员的。候强按旨意查案,反而身陷囹圄,应是阴差阳错吧。现在是什么世道?礼崩乐坏,黑白不分,弄得八方风雨,人心惶惶,寝不安席,食不甘味。"

刘歆一叹息,像传染似的,扬雄、杨庄也跟着叹息。

## 4

仔细想,所谓的甄寻案,只是由甄寻引起的一场博弈,主角只有三位:一位是新帝王莽,另两位则是更始将军甄丰、国师刘歆。王莽与甄丰、刘歆之间,虽然没有血刃相见，却是无声的杀戮。只不过，甄寻、刘棻、刘泳等，都是替死鬼。只有他们的死，才能凸显皇家的威严，才能让新帝感觉到整肃朝纲卓有成效。至于其他所谓的甄寻同党，都是一个陪衬而已。一位满口推崇儒学的皇上，从他的所作所为竟然看不到半点仁政、惠民、爱民的迹象。扬雄心里这样想，却没敢告诉刘歆，完全是出于好心，他怕刘歆心理上承受不了。若是把这层窗户纸捅破了，伤心的还不只是刘歆一个人，还有他的妻子、长子，以及沾亲带故的刘氏家族。

往人性的深处想，一位长期装作内敛、臣服的人，一旦得势而残暴起来，其凶恶程度，比歹徒还要暴戾恣睢。在扬雄眼里，新帝王莽已经变成了这样类型的人。实际上，他仅用一个甄寻就困住了所有的朝臣。能够毫无征兆，把要整朝臣的事办得如此利落，不留死角，恐怕只有王莽能够做到了。然而，甄寻案是新朝整肃朝纲的一味药吗？显然，不是。既然不是，皇上为何如此兴师动众呢？说到底，他是在算账。是的，在清算旧账，多少积怨，多少不快，都在一笔笔地清算。想必，这些旧账都是他不为人知的软肋吧。这样想的时候，扬雄心中既担忧又兴奋——莫名地担忧与兴奋，好像窥探到了皇上的秘密——但一想到现实的状况，他心中又迷乱了。正如扬雄所料，甄寻、刘棻、刘泳、丁隆等人被问死罪。牵引公卿党亲列侯以下，死者数百人。还有，被削去官爵，流放族人的不计其数。想想，在成帝刘骜时期，有"大辟之刑千有余条"，比上古周朝多了一倍，他是以千种死刑创了中国死刑之最。而新帝王莽照此发展下去，他要处死的人，恐怕在数量上还要超过成帝刘骜。

长安城弥漫着一片肃杀之气，有一股血腥味久久都不能散去。

这时的新帝王莽，完全像失去了理智似的，盛怒之下，还要继续彻查甄寻、刘棻同党。刘棻拜扬雄为师，扬雄与刘棻便是师生关系。再说，甄寻、刘棻、刘泳，都与扬雄走得近。于是，扬雄第一个被莫名其妙地牵扯了进去。当杨庄慌慌张张跑到天禄阁告诉扬雄消息，劝他想办法避避风头时，扬雄苦笑了一下，无奈地摇了摇头。

"避？往哪儿避？扪心自问，我问心无愧。"扬雄话锋一转，"既然是这样不问青红皂白，杨兄以后都不要往这里来了，我们还是少见面为好，省得给兄长添乱。倒是有一件事放心不下，有劳杨兄多多关注候强的事才是。"

"都什么时候了,扬兄还这样生分。没时间了,我得马上走。不然,真的麻烦大了。"杨庄一脸着急,他说着,已转身出了天禄阁的大门。

好些日子了,甄寻案一直是个敏感的话题。扬雄看到杨庄火急火燎的神情,明显感觉到这场大火已经蔓延到了自己的身上。而且,有随时将自己吞没的可能,甚至化为灰烬。刘棻、刘泳,都是国师的儿子,且是封了侯的,还有大司空王邑的弟弟左关将军堂威侯奇等,都没有逃过此劫,何况自己还是一个不上朝的中散大夫呢。若是皇上要与他过不去,那不等于捏死一只蚂蚁一样简单?恐怕,这一次是在劫难逃了。

不想了,什么也不去想了,想了也是枉然。

扬雄正在天禄阁的二楼找寻儒学先驱周公旦著的《周礼·秋官司寇》时,几个官兵突然冒了出来。扬雄下意识地往窗外看了看,一队人马已经围住了天禄阁门口。"这,这是什么地方,是你们能够来的地方吗?你们,你们一个个都给我滚出去!"扬雄这一吼,官兵面面相觑,他们只是死死地盯住扬雄,一句话也不说。但,扬雄能够感觉到,有一团火在向他扑来,他没有怯懦,也没有跟跄,而是毅然从天禄阁窗口跳了下去。

在官兵的眼皮底下跳窗而下,俨如一条鱼破网而出。扬雄仰天躺在地上,他觉得自己已经死了,却还看到了蓝天,还有飘飞在深蓝中的浮云。奇异的是,扬雄感觉不到身体上的疼痛。或者说,在落地的瞬间,他根本感觉不到疼痛。扬雄面朝天空,刚好一半身体在阳光下,而身体的另一半则是在天禄阁遮蔽的暗影区,恍若身处阴阳两界。阳光,格外刺眼。扬雄的身边围了许多人,围得像铁桶一般,到处都是身穿铠甲官兵的冷漠面孔。这种场面,让扬雄不由想起第一次侍从成帝刘骜狩猎的情景。他就好比是那走投无路的猎物,不知有多少人在虎视眈眈。刹那间,扬雄看到了刚才想在窗户前拽住他的那个人——候慕。扬雄努力试着想移动身体,可双脚根本不听使唤,无法动弹。

巨大的疼痛突袭而来,扬雄咬着牙,没有呻出声来。那个疼哟,那是钻心的疼。这时,扬雄的脸开始扭曲变形,豆大的汗珠从发间额头滴了下来,他竭尽全力想挪动双脚,却毫无知觉。一个想跳阁的人,整个身心都已经被掏空了。不然,怎么会有那么大的勇气呢?即便到了天牢,环境再潮湿,稻草再硌人,伙食再差,以及狱吏狱卒的呵斥、刁难、凶狠,扬雄都不在乎了。这一切,似乎都与他没有多大的关联。想想也是，狱吏狱卒只知道压榨，难道他会跟你讲礼义廉耻吗？

寒冬，严酷。只是，在天牢见不到光，扬雄分不清白天和黑夜。

## 5

准确地说，扬雄是被遣送到承明庐的。当时，狱吏要放扬雄的时候，没有明确抓捕他的罪名，他就赖着不走了。扬雄没有向狱吏发飙的意思，只是觉得需要一个说法。狱吏收敛了凶巴巴的样子，用他的话说，扬雄能够从天牢里出去，是皇恩浩荡，应该去谢主隆恩。而扬雄根本不把狱吏的话当一回事。难道，还想要扬雄为莫名其妙被打入天牢感激涕零吗？简直是弱智！其实，他心里清楚，与狱吏争辩完全没有意义，只是被抓入天牢都没有一个定性，心里觉得憋屈。扬雄在承明庐是不能再待了，杨庄找人在闾里给他租了一栋民房作为栖身之处。

扬雄的左脚能够保住，完全靠候慕的医术。候慕从小跟随父亲习武，学过接骨，治疗跌打损伤都有一套家传秘方。然而，当时因为时间仓促，天牢环境太差，扬雄的右脚还是落下了残疾，还有后遗症。张弛看扬雄拖着脚，一瘸一拐，走路需要搀扶，就用槐树树丫削了一根拐杖。他做事用心，从省力与防滑的角度考虑，还在腋下能够挂着的地方包了布条，而在拐杖顶地的底端套了铁杵。杨庄接过拐杖，他首先试了试，再让扬雄拄。扬雄试探着，颤抖抖地迈动了碎步。明显，他的脚步是虚的，想不拖沓都难。他咧着嘴数道："一步，二步，三步……"而杨庄呢，亦步亦趋地跟着，生怕扬雄摔倒。

于是，拐杖成了扬雄的第三只脚。

杨庄看着，松了一口气，对张弛竖起大拇指赞道："行呀，这么能干，让我刮目相看。"张弛认真道："让杨兄见笑了。刮目相看倒不必，不如你为兄长接风，我去作陪吧。"杨庄笑了："喊，原来是在算计我。不过，闾里虽然是居民区，却不比横门大街那边，酒肆都找不到。不如改天，我拿酒拿菜，就在这里聚。"

"准备在哪聚，也不叫上我。"杨庄与张弛正说着，刘歆走了进来，他见到扬雄，可谓悲欣交集。而包括扬雄在内，都愣住了。杨庄、张弛拱手向刘歆示礼，犹豫了一下，就退出客厅，去帮扬雄整理房间了。其实，房间也没有多少东西可以整理的，除了铺盖，换洗的衣裳，剩下的就是书籍、书稿。

"你傻呐，记得当初是如何劝我的。怎么事情落到自己头上，就想不通了呢？逞一时匹夫之勇，你要是跳阁死了，还不是死如蝼蚁。好在，已无大碍。老子说，祸兮福之所倚，福兮祸之所伏。想开点，你如果这样消沉下去，真的让我揪心啊！只要活着，就有盼头，是吧？"刘歆一脸凝重，劝慰道。"呃，命数天定，上天垂怜，侥幸留下了残废之躯。刘兄想想，多少王公贵族，还有地位显赫的人，都栽在了甄寻案中，我还能怎样？啊？与其活在猜忌中，让人去杀去剐，倒不如眼睛一闭，也就一了百了。像屈大夫那样，抱石投汨罗江而死，总比一些人苟活于世强。活在相互猜忌与钩心斗角中，就是个累赘了。"扬雄把拐杖杵了一下，道。刘歆眉峰紧锁，轻声道："看兄行动都不便，又是一个人生活，甚是担心。现在京都是见不着奴婢卖了，何不在我府上挑一个来伺候你？"扬雄看到刘歆苍老了许多，身体明显消瘦了。他摆摆手，一口回绝："万万不可，兄长这是要折煞我呀！再说了，我哪有这福分，一辈子未曾奢望享清福，也不是享福的命。"

"话又说回来，我真的没有想到，杀死我儿子的竟然……竟然是我全力辅佐的皇上。到今天，我都不明白他究竟为了什么，为什么要搞得朝局一片混乱？"刘歆神情凄然，哽咽道。"我，我觉得首先是他心中的积怨，还有他认为所谓的皇权后患吧。"扬雄搭了一句，他提不起兴趣去谈这样的事了。此时，扬雄知道自己的眼神是混沌的，飘忽的，他把目光移到了门外。

时序是开春了，屋里还是偏冷。坐久了，手脚都冷得发僵。张弛在小院里烧了火炉，端到了客厅。不知是木炭没有烧透，还是炉灰里有异物，火炉里不时在"噼啪噼啪"作响，火星四溅。有了火炉，几个人就聚拢了，围炉而坐。蹊跷的是，煮茶的茶壶却不见了，张弛怎么找也没找着。

刘歆与杨庄在谈到扬雄脱罪的事时，扬雄像一个局外人，好像他们所说的每一句都与他无关似的，一点都不感到惊讶。据说，抓了扬雄，新帝王莽才意识到是他"先捕后奏"的旨意出了纰漏。然而，他是皇上，他说出去的话就是金口玉言，怎么办？王莽扫了众臣一眼，转瞬盯着手里长长的抓捕名单，慢条斯理地道："扬雄完全是一个只知道读书做学问的人，他无心做官，也不会做官，却可以做一个杰出的学者。朕当年礼贤下士，招募英才，他都未曾动容。若是他知道审时度势，或者投机钻营，会是今天这个地位？你们倒是说说，扬雄与刘棻，以及甄寻有何瓜葛？嗯？"听皇上这么一说，朝臣一片哑然。甄寻案发，国将哀章更是在朝堂缄口不言，守口如瓶。

如果他们说的没有出入，那释放扬雄的理由是多么的堂皇——皇上发话了。可，扬雄不需要。对，什么缘由，谁的抬举都不需要。在这一点上，扬雄非常自信，他没有过错，连当时拒绝王莽的选择都是对的。扬雄以为，他潜心于学问就可以明哲保身了，结果呢，还是摊上了大事。好比是走在平坦的路上，莫名其妙地摔了一跤，而且摔得不轻，差点送了命。问题是，朝堂与律法能够画上等号吗？进一步说，倘若王莽以个人的好恶行事，那他的格局就小了，而一代君王，当心怀天下。

罢了，还去想这些有意义吗？扬雄的脸上，没有悲戚，也没有哀伤。

屋里屋外转了一圈，刘歆看着直摇头，嚷道："房屋破旧斑驳，住在这里条件太差了，若是梅雨一来，还不知道会漏成什么样子。这样吧，扬兄若不嫌弃，就搬到我那里去住。"扬雄摆手道："兄长的好意，我心领了。偏于一隅，倒也安心。话又说回来，这里的房屋虽然简陋破败，但与天牢相比，可以称得上是天堂了。"刘歆眼圈红红的，道："扬兄执意要住在这里，那就随你了。不过，看到兄长这个样子，心里还是觉得愧疚。我承认，以前也戴着面具说过话，做过事，往后就不会了。能够与兄长一起说说心里话，我就开心了。"扬雄道："我呀，既没想过所谓的让人豢养，也没想过要咸鱼翻身。况且，现在是腿脚不方便了，是个残废，正愁没人说话呢。刘兄想喝茶聊天，可以随时过来。"

刘歆、张弛，还有杨庄都先后走了，留给扬雄的还有夜，以及夜的阒寂。

6

春雨迟迟没有下，一场冰雹突如其来。这冰雹，有如鸟蛋大小，"噼噼啪啪"地狂撒而下。扬雄担心,这样落下去,冰雹是否会将屋瓦砸裂,或者砸出窟窿?

天降异象。扬雄听到冰雹砸在瓦脊,以及瓦楞间的声响,心里直发怵。院子里,杨庄前几天刚栽下的一棵大叶女贞,叶子已被冰雹砸得七零八落,凌乱得很。天,阴森森的,冰雹停了,偶尔还"呜呜"地刮着风。

扬雄的脚还在隐隐作痛,痛点是骨伤处。残腿,老伤。他无奈地用拳头捶打着发麻的大腿,觉得一个人无所事事,整天待在屋里是多么的百无聊赖。犹豫了一下,扬雄还是挂着拐杖艰难地走到了院子里,一步一步,他努力绕着四周打转。一不留神,扬雄还是滑倒了。还好,他咬着牙爬了起来,只是手掌和肘关节擦破了皮。倏地,扬雄感觉鼻腔与嘴唇上凉凉的,有了血腥味。他用手一抹,分明是鼻子在流血。仰头望天,扬雄寄希望于用这种原始的方法让鼻血止住。记得还是少年时,就是用这种方法止住鼻血的。每一次,他一碰到鼻梁就流鼻血,一流鼻血就躺在阿娘怀里……

"怎么啦,满嘴是血?"杨庄的话唤醒了扬雄的记忆。扬雄注意到,站在杨庄身后,还有一个英俊的青年。"痛不?"杨庄端来一盆水,让扬雄擦洗。"不碍事,只是滑了一跤。"扬雄"咕噜噜"地漱了口,"噗"地把水喷在地上。"哦,忘了介绍,这位是候芭,巨鹿人。对了,现在新朝已把巨鹿郡改为戎郡。候芭是我的朋友,也是太学吴教授的学生,人品不错,正处弱冠。我举荐的意思是,他非常仰慕你的才华,尤其对古文奇字感兴趣,想拜你为师。"杨庄笑道。"既然是太学吴教授的学生,跟吴教授学习岂不更好,何必多此一举呢?怎样的介绍,我也不会听,总之一条,我再不会收什么学生了。一个残废,既不能传道,也不能授业,只会误人子弟,恐怕杨兄带错了地方。"扬雄直接把杨庄的话堵死了。"我知道兄长顾虑什么,但不能因为吃饭噎住了,连饭也不吃了吧?再说了,兄长带上候芭,等于著书立说有了个助手。"杨庄说得很耐心。

扬雄摇摇头,有了刘棻的前车之鉴,任凭杨庄怎么说,他也不敢收学生了。

见此情形,候芭"扑通"一声向扬雄跪下了,一脸诚恳,羞赧地道:"先生若是不肯收下学生,晚生将长跪不起。"这一跪,让扬雄措手不及,他瞪着候芭没好气地道:"你想跪就跪吧,与我何干。你现在已在太学吴教授的名下,想必他也待你不薄,只要不出意外,接下来就可以顺利入仕了,大可不必这样折腾。

若是跪着有用，何不去跪皇上，直接求个官位，岂不更好。"候芭辩道："难道读书的目的只是为了入仕吗？在新朝，即便入仕了，又能有何作为呢？宗室、外戚、亲信弟子都是朝臣，冗官充斥，有何希望？"候芭望了扬雄一眼，"我对先生是敬佩之至，前来拜师有何不妥？孔夫子不是说，君子就有道而正焉，可谓好学也已。"看得出，候芭的沉稳老练，不是同龄人能够比的。但，扬雄不想与第一次见面的候芭讨论这些毫无意义的话题。不过，候芭年纪轻轻能够有如此想法，还有一颗赤子之心，扬雄仿佛看到了当年自己的影子，但嘴里依然指责道："年纪不大，毛病不少，不知天高地厚。别漏了，孔圣人的话中还有一句，君子敏于事而慎于行。"

三个人僵着，扬雄不开口，谁也不说话。

"扬兄摆谱，你就摆吧。你是腿残了，可眼不瞎耳不聋，嘴巴还会说话，有学问憋在肚子里作甚？啊？你就憋吧。人呀，最傻的就是与自己赌气。这样下去，我是两头不讨好。我也当不了说客，这师呀，候芭你也莫拜了。"杨庄的话，并没有想伤扬雄的意思，只是想刺激刺激他。没想到，扬雄是油盐不进。没办法，杨庄气咻咻地把候芭扶了起来，憾然告别。

候芭倔强，第二天又来了。他没有直接进屋，而是跪在院子里背诵扬雄的《甘泉赋》《羽猎赋》《长杨赋》《河东赋》。一遍下来，扬雄权当没听见，也不吭声。然而，屋里屋外就这么大，扬雄进进出出想避也避不了，他只有当作视而不见。连续三天，候芭风雨无阻，跪在院子里背诵扬雄的辞赋。有如此执念的青年，扬雄还是第一次遇见。候芭能够如此求知若渴，扬雄心存的那份悲与痛，都似乎不重要了。他考虑再三，终于松了口："起来吧。"候芭既兴奋，又焦灼，连连磕头。他是个有心人，为了有个照应，直接搬到闾里与先生一起居住。

买酒，炒菜，烤肉，煮饭。候芭独立生活能力很强，做事手脚利落。候芭煮饭炒菜的本事，是在外独立生活学会的。他八岁出外求学，在外生活也有十多年了，很少在父母身边。在同窗眼里，这是很难做到的事，他做到了。

夜幕拉起，扬雄与候芭都有了醉意。喝了酒，候芭紧绷的神经也松弛了。他坦言，他先前拜于吴教授门下，并不是想入了太学再进入仕途，只是想认真学习经学。可是，现在太学学生数以万计，每个学生都在研读经学，甚至是在重复地研读，他便对每天所学产生了怀疑。更多的是，经学的研读与实际说话行事都是脱节的。而先生的古文奇字却不同了，是能够给他带来新知的。候芭还谈到了在幽州营商的父母，说此前就把想拜先生为师的意愿征求过双亲的意见。候芭说话、敬酒，扬雄都眯着眼，点头，或者微笑回应着。他没有吱声，好像只是候芭的倾听者。不知不觉，酒劲就上来了，扬雄醉眼蒙眬，按住酒杯才开口说话："毕竟，毕竟年纪不饶人，不能再喝了。再喝，就醉了。还是讲个故事吧，想想西汉王朝的缔造者汉高祖，他早年认为读书无益，但后来也懂得文化的重要性，求才问贤，得到并启用了一批有文化、有智谋的人辅佐，从而打败了西楚霸王项羽，赢得了天下。"扬雄醉眼蒙眬，打了个饱嗝，他抿了下嘴，好像在回味似的，"你知道他的遗训怎么说？想都想不到呀，'吾遭乱世，当秦禁学，自喜，谓读书无益。泊践祚以来，时方省书，乃使人知作者之意，追思昔所行，多不是。'想想，汉高祖最后叮嘱太子的话，没有半句驭人之术，有的只是对自己行为的检讨，还有对太子好好读书的劝勉。西汉王朝能够从迷信武力，到倡导儒学治国，那是一个多大的转变啊！"扬雄的话刚落音，候芭立即起身倒了一杯热茶递上。

这是扬雄多年来敞开心扉畅谈的一夜，他不仅对候芭说起了巴蜀的典故，还谈起了他的先生——庄君平。

夜更加深沉了，偶尔巷中传来一二声犬吠。是啊，能够有此主见，又想潜心做学问的年轻人，还真是少之又少了。扬雄心里叹道。

这一夜，扬雄睡得特别安稳。是的，可以说是甄寻案发生之后睡得最为安稳的一夜。说来也怪，扬雄头一靠枕头，起先还能够听到自己的呼噜声，然后就一觉睡去了。

确切地说，扬雄真正赏识候芭是从他良好的晨读习惯开始的。每天天一亮，候芭就起床在院子里读书了。他的读，是安静地读，或者是默念，并没有惊扰扬雄的意思。虽然，这是生活中一个微小的细节，说明他懂得对人真诚与尊重。扬雄也不会走出房间，他依然伏在案前看书，抑或整理书稿。

约莫有两个时辰的早读后，候芭就去煮粥了。他走过扬雄的房门口时，蹑手蹑脚地，生怕搅扰了他。候芭煮粥专注，守着炉火，常在滚锅里搅动，粥越搅越浓稠。佐粥的是一碟咸菜，外加几块米糕，再用米粉、鸡蛋、葱花，还有盐一和，在铁锅里摊上两块鸡蛋饼，称得上是可口的早餐了。鸡蛋饼黄灿灿的，葱花点缀,油蛋葱的香味混合一起,十分吊人胃口。一只麻乎乎的鸟,落在屋檐的檐头上,探头探脑的,"咕咕"地叫着,想必是被黄灿灿的鸡蛋饼香味吸引了吧。扬雄见了,他早餐也顾不得吃,拄着拐杖一瘸一拐地去屋里抓了一撮米,撒在了院子里的地上。

很显然,这是一个美好早晨的开始。在候芭的悉心照顾下,扬雄慢慢从低落的情绪中摆脱出来,饮食起居趋于正常。好长一段时间,扬雄在对候芭讲授古文奇字的同时,他继续着手《輶轩使者绝代语释别国方言》,以及《法言》的编撰著述。

## 7

刘歆带来的两条消息都让扬雄感到震惊:一是新帝王莽下诏恢复了扬雄中散文大夫的职衔与俸禄;二呢,候强牵涉宫中命案,被处死。"死了?把候强处死了?"扬雄怀疑听错了。他流泪了,是为候强而泣——如果当年他不为候强去找御史大夫朱博说情,候强就不会进入御史府,他进入不了御史府,也就没有机会陷入宫中之事,更不会因为查案而把命搭了进去。可是,世间哪有那么多如果呢?!

无疑,是宫中不可告人的秘密杀了候强。

扬雄从悲痛中调整了一下情绪,才发现陪同刘歆来的还有他的长子刘叠。扬雄抹了眼泪,让候芭给客人斟茶。刘歆看到扬雄流泪,关切地问道:"在这世上,人要争的是一口气。扬兄现在是官复原职,天禄阁也不用去了,不知以后有何打算?"扬雄瞥了刘歆一眼,沉吟道:"所有的功名利禄,都是过眼云烟。我有一个心愿,那就是有一天能够还乡,回到白鹤里,老死田园。"刘歆剜着扬雄道:"树高千丈,叶落归根,是常理常情,只是扬兄就这样心甘情愿吗?有些事呀,也许扬兄可以忘记,我可忘不了。有人为了一己私欲,不知算计与拖垮了多少人。所有这些,早晚都会有报应的。我和你,还有好多人都要留着命看到那一天。至于后史书家之笔怎么去书写,那是另外一回事了。"刘棻、刘泳的死,在刘歆心里留下了很重的阴影。显然,刘歆的话,是有所指的,也说得有些悲壮,扬雄是听出来了,他觉得没必要当着刘叠的面,再把这样的话题继续下去。扬雄为刘歆父子续了茶,道:"即便王莽暴毙了,只不过是死了一个新帝而已。而接替他即位的,要么是他儿子,要么是他孙子,那又会怎样呢?若是我苟且活着,能够看到天下苍生的安宁,即便死也就瞑目了。有时,宽宥了别人,也就宽宥了自己。世间万物,相生相克。只是,只是时间未到而已。"刘歆漠然,愤愤地道:"话说出来容易,想做起来却难呐。上是天意,下是民心。一个人的罪孽犯下了,一个人作恶多了,是会遭报应的,连天都不会留他。人世间最大的债,莫过于心债。"

雨,下下停停。院子里,巷道中,低洼的地上都是水凼。送走刘歆父子,扬雄心里闷得慌,他就一瘸一拐地撑着拐杖出去了。等他艰难地撑到巷口,雨又下大了。候芭屋里屋外找不到扬雄,看到雨越下越大,心急如焚。当候芭在巷口找到扬雄时,扬雄一身已经湿透了,衣裳贴在身上显得更加消瘦。扬雄擦着脸上的雨水哼哼道:"这老天也太欺负人了。我算是看透了,人是病不得,残不得,好不容易出趟门,就淋成这个样子。"说完,他的喉结动了一下,好像是有话吞了回去。候芭苦笑了一下,本想搀扶着扬雄走,看他哆嗦得不对劲,二话没说,背起扬雄就走。

"以后先生出门,得叫上学生。不然,学生会担心的。"候芭打破了沉默。"哦,鬼门关都走过一趟的人了,有什么好担心的。人呀,命数天定。进一步说,死亡是人生不可逾越的一种定式,却是此岸到彼岸的开始。是在此岸还是彼岸,那都是天意了。"扬雄用大拇指和食指捏了捏鼻子,好像鼻塞不舒服。"先生先换衣裳,我去去就回。"扬雄湿衣裳刚换下不久,候芭就端上了一碗热气腾腾的姜汤,让他趁热喝了。

"啪——"就在候芭转身的瞬间,扬雄的埙掉在地上,碎了。候芭看到扬雄像一个做错事的孩子一样哭了,却没有哭出声来,只是嘴唇在哆嗦,不停地哆嗦。"碎了?碎了!"扬雄似在自问自答,且一句句重复着。候芭不知道埙的来历,只是好奇,看到扬雄失态的样子,既不敢问,也不知道说什么恰当。他边捡碎片边安慰道:"先生莫急,西市就有陶埙,改天我去买一只便是。"扬雄"唉"地叹了一声,望着候芭,眼神无奈而空茫。

这天夜里,闪电撕裂了天空,仿佛一年的雷声都集中在一起炸了,轰隆隆地滚下,又炸起。雨,夹着风,横扫下来,无边无际。雷的响声,像牵连着扬雄的腿上的伤口,每炸一下,他感到疼痛加剧,无法安眠。

接连几天,扬雄寝食难安,他的眼窝都陷下去了,脸上很瘦,且表情有些僵硬,而眼神像蒙上了一层荫翳。是的,随着眼中荫翳的加深,他的话越来越少了,时常是一个人在发愣。有时,候芭问扬雄几句,他也不搭理一句。候芭无奈,忧心忡忡,他只有去找杨庄,把扬雄近期的身体状况告诉了他。杨庄打量着候芭,宽慰道:"想必,扬兄心里还是那个坎没有过去,觉得受了屈辱,他嘴上不说,心里还是有疙瘩,这是心病。再加上候强的事,心里更难受。若是身体没有特别的症状,那只有时间可以治愈了。"候芭想想,觉得不无道理,一时也想不出扬雄先生身体有什么特别不对劲的地方,道:"那,我得赶紧回去陪陪先生,免得他一个人孤孤单单地坐在屋子里。"说完,一拱手,转身就要离开。杨庄道:"且慢,我这里有些从西域来的胡桃干果,还有从云南带来的茯苓,据说有润肺健脾安心之效,本来是捎给父母的,你不妨拿回去给扬兄。等我一有空闲,再去看望他。"候芭接过干果和茯苓,拱手感谢,就急匆匆地走了。他必须在天黑前,赶到闾里。

望着候芭的背影,杨庄无端地感到心里空落落的。

还好,扬雄的身体虽然反反复复出现状况,却无大碍。几天之后,他的身体稍有转好,就迫不及待地在书案前整理书稿了。

慢慢地,候芭开始认识扬雄先生创立的"玄家学说",天、地、人"三才"之间的关系。以他的理解,扬雄先生在《太玄》中"无极生玄道,玄道生三方,三方生九州……"的"三进制",与老子的"道生一,一生二,二生三,三生万物"是不谋而合的。他一边照顾扬雄,一边开始研读《太玄》《法言》,并试着注释。

# 8

不承想,扬雄到了春天喘得厉害,病倒了。具体的症状是胸闷、咳嗽、气喘,不时胸部还要疼痛。候芭、杨庄分别找了郎中把脉,服过药后也不见好。

刘歆听说了，出面找了侍医给扬雄诊治。侍医告诉刘歆，扬雄的病情是伤寒引起的肺部病灶，由于没有及时医治，再想根治就困难了。身体抵抗力强的患者，能够坚持做到服药调养，也不是没有康复的可能。当然，身体虚弱的，恶化的可能性极大。而药量又不能过大，否则适得其反。

喝过侍医的一副副汤药，扬雄的病情有了缓解。他又可以拄着拐杖到院子里，以及闾里的街巷中走动了。一天，扬雄还没走到街口，就遭遇了一场大雨，全身淋得像落汤鸡似的。等到雨停，已经是两个时辰过后了。扬雄回到住处，就开始打喷嚏，接着身体出现了低烧。

"我，我只是想去一趟天禄阁，哪怕看一眼也好。"说着，扬雄"呜呜"地哭了起来。

"哦？哪一天等杨庄先生来，我与他一起陪先生去便是。"候芭一脸的疑惑，但瞬间就反应了过来，安慰道。

"恐，恐怕……"扬雄欲言又止。

病来如山倒。扬雄开始卧床不起。

看着扬雄，候芭打了一个寒噤，他忽然意识到了扬雄病情的严重。转念一想，吉人自有天相，先生怎么会死呢？"呸！"候芭忍不住吐了一口唾沫，等于诅咒了自己一句。

然而，几天之后，侍医的汤药似乎对扬雄不起疗效了，他的病情越来越严重，不仅开始厌食，神情也出现恍惚。这时，空气中仿佛有一种尿屎混合的臊臭味，候芭掀起被褥一看，发现先生的大小便失禁了。刹那间，一股异味扑鼻而来，候芭忍不住打了个喷嚏。"嗡嗡——"屋里有苍蝇在乱窜，还不止一只。候芭要抱起扬雄换洗，唯一的办法只有把他脱得精光。扬雄的身体软蔫蔫的，骨头却硌人，候芭脱开才发现先生肋骨毕现，肚皮干瘪，双腿有些浮肿，手一碰就会出现肉坑似的。扬雄的眼睛是闭着的，眉头锁得更紧，却试图挣扎，但手脚都无力动弹，他呻吟了一声，嗫嚅道："嗯，窝囊废，我就是窝囊废。奈何，为师竟以此面目示人，羞愧，羞愧，寡廉鲜耻，寡廉鲜耻啊！"许是距离太近，候芭被先生痛苦扭曲的脸惊呆了，他不敢相信，自己搂着的是朝夕相处的先生。候芭劝慰道："先生一日为师，即终身为父。父子之间，又有何不可呢？"扬雄想努力睁开眼睛，但没有睁开，他一声比一声弱地呻吟着，断断续续道：

"不，不不！为师不该，不该如此自私啊。"候芭握住扬雄的手道："是学生自愿的，也是应该的，先生大可不必顾虑呢。"

候芭的心在隐隐作痛，他不知所措，哪怕能够想出半点办法为先生分担痛苦也好。然而，他急得满头大汗，还是想不出来。候芭额头的汗滴下，正好落在他抱在怀里的扬雄扭曲的脸上，好像老年斑在汗水中一朵一朵地漾开。

实际上，候芭也是头一次这样服侍病人。

扬雄的呻吟声像哀鸿，他指了指床榻上的《太玄》《法言》等书稿，有气无力地道："这，这就交给你了。"候芭挪了下身体，扯着扬雄的衣裳，想尽量给他穿整齐些，点头道："先生放心，放心吧。"

这时，扬雄慢慢睁开了眼睛，他望着候芭，竟然扭曲的脸上有了些许的笑意。面对先生这一笑，候芭总觉得头皮发紧，心底升起寒意。他猛吸了一口气，又缓缓呼出，想平静下来。转眼，扬雄躺在床榻上，又进入了昏迷。候芭望着先生，连眼睛都不敢眨一下。

"先生，先生，醒醒，你醒醒呀！"候芭急了，想把扬雄叫醒，却毫无反应。他用手在扬雄鼻孔前探了探鼻息，发现他的呼吸是不均匀的。

候芭的泪，再一次滴到了扬雄干枯的脸上。扬雄又从昏迷中醒了过来。在弥留之际，似乎每吐一字，身体里仅有的那么一点气力都在不断抽空，他喃喃道："到，到了，终于到了。我看见了成都，看见了郫县，看见了白鹤里……我，我累了，君平先生还在前面等，等着我……"扬雄的嘴巴在翕动，声音却是含混的，根本听不清他在说什么。其实，扬雄的眼前什么也看不到，他的眼睛是闭着的。这时，只有少年时做过的那个梦，此刻又续上了：还是那道金光，还是那太阳神鸟在绕着太阳飞翔，而耳畔萦绕的却是杜鹃鸟的啼鸣。一只，二只，三只，四只……或许，扬雄刚好梦到四只太阳神鸟的时候，一滴悲凉的泪水，从他眼角的褶皱里淌了下来，流到了耳际。他把最后一点记忆和梦幻留给了太阳神鸟。是的，就是那朝着太阳飞翔的四只神鸟。

没有人知道，扬雄著《法言》的最后一页是写于什么时候，但他人生的最后一页是在天凤五年，也就是公元18年的一个春夜。

这一夜，天幕上一颗流星陨落了。

黎明正在降临，七旬有一的扬雄再也没有能够睁开眼睛去看看黎明前的那道曙光。

而候芭是扬雄临终遗言的唯一听众。他忘了恐惧，只有悲伤，扑在形销骨立的先生身上，再也忍不住了，号啕大哭。

扬雄是个鳏夫，早年失去子嗣，老年更是孤苦伶仃，有弟子候芭为他送终，是他修来的福分。

刘歆、杨庄、桓谭、张弛、候慕、刘叠等人一身素服，他们赶到闾里参加吊唁时，候芭已在客厅将灵堂布置妥当。候芭穿上斩榱服，说明他是把扬雄当父亲丧葬。刘歆上香时喃喃道："扬兄啊扬兄，你口口声声要还乡，怎么不和我们说一声就走了呢？扬兄一生潜心研究弘扬儒学，说自己不汲汲于富贵，不戚戚于贫贱，无疑是做到了，不愧为一代大儒啊！"刘歆悲伤欲绝，腿一软，差点晕倒，杨庄、刘叠赶紧一把扶住他。桓谭在朝中任掌乐大夫，平时与扬雄交往不多，却对他的文章颇有研究。他一句"文义至深，论不诡于圣人"的评价，道出了在场所有人的心声。

还乡，是扬雄的遗愿。候芭扶柩而行，他为恩师实现了。风，呼呼地吹着，俨如天地在呜咽。

天地之间，生生不息。一个新的轮回，又在华夏大地上开始了。